LO QUE UNA MUJER QUIERE

JUDI FENNELL

MERJINN PRESS

PHILADELPHIA, PENNSYLVANIA

Lo Que Una Mujer Quiere

¿Qué pasa cuando tres hermanos irresistiblemente sexis pierden una apuesta de póker con su emprendedora hermana? Terminan trabajando para su emprendimiento de limpieza. Ahora, los Manley Maids están a tu servicio. Satisfacción garantizada. Es lo que una mujer quiere...

Es su mansión; él solo está ahí para limpiarla.

El sueño del empresario Sean Manley de hacerse un nombre en el negocio de los complejos turísticos de lujo mordió el polvo... entre conejos. Y pavos reales. Y llamas.

La finca que planeaba comprar a precio de ganga ahora está llena de una colección de animales dirigida por su excéntrica heredera. Por culpa de una apuesta de póker perdida, ahora tiene que limpiar lo que ellos ensucian.

Livvy Carolla está ansiosa por deshacerse de la mansión y de la carga familiar que conlleva. Solo tiene que superar la estúpida búsqueda del tesoro que exige el testamento de su abuela. La oferta de ayuda del atractivo asistente hace que sea una tarea menos pesada, pero Livvy no se da cuenta de que Sean está jugando un juego diferente.

Si en el amor, en la guerra y en el póker todo se vale, ¿cómo pueden ganar ambos cuando tienen las cartas en su contra?

Noche de chicos... más una

Sean Patrick Manley se quedó mirando la escalera de color al nueve que tenía en la mano. De verdad odiaba que fuera a ganar esa partida. Ah, no le importaba desplumar a sus hermanos, pero quitarle el dinero a su trabajadora hermana no era algo de lo que presumir. Aun así... ella *se lo había* buscado...

—Voy con todo. —Mantuvo su cara de póquer y deslizó el resto de sus fichas al centro de la mesa.

Bryan y Liam enarcaron las cejas, pero Sean no dijo ni una palabra. Mary-Alice Catherine había querido jugar «como uno más de los muchachos», y así era como jugaban ellos: sin piedad. Sin concesiones, porque fuera una novata en el póquer... o su hermana menor.

Bryan miró sus cartas, chasqueando los bordes como de costumbre. Un hábito que distraía, que era obviamente la razón por la que Bryan lo había adoptado. —Voy. —Apiló las fichas que le quedaban junto al montón de Sean.

Sean ocultó una sonrisa. No le importaba quitarle el dinero a Bryan.

Liam se reclinó en la silla y tamborileó el dorso de sus cartas con el dedo índice, indescifrable como siempre. —Mary-Alice, ¿estás segura de que...?

—No empieces, Liam —dijo Mac, erizándose como de costumbre ante el uso de su nombre de pila—. Juega la mano como lo harías normalmente.

Liam tamborileó sobre sus cartas. —Bien. —Su pila se unió al montón.

Sean la observó y luego a su hermano. Con Liam nunca se sabía.

Mac se mordió el labio inferior y se revolvió en su silla. Sean casi sintió lástima por ella. Casi. Pero les había insistido lo suficiente para que la dejaran entrar en su partida. Habían intentado decirle que no podía permitirse las apuestas, pero no quiso escuchar. Así que, para que los dejara en paz de una vez por todas, la habían dejado entrar, pensando que una vez que perdiera hasta la camisa, dejaría de molestarlos. Había ciertas cosas en las que las hermanas simplemente no debían participar.

—Bueno, ¿y cómo los subo si no tengo suficientes fichas?

—Mac, solo pon el resto de las tuyas. No subas la apuesta. No puedes permitirte perder más. —Sean le sonrió.

Se sorprendió cuando ella le lanzó una mirada de pura ira. ¿Quién iba a pensar que era capaz de eso? De niña, siempre los había engatusado para que hicieran su voluntad. El hecho de que la hubieran tratado como a una princesa toda su vida, siendo ellos sus caballeros andantes, probablemente tenía algo que ver, así que este comportamiento era inusual en ella.

—Solo responde a la pregunta. ¿Qué reglas tienen para eso?

Bryan volvió a abanicar sus cartas. —Apostamos algo grande. Como el apartamento de Sean por una semana, mi Maserati o la casa de Liam en la isla. Como no tienes nada comparable, limítate a igualar.

Mac miró su mano de nuevo, ahora mordisqueando la comisura opuesta de su boca. Se echó un mechón de pelo detrás de la oreja. —Les subo la apuesta a todos.

Sean empezó a protestar, but Bryan levantó la mano. —¿Cuál es la apuesta, Mac?

Mac colocó sus cartas boca abajo sobre el fieltro verde frente a ella. —Si pierdo, el ganador se lleva cuatro semanas de limpieza gratis.

—¿Y si ganas? —preguntó Liam.

Mac cruzó las manos sobre sus cartas. —Si gano, cada uno me deberá cuatro semanas de trabajo, gratis, para Manley Maids.

—¿Qué? ¿Estás loca? No voy a ser la sirvienta de nadie por cuatro *horas*, y mucho menos por cuatro semanas. —Bryan echó su silla hacia atrás bruscamente como si alguien hubiera electrificado la mesa de póquer.

—Ah, bueno, si no crees que puedes ganarme... —Miró a Liam.

Liam la estudió con los ojos entrecerrados. —¿Cuatro semanas, eh? —Tamborileó sus cartas—. Igualo. Con la casa de Kiawah por el mismo período de tiempo.

Sean estudió a Liam. ¿Un farol? No. El alquiler de la casa de vacaciones no arruinaría a su hermano, pero Liam no se arriesgaría a la servidumbre. Tenía que tener una mano ganadora. Si era mejor que su escalera de color, Sean solo perdería el dinero en efectivo y la estancia en el hotel, no correría el peligro de ponerse un delantal. —Yo también. Una semana en el resort cuando esté en funcionamiento. —*Si* es que llegaba a funcionar, pero él no planeaba perder. No con esta mano. Y tampoco el resort.

Bryan los miró a los tres como si hubieran perdido la cabeza. —¿O sea que uno de nosotros va a terminar con dos vacaciones, servicio de limpieza y el uso de un Maserati durante four semanas?

—A menos que gane yo —dijo Mac, tamborileando las uñas sobre el fieltro. Una reacción típica de novata. Estaba demasiado ansiosa.

—¿Vas a igualar? —Sean le dio un codazo a Bryan.

—Claro que sí. —Bryan tiró un full sobre la mesa—. Vengan con papá. — Estiró la mano hacia la pila de fichas.

—Espera, Bry. —Liam lanzó su mano a la mesa. Un póquer de treses los miraba. —Lo siento, Mac. —Liam se puso de pie.

A Sean no le sorprendió que Liam no se disculpara con él. Los hermanos se habían turnado para ganar. El dinero era irrelevante; disfrutaban superándose el uno al otro y reuniéndose una vez al mes. Pero Mac...

Aun así, tenía que poner a Liam en su sitio. —Buena mano, Lee, pero no lo suficiente. —Sean mostró la escalera de color con floritura.

—Mierda. —Liam volvió a sentarse.

—Hijo de puta. —Bryan siempre insistía en tener la última palabra.

Solo Mac no reaccionó. Pero al menos no habría duda de que volviera a unirse a ellos.

Sean empezó a apilar las fichas, planeando cuándo podría ausentarse lo suficiente para las vacaciones que acababa de ganarle a su hermano. Más pronto que tarde, ya que no había mucho que pudiera hacer en el proyecto Martinson hasta que se resolviera todo el lío de la herencia.

El silencio se apoderó de la mesa mientras apilaba las fichas. Más de tres mil. No estaba mal.

Sus hermanos intentaban no mirar a Mac. Sean también, pero captó el temblor de sus labios. Probablemente intentando no llorar. Sí, mil dólares era mucho para Mac, especialmente cuando estaba invirtiendo todo lo que tenía en su negocio de limpieza. Quizás se los daría a escondidas cuando Liam y Bry no estuvieran mirando.

—Lo siento, Mac, pero así se juega.

—Sí, Mac. Te lo advertimos —añadió Bryan.

—Lo sé. —Se aclaró la garganta—. Es solo que...

—¿Qué, Mac? —Liam apoyó un codo en la mesa.

—Es solo que... ¿acaso una jota no le gana a un nueve?

—¿Jota? —El rostro de Liam se puso verde.

El estómago de Sean se convirtió en un bloque de hielo. —¿Jota?

La boca de Bryan se abrió, pero, por una vez, se quedó sin palabras.

—Sí. Jota. —Mac extendió sus cartas en abanico sobre la mesa. Cinco corazones, en orden ascendente.

Escalera a la jota.

—Creo, queridos hermanos, que a todos les tienen que tomar las medidas para los uniformes de Manley Maids.

Capítulo Uno

Las puertas del Infierno —alias, la finca de su familia— estaban abiertas de par en par, dándole la bienvenida.

Bueno, para todo hay una primera vez.

Livvy Carolla sacó bruscamente su bolso de lona de la parte trasera del Baja, se lo echó al hombro y agitó el vuelo de su falda campesina a su alrededor, lo que hizo que el pavo real que deambulaba por el césped bien cuidado de la finca de su abuela corriera a ponerse a salvo.

¿Quién tenía pavos reales paseando por el césped en un suburbio de Filadelfia como si fueran maharajás o algo por el estilo?

Sus parientes paternos de sangre azul, esos mismos.

Hogar, dulce y jodido hogar. ¿Acaso a *papi querido* no le daría un ataque si supiera que ella estaba aquí?

Había cierta satisfacción en entrar en la guarida del viejo. Sobre todo ahora que era suya.

¿Quién lo hubiera creído? Que su abuela paterna, tan protectora de su reputación y consciente de la sociedad, sobreviviría a su sinvergüenza de hijo y se lo dejaría todo —*todo*— a la nieta que apenas había reconocido.

El señor Scanlon, el abogado de la finca, le había asegurado que todo lo que tenía que hacer era cumplir con las estipulaciones del testamento durante las siguientes dos semanas, y la casa y los fondos correspondientes serían suyos para disponer de ellos.

Ah, la ironía. Su abuela, por lo que su madre le había contado en un raro momento de lucidez —o más bien, de *sobriedad*— antes de que se llevaran a Livvy, había amenazado con desheredar a su propio hijo de veinte años, que se había atrevido a embarazar a una chica recién graduada de la secundaria, del lado pobre de la ciudad, sin un centavo a su nombre y con menos de cero perspectivas, aparte de atrapar al chico rico del pueblo de la manera más antigua que existe.

Así que Merriweather Martinson había aparecido y se las había ingeniado (léase: sobornó a mamá) para obtener la custodia de Livvy, quien, a la tierna edad de cinco años, no deseaba nada más que una familia amorosa con comida en la mesa, ya que mamá no era capaz de proveer lo segundo y papá había estado, bueno, *ausente* era una descripción amable. Luego vino el accidente de coche que lo apartó de su vida para siempre.

Así que Livvy se vio enviada a internados sin siquiera un reconocimiento de sus lazos de sangre o una palabra amable de su nueva tutora. Carajo, la mujer ni siquiera esbozó una sonrisa, y las cartas de Livvy suplicando algún tipo de conexión, una visita, un viaje a casa, *algo*, quedaron sin respuesta.

Excepto por aquella vez cuando tenía siete años. Eso fue todo. La anciana le permitió una visita, y después Livvy nunca más quiso volver.

Y, sin embargo, aquí estaba. Todo por obra de esa misma abuela que no había querido saber nada de ella. Lástima que mamá no estuviera viva para verlo, pero, bueno, la madre soltera de veinticuatro años no había hecho mucho por mantenerse en contacto después de vender a su hija, ejem, de ceder la custodia, así que quizás a *mamá* no le importaría realmente que Livvy estuviera de vuelta en la escena del crimen.

Ah, pero eso era agua pasada. Había sobrevivido, se las había arreglado para mantenerse empleada y había vivido su vida bajo sus propios términos. Si no fuera por una estipulación en el testamento de Merriweather, ni siquiera estaría aquí.

Pero aquí estaba, así que era mejor ponerse manos a la obra.

Dándole un último mordisco a su manzana, contempló la monstruosidad. Así era como siempre había pensado en este lugar. Los Martinson, la familia de su padre, eran antiguos nobles ingleses que habían inmigrado en el siglo diecinueve, trayendo aparentemente la mitad de su mansión inglesa con ellos, con todo y ventanas Tudor con parteluz y puertas de roble tallado del tamaño de elefantes. Leones de piedra custodiaban la entrada, y las gárgolas en la línea del techo se mezclaban con el fondo de nubes que se acumulaban. Siniestro. Ominoso. Se había sentido abrumada en tantos sentidos durante aquella única visita, y sus sentimientos no habían cambiado. El lugar era ostentoso. Exagerado. Obsceno.

Y ahora era suyo.

Livvy arrojó el corazón de la manzana al macizo de flores —buen abono— y tomó la jaula de viaje de Orwell del asiento trasero, teniendo cuidado de que la cubierta no permitiera ver el paisaje. El loro yaco se volvía loco cuando estaba enjaulado afuera, así que lo que el bocazas no supiera no le lastimaría los oídos.

Subió los escalones de mármol blanco hasta la puerta principal, sus botas dejando marcas de rozaduras. En fin. Algo que hacer para el mayordomo.

—¿Hola? —Empujó la puerta y se encontró con un pasillo vacío. Qué extraño, veinte años atrás el mayordomo —¿Rupert? ¿Jeeves?— había vigilado la puerta como una osa cuidando a sus crías. Claramente, las cosas se habían relajado desde la muerte de su abuela.

Abuela. La palabra se sentía extraña. Livvy cerró las puertas, dándose cuenta de que nunca había pensado realmente en la anciana como su abuela. Pero, técnicamente, como la portadora del gusano que había preñado a su madre y luego se había largado a la primera señal de embarazo, eso era lo que Merriweather Knightsbridge Martinson era.

—¿Hay alguien en casa? —Livvy escudriñó el enorme vestíbulo, recordando vívidamente las paredes a rayas color borgoña y crema, atiborradas de pinturas mohosas enmarcadas en dorado de antepasados corpulentos, emperifollados como huevos de Pascua. Probablemente habían pasado siglos desde que algo había cambiado aquí. Esta gente estaba tan obsesionada con su linaje que podía sentir el pesado manto de la ascendencia Martinson formando un nudo en su garganta.

No es que ella fuera a tener nada que ver con eso. No la habían querido de niña; ella, desde luego, no los quería de adulta.

—¿Hola? ¿Rupert? ¿Jeeves? —¿Cómo se llamaba? Se adentró un poco más en la silenciosa entrada.

—Aquí no hay ningún Rupert ni Jeeves.

Dio un respingo cuando un tipo salió por la puerta de la izquierda. Alto, moreno y para comérselo, con el cuerpo de un atleta olímpico y el rostro de uno de sus dioses, tenía el pelo negro y ondulado que le llegaba a la parte superior del cuello y realzaba un par de ojos tan azules que podrían haber sido falsos, excepto que no había nada falso en este tipo. Desde la complexión de sus hombros, que parecían haber sido creados con el único propósito de rodear a una mujer con unos brazos fuertes, hasta los abdominales de acero que hicieron que se le hiciera agua la boca, y las piernas con músculos que tensaban las costuras de sus pantalones, este tipo era todo un hombre.

—¿Qué puedo hacer por usted?

Probablemente había mucho que él podía hacer por ella. Y a ella, y con ella...

—¿Quién eres? —Se ajustó la parte delantera de la blusa sobre la camisola, pero era un poco difícil hacerlo con una sola mano.

—¿Quién eres *tú*? —replicó él, levantando una... *¿aspiradora?* en sus manos.

—Yo pregunté primero. —¿Qué hacía con una aspiradora?

—Tú... *¿qué?*

—Uh, quiero decir... —Se echó los rizos hacia atrás y levantó la barbilla, tratando de parecer más alta. No es que se avergonzara de su estatura —o de la falta de ella—, pero le ayudaba cuando se sentía fuera de lugar. Y definitivamente lo estaba, porque encontrarse en este lugar, con un tipo sexi sosteniendo una aspiradora, era tan extraño que no le sorprendería haberse caído por la madriguera de Alicia. —Yo, um, te hice una pregunta.

—¿Y? —Dejó el depósito en el suelo y se apoyó en el tubo.

—Y me gustaría una respuesta.

—Y a mí me gustaría estar en una playa tropical, pero no siempre conseguimos lo que queremos, ¿verdad?

—Sabes, eres bastante insolente para ser el chico de la piscina.

—Por si no te has dado cuenta, *esto* —sacudió el tubo— no es un recogehojas. Es una aspiradora.

—Así que eso te convierte en, ¿qué? ¿La sirvienta?

Él desvió la mirada. Punto para ella.

—Mira, ¿quién eres y qué quieres? No tengo tiempo para estar aquí todo el día. —Su mandíbula se tensaba furiosamente.

—¿Por qué? ¿Tienes algunos estantes que desempolvar?

Un rubor le subió por el cuello desde donde su polo verde menta se abría en V, revelando un bonito vello negro y rizado en el pecho, justo a la izquierda de la insignia...

Manley Maids.

Oh, no puede ser. *Era* la sirvienta. ¡Esto era simplemente perfecto!

—Mire, señorita. ¿Necesita algo?

Uh... sí. Se mordió el labio tratando de reprimir una sonrisa. Obviamente, su abuela tenía un sentido del humor increíble. Quizás no era tan bueno que nunca hubiera llegado a conocer a la vieja arpía. —Vale. Lo siento. Es que soy Livvy Carolla y estaba buscando al tipo que dirige este mausoleo.

—¿*Tú* eres Livvy Carolla? ¿*Olivia* Carolla?

Odiaba ese nombre. Olive, Oliver Twist, Olivia Fig Newton-John... Los apodos no habían sido divertidos. Los «compañeros» de internado eran simplemente matones de patio de recreo mejor vestidos.

—Prefiero Livvy. Y, sí, esa soy yo. ¿Por qué?

El chico de la piscina —el *Hombre Sirvienta*— gimió.

—Oye, en serio, no es para tanto. Me llamo Livvy y necesito ver a Jeeves. O Rupert. Como se llame.

—Tenía que ser —murmuró el chico de la piscina, o sea, el Hombre Sirvienta.

Ojalá *fuera* el chico de la piscina... el uniforme era mucho mejor. —Me gustaría instalarme, así que si pudieras indicarme dónde está, te lo agradecería mucho.

Dejó la jaula de Orwell en el suelo para reajustar la correa de su bolso. Unas cuantas plumas y cáscaras de semillas salieron de debajo de la cubierta y se esparcieron por el suelo.

—Oye, acabo de limpiar eso —dijo el chico de la piscina.

—Estás bromeando.

—No, no estoy bromeando. —Enarcó una ceja—. Y fue un fastidio hacerlo, así que si no te importara limpiar eso, te lo agradecería.

Parecía tan indignado. —Vale, *señor Belvedere*, te propongo un trato. Limpiaré el desorden si le dices a Rupert que estoy aquí.

—Lo siento, señorita, ahora mismo solo estoy yo, y bueno, yo.

—Tú.

—Yo.

Ella enarcó las cejas. Había estado practicando para levantar solo una, pero hasta ahora ese truco se le había escapado. —¿Así que, estás a cargo del lugar entonces?

—Princesa, dirigir este lugar no es nada comparado con lo que hago en mi vida real.

—¿Ah, sí? ¿Así que esto es alguna fantasía que estás representando? No es exactamente el traje de sirvienta que suele acompañar ese tipo de cosas, pero allá tú. Solo no me llames *Princesa*.

—Lo siento. —El chico de la piscina se rascó la barbilla—. Bien, este es el trato. El testamento liquidó a todos y cada uno de los empleados. Hasta al repartidor de periódicos de diez años. No hay nadie aquí excepto yo. Y ahora tú. Y según tengo entendido, ahora estás en posesión de este, ¿cómo lo llamaste? ¿Mausoleo?

Ella asintió, su diversión atemperada. ¿Todos se habían ido? ¿Era esto algún desafío que la vieja arpía le estaba lanzando desde la tumba? ¿Algo para hacer que Livvy demostrara que era digna del apellido Martinson?

¿O para demostrar que *no* lo era?

Bueno, no iba a bailar al son que esa mujer le tocara, especialmente no después de muerta. De hecho, Livvy se alegraba de que todos se hubieran ido. De esa manera no tendría que despedirlos cuando vendiera el lugar, lo que haría tan pronto como descubriera qué estúpidas estipulaciones había ideado su abuela para obligarla a vivir aquí durante dos semanas.

Vale, quizás todavía estaba bailando un poquito a su son. Pero no por mucho más tiempo. Pronto sería libre como un pájaro con millones para hacer lo que quisiera. Y quería hacer mucho bien con ellos. A diferencia de su *ilustre* supuesta familia.

—Así que... —Livvy se acomodó el bolso en el hombro y se arrodilló para recoger las plumas con la mano—. Esto cambia las cosas. Esperaba que el mayordomo pudiera enseñarme cómo funcionaba todo, pero supongo que eso no va a pasar. —Se reajustó el bolso mientras se levantaba.

—Las únicas cuerdas que he visto son las que sujetan unas cortinas en la sala de estar, aunque creo que hay una campanilla de verdad en el campanario de la capilla —dijo el Tipo Sequi Con Una Aspiradora.

—Sí. Y suena odiosamente temprano, además. —¡Oh, cómo recordaba despertarse con ella un domingo por la mañana! Todavía no podía creer que hubiera una capilla de verdad al otro lado de la propiedad. Eso parecía más que un poco exagerado, incluso para *su* familia.

El chico de la piscina sonrió. —En realidad, ha estado en silencio desde que llegué. No hay nadie que la haga sonar.

Ella compartió su sonrisa. —Un punto a favor de la situación. Muy bien. Bueno, en ese caso, ¿por qué no subo mis cosas? —levantó el bolso y la jaula—, luego bajaré y podremos charlar.

—Claro. Bien. Estaré en el... —señaló con la mano hacia la esquina más lejana—. Como se llame esa habitación, terminando.

—Vale. Nos vemos entonces.

—Bien. —Se dio la vuelta.

—Uh, ¿oye?

—¿Sí? —Miró hacia atrás por encima del hombro. Dios, la forma en que esos pantalones se le ajustaban al trasero...

—¿Tu nombre? No lo he oído.

—Eso es porque no lo he dicho.

—Qué gracioso. ¿Y bien, cuál es?

—Um... Sean.

—Bueno, Um Sean, te veo en un rato.

Sean sintió sus ojos sobre él durante todo el camino hasta la puerta.

Sus preciosos ojos ambarinos. En un cuerpo de nada, un metro cincuenta, con un atractivo sexual despampanante y más curvas que una pista de carreras, labios maduros para ser besados, un rostro que dejaría en ridículo a Helena de Troya, y toda la actitud para respaldarlo.

¿Cómo se suponía que iba a echarla de este lugar cuando su primer instinto era arrastrarla al mueble más cercano, arrancarle esa ropa de gitana de su delicioso cuerpo y devorarla durante horas y horas? Agarrar esos rizos caoba que caían por su espalda como una invitación y enrollarlos en su puño, arqueando su cuello para poder...

Hijo de puta. El detective privado que había contratado para investigar las estipulaciones del testamento no había mencionado que la nieta era un bombón.

Tampoco había mencionado que se mudaría, o que serían los únicos habitantes de *Casa Martinson*. Había pensado que vivir allí era una buena idea cuando Mac había repasado las especificaciones del trabajo, pero ahora...

Sean dejó la aspiradora y se dirigió al gabinete de curiosidades. Con la forma en que reaccionaba ante ella, más le valía averiguar cuáles eran esas estipulaciones y pronto. El fracaso no era una opción. Esta propiedad iba a hacerle un nombre en la industria de los complejos turísticos y a validar todo por lo que había estado trabajando. Estaba apostando por ello, por una suma de millones de dólares en ingresos.

Su Corporación Heritage compraba edificios históricos, la mayoría en mal estado, y los devolvía a su antiguo esplendor y belleza como hostales de lujo. Hasta ahora, había sido una situación en la que todos ganaban. A las localidades les encantaba salvar sus viejos edificios, y a él le encantaban las ganancias.

Pero su sueño siempre había sido ser más grande. Quería complejos turísticos de lujo. Quería ser *el* destino en esta parte del estado, con la vista puesta en expandirse a otras áreas. Ser tan exitoso en su carrera como lo eran sus hermanos en las suyas.

La propiedad Martinson era su oportunidad para empezar a expandir la compañía. El siguiente nivel de su sueño. Y mientras hubiera una oportunidad de hacerlo realidad, no iba a tirar la toalla.

Así que cuando Merriweather le había puesto un palo en la rueda, poniendo en peligro su nombre, su cuenta bancaria y el dinero de sus hermanos, estaba entre la espada y la pared. *Tenía* que comprar este lugar al precio por debajo del valor de mercado que ella había prometido o lo perdería todo. Realmente no necesitaba su cambio de opinión o su sentido de deseo inoportuno para joderlo todo.

Joder era una mala elección de palabras.

Sean volvió a colocar las estatuillas de porcelana en la vitrina, con cuidado de no golpearlas entre sí. Había algunas piezas de valor aquí. ¿Qué demonios se le había pasado por la cabeza a la mujer para dejarle este lugar a una nieta que nunca había reconocido? Según el detective, la señora Martinson no le había enviado ni una tarjeta de cumpleaños a su única descendiente viva. Ningún contacto, ni siquiera cuando su hijo, el padre de Olivia, había muerto. Vaya frialdad. No había dudado de que su plan saldría como ella había prometido.

Sin embargo, era obvio que no se podía saber qué había en la mente de alguien al final de su vida. Y la anciana era minuciosa, carajo. Su abogado había intentado encontrar alguna manera de romper el legado, pero nada. Era inapelable. Olivia Bombón Carolla tenía todas las cartas.

La referencia al póker era irónicamente apropiada.

Había pensado que la victoria de Mac era un éxito rotundo cuando había visto el nombre Martinson en su lista de clientes. Se había lanzado a por ello; si la Dama Suerte le había dado los medios para asegurarse el lugar, no era quién para cuestionarla.

Hasta ahora.

Porque con millones en juego, un bombón por jefa y poco menos de tres semanas para echarla de su casa, en lugar de ser el señor de la mansión, era la jodida *sirvienta*.

Capítulo Dos

Mientras serpenteaba por el laberinto de pasillos interiores que conformaban el segundo piso, Livvy se detuvo a mirar por una de las ventanas en arco. Sí, el laberinto exterior seguía allí. Se había perdido en esa monstruosidad de setos durante aquella única visita de hacía tantos años. Aquello todavía le daba escalofríos, igual que el resto de este lugar. No podía creer que descendiera de esta gente. Si no fuera por la aventura de mamá con el chico rico del pueblo durante las vacaciones de verano, no lo sería.

Ese laberinto tenía que desaparecer. Junto con los pavos reales que andaban sueltos. Los pavos reales eran famosos por su mal genio y ella tenía que pensar en sus bebés.

¿Pero el Chico de la Piscina? A él lo mantendría por un tiempo. Definitivamente, había algo bueno en tener un deleite para la vista.

Dejó su bolso y la jaula de Orwell en la primera habitación que encontró después de subir la escalera curva, la Habitación Azul, o algún otro nombre anodino, estaba segura. Cortinas de un azul tan pálido que casi era blanco contra paredes color crema, alfombra arándano y muebles de estilo provincial francés tan recargados que demostraban la pericia del Chico de la Piscina para la limpieza que las pelusas no hubieran formado colonias en las volutas.

Quitó la funda de la jaula, preparándose para la interpretación del loro de «Just a Gigolo», su canción favorita para despertar. Le dio un poco de agua y ella se echó un rápido vistazo en el espejo del baño, que parecía una terma romana, para quitarse la mugre del viaje de la cara, se abrochó la blusa y luego salió a echar un vistazo a La Herencia.

En lo alto de las escaleras, bajó un escalón y se detuvo. Miró el pasamanos, echó un vistazo a su alrededor y sonrió. Nadie lo sabría y, a fin de cuentas, esta *era* su casa, ¿verdad?

Verdad.

Bajo los tenues rayos de luz que entraban en el vestíbulo a través de una enorme ventana ovalada, Livvy se subió la falda entre los muslos y pasó una pierna por encima del pasamanos. Se desabrochó la blusa para poder agarrarse bien al pasamanos, miró hacia atrás y se impulsó.

El subidón le hizo cosquillas en la barriga como su pelo en las mejillas mientras se deslizaba hacia atrás. Había querido hacer esto todos los días de los diez que pasó aquí durante aquella lejana visita, pero con un mayordomo cuyo rostro podría haber superado en arrugas a una pasa y un ama de llaves cuya disposición hacía que un limón pareciera dulce, solo había tenido una oportunidad. Y La Dragona la había pillado.

Livvy llegó abajo sin incidentes, ya que deslizarse por el pasamanos era una buena habilidad que había aprendido en el internado. *La Dragona*. Qué curioso, había olvidado ese apodo para la mujer.

Al llegar abajo, aterrizó sobre un pie y empezó a pasar el otro por encima del pasamanos, pero la falda se le enredó en su bota de combate. Se agarró al balaustre más cercano, girándolo mientras intentaba evitar caerse, al mismo tiempo que intentaba desenganchar la tela del remache antes de que una de las dos cosas, o ambas, se rasgaran.

Al parecer, sus habilidades para deslizarse por el pasamanos estaban un poco oxidadas. Por suerte, sin embargo, no había nadie cerca para presenciarlas.

La puerta del salón *lo que fuera* se abrió y de ella salió el Um Sean.

Tenía que ser.

—No te deslizaste de verdad, ¿o sí? —Su risa no le restó atractivo a su contoneo de hombre guapo por el suelo de mármol.

—Claro que sí. ¿Qué clase de niño no querría hacer eso? Por fin tuve la oportunidad.

Él se agachó para desenganchar el dobladillo de su falda mientras ella se apresuraba frenéticamente a asegurarse de que todas las partes pertinentes estuvieran cubiertas.

Unos ojos de zafiro se encontraron con los suyos a través de los balaustres, y su mirada se posó brevemente en el que estaba girado. —¿Qué *diría* la abuela? —Se levantó con un *tsk-tsk* y enderezó el balaustre.

—Bueno, ojos que no ven, corazón que no siente, ¿no? —Encogiéndose de hombros, Livvy se volvió a colocar el tirante de la camisola y se cruzó los bordes de la blusa sobre el estómago.

—Así que, Um Sean. —Intentó bajar con dignidad el último escalón hasta el suelo de mármol blanco veteado de negro, deseando llevar algo más glamuroso que unas botas de combate—. ¿Cuáles son exactamente tus tareas por aquí? ¿Llevas mucho tiempo administrando este lugar para Merriweather?

Sean metió las manos en los bolsillos laterales de sus pantalones de trabajo de algodón. —¿Mucho tiempo? No. Administrar el lugar, bueno, eso dependería de tu definición de administrarlo. —Hizo un gesto con la mano hacia el pasillo del fondo—. ¿Quieres algo de comer? Justo iba a almorzar.

—Me parece bien. Guía el camino, MacDuff. —Extendió la mano para que él la precediera.

—Princesa, soy irlandés, no escocés.

Pelinegro, de ojos azules, sexi, un irlandés que te ponía la piel de gallina.

Pasaron junto a una vieja armadura que la antigua ama de llaves de su abuela, la señora Tidwell, le había dicho que estaba encantada. Probablemente alguien había manipulado la cosa para que moviera el brazo con hilo de pescar o algo así para asustar a la vieja amargada. Livvy recordaba haber estado aterrorizada del ama de llaves cuando era niña. Ciertamente Merriweather había tenido un montón de viejos compinches a su alrededor en aquel entonces. Viejos compinches y ningún niño.

Aquella única visita había sido suficiente. Era curioso que ahora ella fuera la única beneficiaria. No se lo esperaba, aunque sería la primera en admitir que Merriweather se lo debía.

Oh, claro, la autoproclamada matriarca había pagado las facturas del internado, pero Livvy no hablaba de lo que, para su abuela, había sido una mera miseria. No, la mujer le debía la prematura muerte de su madre, inducida por la bebida, provocada por el tiempo libre que le proporcionó el dinero para que se quitara de en medio después de que los abogados de Merriweather se abalanzaran para tomar la custodia de Livvy.

Livvy empujó esa pesadilla de vuelta al armario más recóndito de su mente.

La peor parte había sido que ella sabía lo que estaba pasando, incluso a la tierna edad de cinco años cuando la mandaron lejos. Si tan solo Merriweather le hubiera dado una semblanza de amor. Demonios, la lástima habría sido algo, pero la silenciosa indiferencia la había carcomido todos esos años. ¿Por qué no era lo suficientemente buena para ser llamada una Martinson? ¿Qué pecado había cometido? ¿Por qué desquitarse con ella, una víctima inocente de todas las partes implicadas, por el enfado que sentía hacia sus padres?

No hubo respuestas, y después de un tiempo Livvy dejó de hacer las preguntas. Dejó de escribir cartas. Dejó de esperar pertenecer. En lugar de eso, encontró la determinación en su alma para hacerse una vida diferente. Y una vez que todos los puntos estuvieran sobre las íes, tendría el dinero para invertir en instalaciones y equipos adecuados para hacer sus productos de panadería orgánicos y para darse la vida que siempre había querido, al diablo con los Martinson.

El arco que daba al salón de banquetes, alias el comedor, tardaba más en atravesarse que toda la granja donde vivía.

—¿Recuerdos? —Una voz profunda a sus espaldas la sacó de sus pensamientos.

La punta de una de sus botas se enganchó en el tacón de la otra. *Recuerdos.* —Supongo que se les podría llamar así.

La puerta en arco que conducía a la cocina estaba entreabierta. *Tsk-tsk*, por supuesto. Jeeves/Rupert nunca había permitido que la puerta estuviera sin el pestillo. Vaya, la cocina era donde *la servidumbre* hacía todo el trabajo sucio. Siempre se había asegurado de cerrar esa puerta cada vez que ella se colaba para buscar un dulce.

O tal vez tenía órdenes de mantenerla contenida. Quién sabe, pero con el deseo de la familia de evitar que la *pequeña indiscreción* del heredero se convirtiera en comidilla de los tabloides, ciertamente era factible.

Livvy empujó la puerta para abrirla del todo.

Oh, diablos. La cocina había sido remodelada.

Pisó el pulido suelo de roble que tenía unos doscientos años y que ahora estaba cubierto por lo que debían ser una docena de capas de poliuretano. La cera no daba ese brillo. La cera tampoco protegería el suelo de las miles de libras de electrodomésticos de acero inoxidable que ahora rodeaban las paredes. Sub-Zero, Wolf, Bosch, Viking... Los productos de alta gama le brillaban. Encimeras de granito, negro moteado, con bordes de doble gola. Una encimera de preparación a nivel de repostería con una rueda de carro de ollas de cobre colgando sobre ella. Minineveras y una máquina de hielo. Fregaderos de todos los tamaños y dos estufas de categoría comercial de seis quemadores.

La chimenea original, del tamaño de una habitación, todavía adornaba la pared del fondo y a través de la ventana de la puerta trasera vio que el jardín de hierbas seguía prosperando.

Con todo este nuevo equipo y lo mejor de la antigua cocina, podría tener el lugar perfecto para hacer sus panes y tartas. Sería celestial tener tanto espacio de trabajo, y con el jardín de hierbas tan bien establecido, tendría sus propios ingredientes cultivados orgánicamente para poder...

Livvy se detuvo en seco. Tenía que detener este tren de pensamientos antes de que saliera de la estación. Lo único que *podría* hacer era vender el lugar. Punto. No necesitaba *nada* de su abuela y de la familia que prácticamente la había repudiado en el momento en que fue concebida, excepto el dinero que le reportaría la venta de su orgullo y alegría.

Sean intentó no chocar con ella cuando se detuvo, pero su impulso lo llevó hacia adelante. La sujetó cuando ella tropezó. —¿Olivia? ¿Qué pasa?

Absolutamente nada, respondieron sus hormonas. Olía a jabón de lavanda y manzanas y a algo demasiado femenino para su estado de ánimo.

—¿Eh? —Se giró para mirarlo, un rizo color vino se enganchó en la punta de su nariz, y Sean se sintió atraído por sus ojos.

Confundidos, vulnerables, un poco perdidos... Luego había una curva sexi en una boca besable que estaba demasiado cerca para su comodidad...

Aléjate del enemigo, Manley.

Su cerebro estaba de acuerdo con eso, pero el resto de él se estaba amotinando. ¿Alejarse? Sí, claro.

—¿Sean? —Su voz era suave mientras se lamía los labios, su esbelta mano agarrando su brazo.

Si su nombre fuera susurrado así en medio de la noche, no tendría defensa alguna.

—¿Querías algo? —Ella lo miró a los ojos.

Oh, claro que quería.

—Eh, el almuerzo. ¿Quieres almorzar? —Malditos pantalones endebles, la reacción de su cuerpo no era fácil de ocultar. Mac realmente necesitaba cambiar el uniforme. Unos vaqueros serían mejor.

O esa armadura.

Se dirigió a la encimera, esperando que el granito lo enfriara. Pero luego la miró de nuevo: su pelo se abanicaba mientras giraba para seguirlo, sus rizos cayendo sobre un hombro para cubrir la prominente curva de su pecho, y Sean se encontró luchando contra el granito por el título de la Cosa Más Dura de la Cocina.

Se dirigió al refrigerador Sub-Zero, le dio la espalda a Olivia y esperó que una ráfaga ártica se encargara del problema, pero, por supuesto, *el problema* lo siguió.

—¿Hacer las compras está en tu lista de tareas? —Ella se asomó a su lado.

El frasco medio vacío de kétchup, dos huevos y un perrito caliente se burlaron de él. —Planeaba encargarme de eso —espetó—. Nadie envió una lista de tus gustos y aversiones, Olivia, así que pensé que esperaría a que llegaras. Creo que hay algunas cenas congeladas en el congelador.

—Mi nombre es Livvy. A menos que quieras volver a ser el Chico de la Piscina. —*Livvy* abrió el congelador vertical junto al refrigerador—. ¿Un pastel de pollo? —Recogió el paquete. Sus cejas, perfectamente arqueadas, se elevaron hacia el cielo mientras lo miraba—. ¿Con esto te estás alimentando? Cuarenta gramos de grasa, tripolifosfato de sodio, glutamato monosódico, aceite de soja líquido y parcialmente hidrogenado, mono y diglicéridos, benzoato de sodio... ¿Quieres que siga leyendo sobre la obstrucción de tus arterias?

—¿Qué eres, una especie de fanática de la salud?

—Encuentro ese término extremadamente ofensivo, ¿sabes? —Se cruzó de brazos, haciendo que sus curvas fueran aún más prominentes—. Solo porque he decidido no llenar mi cuerpo de productos químicos no significa que esté loca. La gente que come aditivos, conservantes y cualquier otro veneno que las grandes corporaciones ponen en su comida —enfatizó la última palabra haciendo comillas en el aire— es la que está loca.

—¿Y qué comes? ¿Lechuga y tofu?

—No. Como normalmente. Y también mis clientes. Todo productos naturales sin hormonas, sin conservantes, sin pesticidas, solo comida como la naturaleza la concibió. Orgánica.

Clientes. Ah, sí. La princesa y bomba sexi Olivia Carolla —*Livvy*— era una aspirante a granjera. Sean se había reído mucho con eso. Una panadera-granjera orgánica que vivía en una cooperativa había heredado la fortuna Martinson; una fortuna hecha e invertida en un sinnúmero de empresas que la harían salir corriendo despavorida cuando leyera su portafolio.

Sacó un cartón del estante. —Puedes tomar los huevos.

—¿Poliestireno? ¿Por qué no simplemente arrojas mercurio al suelo, ya que estás en eso? —Se giró, dándole un rápido vistazo de su sexi pierna bajo la falda—. ¿Tienes idea de... oh! ¡Ya llegaron!

Sean sacudió la cabeza ante el cambio de tema. Era como intentar seguir a un colibrí mientras revoloteaba de flor en flor. —¿Quiénes llegaron?

—¡Mis bebés! —Saltó hacia la puerta trasera, abriéndola de golpe sin pensar en la mella que la manija de latón haría en la encimera detrás de ella.

Sean nunca se había movido tan rápido en su vida. La señora Martinson había gastado una pequeña fortuna —no, que sea una *gran* fortuna— en remodelar esta cocina. Era una habitación que no iba a tener que tocar cuando tomara el control. Siempre y cuando pudiera evitar que Livvy la destruyera hasta que la echara de aquí.

Pero... ¿*bebés*? ¿Tenía *hijos*?

Sean sacudió la cabeza. Ese detective tenía mucho que explicar. En ninguna parte el tipo había mencionado niños. Cristo. ¿Cómo diablos se suponía que iba a echar a una mujer con hijos de su hogar ancestral?

Millones de dólares, Manley.

Oh, sí. Así es como.

Capítulo Tres

Casi tropezando con un ladrillo que se había soltado en el sinuoso sendero, Livvy llegó al camión justo cuando el conductor bajaba de la cabina.

—¿Dónde los quieres? —le entregó una tabla con sujetapapeles.

Livvy repasó la lista, asegurándose de que su vecino Kerry no se hubiera olvidado de nadie. Firmó el albarán de entrega y miró el cielo ominosamente nublado. —Hay un granero al final de este camino. Iré contigo y podemos descargar allí. —El granero había sido lo primero que le vino a la mente cuando el señor Scanlon la llamó de la nada con la noticia del fallecimiento de su abuela y La Herencia. ¡Cómo recordaba haberse escapado de la lúgubre atmósfera a lo *Cumbres Borrascosas* de la casa hacía tantos años para ir al granero de dulce aroma con todos esos caballos y gatos!

Subió a la cabina y se alisó la falda sobre las piernas. El conductor había llegado rápido. No lo esperaba hasta dentro de una hora, o ya se habría puesto unos jeans.

Se encogió de hombros. Si los «niños» le arruinaban la falda, por fin estaba en condiciones de poder comprarse una nueva.

El granero, a contraluz contra un cielo gris, era tal como lo recordaba, hasta los hibiscos en los parterres junto a ambas puertas. *¿Quién decora con jardines un granero?*

La misma gente que tenía pavos reales sueltos.

Esos pavos reales sueltos salieron disparados de la parte trasera del edificio y corrieron por el césped.

Tejas de cedro coronaban el edificio de piedra que, con las mismas ventanas de arcos con parteluz que la casa y contraventanas de color gris paloma, podría pasar por una acogedora casita de campo. Sus bebés iban a recibir un tratamiento de estrella.

El conductor retrocedió con el camión hasta las puertas del granero, luego rodeó la parte trasera y sacó la rampa. Livvy lo siguió, recordando la última vez que había estado allí. Los establos, los diez, habían estado llenos de heno, y las ventanas de la parte de atrás dejaban entrar mucho aire fresco y sol. Los Martinson se habían dedicado a la cría de caballos, aunque esos activos se habían vendido antes de que Merriweather enfermara. Una lástima. A Livvy no le habrían importado los caballos, pero como no se iba a quedar con la propiedad, era un punto irrelevante.

—¿Tienes correas o algo así? —preguntó el conductor.

Ella negó con la cabeza, sonriendo. —Solo déjalos salir. Me harán caso.

Habían oído su voz. Las puertas se abrieron de par en par ante un coro de gruñidos, rebuznos y balidos mientras la versión de minifinca del arca de Noé se vaciaba en el patio. Kerry enviaría a los perros más tarde. Tendían a morder los talones de las ovejas cuando se emocionaban, y el viaje hasta aquí sin duda los emocionaría.

El carnero y sus ovejas bajaron la rampa con estrépito, seguidos de sus crías. Su propia nueva generación. ¡Cómo le gustaban sus suaves abrigos de lana que acabarían enmarañados y sucios como los de sus padres! Odiaba esa parte, pero su lana sucia les compraba el heno.

Tomó en brazos a Buttercup y frotó la mejilla del cordero contra la suya. Tres días entre el viaje al bufete de abogados y su llegada aquí le parecieron toda una vida lejos de su pequeña familia. Buttercup baló y puso rígidas las patas. Mamá Daisy le dio un suave cabezazo en el muslo a Livvy. —Vale, Dais, aquí tienes. Simplemente los extrañaba, chicos.

Las cabras salieron del camión a coces, seguidas por las alpacas. Rhett le escupió, lo que no fue inesperado. Solía escupirle. Scarlett lo siguió justo detrás. La hembra se había vuelto más sumisa desde que Livvy los había sorprendido «en el acto». Con suerte, habría crías de alpaca para esta época el año que viene, aunque con La Herencia, el precio que alcanzaría su lana ya no era el gran problema que había sido.

La bandada de gansos y patos salió contoneándose detrás para formar su círculo ritual a su alrededor para recibir su pienso. Tuvo que moverse entre ellos hasta el camión para agarrar uno de los sacos de pienso, pero muy pronto todos estaban comiendo felizmente, y los graznidos dieron paso a un picoteo satisfecho. Bueno, vale, puede que Calypso acabara de morder el ala de Calliope, pero eso no era nada nuevo.

Una vez que las aves se calmaron, Livvy se subió a la parte trasera del camión. Efectivamente, allí estaba Reggie sentado en su manta dentro del transportín, con su hocico negro hurgando entre los pliegues. Se preguntó cuántas galletas para perro habría escondido Kerry allí para mantenerlo contento durante el viaje.

—Vamos, Reggie. Acomodemos a todo el mundo. —El cerdo barrigón resopló al oír su nombre y luego se puso en pie con dificultad, su arnés tintineando con los cascabeles que ella le había colgado. Reggie se creía un gato. Y la verdad es que había aprendido el sigilo de un felino, pero, por desgracia, carecía de su gracia. Los cascabeles le advertían antes de que se abalanzara sobre ella, sobre los muebles, sobre los nenúfares del estanque de casa...

Agarró un par de jaulas de gallinas, sacando a las aves cacareantes del camión, y chasqueó la lengua para arrear a la colección de animales hacia su nuevo hogar antes de que llegaran las tormentas que estaban pronosticadas para hoy —y que el cielo gris atestiguaba—.

El conductor, con un saco de pienso más grande sobre un hombro, abrió la puerta del granero, y tanto él como Livvy se detuvieron en seco.

Alguien había llenado el granero no con heno, sino con cajas. Pilas y pilas de cajas de cartón. Del suelo al techo, precintadas y etiquetadas como si fuera un almacén. Cajas de madera que contenían bultos envueltos en mantas y film retráctil que parecían muebles llenaban cada establo, y el pasillo de la parte delantera estaba abarrotado de muebles de jardín. A los ratones les costaría encontrar un lugar para anidar, no digamos ya la colección de animales que había traído.

—Eh, señora... ¿Hay corrales por aquí para lo que sea que hubiera antes en ese granero? Tengo que irme. Hay más entregas que hacer.

Corrales. Por supuesto. Detrás había corrales al aire libre. Tendría que encontrar unas lonas para construir un refugio temporal —o tomar la colcha de la Habitación Azul—, pero los corrales tendrían que servir para salir del paso.

Mientras el conductor descargaba el resto de los sacos de pienso sobre una pila de bancos justo dentro de la puerta del granero, ella arreó a los animales hacia la parte de atrás. Los corrales no serían el Ritz, pero tampoco es que hubieran estado viviendo como reyes en el otro lugar.

Excepto que no parecía que fueran a vivir en *ningún* sitio porque no *había* corrales.

Sus niños tendrían que volver a casa. Livvy cerró los ojos e intentó pensar en alguien a quien pudiera pedirle que los cuidara mientras ella estaba atrapada en este lugar. Pero la lista era la misma que había hecho antes de organizar su traslado: nadie. Kerry ayudaba un poco, pero él y Sherwood tenían su propia granja que atender. Lo mismo con Sheila, Marci y Jenny. Richard se había agenciado a todos los universitarios para sus vacaciones antes de que ella tuviera la oportunidad. La vida estaba muy ajetreada para su comunidad cooperativa y cuidar de sus animales solo sería una carga para todos los demás.

Viendo al conductor y su camión regresar por el camino, Livvy se dejó caer sobre el césped bien cuidado, mullido por lo que estaba segura era un trillón de dólares en productos químicos para que la maldita cosa pareciera un campo de golf, cruzó las piernas y apoyó la barbilla en la palma de la mano.

Verde por hectáreas. Gazebos de tejas blancas colocados artísticamente. Un estanque ornamental con una cascada gorgoteante. Pérgolas cubiertas de glicinas sobre juegos de café de hierro forjado. Topiarios con formas de criaturas míticas. Todo este terreno y ni una sola cosa útil que encontrar. Todo para aparentar.

¿Por qué no le sorprendía?

Reggie se acercó y le olisqueó la oreja, su saludo habitual cuando estaban en casa en el sofá. Ella le rascó debajo de la barbilla. Reggie cerró los ojos, se agachó y estiró el cuello, gruñendo de placer.

Las ovejas empezaron a hozar en la hierba, seguidas por las cabras y las alpacas. Livvy se puso de pie de un salto, desalojando la barbilla de Reggie de su rodilla. No quería que los animales ingirieran cualquier veneno que hubieran esparcido por el césped. Los arreó de vuelta hacia la parte delantera del granero, intentando decidir su próximo movimiento.

Quizá podrían dormir en la capilla. Después de todo, había un precedente. Más de dos mil años de precedente, así que no era como si Dios tuviera algo en contra de compartir un lugar para dormir con un montón de animales de granja.

Entonces una nube negra asomó por encima del granero con un retumbar de trueno. No llegarían a la capilla antes de que estallara la tormenta.

No tenía otra opción. Solo quedaba un lugar adonde ir.

Sean bajó de la escalera. Ni de broma iba a quitar esas cortinas. Parecían más difíciles de volver a colocar que un palé entero de vigas en un techo a cuatro aguas.

Llegó al pie de la escalera de cuatro metros y medio, y luego la tumbó de lado, con cuidado de no golpear el sofá de dos plazas que había movido antes de montarla. Las magníficas dimensiones de la habitación permitirían grandes oportunidades de entretenimiento una vez completadas las reformas. Este espacio, con su acceso por puertas francesas al patio de pizarra, sería el salón de recepción perfecto para una boda íntima. El paisajista que había contratado para que echara un vistazo a la propiedad le había sugerido mover uno de los gazebos desde el campo de cróquet cerca del patio para que las ceremonias pudieran celebrarse en caso de lluvia.

Sean recuperó el carrito rodante y colocó la escalera en ángulo sobre él. Aunque tenía su camioneta justo afuera, no quería cargar con la incómoda cosa ni unos pocos metros y arriesgarse a que se le cayera la escalera o a dañar alguna de las molduras. Ahora que había terminado con las habitaciones de la planta baja de este lado de la casa, llevaría esta escalera a su camioneta y luego subiría a la planta de arriba, donde los techos eran un poco más bajos. Con otra mitad entera de mansión por limpiar, iba a necesitar el mes entero para terminar este lugar.

Maniobró el carro y la escalera hasta las puertas del patio, agradecido de que la lluvia aguantara, y por la terraza de seis metros de ancho. La pizarra de ahí fuera necesitaba algún retoque, pero conocía al tipo perfecto para ello. Siempre y cuando, por supuesto, él se quedara con este lugar.

Jesús. ¿Cómo diablos iba a sacarla de aquí? La pobre hija bastarda y despechada con un resentimiento en el alma acababa de entrar por la puerta del bastión familiar, reclamándolo para sí. No se iba a marchar por cualquier motivo. Y él tenía que tener cuidado de no conseguir que lo despidieran antes de que se acabara el tiempo que le quedaba.

Tenía que convertirse en su nuevo mejor amigo. Encantarla, hacerse su amigo, convertirse en su colega. Interpretar el papel de Hombre-Trabajador para su Heredera-Agraviada. Nosotros-Contra-La-Familia. Convertirlos en almas gemelas. Halagarla para que pensara que él velaba por sus intereses. Nada de eso sería un problema. El problema sería cuando descubriera cuáles eran las malditas estipulaciones y tuviera que ganarle.

La idea no había sonado mal hacía una hora. No le interesaba perder el dinero de sus hermanos, pero entonces no la había conocido. Ahora ella era una mujer de carne y hueso. Con hijos.

Maldita sea. ¿Quién habría pensado que Merriweather Martinson tenía un corazón enterrado en algún lugar bajo las capas de cuellos almidonados y estolas de piel?

Sean abrió las puertas francesas y pasó la escalera rodando. Quizá una vez que echara a Livvy y pusiera este lugar en marcha y fuera rentable, le daría una paga mensual. Ella tendría dinero para arreglar esa granja destartalada que llamaba hogar, y él se sentiría menos culpable por mandarla a ella y a sus hijos lejos. Un beneficio para todos.

La erupción de sonidos de granja debería haberle advertido de que no iba a ser tan fácil.

Capítulo Cuatro

Sean se dio la vuelta ante la conmoción, sorprendido al ver una multitud revoltosa de aves y animales de granja que se dirigía hacia él. Con una gitana calzada con botas que corría a su lado.

Se quedó allí, incrédulo —y apreciándolo— hasta que algo le golpeó en la espinilla. ¡Hijo de puta!

Sean apartó la mirada de la estampida para ver una cabeza de cuernos grises que retrocedía para embestir de nuevo su pierna. ¿Una cabra?

Sintiéndose como un torero inepto, Sean esquivó a la molestia, logrando no tropezar con el gran pato blanco a su derecha, pero recibiendo un golpe en el hombro de una llama.

Una llama.

Una llama que estaba entrando en...

—¡No! —Sean se dio la vuelta y volvió corriendo a la habitación que acababa de pasar la mayor parte del último día y medio limpiando, solo para encontrar a dos cabras en el sofá de dos plazas blanco, a otra masticando el borde de la alfombra y a la estúpida llama literalmente pavoneándose frente a la vitrina de cristal.

¿Y era eso lo que creía que era delante del aparador? Oh, Dios, sí que lo era. Al menos el pato había dejado ese pequeño «regalito» en el mármol, no en la alfombra; no es que a las cabras les importara.

—¡Oh, no! —El grito de angustia de Livvy fue más débil que el que él quería proferir.

Habría que volver a tapizar los muebles, y si esa llama se rascaba su ridículo cuello en la vitrina una vez más, la derribaría. Y ni hablar de las cabras. La alfombra quedó para tirar en apenas quince segundos.

Se dio la vuelta justo a tiempo para ver al resto del arca de Noé entrar contoneándose por las puertas. Incluido un cerdo.

Un cerdo. ¿Quién demonios tenía un cerdo?

Bueno, eso era obvio. Obviamente era la mujer alrededor de la cual se congregaban los sabuesos —bueno, las *cabras*— del Infierno.

—¡Rhett, deja eso! —gritó Livvy, dándole un manotazo a la llama. *Rhett*. Tenía sentido—. ¡Dodger, bájate de ese canapé ahora mismo! —La cabra levantó la vista del cojín de flecos que estaba deshilachando con un parpadeo, y luego volvió a masticar—. ¡Calliope! ¡No! ¡Fuera! *¡Fuera!*

Sí, Calliope, la gansa, no estaba prestando atención. O no le importaba.

No es que importara ya. La alfombra estaba arruinada.

Livvy corrió hacia la alfombra, ahuyentando y pateando, con la falda revoloteando por todas partes.

Los animales simplemente la esquivaban y encontraban otra cosa que arruinar.

Sean miró el caos, luego la escalera en el patio y rápidamente ideó un plan.

Corrió afuera, esquivando al carnero que intentó darle en las joyas de la familia, luego arrastró dos sofás de hierro forjado por el porche y juntó los lados contra la casa. Luego maniobró el carrito de la escalera contra ellos y metió los cojines en los huecos para escapar, creando un corral improvisado. Todo lo que tenía que hacer era conseguir que la flautista de Hamelín los guiara hacia afuera.

—¡Livvy! Por aquí —gritó por encima del coro de chillidos, graznidos y rebuznos.

Livvy se apartó un mechón de rizos de la cara cuando se asomó por encima del lomo de la llama que estaba empujando y el alivio brilló en su sonrisa. —Buena idea.

Uno por uno, ahuyentó, arreó o cargó a los animales a través de las puertas francesas. Luego Sean las cerró y se atrincheró con su cuerpo para evitar que los diablillos volvieran a entrar.

Le llevó unos buenos diez minutos, y más de la alfombra Aubusson de lo que jamás podría repararse, pero pronto todas las criaturas estuvieron instaladas en el corral improvisado.

Livvy se apoyó en la puerta junto a él, sus curvas subiendo y bajando demasiado para su gusto.

Bueno, no, eso no era exactamente cierto. Definitivamente le gustaba. Pero definitivamente no *necesitaba* que le gustara.

—Gracias —dijo ella, tratando de recuperar el aliento—. No sé qué les pasó. Normalmente se portan bien en la casa.

—¿Los *dejas* entrar a tu casa?

—Bueno, no como regla general. Pero cuando mi granero tenía goteras durante un huracán, no tuve otra opción. Aparte de las necesarias, um, llamadas de la naturaleza, se portaron bastante bien.

—Sí, bueno, parece que hoy se les olvidaron los modales. ¿Y a qué viene esa colección de animales?

—Son mis mascotas.

—Son animales de granja, no mascotas.

—¿Por qué los animales de granja no pueden ser mascotas?

—¿Quieres que esté de acuerdo en que tener un cerdo es como tener un perro?

—En realidad, Reggie es más como un gato que como un perro.

Sean apretó los dientes. —Es lo mismo.

—Veo que no te gustan los gatos.

—Soy más de perros.

—Bien. Los perros llegarán pronto.

¿Más locura? —Qué suerte la mía.

—Mira, Chico de la Piscina. —Lo picó en un costado y dolió, maldita sea —. Es mi casa y son mis animales. Te aguantas.

—¿Viste lo que le hicieron a esa habitación? ¿Así es como quieres vivir? Tus antepasados no construyeron un granero allá afuera por nada, ¿sabes?

—Deja a mis antepasados fuera de esto. No me importa lo que hicieron, o lo que querían. Ahora es mi casa y si quiero que las cabras tengan un patio de juegos en el salón de recepción, no es asunto tuyo.

—No puedes decir en serio que vas a permitir que esos animales destruyan todos esos muebles antiguos.

—¿Por qué te importa?

—Me importa porque... —Uh, sí, buena pregunta. ¿Cuál iba a ser su respuesta?—. Porque es mi trabajo cuidar de este lugar. Acabo de terminar de limpiar esa habitación, ¿sabes? Ahora es un desastre.

Ella cerró los ojos, negando con la cabeza. Cuando los abrió, Sean vio un atisbo de risa brillando en esos ojos ámbar. —Sean, Sean, Sean. De verdad necesitas relajarte. Son solo *cosas*. Han estado encerrados en un camión durante horas. Si el granero estuviera vacío, podrían haberse desahogado allí, pero alguien metió un montón de cajas y muebles ahí. No tenía ningún otro lugar para que fueran sin que se comieran todo el césped.

—¿Y dime de nuevo por qué las alfombras antiguas son mejores para su digestión que el césped? ¿No se suponía que el césped era orgánico?

—Lo sería si no estuviera empapado en suficientes químicos como para que el césped sea digno de un campo de golf.

Exacto. Ese césped era precioso. No se necesitaría mucho para convertirlo en una calle ideal.

—¿Así que qué vas a hacer con ellos ahora?

Ella torció esos bonitos labios en forma de corazón hacia un lado y Sean se preguntó cómo se sentirían contra los suyos. A qué sabrían...

Sí, sí, concéntrate y quita la mente de la cosa bonita y con forma de corazón. Y podía olvidarse de besarla. Era la enemiga.

Al igual que el cerdo que intentaba meterse entre los dos, los cascabeles de su collar sonaban como un Santa Claus borracho.

—Tengo que vaciar el granero antes de poder meterlos allí. ¿Hay alguna posibilidad de que limpiar el granero esté en la descripción de tu trabajo? —le dio un codazo con el hombro y lo miró desde debajo de sus pestañas.

No era justo. Esa mirada probablemente había sido creada por Afrodita para debilitar las rodillas y la voluntad de los hombres. Y Livvy la dominaba a la perfección. Maldita sea.

Parecía que acababa de añadir más trabajo a su día porque de ninguna manera iba a optar por una granja interior en su futuro Hideaway Hills Resort.

Pero entonces los cielos se abrieron, desatando cortinas de lluvia dignas de Noé y *su* colección de animales.

—¡Oh, no! —Livvy se apartó de la puerta de un salto, reunió a los animales y luego lo fulminó con la mirada—. ¿Y bien?

—¿Y bien qué? —Él no se había movido. Tampoco tenía la intención de hacerlo.

—¿No vas a ayudarme?

—¿Ayudarte a qué?

—A meterlos adentro.

—¿Adentro? Creí que acabábamos de decidir vaciar el granero.

—Pero se están mojando.

—Son animales. Están acostumbrados.

—No, no lo están. Y no quiero que se enfermen. Vamos. —Apartó al cerdo con un empujón y tiró de la puerta.

Sean la sujetó antes de que se moviera más de cinco centímetros del marco. —No vas a dejarlos entrar de nuevo.

Pestañas puntiagudas y oscuras enmarcaban unos furiosos ojos dorados. —Sí que voy a hacerlo.

—No, no lo harás. Son animales. Animales de granja.

—Que no tienen un granero. ¡Ahora deja de discutir y muévete!

Para ser tan pequeña, sí que pegaba fuerte. Su cadera lo golpeó a medio muslo y él tuvo que dar un paso al lado para mantenerse en pie.

Esa fue la oportunidad que ella necesitaba. Así de rápido, agarró las manijas de ambas puertas y las abrió de par en par. Los animales entraron en estampida.

Mierda. Cualquiera diría que nunca antes habían visto la lluvia.

Ya no podía decir lo mismo de la alfombra Aubusson. Lo único bueno era que ya estaba arruinada; como lo estaban siendo ahora los muebles. Oh, demonios.

Un trueno hizo temblar los cristales de las puertas francesas.

—Será mejor que las cierre —dijo Livvy, la madre gallina, levantándose de uno de los sillones orejeros.

—¿Para qué molestarse? —Sean se apartó el pelo empapado de la frente con una mano y la agarró del brazo con la otra—. El suelo ya está empapado. Además, querías un granero. Ahora tienes uno. —Con la decoración de Versalles.

Ella ya tenía un dedo apuntándole, pero, a medio giro, las palabras se le atascaron en la boca. Lo miró, luego se miró a sí misma, luego a todos los animales, y de repente se echó a reír.

Lo que lo hizo reír a él.

Pero con su falda desaliñada pegada a las piernas y la tela húmeda, vaporosa y prácticamente transparente haciendo lo mismo con su cuerpo, la risa murió en la garganta de Sean.

Fue reemplazada por algo mucho más pesado. Expectante. No podía apartar la mirada.

Se veía deliciosa. La lluvia se deslizaba por su clavícula, unas pocas gotas se acumulaban en el hueco antes de deslizarse por su pecho bajo la fina tela de su camisola. Sean siguió esa línea con los ojos, su respiración haciéndose más superficial con cada peca que contaba.

La risa de Livvy se desvaneció y Sean se encontró con su mirada.

La vulnerabilidad que había visto antes había sido reemplazada por algo... más.

Él *quería* más.

No entendía por qué; ella no era su tipo habitual. Pero no importaba. Cuando Livvy lo miraba como lo estaba haciendo, *viéndose* como se veía, no importaba. La deseaba.

Dio un paso hacia ella. Uno leve, pero sus pestañas parpadearon y sus labios, brillantes por la lluvia, formaron una pequeña O. Quiso lamerla.

Así que lo hizo.

De alguna manera, ella estaba en sus brazos, sus cuerpos tocándose, sus alientos mezclándose, sus rizos rozando su pecho en la V de su camisa, y su lengua se deslizó para probar sus labios. Apenas un roce, pero no hubo vacilación por parte de ella. Su respiración se entrecortó lo justo para la pequeña abertura que él necesitaba y profundizó el beso.

Un trueno retumbó en la habitación, o tal vez era la sangre corriendo por sus venas mientras su cuerpo se convertía en fuego. La rodeó con sus brazos sobre los hombros, presionando la curva imposiblemente pequeña de su cintura contra él, sus pechos —sus pechos húmedos y duros— aplastados contra su pecho, y no pudo evitar gemir cuando sus caderas se movieron contra él.

Dios, lo excitaba y no le importaba si ella lo sabía. Porque en serio... ¿cómo podría no saberlo?

Deslizó una mano en la maraña de rizos que quería ver esparcidos por todas las almohadas de la cama de arriba, y sostuvo su cabeza en el ángulo justo. Su lengua barrió hacia adentro, encontrando la embestida de la de ella, sus labios pellizcando los suyos, sus pezones presionando contra su pecho, enviando señales desenfrenadas a cada terminación nerviosa de su cuerpo.

Era diminuta, casi frágil, pero, Dios, cómo besaba. El roce feroz de sus uñas en su espalda bajo la camisa, la forma en que se apoyaba contra él, sin contenerse...

El gemido bajo en el fondo de su garganta... Lo desarmó.

Deslizó la mano más abajo, ahuecando su trasero, colocándola en posición. Le encantaría enroscar sus piernas alrededor de él, pero eso significaría soltar la sensual caída de cabello húmedo que acariciaba su piel y eso simplemente no era una opción en ese momento. Podía imaginárselo cubriéndolo mientras ella lo montaba, sus pechos, pesados en sus palmas, balanceándose con su ritmo.

Dios, la imagen... Profundizó el beso, su lengua haciendo lo que su verga quería hacer. Estaba tan duro que le dolía...

Deslizó sus labios hacia su mejilla, saboreando el indicio de su excitación bajo la lluvia, inclinando su cabeza hacia atrás, sintiendo su respiración áspera contra su oído. Se hundió en el hueco debajo de su mandíbula, su pulso latiendo contra sus labios mientras los deslizaba hasta su lóbulo, atrapándolo entre sus dientes, tirando, y su cabeza cayó hacia atrás. Piel húmeda y cremosa para él, un roce de sus labios, el remolino de su lengua...

Demonios, estaba en un gran problema. Esto no era parte de su plan. Se suponía que debía estar ideando un plan para sacarla de aquí, no besándola hasta dejarla sin sentido.

Y, sin embargo, no parecía poder parar. Besar a Livvy podría no ser la decisión de *negocios* más inteligente que había tomado, pero por Dios, pensó que podría ser la mejor decisión de *vida* que había tomado.

Y entonces el maldito cerdo le dio un cabezazo en el trasero.

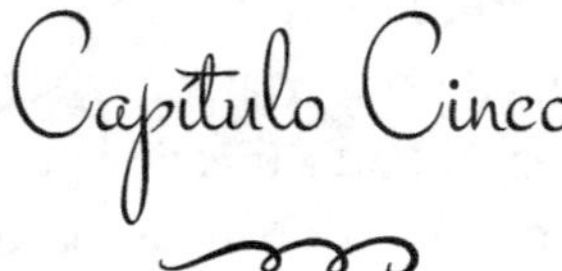

Capítulo Cinco

Sean giró la cabeza para mirar esos ojos en los que había querido ahogarse hacía unos momentos... y en los que quería volver a sumergirse.

Pero, por Dios, esta era una pésima idea.

—Si tu cerdo cree que es un gato, ¿por qué actúa como un perro guardián? —Necesitaba ponerle algo de sensatez al momento y, si los cerdos guardianes eran la solución, entonces estaba en serios problemas.

Pero surtió efecto; los ojos de Livvy brillaron con picardía. —Reggie es un poco, eh, celoso de cualquiera que reciba más atención que él. Podría ser Calliope, podría ser Rhett. No tiene nada en tu contra específicamente.

Oh, sí que lo tenía. El *hocico* del cerdo estaba contra él. En un lugar muy inoportuno. Un solo movimiento de cabeza del animal y Sean estaría cantando como soprano por un tiempo. —¿Te importaría quitármelo de encima?

Livvy rio de nuevo y dio un paso atrás. Sean sintió la pérdida de inmediato. Pero también sintió que Reggie se apartaba. El animal lo fulminó con la mirada mientras lo hacía.

Sean asintió hacia el animal. —Eficaz.

Livvy se encogió de hombros, y eso le hizo cosas demasiado buenas a la delgada blusa aún pegada a su pecho. Si Reggie no hubiera gruñido una advertencia, Sean habría acortado la distancia entre ellos de nuevo.

Eso, sin embargo, no sería inteligente. Tenía que mantenerse muy, muy lejos de Livvy Carolla.

Pero entonces ella echó sus rizos sobre el hombro, y la curva de su cuello le recordó que aún no había probado esa parte de ella.

—¿Por qué hiciste eso?

Porque era mejor idea que subirla a la habitación y quitarle la ropa. —¿Te refieres a besarte?

Ella se mordisqueó el dedo índice y Sean quiso gemir. La punta de su lengua, un toque rosado, ese sabor agridulce de las manzanas...

—Eh, sí. Eso.

—¿Acaso un hombre necesita una razón para querer besar a una mujer sexi?

Ella resopló. —Ay, por favor. Parezco un caniche ahogado. —Se pasó las manos por delante de la falda y bajó la vista...

Y vio lo que él veía.

Esos ojos ámbar se clavaron de nuevo en los suyos.

Él intentó ocultar su sonrisa. —Yo no diría eso.

—Sí, bueno... —Se echó el cabello hacia delante y encogió los hombros, cruzando los brazos para protegerse más. Protección *de él*, si tan solo ella supiera—. ¿Tienes la costumbre de besar a mujeres empapadas por la lluvia? Eso debe hacerte un tipo muy popular. Me sorprende que nadie te haya desfigurado esa cara de niño bonito todavía.

—No es que te estuvieras resistiendo mucho.

—No es que me dieras la oportunidad.

—Buen intento, princesa, pero tu suspiro y esa lengua deslizándose en mi boca fueron una pura invitación. No me eches toda la culpa a mí. Me habría detenido en cualquier momento si hubieras protestado. —Y si se creía eso, entonces no le cabría duda de que iba a terminar quedándose con este lugar.

—Podría despedirte, ¿sabes?

—Sí. Podrías. ¿Pero entonces quién te enseñaría el lugar? ¿Te daría las llaves? ¿Limpiaría tu granero? —Sean usó la arrogancia para ocultar el miedo muy real de que ella *lo* despidiera. ¿En qué había estado pensando? Romper el contrato con Manley Maids era lo último que quería que hiciera.

—Mira, lo siento. —Soltó un suspiro y se pasó las manos por el cabello—. No volverá a pasar. Supongo que simplemente malinterpreté el interés. —

Claro. Puede que esa no fuera la razón por la que sus pezones lo habían estado saludando al principio, pero ella había estado tan metida en el momento como él.

Pero el proyecto era lo importante: hacer que fracasara. Haría lo que fuera necesario para quedarse aquí.

Incluido mantenerse alejado de la sexi Livvy Carolla.

Malinterpreté el interés. Oh, no había malinterpretado nada, pero Livvy no estaba dispuesta a admitirlo. ¿En qué diablos había estado pensando al besarlo de esa manera? El hombre era un completo desconocido.

Siendo «completo» la palabra clave.

Ciertamente no podía estar en desacuerdo con él. No había protestado porque besarlo le había parecido lo correcto.

Lo correcto... caramba. Ahora estaba pensando como su madre.

Claro que, si mamá no hubiera pensado que besar al *gusano* era lo correcto, Livvy no estaría aquí, mirando al tipo más guapo que había conocido en su vida.

—De acuerdo. Disculpa aceptada. Simplemente que no se repita, ¿vale? —Un trueno volvió a hacer vibrar los cristales de las ventanas mientras la lluvia arreciaba. Otro relámpago hizo que Rhett resoplara en la esquina. Daisy empezó a resoplar y las cabras saltaron unas sobre otras, intentando alcanzar un terreno más alto. Reggie hizo lo que siempre hacía durante una tormenta: se metió entre sus piernas, tosiendo como si tuviera algo atascado en el hocico.

Y entonces escuchó la chillona versión de *Yellow Submarine* resonando por el vestíbulo: Orwell en su momento de mayor pánico.

—Vigila a estos —le dijo a Sean mientras guiaba a Reggie hacia él por el collar con cascabel—. Vuelvo enseguida.

—¿Vigilarlos? —Sean tomó el arnés por un segundo y luego lo soltó como si estuviera en llamas—. ¿A qué te refieres con *vigilarlos*?

—Deja que Reggie se quede a tu lado y no permitas que los otros empiecen a morderse. Especialmente las alpacas. Necesito que su vellón esté en buen estado. —Si Sean había sentido alguna atracción por ella antes de ese momento, debía de haberse desvanecido; la miraba como si le faltaran varios tornillos. Pero no se podía evitar. Orwell solo se pondría más ruidoso y se alteraría, y tardaría días en calmarse. Un loro psicótico no era buena compañía.

Salió disparada por la puerta, haciendo una mueca cuando Orwell empezó con el estribillo.

Subiendo los escalones de dos en dos, Livvy voló escaleras arriba hasta su habitación, tomó la jaula del loro y se metió a toda prisa en el armario. En el momento en que la oscuridad lo envolvió, Orwell se calmó. Viajar y estar solo en una tormenta: sus dos peores pesadillas.

Livvy controló su respiración y buscó el cerrojo de la jaula. Estaría bien una vez que estuviera en su hombro.

Efectivamente, saltó a su mano, luego trepó por su brazo, haciéndola desear haber llevado mangas largas. Se inclinó y, con un sonoro chasquido, le dio la versión sin mordisco del beso de un loro.

—Buen chico, Orwell —dijo él.

—Buen chico, Orwell. —Livvy le acarició la cabeza y luego abrió la puerta del armario.

Para encontrarse a Sean de pie en la entrada de su habitación.

—¿Qué haces aquí? —preguntó ella.

—¿Qué fue eso? —preguntó Sean en el mismo instante en que otro estruendo de trueno ahogó sus palabras.

Orwell metió la cabeza bajo su cabello.

—Sean, ¿qué haces aquí? ¿No me oíste? Tienes que vigilar a las alpacas.

—Vigilar alpacas no es parte de la descripción de mi trabajo. Y tu maldito cerdo casi me rompe la rótula con ese último relámpago. —Dio un paso dentro de la habitación y miró su hombro—. ¿Un pájaro? ¿Subiste corriendo por un pájaro?

Ella resopló y negó con la cabeza, luego lo rodeó. —Sí, subí corriendo por un pájaro. ¿No lo oíste chillar? —Se dirigió hacia las escaleras. Rhett podía ponerse muy temperamental y Daisy podía ser demasiado protectora con sus crías. Livvy no podía permitirse que su lana se dañara.

Se detuvo en el segundo escalón desde abajo. En realidad, *sí* podía permitirse que su lana se dañara. Imagínate.

Entonces negó con la cabeza. No importaba lo que pudiera permitirse; no necesitaba animales neuróticos. Había trabajado duro para darles una sensación de seguridad después de la inestabilidad de sus vidas antes de que los rescatara.

Bajó los dos últimos escalones mientras Sean la alcanzaba. La siguió de vuelta a la habitación para encontrar...

Oh, qué alegría. Rhett y Scarlett habían encontrado una nueva forma de ignorar la tormenta.

Justo en medio de la alfombra.

Capítulo Seis

Maldición. Los animales se estaban *apareando* en medio de la habitación. Sobre la alfombra a medio comer.

Sean se echó a reír. Una locura. Una locura absurda y demencial. Allí estaba él, en una habitación amueblada con antigüedades de valor incalculable, planeando convertirla en un salón de recepción para bodas en las que no se escatimaría en gastos, y había una cópula de alpacas en curso. Y una de las mujeres más sexis que había visto en mucho tiempo —a la que acababa de besar, poniendo en grave riesgo su trabajo y el futuro de su empresa— estaba allí de pie, con la ropa mojada casi transparente y un loro en el hombro.

Un loro cantor. Cuya desafinada interpretación de *I'm In The Mood For Love* era histéricamente apropiada.

—¡Shh! ¡Orwell! ¡Niño malo! ¡Niño malo! —Livvy intentó cerrarle el pico al loro—. ¡Ay!

Sí, no tuvo éxito.

Pero Rhett, el viejo Rhett, sí que lo tuvo. Con un gruñido que le hizo temblar el lomo, la alpaca se apartó de su dama y luego se pavoneó por la habitación como si acabara de prestar el mayor servicio del mundo.

Sean miró a Livvy, cuyos pezones *aún* se perfilaban bajo su blusa. No iba a envidiarle a Rhett ni un segundo de su pavoneo. Dios sabía que *él* haría lo mismo si no lo despidieran; hacerle el amor a ella *y* presumir de ello, claro está.

Sean negó con la cabeza. *Concéntrate en el trabajo. No en la mujer.* Aunque ella *fuera* el trabajo.

Y entonces sonó el timbre.

—Voy yo —dijo, saltando por encima de un cabrito y casi recibiendo un golpe en las joyas de la familia cuando el animalito saltó al mismo tiempo.

Dejó a Livvy en el manicomio y corrió hacia la puerta, abriéndola justo cuando un relámpago recortaba la silueta del hombre que estaba allí parado como Lurch.

—¿Puedo ayudarlo en algo?

Unos ojos agudos lo taladraron bajo un ceño prominente, mientras la lluvia goteaba de un paraguas sobre los zapatos de Sean. —Vengo a ver a la señorita Olivia Carolla.

—Está un poco ocupada en este momento. ¿Supongo que quiere esperar?

—Gracias. Soy Benjamin Scanlon, su abogado. O, mejor dicho, el abogado de la sucesión.

Sean se esforzó por mantener la sonrisa fuera de su rostro y el cálculo fuera de sus ojos. El abogado. El tipo con el que había estado tratando de hablar desde la muerte de la señora Martinson. El que tenía las llaves de este reino. Y que estaba a punto de entregárselas a Livvy... aunque no si Sean podía evitarlo.

—Ningún problema. Puede esperar aquí. —Dirigió al abogado al estudio de la época victoriana—. ¿Quiere un café o algo? ¿Una cerveza?

—Me encantaría una cerveza, pero con este lío... —el abogado asintió mientras otro trueno retumbaba sobre sus cabezas, acompañado de un montón de bufidos y relinchos desde la habitación del fondo del pasillo—, será mejor que no, ya que voy a manejar. Tendrá que ser café.

Era la excusa perfecta que Sean necesitaba para asegurarse de que Livvy estuviera bien sola con el zoológico. Y que la mantuvieran ocupada el tiempo suficiente para que él obtuviera algo de información de su abogado.

Ignorando su conciencia culpable, Sean cerró la puerta del estudio, corrió por el pasillo hasta la sala, pasó de puntillas mientras Livvy estaba de espaldas, salió por las puertas francesas del fondo del pasillo y se deslizó hasta las de la sala que daban al patio, rezando para que un cordero curioso encontrara la abertura que había hecho con la puerta.

. . .

Livvy se giró bruscamente cuando Rhett intentó morder a Orwell y Orwell intentó devolverle la mordida. Esos dos nunca se llevaban bien y la electricidad de la tormenta solo los ponía más nerviosos.

Algo parecido a lo que la electricidad que tenía con Sean le hacía a ella.

Livvy resopló. Se había besado con el sirviente. ¿No se sorprenderían las chicas de la escuela? Y más aún cuando vieran al susodicho «sirviente». Guapo y sabía besar. Probablemente había practicado tanto lo segundo por causa de lo primero que no debería sorprenderse.

Rhett le lanzó un gargajo grande y ruidoso a Orwell, pero el pájaro logró esquivarlo, dejando su mejilla como el blanco perfecto, borrando el recuerdo del beso de Sean más rápido que cualquier otra cosa. Puaj.

—Ya basta, Rhett. —Intentó empujar al bruto hacia un lado, pero se había encajado junto al gabinete de curiosidades y no se movía ni un centímetro.

Una analogía total de su vida y la familia de la que provenía.

Pero las cosas cambiarían una vez que este lugar fuera suyo. Podría hacer lo que quisiera con él. Venderlo, donarlo o incluso demolerlo, y nadie podría decirle lo contrario. Finalmente podría dejar atrás el pasado y pagarles por el infierno de desinterés que le habían hecho pasar. A mamá también.

Y hablando del infierno... Los gansos se habían posado en el aparador y picoteaban a los cabritos mientras intentaban saltar con ellos. Randy, que hacía honor a su nombre, casi lo logró, pero resbaló y aterrizó encima de Buttercup, que salió disparada con un fuerte balido y se fue directo hacia la abertura de las puertas francesas...

¿Cómo diablos había pasado *eso*? Podría haber jurado que las había cerrado.

Y entonces ya no importó cómo sucedió, porque Buttercup se escapó hacia la tormenta.

Livvy salió corriendo tras la corderita asustada. Daisy tuvo la misma idea. Chocaron la una contra la otra y contra el marco de la puerta, y la pierna de Livvy se llevó la peor parte. O más bien, su trasero, al aterrizar con un porrazo que le hizo vibrar la columna; el mármol frío y húmedo no era la superficie óptima para caer.

Daisy salió.

Esto solo animó al resto de las trillizas de la oveja a seguirla. Y luego los cabritos hicieron lo mismo, lo que, naturalmente, hizo que su madre fuera tras ellos en otra procesión.

Livvy se puso de pie a toda prisa, apartó a Digger de un empujón y se lanzó por la puerta sobre el lomo de Daisy justo antes de que la oveja pudiera embestir el sofá de hierro forjado y liberarlos a todos.

Maldiciendo la lluvia, a su abuela, a Daisy, a Buttercup y, muy especialmente, a Randy por haberlo empezado todo, Livvy logró reunirlos a todos después de quince minutos que parecieron más bien quince años.

¿Dónde diablos estaba ese sirviente sexi que venía con este lugar? Había sido mucho más fácil cuando lo tenía a él para ayudarla.

Finalmente, con el pelo tan mojado que no le quedaba ni un solo rizo, la blusa haciendo doble función de esponja y la falda más un estorbo que otra cosa, Livvy logró acorralar a todos los animales de vuelta adentro, donde volvieron a masticar alegremente la alfombra. Eso le recordó que tenía que ir a buscarles el alimento al granero, donde el conductor lo había dejado.

Al menos estaba seco. Lástima que no pudiera decir lo mismo de nada más en esta habitación. Bueno, excepto Orwell. Que estaba cantando un popurrí de los Beatles a todo pulmón a cuatro metros y medio de altura, sobre la ménsula que sostenía las cortinas.

Ahora, ¿cómo se suponía que iba a bajarlo de ahí?

¿Está seguro de que aún no está disponible? —El abogado dejó la diminuta tacita de porcelana —los únicos vasos para servir que Sean pudo encontrar— sobre el escritorio de caoba.

Sean, por suerte, había encontrado un viejo frasco de café instantáneo en uno de los gabinetes, y rezó para no matar accidentalmente al tipo por podredumbre antes de obtener las respuestas que quería.

—Estará aquí en un momento. Unos, ah, asuntos de manutención.

—¿Maritales? ¿Está usted casado?

No *podía* ser tan fácil, ¿o sí?

—Oh, todavía no. —Técnicamente, no era una mentira. Scanlon no había especificado con *quién* estaba casado Sean y, hacía media hora, *había* estado pensando en el equivalente a los derechos maritales en aquella sala.

Sí, sí, semántica, pero necesitaba esta propiedad, casi hasta el punto de comprometer sus principios.

No. No había un «casi» de por medio. Los principios se habían comprometido en el momento en que se puso este uniforme sabiendo que iba a tener una lucha entre manos por culpa del testamento. Pero necesitaba esta propiedad. La *necesitaba*. El resto de su empresa, diablos, su futuro, dependía de este acuerdo, lo que dejaba sus principios fuera de la ecuación. Pero sería mucho más fácil si ella no le gustara tanto.

—Así que, um... —Sean dejó su propia taza de café, se subió la parte delantera de los pantalones y se sentó en una silla junto a otra chimenea ornamentada. Esta casa tenía diez, cada una de un estilo diferente y cada una con sus revestimientos originales de mármol o piedra. Había hecho su investigación y la descripción de cada una ya formaba parte del borrador de su folleto. Sí, así de avanzado estaba en sus planes. Lo había estado durante un tiempo antes de que Merriweather le pusiera un palo en la rueda—. ¿Qué necesitaba hablar con Livvy?

Scanlon esbozó una sonrisa de «no nací ayer, jovencito» en su rostro. —Me temo que solo puedo discutir eso con ella. Usted comprende.

Por desgracia, lo hacía. Adiós a esa táctica.

—Claro. Entonces... ¿cuánto tiempo conoció a la señora Martinson?

El abogado se echó hacia atrás y sus labios se relajaron en una sombra de sonrisa. —Mi firma ha representado los intereses de los Martinson por generaciones.

—Apuesto a que ustedes saben dónde están todos los trapos sucios, ¿eh?

Los ojos de Scanlon se entrecerraron. —No estoy autorizado a discutir asuntos de la familia Martinson.

—Por supuesto. Solo quería decir que Livvy es probablemente una en una larga lista que el dinero de los Martinson ha ocultado. Probablemente a la señora Martinson le molestaba mucho que su nieta fuera la única persona a la que podía dejarle todo.

Sí, estaba tanteando el terreno, ya que sabía que Livvy no había sido la única opción de Merriweather, pero ¿qué podía saber el *ama de llaves*, verdad? Y si interpretaba correctamente al abogado, el tipo había estado encaprichado con, o asombrado por, la *gran dama*. Cualquiera de las dos cosas podría hacer que la defendiera. Y, con suerte, que soltara algo.

—La señora Martinson no tenía que dejárselo a la señorita Carolla. Podía hacer lo que quisiera con el patrimonio. Era suyo. La familia siempre fue importante para la señora Martinson, y por eso decidió hacer lo que hizo.

Pero con estipulaciones.

—Pero es una especie de apuesta, ¿no? Quiero decir, ¿darle todo ese dinero y este lugar a la nieta con la que apenas ha hablado? ¿Cómo sabía que Livvy no lo despilfarraría en fiestas o con cazafortunas? —Sean fingió tomar un sorbo del café—. Podría ser que la señora Martinson estuviera, ya sabe... —Se tocó la sien—. La vejez y todo eso.

El abogado, que tampoco era un jovencito, se ofendió como era de esperar. —Merriweather Martinson estaba en plenas facultades mentales y físicas cuando escribió su testamento. Yo, personalmente, puedo dar fe de ello. Sabía exactamente lo que estaba haciendo. Quería darle a su nieta la oportunidad de conocer su historia. Por eso el testamento se estableció... —Scanlon dejó su taza de café—. Bueno. —Se aclaró la garganta—. Por eso estoy aquí. No estoy autorizado a decir más.

La historia familiar era la clave.

—¿Y si Livvy no quiere aceptarlo?

La taza de Scanlon tintineó en el platillo. —¿No aceptarlo? Dudo mucho que eso suceda. ¿Quién no aceptaría un legado tan generoso?

—Cierto. Este lugar tiene que valer una fortuna. —Lo valía. Sean sabía exactamente cuánto, hasta el último centavo.

El abogado miró el atuendo de Sean. —Entiendo que ese sea su primer pensamiento, pero el dinero no lo es todo.

Dicho por un tipo con un traje de mil dólares y gemelos de oro. Dinero viejo por donde se lo mirara. Ese «representado los asuntos de los Martinson por generaciones» sellaba el trato. El tipo no sabía lo que era estar *así de cerca* de dejar su huella. No sabía lo que era que todo dependiera de un solo acuerdo. No como Sean. Y ese era solo el aspecto monetario. Sin mencionar que su sentido de la autoestima estaba ligado a lograr esto. Que sería el hermano Manley menos exitoso si no podía conseguirlo.

Sean no se metió en eso. Toda su vida había tenido que trabajar más duro que sus hermanos. Estaba acostumbrado. Pero esto... Esto estaba fuera de su control a menos que pudiera descifrar las estipulaciones y vencer a Livvy en ellas.

No lo entendía. La señora Martinson había estado de acuerdo con sus planes durante los últimos tres años, siempre echando un vistazo a los planos y sugiriendo otros cambios. Le había gustado la idea de mantener la belleza histórica del lugar, así como el legado continuo del apellido familiar. Incluso había firmado papeles a tal efecto, pero su abogado dijo que las maniobras legales con su nuevo testamento podrían hacer la batalla difícil. Y costosa. Tan costosa que nunca podría hacer lo que quería con la propiedad *si* finalmente prevalecía.

Había sido un riesgo calculado, pero el riesgo calculado era parte de su negocio.

Todo lo que tenía que hacer era convencer a Livvy de que renunciara a ello.

Capítulo Siete

Livvy parecía una rata mojada cuando abrió la puerta del estudio.

—Oye, me preguntaba si podrías traer esa escalera... Oh. Lo siento. No me di cuenta de que tenías compañía.

Se dio la vuelta para marcharse, goteando tanta agua sobre la alfombra color borgoña que Sean iba a tener que aspirarla para sacar el agua del relleno o arriesgarse a que el moho formara una colonia en las fibras. Si tenía que reemplazar más alfombras en ese lugar, sus márgenes de ganancia iban a desaparecer.

Y entonces, Scanlon se puso de pie.

—¿Señorita Carolla?

Livvy se giró de nuevo.

—¿Señor Scanlon? —dio dos pasos dentro de la habitación. Sobre la alfombra. Empapándola.

Un relámpago destelló afuera y Sean suspiró al levantarse. Además de preocuparse por la posibilidad de que apareciera moho, también se le había quedado grabada en la mente —*otra vez*— una imagen imborrable del cuerpo esbelto debajo de la ropa ceñida.

Se metió las manos en los bolsillos delanteros de los pantalones para crear un poco de espacio extra y que la reacción inmediata de su cuerpo no fuera evidente para todos. Necesitaba una ducha fría.

Un trueno retumbó en lo alto.

O podía salir afuera. Daba lo mismo.

—¿Qué hace aquí, señor Scanlon? —Livvy se pasó una mano por el cabello, haciendo que los rizos cobraran vida como pequeños tirabuzones.

Sean casi gimió. Las palabras «joder» y «Livvy» no deberían estar en la misma oración en su mundo. Jamás.

—Hola, señorita Carolla. —El maldito abogado derrochaba más encanto que un galán de telenovela—. Le estaba diciendo a su... —el abogado miró por encima de las gafas que llevaba en la punta de la nariz y Sean sintió como si el director del colegio le estuviera echando un sermón—. A su mayordomo que tenemos que hablar de unos documentos importantes.

Livvy resopló ante el término *mayordomo* y se puso las manos a la espalda, haciendo una especie de lento dos pasos texano mientras se acercaba a ellos, con una sonrisa luchando por asomar en sus labios.

—Oh, estoy segura de que mi *mayordomo* —le guiñó un ojo— estaba a punto de venir a buscarme. ¿Verdad, Se...?

—Por supuesto que sí. —No necesitaba que le dijera su nombre al abogado; no si la señora Martinson lo había mencionado. El tipo sabría quién era y todo el plan podría explotarle en la cara—. Entonces, ¿puedo ofrecerte algo, Livvy? ¿Café o...?

—¿Una cena congelada? —sus labios volvieron a temblar.

Los labios de Sean hicieron lo mismo.

—Iba a sugerir un perro caliente.

—Ah. —Asintió y se inclinó hacia él—. Estoy segura de que el señor Scanlon aprecia un menú más refinado que perros calientes y cenas congeladas. ¿No es así, señor Scanlon?

El abogado los miraba a uno y a otro como si estuvieran hablando en un idioma extranjero. Sean entendía por qué. Nadie podría seguir esa conversación a menos que hubiera estado allí desde el principio de su relación.

Un momento. Espera. Ellos no *tenían* una relación. No *podían* tener una relación.

—*¡Chico malo!*

Sean podría haber atribuido ese chillido a su subconsciente moral de no ser por el pájaro que entró volando en la habitación y aterrizó en el hombro de Livvy.

—*Chico malo, Orwell* —repitió el loro.

Livvy levantó la mano para acariciar las plumas del pájaro y Sean podría jurar que hubo un silencio expectante en la habitación mientras Orwell articulaba lo que Sean, al menos, imaginaba que se sentía con esa caricia con un «*Ahhh*».

Sacudió la cabeza. No. Te. Involucres.

Correcto.

—*Chico malo, Orwell* —dijo el pájaro una vez más, con sentimiento.

El señor Scanlon se quedó mirando al pájaro un momento antes de subirse las gafas por la nariz, y luego levantó un maletín sobre el escritorio.

—¿Por qué no nos sentamos, señorita Carolla?

—Eh, claro. Un minuto. —Deslizó el puño bajo las garras del loro y lo levantó para que quedaran pico con nariz—. ¿Qué hiciste, Orwell?

—¿Hice? —dijeron Sean y Scanlon al mismo tiempo.

Ella los miró y luego volvió a mirar al pájaro.

—¿Por qué fuiste un chico malo, Orwell?

Orwell emitió un sonido gutural y el ruido le recorrió la espalda a Sean.

—*¡Aaaaaaaaaaaaaaaaaarbooooooooooooool!* —chilló el loro, echando la cabeza hacia atrás mientras se lo cantaba al techo artesonado.

Sean se cruzó con la mirada de Livvy.

—¿Árbol?

Ella cerró los ojos.

—No me gusta cómo suena eso.

A Sean tampoco.

—Bueno, quizás su *mayordomo* —al viejo le *encantaba* llamarlo así— podría ir a ver mientras usted y yo vamos al grano, ¿señorita Carolla?

Ella miró a Sean.

—¿Te importaría, Se...?

—No, en absoluto. —Sean la interrumpió una vez más y tomó al pájaro. ¿Importarle? Sí, le importaba. No era un cuidador de mascotas glorificado.

Pero tampoco tenía ninguna razón legítima para quedarse. Así que, con los dos mirándolo de forma muy insistente, tomó al maldito pájaro y volvió al trabajo, tratando de encontrar alguna manera de averiguar de qué estaban hablando.

Y entonces encontró una manera. Parecía que sus principios estaban a punto de verse comprometidos de nuevo.

.   .   .

—Entonces, señor Scanlon, ¿qué hace aquí? —Livvy tomó a regañadientes el asiento frente al abogado; le recordaba demasiado a la última vez que había estado allí y la *abuela* le había dado el discurso de «esto es lo que se espera de ti» en su primer día. Eso había *marcado* el tono para el resto de la visita—. Creí que había firmado todos los papeles necesarios en su oficina.

—Así es. Solo estoy actuando de acuerdo con los deseos de su abuela.

Ajá. *Deseos*. El término ambiguo para la servidumbre legal sonaba bien. Lástima que todavía se le atragantara. —De acuerdo. ¿Y cuáles son? ¿Tengo que no salir de la burbuja mágica de los Martinson más allá de las puertas de entrada por el resto de mi vida mortal o algo así? ¿Sacrificar a mi primogénito en el altar de los Martinson para volverme digna? ¿Postrarme en el salón de los retratos ancestrales hasta expiar el pecado de haber nacido bastarda? ¿Qué ha planeado ahora la querida *abuela*?

El abogado se reclinó en su asiento, con aspecto un poco desconcertado. No es que pudiera culparlo, ya que se lo había soltado con bastante dureza, pero vamos, por favor. Una herencia era una herencia. ¿Qué le daba a su abuela el derecho de manejar los hilos desde la tumba?

¿Y quién se enteraría si *no* seguía la ley al pie de la letra? ¿El señor Scanlon? Simplemente lo sobornaría. La gente rica hacía eso todo el tiempo. Podías salirte con la tuya con cualquier cosa por la cantidad adecuada de dinero. Las chicas de su dormitorio en el colegio lo habían demostrado una y otra vez.

—De hecho, señorita Carolla, creo que hay una mención sobre la galería, pero la señora Martinson dejó instrucciones específicas.

—Seguro que sí —murmuró Livvy.

—¿Disculpe?

Livvy negó con la cabeza. No era culpa del anciano que su abuela tuviera un complejo de Dios. Solo esperaba que le estuvieran pagando bien. —De acuerdo, bien. Como sea. Suéltelo para que pueda ponerme manos a la obra.

El señor Scanlon arqueó las cejas, lo que, con la forma en que se movieron hasta la mitad de su frente despejada, lo hizo parecer el Señor Cara de Papa con sus partes faciales intercambiables.

Ella tosió en su puño para ocultar la risita. Realmente se parecía al Señor Cara de Papa.

—No puedo simplemente *dárselos*, señorita Carolla. La señora Martinson dejó instrucciones específicas y la primera es que registre la hora precisa en que le entrego el primer documento.

—¿El *primer* documento? —Livvy se inclinó hacia delante, con las manos entrelazadas en el regazo—. ¿Hay más?

¿Exactamente cuánto tiempo tenía que bailar al son que le tocara Merriweather? La casa estaba perdiendo su atractivo a cada momento.

Y cuando un estruendo sonó en la habitación de al lado, el atractivo solo disminuyó.

Aunque sí que subió un poco cuando escuchó una maldición masculina ahogada que estaba bastante segura de que era de Sean; ella se había esforzado mucho para asegurarse de que el vocabulario de Orwell fuera, como mucho, para todos los públicos.

El señor Scanlon abrió los pestillos de latón de su maletín con un *clic* muy fuerte y autoritario. A propósito, estaba segura. Había pasado demasiado tiempo con Merriweather.

Por supuesto, el hecho de que se enderezara, cruzara los tobillos y juntara las manos en el regazo demostraba lo que el condicionamiento podía hacer. El internado había sido genial —si es que podía llamarlo así— para condicionar.

Excepto que, oye, estaba en su propia casa y no tenía que hacer lo que nadie le dijera.

Livvy se repantingó en la silla, cruzó una pierna sobre la otra y le dio un pequeño balanceo, disfrutando del hecho de que ya no tenía que seguir las reglas de nadie.

El señor Scanlon le entregó el primer documento.

—Léalo, por favor. —Luego escribió algo en el diario que también sacó del maletín.

Livvy se mordisqueó el interior de la mejilla y levantó el papel. Era la letra de su abuela. Livvy había visto suficientes veces esa caligrafía imperial en los cheques que la directora se aseguraba de que viera. Todo parte de esa cosa de la gratitud que todos pensaban que debía sentir.

Agitó el papel y la primera palabra le saltó a la vista. *Olivia.*

Bueno, eso lo resumía todo. Sin emociones engorrosas como «Mi querida nieta» o «Querida Olivia». Como si eso fuera a ocurrir alguna vez.

Livvy se aclaró la garganta.

Olivia:
Mi abogado tiene todos los documentos pertinentes que hacen que lo que estoy

a punto de explicar sea legal y vinculante, pero estoy segura de que no te puedes molestar con todo el lenguaje legal, así que iré al grano.

El apellido Martinson ha sido venerado durante siglos. No cualquiera debería reclamarlo, y aquellos que lo hacen deben conocer su historia. Como estudiar historia no era uno de tus puntos fuertes en la Academia, he creado una serie de pistas para que las sigas. La primera te llevará a la siguiente, y así sucesivamente, hasta que llegues a la última.

Tienes dos semanas, al minuto, a partir de ahora, para encontrar las pistas y presentar la última al bufete de mi abogado, momento en el cual reclamarás tu herencia, o la finca se venderá de acuerdo con los términos que le he especificado al señor Scanlon.

Soy consciente, Olivia, de tu odio por esta familia. De tu deseo de alejarte de ella, así que espero que tu primer instinto sea tirar esto a la basura. Pero considera lo que significa darle la espalda a este hogar y a nuestra vasta fortuna. ¿Estás dispuesta a renunciar a todo? ¿Dispuesta a negar todo el bien que tu corazón caritativo podría hacer con ella? La elección es tuya.

El tiempo corre.

No me falles, Olivia.

No me falles. Sin firma porque no era necesaria. Solo la directiva. ¿Alguna vez Merriweather Knightsbridge Martinson había *pedido* algo en su vida? Livvy lo dudaba.

Dejó el papel sobre el escritorio. La egolatría típica de una arpía. Livvy no esperaba realmente nada más.

Le encantaría mandarla al diablo, pero eso era exactamente lo que Merriweather había esperado. La mujer nunca había tenido nada bueno que decir de ella. Era la Indiscreción de Larry. El Error de Larry. El Desafortunado Accidente de Larry. Todo en mayúsculas.

Bueno, ahora era la Heredera de Larry. O, más específicamente, la Heredera de Merriweather. ¿A que la ironía era deliciosa?

No iba a arruinar esto. No cuando Merriweather la había atacado en su punto débil. El dinero le permitiría hacer lo que quería: hacer crecer su negocio y ayudar a la cooperativa. Cuidar de sus animales y no tener que preocuparse nunca más por pagar el alquiler. Incluso podría permitirse donar a causas que consideraba valiosas. Era su billete para hacer de su vida todo lo que quería que fuera. —De acuerdo, señor Scanlon. ¿Cómo hago esto?

El abogado se quitó las gafas y las dobló con cuidado, luego las guardó en el bolsillo interior de su chaqueta.

—Cuando le entregue este papel, el tiempo comenzará a correr.

Livvy se contuvo. Cuánto drama. —Bueno, pues dámelo. Que empiecen los juegos.

Capítulo Ocho

Sean odiaba el póquer con todas sus fuerzas. Si no fuera por ese estúpido juego, no estaría en este aprieto.

El maldito pájaro era peor que las cabras, las ovejas, el cerdo y esa jodida alpaca, todos juntos.

Sean casi perdió un dedo tratando de que el loro se callara, y las plumas que el maldito bicho soltaba por todas partes eran solo la punta del iceberg.

Los loros necesitaban pañales. A lo grande.

De hecho, se dio cuenta mientras examinaba el arruinado tapete de Aubusson al regresar a Orwell a la habitación, *todos* los animales necesitaban pañales. Gracias a Dios que el piso era de mármol; el desastre sería fácil de limpiar, pero él sería el que lo hiciera, a menos que pudiera apelar al sentido de la justicia de Livvy.

Si ella se parecía en algo a su abuela, Sean no tenía muchas esperanzas.

Maldita sea. No necesitaba esta pesadilla. A estas alturas, la habitación ya era un caso perdido, y si no averiguaba lo que estaba pasando en el estudio, también podría dar por perdido el resto.

Después de asegurarse de que las puertas francesas que daban al exterior estaban cerradas, Sean lanzó a Orwell al aire, donde el pájaro voló hasta posarse en una de las barras de las cortinas —que sin duda pronto estaría cubierta de excremento de pájaro—, y luego dejó solo al zoológico y cerró las puertas del vestíbulo.

Caminó hasta la puerta del estudio, escuchando por la abertura que había dejado a propósito.

—¿Y entonces qué? ¿Tengo que jurar que le pondré a mi primogénito el nombre de la vieja arpía, digo, de mi abuela, o algo así? —Livvy agitó un trozo de papel y luego encendió la lámpara del escritorio.

—«Esta es la primera pista para el primer objeto que debes encontrar» —leyó—. Genial. Una búsqueda del tesoro. ¿No estaba un poco vieja para juegos? —Livvy acercó más el papel—. «Perdonarás a una anciana una indulgencia en rima. Parece que el juego lo requiere y descubro, al final de mi vida, que me gusta satisfacer mis caprichos» —Livvy resopló—. *Ahora* le da por tener sentido del humor. Qué mal momento escogió.

—Por favor, continúe leyendo —dijo Scanlon con un resoplido.

A Sean le gustó el hecho de que él y Livvy estuvieran del mismo lado en su opinión sobre Merriweather: la vieja arpía. Sí, podía ver por qué el apodo le quedaba.

También podía ver el trasero de Livvy moverse ligeramente en la silla. Sean puso los ojos en blanco. *Concéntrate en el problema, Manley.*

Una de las botas de combate de Livvy se balanceaba erráticamente. Se echó el pelo hacia atrás. —Bueno, entonces. Pista número uno.

La espalda de Livvy se enderezó un poco, su barbilla bajó y su voz bajó una octava. Puede que incluso le hubiera puesto un ligero acento británico a las palabras, lo que Sean también comprendió. Merriweather Martinson sí que parecía el viejo parangón de la aristocracia británica de clase alta. Una imagen que, estaba seguro, ella había cultivado a propósito.

Las páginas son viejas, de cientos de años,
de cuando su benefactor infundió muchos miedos,
en clero y nobles, e incluso en los campesinos,
aunque unos pocos leales sí ganaron algunos presentes:
como el primer Martinson, que no había huido
cuando la madre de una reina la cabeza perdió.

Livvy puso ambos pies en el suelo y colocó el papel sobre el escritorio de Scanlon; su escritorio, en realidad. Dio un golpecito a la carta. —¿Qué se supone que significa eso? ¿Dónde está la pista ahí?

Acertijos. Sean maldijo en voz baja. Nunca había tenido problemas con los números, pero las letras siempre habían sido un desafío para él. La dislexia lo había atormentado durante la escuela y, aunque había desarrollado estrategias para sobrellevarla, cosas como los homónimos y los homófonos —y los *acertijos*—le habían hecho la vida un infierno. Tenía sentido que su futuro se redujera a acertijos.

—Entonces, ¿qué se supone que significa esto? ¿Tengo que encontrar unos documentos antiguos?

El abogado se aclaró la garganta. —La única aclaración que puedo hacer es que, si elige dejar pasar esta oportunidad o no la completa, tendrá derecho a un pequeño estipendio de la herencia. Aparte de eso, las instrucciones de la señora Martinson fueron claras.

—Sí, sí, ya sé. Sigue el camino de baldosas amarillas y termino en Oz. Espantapájaros incluido. La pregunta es, ¿la *abuelita* se ve a sí misma como Glinda o como la Bruja Mala del Oeste?

Sean sabía cuál elegiría él en ese momento. Maldita sea. Esa vieja los estaba manipulando a ambos.

—Tal vez sea un libro —Livvy se levantó y pateó la silla Luis XIV con el tacón de esa bota ridícula.

Sean se encogió. Esperaba, por Dios, que no le hubiera hecho una abolladura a esa silla o la acababa de devaluar en varios cientos de dólares.

Y entonces se quedó de pie justo cuando más relámpagos destellaron a través de la ventana delantera, atravesando su falda y recordándole exactamente cómo se veían esas piernas sobre la barandilla, toda piel suave y cremosa.

Sus malditos pantalones lo estaban apretando de nuevo. Sean contuvo una maldición. ¿Cuándo fue la última vez que tuvo sexo? Esa tenía que ser la explicación para esto, porque los bichos raros de pelo encrespado, con una actitud —y una posible fortuna— más grande que la suya, no eran su tipo.

Té. Oh, diablos. Había dejado la tetera puesta cuando hirvió el agua para el café.

Genial. Incendiar el lugar solo empeoraría sus problemas.

Capítulo Nueve

—Espero verla en dos semanas, señorita Carolla.

Más pronto, si de Livvy dependiera.

—Maneje con cuidado, señor Scanlon. —Cerró la enorme puerta principal. Dos semanas y todo esto se acabaría. Para bien o para mal, habría terminado.

¿Por qué tenía la desagradable sospecha de que sería para mal?

Sean se materializó detrás de una de las columnas gigantes cerca de la sala. No había decidido en qué parte de la escala de bueno a malo caía él.

—¿La reunión fue bien? —preguntó él, con una ceja más alta que la otra. Ah, claro. *Él* sí podía hacer el truco de la ceja. ¿Había algo que no fuera perfecto en este tipo?

Con la forma en que esos pantalones se le ceñían a los muslos (y al trasero, se recordó a sí misma; no olvidemos cómo se le ceñían al trasero), la forma en que la camisa se ondulaba sobre los contornos de ese abdomen de acero... Él estaba en la columna de lo Bueno.

No. Peor.

No. Mejor.

Ah, diablos. Podía ser el Hombre Más Sexy del Mundo según la revista que publicara la encuesta esa semana, pero eso no cambiaba nada. Estaba aquí para ganarse esta herencia para poder venderla y quedarse con el dinero, y él no iba a estar muy contento con ella por dejarlo sin trabajo.

¿Qué tal simplemente acostarse con él?

Esa sí que era una idea. Ya sabía que el tipo besaba como los dioses, apostaría a que sería un amante de pri...

—¿Hola? ¿Livvy?

Una mano grande y bronceada se agitó frente a su cara, interrumpiendo esa deliciosa imagen. Lo que probablemente era bueno, porque podía sentir que empezaba a sonrojarse y no quería tener que dar explicaciones sobre *eso*.

—¿Oh? ¿Qué? ¿Orwell está bien?

Sean hizo una mueca. —Bueno, sin duda es un comensal saludable. Todos tus animales lo son.

Claro que lo eran; de eso se trataba la comida orgánica.

—¿Salieron bien las cosas? —Señaló el papel que ella había arrastrado del escritorio de su abuela como si fuera un préstamo cuyo plazo vencía.

Y, sí, se dio cuenta de lo apropiada que era esa analogía.

—¿Sabes si hay algún libro viejo por aquí? Algo realmente antiguo sobre una reina que perdió la cabeza. María Antonieta, tal vez. —No podía nombrar a muchas reinas que hubieran perdido la cabeza de forma tan famosa.

—¿La Revolución Francesa? —Sean se frotó la mandíbula—. Hay una biblioteca en el ala oeste si quieres echar un vistazo.

—Es verdad. Me había olvidado de la biblioteca. Buena idea. —Debería haberlo recordado. Era una de las habitaciones prohibidas para una niña de siete años con dedos pegajosos. En los años transcurridos desde su única visita obligada con Merriweather, nunca había descifrado si Rupert se refería a pegajosos por la crema de cacahuate que le encantaba en ese momento o, bueno, por otra cosa. Menos mal que, a los siete años, no conocía ese otro significado —. Solo tengo que quitarme esta ropa —casi le preguntó si quería ayudarla— y dirigirme allí.

—¿Quieres que te acompañe? —preguntó mientras se dirigían a la escalera principal—. Podría ayudarte a buscar.

—No te gustan mis animales, ¿verdad?

—No son los animales a lo que me opongo. Son sus hábitos alimenticios y sanitarios.

—Al menos eres honesto.

—Eh, sí. —Apartó la mirada y se frotó la nuca—. Lo siento, pero no todo el mundo es amante de los animales.

—Cierto. Mi abuela, por ejemplo. —Livvy subió el primer escalón—. Tuvo caballos en el establo durante un tiempo, pero estoy segura de que a la *querida abuelita* le daría un ataque si supiera que hay cabras saltando por todos sus muebles. Podría ser por eso que no me molesta en lo más mínimo.

—Supongo que no te caía bien tu abuela.

Se detuvo a mitad de escalón y miró a Sean. —No *conocí* a mi abuela. Nunca me dio esa oportunidad. Sin embargo, sí sabía *de* ella. Su reputación era venerada en mi escuela. Puede ser porque había donado algunas de las alas del edificio, pero ¿la mujer en sí? No sé si alguien alguna vez *conoció* a mi abuela. Era de armas tomar.

—Cuando tienes el tipo de responsabilidad que ella tenía, tienes que serlo.

Livvy se encogió de hombros. —En los negocios, sí. Pero ¿con tu única nieta? —Se encogió de hombros de nuevo. Ese dolor era tan antiguo que estaba olvidado, las heridas con costra y cubiertas de piel nueva. Del tipo duro y calloso—. Mira, estoy empapada. Si de veras quieres ayudar, te veo en la biblioteca, ¿okey?

Sean estrujó el borde de su camisa. —Sí, a mí también me vendría bien un cambio. Te veo en un rato.

Livvy tiró de las manijas de las gigantescas puertas de roble de la biblioteca, las mismas que no le habían permitido tocar hacía veinte años. Que la atraparan con las manos llenas de crema de cacahuate en las manijas de latón había sido un evento memorable, al igual que la hora que pasó limpiándolas después bajo la severa mirada de la señora Tidwell.

—¿Y por qué estamos buscando un libro sobre una reina decapitada? —Sean se estiró por encima de ella y la ayudó a abrir la puerta, flexionando sus bíceps. Livvy percibió un olor a *hombre* al pasar junto a él. Qué curioso, a menudo había pensado en los tipos sudorosos con un factor de *asco*, pero el ligero rastro de transpiración que persistía en él bajo el olor de la lluvia definitivamente no era *asco*.

Y no debería estar notándolo. Tenía un *trabajo* que hacer, no un *ama de llaves* al que hacerle cosas. —Para mi total sorpresa, resulta que mi abuela tiene sentido del humor. Y le gustan los poemas. Quién lo diría. En fin, dijo que tengo que encontrar algo específico en este libro o no me quedo con el castillo.

—Creí que el castillo, bueno, la casa, no era importante para ti. —Sean pasó un dedo por las placas de latón en el borde de un estante sobre su cabeza.

—Esa es una forma de decirlo. —Revisó la fecha del que tenía delante: 1100. Estaba bastante segura de que María Antonieta era posterior a esa fecha —. No, no es la casa en sí. O sea, este lugar es demasiado grande para una persona.

Sean hizo rodar una escalera de biblioteca sobre el riel que rodeaba la habitación para tal fin. —No vas a estar soltera para siempre. Esta es una casa genial para niños. Esa armadura en el vestíbulo podría mantenerlos entretenidos durante horas.

O asustarlos de muerte.

—Los niños están muy lejos en mi futuro. Si es que llegan.

—¿No quieres tener hijos?

Estaba acostumbrada a la incredulidad; era la reacción de la mayoría de la gente cuando surgía este tema, pero como no había tenido los mejores modelos parentales, ¿para qué perpetuar la angustia? Sin mencionar que probablemente no sería muy buena en ello, ya que no tenía ni idea de lo que constituía lo «normal», gracias a la forma en que *no* fue criada. —No todas las mujeres están programadas con el gen de la procreación, ¿sabes? —Tomó el libro más cercano. Guillermo de Orange. *Puaj.* La historia nunca había sido su punto fuerte. Lo devolvió a su sitio.

—Sin ánimo de ofender. —Él pisó un peldaño y luego deslizó un libro hasta la mitad del estante—. En ese caso, puedo entender por qué querrías deshacerte de este lugar.

—Ese es el plan. El mejor postor se lleva el legado Martinson y la *abuelita* se revuelca en su tumba por toda la eternidad.

Él empujó el libro de vuelta a su lugar. —Ay. Qué duro.

Okey, tal vez tenía razón. Después de todo, ya era una mujer adulta; el desinterés de su abuela no debería dolerle más. Tenía amigos, su propia familia de cuatro patas, un negocio. Y ahora tendría suficiente dinero para mantener a esa familia y ese negocio de la manera que quería. Todo gracias a la mujer a la que no le había importado si vivía o moría todos esos años. Para Livvy no tenía sentido por qué Merriweather le había dejado algo, y especialmente esta casa.

Sean subió tres peldaños más de la escalera, dándole una bonita vista. Se rio de sí misma. Todavía deseando al ama de llaves.

—¿Encontraste algo?

—Todavía no. —Trazó el lomo de un libro con el dedo, sus labios murmurando las palabras en silencio. Era un gesto adorable y completamente inesperado.

Volvió a bajar, rodó la escalera hacia la derecha y volvió a subir.

Iba a tener que averiguar quién diseñó esos pantalones porque le hacían maravillas al trasero de un hombre; aunque eso pourrait simplemente deberse a que Sean tenía un gran trasero.

—¿Livvy?

Se sacudió el baño hormonal y miró hacia arriba. Más allá de su trasero.

—Toma. —Le extendió un libro—. Prueba con este.

—Este no es sobre María Antonieta.

—Lo sé. Es una copia de la Gran Biblia de Enrique VIII, cuya reina fue...

—Decapitada —respondió ella junto con él.

—Ana Bolena.

—La madre de la reina Isabel I. —Encajaba. Abrió la cubierta.

Allí, doblados pulcramente, había two trozos de papel. El primero era otra nota más de la querida *abuelita*.

Bien hecho, Olivia. Tienes en tus manos la biblia de la familia Martinson. Enrique VIII se la dio al primer Martinson que logró hacerse un nombre. Nuestro linaje se remonta a él.

En realidad, su linaje se podía rastrear hasta el padre de *ese* Martinson, y su padre antes que él, etcétera, pero obviamente, para Merriweather, si no había un título después del nombre de uno, no importaban.

Lo que dejaba a Livvy ¿dónde?

—¿Qué es? —preguntó Sean.

Livvy levantó la carta y desdobló la parte inferior. —Otro poema.

El honor de una familia que defender

Una reputación que enmendar.
Esta herencia no entregaré
A menos que identifiques la recompensa que en pie dejé.

¿Enmendar? Su reputación estaba perfectamente bien, muchas gracias. Sin importar lo que Merriweather pensara, su ilegitimidad no la definía. Era una empresaria honesta. Trabajadora. Ofrecía un buen servicio al cliente y un producto delicioso. Se adhería a los estándares que se había fijado. Ciertamente no tenía nada de qué disculparse y *no* tenía mala reputación.

El viejo Larry el Gusano, por otro lado, tenía más por lo que expiar, pero como estaba muerto, no había mucho que pudiera hacer por su reputación. Su abuela no podía esperar honestamente que ella la restaurara, así que este molesto acertijo no tenía sentido.

Desdobló el otro trozo de papel. Genial. Latín. Un montón de *-us* y *–um*, un puñado de *V*... todo lo cual no importaba un comino ya que sabía tanto de latín como de historia británica.

No habían sido exactamente sus asignaturas favoritas. La cocina y la zootecnia, por otro lado, así como las partes de reciclaje y orgánica de sus clases de ciencias, sí que habían sido lo suyo.

—¿Qué es eso? —Sean se asomó por encima de su hombro.

Livvy le entregó las notas. —Ni idea. Otro poema malo de Merriweather y un dibujo de Enrique VIII con un montón de latín. ¿Una carta de amor, quizás?

Sean silbó. —¿Uno de tus antepasados recibió una carta de amor de Enrique VIII? ¿Y vivió para contarlo? Eso es asombroso en sí mismo. ¿Qué tal tu latín?

—Casi tan bueno como el canto de Orwell.

—Tan bueno, ¿eh?

Ella rodó los ojos. —Así que ahora la *abuelita* quiere que aprenda latín. —Vieja confabuladora, controladora y vengativa.

—O puedes averiguar qué tipo de documento es y hacerlo traducir.

—¿Y conoces a un especialista en documentos del siglo XVI, acaso?

—No. Pero internet quizás sí.

Cierto. Internet. ¿Cómo pudo haberlo olvidado?

Principalmente porque no tenía una computadora. Los fondos discrecionales no estaban disponibles para esa compra, ni para un teléfono celular con esa capacidad.

Iba a tener que hablar con el señor Scanlon sobre conseguir un anticipo de su herencia. Aunque, con la forma en que la Doña Dragón estaba llevando a cabo esta búsqueda del tesoro, Livvy no dudaría que ella anulara cualquier anticipo hasta que este lugar fuera suyo, libre de toda carga. —¿No tendrán por casualidad una computadora por aquí, verdad?

Sean negó con la cabeza. —Ninguna computadora que yo haya encontrado. Aparte de las modernizaciones en la cocina, este lugar sigue firmemente estancado en el siglo pasado. No hay controles remotos para los televisores, ni computadora, y olvídate de las ventanas de baja emisividad.

Apostaría a que había habido una computadora aquí. Merriweather no se habría quedado sin una, aunque solo fuera para mantenerse al día con los mercados mundiales. La mujer había sido vieja pero astuta, y Livvy apostaría a que la había hecho sacar de la casa solo para hacer más difícil la búsqueda de Livvy. —¿Y una biblioteca pública?

Sean pensó por un momento y luego asintió. —A una media hora de aquí. —Miró el reloj sobre la repisa de otra monstruosa chimenea—. Pero creo que cierra a las cuatro. No tienes tiempo suficiente.

Guardó el documento de nuevo en la biblia y colocó todo el conjunto sobre otro viejo tomo en un atril en la esquina.

No hay tiempo suficiente. Tenía la sensación de que ese iba a ser su mantra mientras se desarrollaba el jueguito de la *abuelita.*

Sean hizo todo lo posible por no salir corriendo de esa biblioteca y meterse en su dormitorio en las dependencias del servicio. Может que la señora Martinson no tuviera una computadora por aquí, pero él sí. Ostensiblemente, la había traído para ayudar con la gestión de su empresa, pero como había vendido casi todo, dirigir su empresa consistía en hacer que esto funcionara a su favor.

Pero no necesitaba una computadora para saber qué era ese documento. Había visto suficientes cartas patentes cuando investigó sobre este lugar, documentos de la Corona que otorgaban el título y las tierras al portador, en este caso, al primerísimo *Martinson* —el Martinson en mayúsculas y cursiva— en ostentar un título y dar origen a la dinastía.

Si podía averiguar cómo ese documento se relacionaba con la siguiente pista, podría ser el *fin* de la dinastía, porque estaría un paso por delante de Livvy y podría llegar a esa última pista antes que ella. Si seguía así, le impediría cumplir con las estipulaciones del testamento.

Cierto, no era el método más honesto, pero todo se valía cuando se trataba de negocios. Especialmente cuando había apostado todo lo que tenía en esta empresa. Había hecho la investigación, contratado la planificación preliminar y planeado un campo de golf de tamaño de torneo en las propiedades circundantes. Además, no iba a defraudar a sus hermanos. Esta propiedad forjaría su reputación. Su empresa. Su futuro.

O la destruiría.

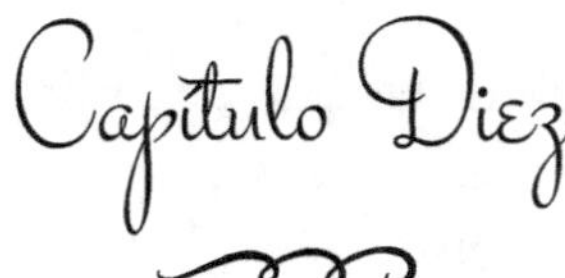

Capítulo Diez

—¿Sigues pensando en trifosfatos para la cena? —preguntó Livvy al entrar en la cocina una hora más tarde, fresca y seca después de la ducha —tanto la de la lluvia como la de su baño romano—, con un atuendo nuevo y Orwell posado en el hombro. Él había escondido la cabeza bajo su cabello y roncaba suavemente contra su cuello. El estrés siempre lo agotaba.

—En realidad, me decidí por huevos revueltos con salchichas. ¿Quieres? —Sean levantó la sartén con la comida que, en teoría, no debería ser tan apetitosa como se veía, pero la manzana de antes no le había durado mucho.

—¿Hay kétchup?

—¿Te gustan los huevos sangrientos? —Sonrió, y cuando lo hizo, *ay, Dios mío*. Sus ojos brillaron como la luz del sol, unas profundas arrugas enmarcaron su boca en un par de hoyuelos sexi y sus labios formaron la sonrisa más perfecta que ella había visto jamás.

Y luego estaban los *labios* más perfectos que había visto jamás... y besado.

Bueno, técnicamente, él la había besado a ella, pero no iba a culpar un tecnicismo por eso, porque, *cielos*, no le importaría volver a ponerse técnica otra vez.

—¿Livvy?

Ella sacudió la cabeza. —¿Qué?

—¿Estás bien? Te pregunté si te gustaban los huevos sangrientos y te me quedaste en la luna.

No le importaría hacerle muchas cosas, pero quedarse en la luna no era una de ellas. —Mmm, lo siento. Tengo hambre. —Acarició la cabeza de Orwell, asegurándose de que siguiera dormido—. Unos huevos sangrientos estarían geniales —susurró. El loro en realidad no entendía lo que decía —o al menos, eso decían todos los expertos—, pero no se arriesgaría a que él le pusiera peros a su comida. Intentaba no comer huevos ni carne delante de los animales.

Sean le sirvió la mitad de un plato mientras ella tomaba el kétchup del refrigerador, lo único saludable que había dentro. Y entonces leyó la etiqueta. Bueno, no era tan saludable, después de todo; demasiado jarabe de maíz de alta fructosa. Por eso ella preparaba el suyo. Aun así, un poco no le haría daño. Pero, vaya que no veía la hora de ir al supermercado a comprar comida de verdad. Entonces Sean vería de lo que se estaba perdiendo.

—¿Así que mañana vas a la biblioteca? —Sean puso un tazón de duraznos en almíbar y dos botellas de agua desechables sobre la mesa, y luego regresó por su plato.

Livvy solo negó con la cabeza ante el plástico que terminaría en un vertedero y los azúcares procesados que terminarían en el cuerpo de él. —Sí. A primera hora. Luego pensé en ir al supermercado. ¿Hay algún alimento que deba evitar?

Sean se sentó a horcajadas en la silla al extremo de la mesa y colocó su plato en diagonal al de ella. —No. Como casi de todo.

Lamentablemente, vio que era cierto. Tomó la servilleta enrollada que él le entregó y sacó el tenedor de adentro. —¿Entonces, vives por aquí? —Le dio un bocado. No estaba mal, la verdad. Aunque sus arterias probablemente empezarían a protestar en cualquier momento.

—Se podría decir que sí. —Sean engullía la comida como si no hubiera comido en días.

A juzgar por el refrigerador vacío, esa podría ser una buena suposición.

—¿Qué significa eso? —Rechazó el tazón de azúcar que se suponía que era fruta.

—Tengo una habitación en las dependencias del servicio.

Y así, sin más, Livvy fue transportada de nuevo al pasado. *Las dependencias del servicio*, como las había llamado su abuela. *Delante de* los sirvientes. Livvy se había sentido avergonzada por ellos, aunque Jeeves pareció tomárselo con calma. La ceja izquierda de la Sra. Tildwell, sin embargo, había temblado.

Livvy ensartó un trozo de huevo con tanta fiereza que si no estuvieran ya «sangrientos» por el kétchup, lo habrían estado por su saña. —Sean, creo que deberías mudarte.

El tenedor de Sean cayó con estrépito sobre su plato. —¿Qué?

Livvy dejó su propio tenedor. —Creo que deberías mudarte.

—Mira, Livvy, sé que me quejé de los animales, pero tienes razón. ¿Por qué no deberías tenerlos en la sala? Después de todo, es tu casa. Prometo no decir ni una palabra más sobre ellos.

—¿De qué hablas? ¿Qué tienen que ver mis animales con dónde duermes? El único lugar al que pienso mudarlos después de la sala es al granero. Ciertamente no voy a echarte solo porque tienes tu propia opinión.

Un músculo en la mejilla de Sean se contrajo. —Entonces, ¿por qué lo haces?

—¿Por qué hago qué?

—¿Echarme?

—¿Qué? ¿De dónde sacaste esa idea? No te estoy echando.

—Pero dijiste que querías que me mudara.

La idea se encendió en su cerebro. —Ah... Pensaste que me refería a mudarte de la propiedad. No. Quise decir que deberías mudarte de las... —tragó saliva—, dependencias del servicio. Hay cien habitaciones arriba. Una de ellas tiene que ser mejor que donde estás ahora.

Sean ocultó un enorme suspiro. Por un momento, pensó que ella lo había descubierto. Pero se estaba duchando cuando él se había escabullido de vuelta a la biblioteca y le había tomado algunas fotos a ese papel lleno de latín para descifrarlo más tarde.

—No me importa dónde duermo, Livvy. La habitación está bien. —Y lo suficientemente lejos de la suya como para que no encontrara su computadora.

—No me importa si la habitación está *bien*. —Hizo las comillas con los dedos—. Tienes que mudarte a esta parte de la casa. Insisto.

Se veía sospechoso si seguía oponiéndose, pero Sean no podía decir que estuviera precisamente encantado. Todavía tenía una empresa que dirigir, aunque más pequeña. Todavía tenía llamadas que hacer, planes con los que cumplir. Estar al alcance del oído podría poner un palo en las ruedas de sus planes.

Aunque... al estar más cerca de ella, podría interceptar o escuchar cualquier pista que encontrara.

—Está bien. Me mudaré. Después de todo, es tu casa.

—No por mucho tiempo.

Le quitó las palabras de la cabeza.

—Ah, cierto. ¿Pero por qué no te quedas? Eso haría que tu abuela se revolcara en su tumba por toda la eternidad. —No era que quisiera animarla, pero necesitaba toda la munición que pudiera conseguir, y si había una grieta en su armadura, Sean necesitaba saberlo.

Livvy se llevó un bocado de huevos a la boca, y el tiempo que le tomó masticar y tragar aumentó la tensión de él, aunque eso también podría tener algo que ver con la forma en que su lengua se deslizó sobre su labio inferior, atrapando el trocito más pequeño de huevo que había allí.

¿En qué había estado pensando cuando la besó antes? Vaya que había sido una jugada estúpida, a tantos niveles que su cuenta bancaria se estaba encogiendo.

Su libido, por otro lado, suplicaba una repetición.

—Es verdad, pero este lugar es una monstruosidad. Y obsceno. Debería ser un museo o una universidad o algo así. Hará más bien a la gente de esa manera que como una residencia privada. Debería haberse hecho hace años. ¿En qué estaba pensando mi abuela, viviendo aquí sola en este lugar que consume tantos recursos?

Estaba pensando en que tenía un legado que dejar, pero Sean no iba a compartir eso, ya que era contraproducente para sus planes. Pero entendía el razonamiento de Merriweather. ¿De qué servía construir algo con tu vida si no había a quién dejárselo? Él ciertamente no estaba construyendo un imperio para verlo desmoronarse después de su muerte. Y Merriweather lo sabía. Por eso le había dado la primera opción. Incluso planeaba ponerle su nombre al salón principal. El Salón Merriweather Martinson. Después de fumigarlo, claro, gracias a los animales. La anciana definitivamente no apreciaría esperma de alpaca como cera para el piso de su salón insignia.

—¿Y ya tienes alguna oferta? —Sean intentó sonar indiferente, cubriendo la urgencia en su voz con la salchicha que se metió en la boca.

Livvy negó con la cabeza. —Primero tengo que ganármela, luego la pondré a la venta.

—¿Ganártela?

Su suspiro fue más expresivo de lo que las palabras podrían ser jamás, y si Sean no hubiera conocido la verdadera situación, habría podido deducirla solo con eso.

Le explicó las estipulaciones, y la culpa le encogió un poco la columna vertebral ante la sinceridad desprevenida de su respuesta.

—Así que, como parece que voy a explorar la casa, supongo que vas a serme útil —dijo Livvy, terminando su comida.

Sean casi se atragantó con la suya. —¿Útil?

—Claro. Probablemente has estado en cada rincón y recoveco de este lugar. ¿Quién mejor para ayudarme a encontrar lo que Merriweather ha escondido que tú? Me *ayudarás*, ¿verdad? Me aseguraré de que el señor Scanlon te pague extra.

Con suerte, ella atribuiría la sonrisa enfermiza en su rostro a los conservadores de la comida. ¿Qué podía decir sino que sí? Un tipo en su supuesta posición estaría más que dispuesto a ganar dinero extra.

—Claro. —Se limpió la boca con la servilleta después de toser la salchicha que le estaba bloqueando las vías respiratorias.

—Genial. —Se reclinó y pasó los dedos por su cabello; el abanico resultante alrededor de sus hombros no ayudó en nada a lo que sucedía en sus pantalones. Esa mujer iba a matarlo. Ya fuera con pasión frustrada o con sueños frustrados—. ¿Entonces quieres venir?

... Definitivamente no iba a responder a eso.

Sean se cubrió la boca de nuevo con la servilleta. —Yo, mmm, planeaba empezar a trabajar en el granero.

—Oh. Cierto. Supongo que eso debería ser lo primero en tu lista. —Recogió su plato y sus cubiertos y los llevó al fregadero. El *tintineo* al chocar contra el granito despertó al loro, que decidió imitar a David Lee Roth.

Sean arqueó una ceja. —¿«Just a Gigolo»?

El sonrojo en las mejillas de Livvy era demasiado adorable para describirlo con palabras. Igual que ella. Lo que se estaba convirtiendo en un gran problema.

—Orwell, como la mayoría de mis animales, fue un rescate. Vivió en una casa de fraternidad durante años hasta que uno de los novatos se dio cuenta de que los nachos con queso no eran exactamente la mejor dieta. La historia cuenta que fue «robado» durante la Semana Infernal. El pobrecito vivió *Años Infernales* hasta que ese chico hizo lo correcto. Casi le he curado el lenguaje soez, pero la canción se le ha quedado grabada.

—*Orwell quiere una papa* —dijo el pájaro en medio de la melodía con una voz totalmente diferente.

Livvy pasó un dedo por la corona gris del pájaro. —Está bien, Orwell, te traeré la cena.

—¿Papas? —Ella se quejaba de lo que *él* se metía en el cuerpo. A él le gustaría saber en qué jungla las papas fritas eran la comida nativa de los pájaros.

Ella negó con la cabeza y algunos de sus rizos rozaron su pecho, no es que Sean se estuviera fijando ni nada. —Se le pegó la canción y también su vocabulario para la cena. Arriba, en su jaula, tengo la dieta perfecta para él. Supongo que ya me voy. No te olvides de elegir un nuevo dormitorio para ti.

—Lo haré. —Justo antes de ponerse a trabajar en ese documento.

Capítulo Once

—¿Segura de que no quieres venir conmigo? —preguntó Livvy mientras abría la enorme puerta principal a la mañana siguiente, con otra falda bohemia que rozaba la parte superior de sus botas de combate.

Al menos hoy llevaba un suéter holgado en lugar de una camiseta de tirantes. Él no habría podido soportar otro día con su ropa ceñida al cuerpo y mantener la cordura.

—¿No querías a tus animales en el establo esta noche? —Claro que él sí. El desastre que habían dejado en la sala esa mañana había puesto la búsqueda de la siguiente pista en segundo plano.

—Buen punto. —Se dio la vuelta, dándole otro vistazo involuntario a esas piernas bien formadas—. Bueno, entonces, te veo después de la biblioteca y de hacer las compras. Asegúrate de que los animales no se pongan muy revoltosos. Por la lana, ya sabes.

La lana no era lo que más le preocupaba esa mañana.

¿Porque la estás desplumando?

Se dio la vuelta para ocultar su culpa. —Buena suerte con la investigación.

Le había costado un infierno descifrar lo que decía el maldito documento, lo que explicaba en parte su humor de esa mañana. Su dislexia era lo suficientemente severa como para que supiera que le esperaba un trabajo arduo. Si no fuera disléxico, sería capaz de leer las pistas y ponerse en marcha, muy por delante de Livvy. Pero no. Estaba atascado, avanzando a duras penas con varios programas de traducción en línea y la función de texto a voz de su computadora que había salvado su cordura y su negocio muchas veces. Gracias a Dios que la tecnología se había puesto al día con su «problema».

Había obtenido una burda doble traducción de todos los programas, que mostraba que el documento tenía algo que ver con un regalo de la reina Isabel I por el servicio de su «caballero más leal».

Había una cosa en esta casa que pertenecía a un caballero y era una «recompensa aún en pie».

Veinte segundos después de que Livvy cerrara la puerta principal tras ella, Sean estaba mirando la armadura. Debería estar haciendo algunas llamadas de negocios, pero este era el asunto más apremiante de su negocio en ese momento.

¿Dónde habría escondido Merriweather la pista?

Con cautela, deslizó un dedo bajo la abertura del codo. Nada.

Probó el otro codo.

Nada allí tampoco.

Se oyó un sonido afuera y Sean se apartó de un salto. No necesitaba que Livvy entrara y lo encontrara con las manos en los pantalones del tipo o como fuera que llamaran a esa parte de la armadura.

Contó hasta veinte y luego volvió a buscar. No estaba hecho para este subterfugio. Planos de construcción y documentos financieros, sí. ¿Esto? Con razón Bond necesitaba un martini.

Y una mujer hermosa.

Sean sacudió la cabeza, borrando la imagen de las piernas de Livvy de su mente. Tenía que darse prisa. Todavía tenía que mudar el resto de sus cosas de su antigua habitación, hablar con su encargado de permisos para confirmar que todo seguía avanzando por ese lado, ponerse en contacto con el arquitecto que había venido la semana pasada a tomar medidas, asegurarse de que ninguno de los animales de Livvy se hubiera ido de paseo y avanzar lo suficiente en el establo para que ella no sospechara que estaba haciendo lo que estaba a punto de hacer.

Sean encerró la culpa tras una puerta de acero en su mente y le puso un candado metafórico. No podía dejar que lo afectara. Los negocios son los negocios.

¿Dónde habría puesto Merriweather la siguiente pista? Ciertamente no querría que nadie desmontara la armadura; la mujer amaba demasiado los símbolos del apellido familiar como para destruir algo tan vital para él.

Sean probó el cuello de la armadura.

Bingo. Había un trozo de papel metido allí.

Ignorando los balidos de los corderos fuera de las puertas francesas, en el corral improvisado en el patio, Sean sacó el papel y lo desdobló.

Más latín adornaba la parte superior de la carta y Sean gimió. El inglés ya era bastante malo. Si el latín no estuviera ya muerto, podría intentar matarlo él mismo.

Afortunadamente, era solo una línea de latín en caligrafía ornamental en el encabezado de la página, luego la precisa letra de Merriweather.

Media hora después, escuchaba a su tableta leerlo por tercera vez.

Bravo, Olivia, por seguir las pistas hasta esto, la armadura usada por Henry Martinson III, que le fue regalada por la reina Isabel I por sus servicios. Fue a partir de este hombre que el patrimonio de los Martinson se convirtió en una fuerza a tener en cuenta. Jugó los juegos políticos de la época, conservó la cabeza y puso a esta familia en el camino hacia la grandeza.

Ahora, para continuar tu búsqueda, la siguiente pista:

Su padre fundó la fama de la familia
Fue Henry III quien aseguró su valía.
Dos esposas necesitó para cumplir la hazaña
Y traer al mundo a tan importante campaña.
Cuando al fin el heredero nació,
El señor proclamó esa mañana su amor.
Pues tal alegría no podía negarse
Y a todo el que veía se lo dijo sin guardarse
de cualquier manera que pudo.
Yo he conservado la escritura en madera, te lo aseguro.

Sean se quedó mirando la pantalla; las letras tenían tanto sentido como la pista. ¿Madera? ¿Tenía que encontrar un trozo de *madera*? Como si no hubiera suficiente en este lugar. ¿Dónde *demonios* se suponía que debía empezar a buscar?

El estruendo que provino del corral de los animales podría ser un buen lugar.

—Espero no ser una molestia, pero eres la nieta de Merriweather, ¿verdad? —La mujer mayor que estaba de pie frente a la mesa de Livvy en la biblioteca tenía un halo de rizos plateados enmarcando su cabeza, y la sonrisa en su rostro iluminaba sus chispeantes ojos azules de una manera que le dio a Livvy todas las razones para creer que la mujer era amiga de la Dragona, pero no por qué. Livvy habría apostado a que Merriweather nunca se había visto tan despreocupada y feliz en su vida.

—Eh, sí. Soy Olivia... Livvy. ¿La conocías? —No podía llamar a Merriweather su abuela, no cuando esta mujer se veía exactamente como Livvy siempre había querido que se viera su abuela. Suave, sonriente y accesible.

—Oh, Merri y yo nos conocemos de hace mucho. —Las manos de venas azules de la mujer descansaban en el respaldo de la silla frente a Livvy—. ¿Puedo?

Livvy apartó la pila de libros que había estado revisando. —Por favor.

La mujer se sentó. —Soy Dafna Fine. Tu abuela y yo jugábamos al backgammon un par de veces al mes. —Entrelazó los dedos y los apoyó sobre la mesa—. Bueno, nos gustaba decir que lo hacíamos, pero en realidad, solo nos gustaba juntarnos a charlar.

—¿Merri... mi abuela? —¿La mujer jugaba? ¿Y charlaba? Curioso, la imagen que Livvy siempre había tenido de ella era con los labios fruncidos o ladrando órdenes.

—Oh, claro que sí. Tu abuela también era una excelente jugadora de cartas.

Una tahúr, si Livvy tuviera que adivinar, pero no lo diría. En realidad, no tenía ni idea de qué decir. No había conocido realmente a Merriweather. No esa faceta de ella. —Supongo que... la extrañas.

La sonrisa de Dafna vaciló. —Sí. Quedamos tan pocas.

—¿Nosotras?

—Las chicas. ¿Seguro que no nos mencionó?

¿Era aquí donde Livvy pinchaba la imagen inflada que Dafna tenía de la generosidad de Merriweather como abuela?

No podía. No a esos amables ojos azules. —No veía mucho a mi abuela. — Eso, al menos, era la verdad y seguramente algo que «las chicas» sabrían.

—Sí, lo sé. Una lástima, pero claro, no era la persona más flexible. Tu padre la había herido muchísimo. Le decíamos que no se desquitara contigo, pero Merri tenía su orgullo.

¿Merri? Qué apodo tan inadecuado, si es que Livvy había oído uno. Y se alegraba de que «Merri» hubiera tenido su orgullo. Livvy no había tenido eso... ni mucho más, pero mientras Merri tuviera el suyo...

—¿Quiénes son las otras chicas? —Livvy apiló los papeles. Había encontrado lo que necesitaba y no tenía sentido revolcarse en la amargura; eso sería darle la victoria a «Merri», y Livvy no iba a permitir eso en ningún aspecto de su vida. Con la información que había recopilado en las últimas horas, estaba un paso más cerca de vencer a Merriweather en este juego.

—Solo quedamos Hetta y yo. Hetta Rothenberger. Vive en The Palisades, sabes. Merri hizo pintar la suite a medida para que combinara con su casa porque Hetta no quería mudarse. Pero cuando su esposo falleció, bueno, la casa era demasiado para ella. Así que Merri lo convirtió en un juego. A ver cuánto podíamos hacer que el lugar se pareciera a las antiguas habitaciones de Hetta. Todavía sonreímos al recordarlo, Hetta y yo.

Dafna parpadeó y desvió la mirada, secándose la esquina del ojo con el dedo meñique mientras Livvy intentaba descifrar qué decir. Qué pensar.

¿Su abuela haría algo así? *¿Merriweather Martinson?*

Livvy sacudió la cabeza. Era como si acabara de descubrir que la mujer que había conocido toda su vida era un producto de su imaginación.

Pero esos años de soledad en el internado no eran su imaginación, y tampoco lo era ese viaje intimidante a la finca cuando era niña. O la absoluta falta de contacto, calidez y reconocimiento.

—Mírame. —Dafna se rio—. Poniéndome sentimental. Seguro que es lo último que quieres. —Se levantó—. Solo quería conocerte. Merri rara vez hablaba de ti, pero cuando nos enteramos de que te había dejado la finca, bueno, Hetta y yo supimos que no le importaría que nos pusiéramos en contacto. Era una mujer orgullosa, tu abuela. Pero era leal.

¿A quién?

Livvy no preguntó. No sería justo para esta amable mujer. *Merri* era cosa del pasado y no le haría daño aceptar la rama de olivo que Dafna le extendía.

Y tal vez ella supiera algo sobre una de las pistas.

Livvy apartó el pensamiento egoísta de su cabeza. No era como su abuela, usando a la gente para su propio beneficio.

—¿Te gustaría... y a Hetta, por supuesto... les gustaría venir a la casa a almorzar algún día? Digamos, el próximo miércoles. A ver si hay algo de mi abuela que les gustaría tener.

Los ojos de Dafna brillaron aún más, si eso era posible. —Oh, cielos, qué amable. Qué detalle de tu parte. Hetta ya no sale como antes. —Dafna se secó la esquina del ojo otra vez—. Pero gracias, Olivia. Nos encantaría ir. —Metió la silla debajo de la mesa—. Ha sido un placer. Tu abuela también lo pensaría.

Livvy no lo creía, pero sonrió de todos modos y saludó con la mano cuando Dafna se volvió en el mostrador de salida.

Livvy se recostó. ¿*Merri*? ¿Backgammon? ¿Cartas? ¿Decorar habitaciones para una... *amiga*? ¿Poemas y encargados de limpieza guapos? Había todo un lado de la mujer que nunca había conocido.

Que nunca se le había *permitido* conocer.

Livvy arrojó el lápiz sobre la mesa. Así es. Merriweather había dejado más que claro quién era importante para ella. Livvy no iba a envidiarle a Hetta Rothenberger sus habitaciones pintadas, pero era una razón más para encontrar las pistas y alejarse de este lugar y de los recuerdos que debería haber tenido pero que no tuvo.

Recogió sus papeles y libros y los metió en su bolso. Basta de lamentaciones. Era hora de seguir adelante. Sus perros llegarían pronto.

Esa era su vida. Los perros, los animales y su panadería. Esta pequeña estancia en la casa familiar era simplemente un medio para un fin, y ningún viaje por el camino de los recuerdos iba a desviarla de sus objetivos.

Ni los objetivos de Merriweather, ni los consejos del señor Scanlon, ni siquiera las bienintencionadas sugerencias de Dafna Fine.

Y por mucho que odiara decirlo, tampoco el guapo encargado de la limpieza.

Capítulo Doce

—Bienvenida de nuevo, señorita Barnum. El resto de su circo ha llegado —el sarcasmo de Sean hizo sonreír a Livvy.

No pudo evitarlo; es que se veía tan endemoniadamente sexy todo malhumorado.

Claro que se veía sexy sin importar qué. Si podía lucir bien con la camisa verde menta y los pantalones a juego de las Manley Maids y aun así verse sexy, podía lucir bien con cualquier cosa.

Livvy arqueó las cejas (al mismo tiempo, maldita sea) mientras hacía malabares con las bolsas de la compra y su bolso al tratar de cerrar la puerta principal detrás de ella. —¿Dónde están?

Sean le arrebató las cuatro bolsas de la compra; la fuerza de sus brazos hacía que los esfuerzos de ella parecieran casi ridículos, aunque no había absolutamente nada de ridículo en sus brazos. Ni en ninguna parte de él, en realidad. El hombre era incluso más guapo esta mañana que su versión empapada por la lluvia de la noche anterior. Aunque no se había quejado de que la ropa se le pegara a ese físico.

—Los puse en el baño principal del Cuarto de las Rosas. Supuse que no podrían dañar las baldosas.

Eso sacó a Livvy de su nube inducida por las feromonas. —¿Metiste a mis perros en un *baño*? —se deslizó la correa del hombro y arrojó su bolso sobre la mesa del vestíbulo.

—La sala de estar formal estaba ocupada, si lo recuerdas. Por un rebaño de ovejas. Y un par de alpacas amorosas. Por cierto, ¿qué les das de comer a esos dos? Deberías embotellarlo. Probablemente te harías millonaria dejando sin negocio a los fabricantes de la pastillita azul.

—Ese es el plan —su libido no necesitaba pensar en afrodisíacos, muchas gracias. No con él parado justo ahí, viéndose *así*. Cielos, esos pantalones eran lo suficientemente ajustados como para llevar su imaginación en varias direcciones. Y en cuanto a la forma en que la camisa se le ceñía al pecho...

¿Quién necesitaba pastillitas azules con Sean cerca?

—Parece que te gastaste una fortuna —dijo él—. ¿Qué hay aquí, de todos modos?

—La cena —y eso fue todo lo que dijo, todavía dándole vueltas a lo de los afrodisíacos.

—Ah, sobre eso. No voy a estar aquí. Yo, ah, tengo planes esta noche.

—¿Planes? —tenía *planes*.

—Sí.

Planes que no estaba compartiendo con ella.

—Ah.

—Así que estás por tu cuenta.

Nada nuevo en eso.

Negándose a darle vueltas a *ese* encantador pensamiento, Livvy subió corriendo al Cuarto de las Rosas. Solo podía imaginar lo que los pobrecitos sentían al estar lejos de ella durante tanto tiempo, viajando en la parte trasera de un camión de reparto y *ahora* encerrados en un baño.

Treinta y dos patas se movieron frenéticamente sobre el piso de baldosas cuando los perros captaron su olor. Entonces Ringo comenzó a ladrar. Paula se unió con su característico aullido de aspirante a lobo, luego Georgia y John se pusieron a llorar. Cuando Davy, Micki, Petra y Mike se unieron, se convirtió en un popurrí de los Beatles y los Monkees en aullido menor.

Las garras asaltaron la puerta del baño cuando entró corriendo a la habitación. Luego la asaltaron a *ella* cuando abrió la puerta y las diversas razas la derribaron.

Le tomó unos veinte minutos darles todo el cariño que anhelaban antes de que se calmaran, pero Livvy no les reprochó nada de eso. Cada uno era rescatado y todavía tenía problemas de abandono sin importar cuánto intentara aliviarlos, pero ella podía identificarse, así que les dio toda la atención que desearía que alguien le hubiera dado a ella.

Sean podía llamarlos su circo, Merriweather podía revolverse en su tumba, pero a Livvy no le importaba el caos que causaran los perros. Eran su familia, tal como era, y amaba a cada uno.

Al guiar a la ahora bien portada jauría por las escaleras, se mordió el labio ante la expresión de horror en el rostro de Sean.

—Por favor, dime que también van a dormir en el granero.

Ella negó con la cabeza.

—¿En la cocina?

—¿En ese piso duro? ¿Hablas en serio?

Se puso del color de su camisa. —¿Dónde?

—¿Qué habitación no has limpiado aquí abajo?

—Todas han sido limpiadas.

Maldición. No quería arruinar a propósito todo su arduo trabajo, pero los perros necesitaban un lugar para dormir.

—Mi cuarto —claro, ¿por qué no? Era donde habían dormido en la cooperativa. La única diferencia ahora era que compartirían una cama tamaño *king* en lugar de una doble. Todos salían ganando.

Sean solo negó con la cabeza. —¿Sabes lo que dicen de acostarse con perros, verdad?

—Mis perros no tienen pulgas.

—Mantengámoslo así. Ya va a ser un trabajo bastante grande fumigar esa sala de estar.

Ella tomó su bolso de la mesa del vestíbulo y se colgó la correa al hombro, haciendo una mueca cuando el peso extra golpeó sus costillas. —¿Cómo va el granero? ¿Algo interesante en las cajas?

—Va saliendo. Lentamente. Un montón de platos, cachivaches, ropa de cama... Hasta ahora hay suficiente para rehacer la mitad de las habitaciones de este lugar y puede que haya suficientes muebles para reemplazar los juguetes de morder de las cabras. Apenas he despejado suficiente espacio para las alpacas. Con la forma en que Rhett ha estado detrás de Scarlett, no creo que se queje de que tengan una habitación para ellos solos. Yo desde luego que no.

Livvy no pudo evitarlo; se rio de la expresión malhumorada de Sean. Pero tenía que reconocerle al tipo que se estaba portando muy bien para no ser una persona de animales.

Sean levantó una ceja de esa manera exasperantemente sexy que tenía, pero eso solo la hizo reír más fuerte. Lo cual fue perfecto para desmantelar la absoluta conciencia que tenía de él.

Livvy se agachó y tomó en brazos a Georgia, la mestiza de pug, una clara tapadera para ocultar hacia dónde no debían ir sus pensamientos. Era demasiado consciente del hombre. —Yo, um, tuve un día interesante.

—¿Ah, sí? —Sean extendió la mano—. Anda, deja que te lleve eso.

Ella dudó por un momento, pero luego le entregó a Georgia. Si el tipo lo pedía...

—El perro no, Livvy. Tu bolso. Te dejaré quedarte con el perro.

—Ah. Cierto —sacudió a Georgia, quien resopló su disgusto como solía hacer cuando se trataba de cualquier tipo de movimiento, y se quitó el bolso del hombro.

Sean se lo echó al hombro y se dirigió hacia el estudio. —¿Tuviste suerte?

—Sí, de hecho. El latín era un documento oficial, por lo que pude deducir. Una copia, por supuesto. Estoy segura de que Merriweather tiene el original encerrado en una bóveda hermética.

—¿Qué decía?

Había que reconocerle que no dijo ni una palabra cuando se hizo a un lado para dejarla pasar y los perros entraron corriendo primero, y el pelo de perro no tardó en estropear el pulido cuero del sofá Chesterfield. Sin embargo, sí gimió cuando Davy soltó una de las cabezas de clavo de latón del sillón orejero en su segundo intento de saltar sobre él. El caniche miniatura parecía muy complacido consigo mismo mientras se acurrucaba, incluso gruñéndole a Petra, su favorita, cuando se acercó y le lamió la oreja.

Livvy golpeó el secante del escritorio mientras lo rodeaba para colocar a Georgia en la silla ejecutiva detrás de él. —Puedes dejar el bolso aquí. Te mostraré lo que encontré.

Los perros se comportaron mientras Livvy explicaba su traducción aproximada y las copias de documentos similares que había encontrado. Sacó la nota de Merriweather. —Creo que esta última línea es la pista. *Una recompensa que quedó en pie.* Aparte de esta casa, solo se me ocurre una cosa a la que podría referirse que tenga que ver con la nobleza y el servicio.

El rostro de Sean estaba tan cerca del de ella mientras examinaban los papeles juntos que, cuando levantó la vista, todo lo que tendría que hacer era inclinarse unos centímetros y sus labios se encontrarían.

La tentación era casi demasiado fuerte.

También lo fue el tirón en sus entrañas cuando él *sí* levantó la cabeza y esos ojos azules suyos sostuvieron los de ella.

Y cuando esos ojos miraron sus labios, bueno, Livvy no podría decir realmente qué pasó después.

Porque, de alguna manera, sus labios estaban sobre los de él y sus manos estaban en su cabello y, oh, Dios, qué divino se sentía todo.

—Livvy —la forma entrecortada en que Sean dijo su nombre solo hizo que quisiera besarlo más.

Pero entonces se dio cuenta de que *ella* lo estaba besando a *él*. *Él* no le estaba devolviendo el beso.

Oh, Dios.

Livvy se echó hacia atrás y se dio la vuelta, tomó a Georgia, luego los papeles, buscando algo, *cualquier* cosa, cualquier excusa para salir de esa habitación y de esa situación sin avergonzarse más de lo que ya lo había hecho. Oh, Dios, ¿en qué estaba pensando?

—Livvy.

Todavía estaba allí. Detrás de ella. Junto al escritorio.

A distancia de beso.

Nunca se había sentido tan mortificada en su vida. Él tenía *planes*. Probablemente con otra mujer que tenía más derecho a besarlo que ella. No es que ella tuviera ningún derecho, pero...

—Livvy.

Oh, Dios. Sus hombros cayeron y Georgia gruñó.

Livvy volvió a dejar a la perra en la silla y respiró hondo para fortalecerse. No quería darse la vuelta.

—Mírame, Livvy.

—¿Tengo que hacerlo? —murmuró.

Sean se rio. —Sí. Tienes que hacerlo.

Esa risa fue más convincente que cualquier tirón y giro; la mirada en sus ojos lo fue aún más.

—No creo que esto sea una buena idea, Livvy.

—¿No? —oh, Dios, nada de súplicas. Él tenía *planes*.

Sean negó con la cabeza. —No. Eres mi jefa. Vivimos bajo el mismo techo. Podría complicarse.

Una voz de la razón. Gracias a Dios que *él* tenía una.

Respiró temblorosamente y se esforzó mucho por poner una sonrisa en su rostro. —Tienes razón. Lo siento. No debería haberte puesto en esa posición...

Su dedo silenció sus labios. —Espera. Creo que tienes una idea equivocada.

—¿La tengo?

Maldita sea, quitó el dedo. Pero probablemente fue lo mejor.

Y entonces el dorso de sus dedos rozó su mejilla. No, *eso* fue lo mejor.

—Sí, así es. No dije que no quisiera besarte; solo que probablemente no es una buena idea. En otro momento, en otro lugar, en cualquier otra situación que no fuera esta, oh, sí. Me lanzaría de cabeza —entrecerró los ojos y Livvy se estremeció, y no fue por la vergüenza—. Estaría encima de *ti*.

Bueno, *esa* era una forma de hacer que pudiera salir de esta habitación... o no. ¿Qué se suponía que debía decir a eso? ¿Y qué hay de sus *planes*?

Sean no pareció requerir que ella dijera nada. —Voy a dejarte con lo que sea que necesites hacer con tus pistas, y moveré a Rhett y Scarlett a su nueva suite. Me ofrecería a preparar la cena, pero no sé qué es la mitad de las cosas que compraste, así que te lo dejo a ti, ¿de acuerdo?

Ella asintió, todavía sin confiar en sí misma para hablar; bueno, sin confiar en sí misma para no avergonzarse más al hablar.

—Bien. Te veo luego.

Desde luego que era bienvenido a intentarlo... bueno, lo sería si no fuera por sus *planes*.

Aun así... observó cada uno de sus pasos mientras se alejaba.

Sean se maldijo a sí mismo, a esta situación, a Merriweather, a Livvy, a las malditas ovejas y, sobre todo, al pesado de Randy Rhett mientras llevaba a la fastidiosa alpaca al granero. Todo esto no podría estar más enrevesado.

Le gustaba. Le *gustaba* Livvy. Incluso con sus botas de combate y su ropa de gitana, sus extraños hábitos alimenticios y sus animales, le gustaba.

La mujer tenía agallas. Tenía tenacidad. Metas. Era decidida, era ingeniosa y era sexy como el infierno.

Y era la enemiga.

Maldita fuera Merriweather por enfrentarlos el uno al otro.

Maldito fuera también su presupuesto, por no ser suficiente para hacer lo correcto por ella y sus hermanos, y maldito fuera su ego por decidir que *esta* era la propiedad para dejar su huella. Tenía demasiado invertido en este proyecto para perderlo.

Pero los tiburones ya estaban rondando, preguntándose si Livvy iba a vender. Había tenido que rechazar seis ofertas telefónicas hoy; se preguntaba cuántas estaría recibiendo Scanlon en la oficina.

Que Dios lo ayudara si Livvy se enteraba de las cantidades que la gente estaba ofreciendo. No había forma de que pudiera competir a menos que atrajera a más inversionistas, recortara su visión para el lugar o bajara las proyecciones que les había dado a sus hermanos al proponer este trato. Así que o ganarían menos ellos o ganaría menos Livvy. Vaya elección de mierda.

La alpaca resopló y tiró hacia atrás del ronzal improvisado que Sean había hecho.

—Ahora no, Rhett. No necesito que tú también me des problemas —su conciencia ya se estaba encargando de eso, porque la única forma en que podía salvar su empresa y el dinero de sus hermanos era hacer lo único que no había sido un problema antes de conocerla, pero que ahora iba en contra de su propia alma: arrebatarle a Livvy su derecho de nacimiento de debajo de sus narices.

Capítulo Trece

—Te ves muy guapo de verde, Bryan. Hace juego con tus ojos. —Sean no pudo resistirse a tomarle el pelo a su hermano, el único de ellos que no se había cambiado para la cena con la abuela mientras esperaban en el área común de la residencia de vida asistida donde ella vivía ahora.

—No me provoques, Scene.

Bryan se había burlado de Sean por la forma en que se escribía su nombre durante toda su vida. Como si hubiera sido elección *suya* tener una ortografía extraña. Eso y la dislexia que había convertido el aprender a escribirlo en un desafío más grande de lo que debería haber sido.

—En serio. ¿Cómo espera Mac que nos llamemos *Criados Viriles* si usamos los pantalones menos *viriles* en la historia de los uniformes de trabajo? —Bryan tomó el último ejemplar de *People* de una mesita y lo hojeó—. ¿Ves? —Mostró la revista—. Eso *sí* es un uniforme de trabajo.

Era una foto de su última película en la que tenía bombas explotando detrás de él, una pistola en cada mano y una mujer aferrada a cada brazo. Mujeres en bikini.

—Oigan, yo estoy dispuesto a darle a Mac el dinero para uniformes nuevos. —Liam le dio una palmada en el hombro a Sean cuando llegó—. Me siento como una maldita chica con esa ropa.

—Y hasta podríamos cantar como una —dijo Sean, acomodándose—. ¿Quién demonios los diseñó?

—Yo.

Los tres hermanos cerraron la boca cuando su abuela entró en la sala de espera. —¿Supongo que hay algún problema?

Sean se sintió diminuto. Otra parte de él también se sentía así después de pasar ocho horas en el uniforme *que su abuela había diseñado*. —Lo siento, abuela. No sabíamos...

—Lo sé, Sean. Sé que ustedes nunca me harían daño deliberadamente. — Le tocó el brazo a Bryan y él se inclinó para besarle la mejilla.

A Sean le sorprendió lo mucho que Bry *tenía* que agacharse. Parecía que la abuela se había encogido a medida que ellos crecían, pero él lo había atribuido a que ellos crecían muy rápido. Pero ahora que todos medían más de uno ochenta y ocho —y supuestamente habían terminado de crecer—, ella seguía encogiéndose.

No ayudaba que este nuevo hogar la hiciera ver diminuta. Nunca pensó que ella dejaría la casa estilo Cape Cod que había sido demasiado pequeña para tres niños revoltosos y la hermana pequeña que intentaba desesperadamente seguirles el ritmo. La abuela había reinado en su pequeña y vieja casa donde Mac todavía vivía con reglas tan estrictas y un amor tan feroz que parecía más grande de lo que realmente era. Pero ahora...

La abuela estaba envejeciendo. Sean contuvo el aliento. Ella había sido la única constante en sus vidas después de que sus padres murieran en el accidente de auto. No sabía qué habría sido de los cuatro si no hubiera sido por ella. Sus padres habían sido hijos únicos, así que la abuela era su único pariente. No quería pensar en cuando ella ya no estuviera con ellos, pero al verla aquí, tan pequeña y frágil, no pudo evitarlo.

—Bueno, díganme qué hay que hacer y trabajaré en otro diseño.

Sean no se atrevió a mirar a sus hermanos. No iba a discutir sobre el *paquete* con su abuela.

—Están un poco, eh, ajustados, abuela —dijo Bryan. El tipo siempre había sido intrépido, lo que le dio los cojones para ir a Hollywood y probar suerte en el cine. Menos mal que no había usado el uniforme entonces o sus cojones no habrían sido tan grandes.

—¿Ajustados, cómo? —preguntó la abuela mientras los guiaba por el pasillo hacia el comedor privado.

—Ya sabe, abuela, *ajustados*. —Bryan saludaba con la cabeza a los residentes con los que se cruzaban. Este era probablemente el único lugar al que una estrella de cine podía ir sin ser atacado por hordas de fanes gritando.

La abuela se hizo a un lado para que Liam pudiera abrirle la puerta del comedor; los modales que les había inculcado ahora eran instintivos. No es que esa fuera la única razón por la que le abrirían la puerta; harían cualquier cosa por la abuela. Ella había mantenido unida a su familia, y nada era más importante que la familia.

La pobre Livvy no había tenido a nadie.

Sean quiso gemir. No necesitaba estar pensando en ella ahora. Ni nunca. No *quería* pensar en ella. No *quería* desearla. Y *ciertamente* no quería sentir ninguna simpatía por ella. No podía. Tenía que quitarle la propiedad; no había otra opción. Había invertido demasiado para rendirse a estas alturas. Livvy había vivido sin los Martinson durante todo este tiempo; no perdía nada más que el dinero.

Le prepararía algún tipo de compensación. Quizás incluso le daría un porcentaje de las ganancias del complejo turístico. De su parte, por supuesto.

Sí, eso es lo que haría. Se aseguraría de que ella nunca tuviera que preocuparse por un techo sobre su cabeza o por la comida para su zoológico de nuevo.

—Sean, lleva el pollo a la mesa. Liam, las papas. Y Bryan, tú puedes servir el vino. Pero no esas copas tamaño Hollywood a las que estás acostumbrado. No quiero que ninguno de ustedes se emborrache.

—Sí, señora. —Bryan les puso los ojos en blanco. La botella de vino de la abuela no haría mella en la sobriedad de ninguno de ellos.

—Y no me pongas los ojos en blanco, jovencito. Puede que creas que lo sabes todo porque eres una gran estrella de cine, pero todavía puedo darte con la vara en el trasero si crees que esos pantalones te quedan chicos.

—Eso es lo que intento decirle, abuela. —Bryan dejó la copa frente a ella. Medio llena, como a ella le parecía apropiado—. *Sí* me quedan chicos esos pantalones.

—Bryan Matthew Manley, no hay necesidad de ser grosero.

Sean casi escupió su vino. ¿La abuela había entendido el sarcasmo sexual de Bry? ¿Desde cuándo?

Liam también parecía que estaba a punto de atragantarse.

Bryan simplemente se veía totalmente sorprendido. —Yo... yo no quise...

Sean deseó con todas sus fuerzas poder respirar porque le encantaría reírse de la expresión de Bryan. En lugar de eso, sacó rápidamente su teléfono y tomó una foto.

—¿Para qué demonios fue eso? —Bry se recuperó bastante rápido. Pero bueno, siempre lo hacía frente a una cámara.

—Un seguro. Contra la pobreza —respondió Sean mientras se sentaba a la mesa—. Estoy seguro de que alguna revista pagaría un dineral por ella.

—Sean Patrick Manley, deja de molestar a tu hermano —dijo la abuela con una voz que él recordaba demasiado bien de su adolescencia—. Dame ese teléfono.

—Ay, abuela...

—El teléfono. —Ella agitó los dedos.

Suspirando, Sean le pasó el teléfono a Liam, quien lo puso en la palma de la abuela.

—Bryan es tu hermano; deben permanecer unidos. No permitiré que sabotees su carrera. —Dio la vuelta al teléfono, examinándolo—. Ahora, ¿cómo borro esa foto?

Liam extendió la mano. —Tenga, abuela, déjeme...

—Oh, aquí está. —La abuela presionó un botón antes de que Liam pudiera recuperar el teléfono—. Listo. Borrada.

—¿*Todas*? —Sean miró a Liam—. Por favor, dime que no las borró *todas*.

Liam extendió la mano. —Abuela.

La abuela resopló. —Puede que tenga ochenta y cuatro años, pero no estoy senil, muchachos. *Ya* he usado un teléfono antes.

—¿Cuándo? —Sean se sintió un poco mejor. Muchos centros para mayores tenían aparatos electrónicos; gracias a Dios que la abuela no era completamente nueva en el tema.

—Cuando el nieto de Mildred vino de visita. Me enseñó cómo tomar una foto de ellos dos. Salió bastante bien, además. —Parecía bastante complacida consigo misma.

Eso debería haber tranquilizado a Sean, pero Liam estaba frunciendo el ceño.

—Eh, ¿Sean? —Lee levantó el teléfono—. Lo siento, hermano, pero se borraron. ¿Era algo importante?

La pista. Había borrado la pista. Quería conocer la opinión de sus hermanos sobre lo que significaba, pero ahora ya no estaba y había dejado su tableta en la finca.

—No. En realidad no. —No tenía sentido hacer sentir mal a la abuela. No era como si lo hubiera hecho a propósito—. Solo algunas fotos de la finca. Quería que vieran en qué han invertido.

—Ah, sí. Mary-Alice Catherine mencionó algo sobre una casa que querías comprar. No me había dado cuenta de que era la finca de los Martinson. ¿Cómo va eso? —La abuela extendió la mano para que él le pasara su plato.

—Va saliendo. —Mala elección de palabras.

—¿Saliendo, cómo? —Liam lo miró por encima del borde de su copa de vino—. Pensé que habías dicho que podría haber complicaciones.

—Estoy trabajando en ellas.

—¿Qué tipo de complicaciones? —Bryan se inclinó hacia adelante.

Sean hizo una mueca mientras reunía el valor para decirles a sus hermanos cuál era su situación. —Merriweather nos puso un palo en la rueda. —Les contó sobre el reclamo de Livvy sobre la propiedad.

—Hijo de puta. —Bry arrojó su servilleta sobre la mesa.

—Cuida tu lenguaje, Bryan. —La abuela ni siquiera se detuvo al servir el pollo en el plato de Sean. Tampoco levantó la voz. Nunca había tenido que hacerlo. Una mirada de reojo o un *tsk-tsk* de la abuela los controlaba más rápido que cualquier vara con la que hubiera amenazado darles en el trasero.

—Lo siento. —Bry tomó su servilleta y la volvió a poner en su regazo—. ¿Qué vas a hacer, Sean?

Esa era la pregunta.

—Según lo veo, tengo tres opciones. Una, asegurarme de que Livvy fracase y la venta pueda proceder según lo planeado. Dos, iba a preguntarles si querían cubrir la diferencia. Por un retorno de la inversión proporcional, por supuesto.
—

—¿Así que entonces tú serías el socio minoritario? —preguntó Liam.

Sean asintió y tomó su plato de manos de la abuela. —Obviamente no es lo que quería cuando planeé esto, pero podemos negociar los términos y gradualmente les compraré su parte. Si pueden aportar el dinero, esa es mi segunda opción. La tercera sería traer inversionistas externos, pero eso diluirá la participación de todos.

—Esa opción está descartada. —Liam se frotó la barbilla—. Se supone que este es un proyecto de los hermanos Manley. Si traemos a alguien más, perdemos esa ventaja, tanto en la toma de decisiones como en la publicidad.

—Pero tienen a Bryan —dijo la abuela, extendiendo la mano para recibir el plato de Bryan—. Él es la mejor publicidad que podrían pedir.

—Imposible, abuela. —Bryan se lo entregó—. Soy el socio capitalista. No tengo la experiencia que ellos dos tienen en este negocio. Si empezamos a empapelar todo con mi cara, esto se convertirá en un circo. Los medios son geniales hasta que dejan de serlo. E incluso si eso no fuera un problema, Sean ya tiene lo que yo puedo permitirme.

—Y también tienes mis fondos discrecionales, Sean —dijo Liam—. Todavía necesito capital de trabajo para mi negocio. No hay nada más.

Así que eso era todo. Tenía que asegurarse de que ella fracasara o él lo haría.

—Estoy segura de que se le ocurrirá algo para que todos obtengan lo que quieren —dijo Gran con la fe que siempre le había tenido—. Incluida Olivia. Después de todo, *es* su derecho de nacimiento. Tendrá que tratarla con justicia; nada de aprovecharse. Demasiada gente de esa familia ya lo ha hecho. —La sonrisa de Gran no ocultaba la advertencia detrás de sus palabras: *No le robes a Olivia*.

—Hará lo correcto, Sean. Sé que lo hará. Así es como lo crie y ese es el tipo de hombre que es usted. Recuerde lo que siempre le he dicho sobre que los tramposos nunca ganan. Siempre podría devolverles el dinero a sus hermanos y olvidarse del asunto.

¿Olvidarse del asunto? ¿De todo el plan de su vida? ¿De su futuro? ¿De su empresa? Esta era la *pièce de résistance* de lo que estaba intentando construir. Esta era la propiedad que lo pondría en el mapa y lo colocaría a la altura de los grandes, demostrando que tenía lo que hacía falta para triunfar. ¿Y ella quería que *se olvidara del asunto*?

Demonios. Como si no fuera suficiente la presión que se imponía él mismo, o que Livvy le pusiera una tonelada encima sin saberlo por el simple hecho de existir, o que las expectativas de sus hermanos trajeran su propia carga de estrés, ahora su abuela tenía sus propias expectativas que añadir a la mezcla.

Todo lo que quería hacer era comprar la propiedad, poner a trabajar al equipo de construcción y abrir el negocio en diez meses. ¿Era mucho pedir?

—Así que... —Gran le dedicó una sonrisa diferente. Esta sí la reconoció. Decía que se había salido con la suya y que todo volvía a estar bien en su mundo.

Ojalá eso se tradujera al suyo.

—¿Ya te ha preparado Olivia su pan de pimientos? —Le entregó el plato a Liam—. Es delicioso. Mildred trajo un poco en su última visita. Creo que todavía está en la panera. Si lo buscaras, Liam.

No era una petición.

Liam trajo el pan en rebanadas a la mesa. Sean lo miró. En un buen día no podría comerlo —los pimientos no iban en el pan, iban en una hamburguesa—, hoy, definitivamente no podía. —Gracias, abuela, pero yo...

—Pruébelo. Su Olivia trabaja duro en su negocio. Lo menos que puede hacer es probarlo.

Especialmente si le iba a robar la herencia delante de sus narices. Las palabras no se dijeron, pero no era necesario. Su conciencia se las gritaba a los cuatro vientos.

Le dio un mordisco. También sus hermanos.

Maldición. La mujer sabía cocinar.

—Está bueno. —Bryan tomó otra rebanada.

Gran le dio un manotazo en los dedos. —No estire la mano, Bryan. ¿Así es como se comporta en las cenas del señor Spielberg?

Bryan levantó una ceja. —No lo sé, abuela. Cuando vaya a una, le avisaré.

Ella le dio otro manotazo en los dedos. —Respuesta equivocada, jovencito. No sea insolente conmigo.

—Sí, señora.

Sean se mordió el labio. Ahí estaban, todos con más de treinta años, y Gran los trataba como si tuvieran tres.

No lo cambiaría por nada del mundo. Gracias a Dios por la familia.

La cual Livvy no tenía.

Por Dios. Tenía que dejar de pensar en ella y en su vida, y en lo que tenía y no tenía. Este proyecto ya le ponía suficiente presión; Livvy y ese dilema solo la aumentaban.

Pensándolo bien, tal vez sí se tomaría esa copa de vino.

—¿Y cómo van sus asignaciones, chicos? —Gran finalmente se sirvió el pollo al romero con el mejor olor que Sean había probado en su vida, su plato estrella y un recordatorio del hogar.

—¿Cómo *va*? —El tenedor de Bryan cayó con estrépito sobre su plato—. En serio, no tengo ni idea de por qué la gente procrea. Deberías ver a esos cinco niños. Dejo el lugar todo limpio y bonito, y para cuando he terminado la última habitación, tengo que empezar de nuevo. Es como si cada niño fuera su propio tornado. Y es inversamente proporcional a su tamaño. Esa pequeña... *uf.* Puede crear un desastre de proporciones épicas.

—Está sufriendo, Bryan. Solo se está desahogando. Tenga paciencia. —Gran miró a Sean y a Liam—. Su padre era el piloto de aquel accidente aéreo de hace unos años. Triste.

Bry tomó otra rebanada de pan. —Sé *exactamente* lo que siente, abuela.

Todos lo sabían. Solo que Mac no tenía edad suficiente para recordar aquel horrible día en que recibieron la noticia sobre sus padres.

—Sé que sí. —Gran apretó la mano de Bry—. ¿Liam? ¿Cómo está Cassidy?

Liam negó con la cabeza. —Es Cassidy.

Solo había una *Cassidy* en el pueblo a la que todos se referían cuando decían «Cassidy».

Cassidy Davenport: la consentida hija de la alta sociedad, del Donald Trump de su pueblo.

—Vamos, Liam, no la juzgue por lo que todo el mundo dice de ella. Es decir, mire a Bryan. ¿De verdad cree que todo lo que han publicado sobre él es cierto? No ha salido con todas esas mujeres.

Sean y Liam no miraron a Bryan. Porque sí lo había hecho. Definitivamente, Bry estaba disfrutando de los frutos de su trabajo.

—No te preocupes, abuela. Estoy dejando que Cassidy demuestre quién es. —Liam miró a Sean y arqueó una ceja.

Sean se metió otra cucharada de puré en la boca para no reírse. La pobre Cassidy se estaba cavando su propia tumba con solo respirar. Liam había pasado por una ruptura horrible con una mujer como ella, que solo veía signos de dólar cuando lo miraba y no había lidiado bien con la realidad de que la cuenta bancaria de Liam no era como la de su padre. Al principio, Liam quedó destrozado, y eso los había sacudido a los tres.

—Bien. Me alegra oír eso. —Gran agitó su copa para que le sirvieran un poco más de vino.

Sean casi se ahoga con otra porción de puré. Gran *nunca* se tomaba dos copas de vino. Le pasó la botella a Liam. —¿Está bien, abuela?

—Estoy bien, ¿por qué pregunta?

—Por nada. —*No* iba a acusarla de beber demasiado. Ella lo había sorprendido más de un par de veces en la preparatoria con cerveza que no debería haber podido comprar, pero que lo había hecho. Aunque, gracias a Dios, nunca encontró su identificación falsa. Le había servido bien durante los cuatro años que la usó.

—He oído que la finca es preciosa por dentro. —Gran le sirvió otra cucharada en su plato.

Si a uno no le importaban las plumas de pájaro y el esperma de alpaca. En serio, había sorprendido a Rhett intentándolo *de nuevo* en cuanto le dio la espalda en el granero esa tarde.

Maldito suertudo.

—Lo es, abuela. Podría llevarla un día. —Cuando fuera suya, de verdad.

—Maravilloso. ¿Qué tal el próximo miércoles?

Sean resopló con la boca llena de puré. —¿El miércoles? —Él había estado pensando más bien en el próximo año, una vez que el lugar estuviera en funcionamiento. Y que fuera suyo. Quería ser el dueño antes de llevarla. Quería que estuviera orgullosa de él. Demostrar que su fe en él estaba justificada. Ella siempre le había dicho que podía hacer cualquier cosa que se propusiera. Considerando que había crecido pensando que su mente estaba jodida, su fe había significado mucho. Sí, había mucho más en juego que dinero en este proyecto.

—Sí, el miércoles. Es cuando van Hetta y Dafna. Podemos hacer una excursión en grupo.

—¿Hetta? ¿Dafna?

—Las amigas de Merriweather. Hetta vive al otro lado del pasillo, y Dafna pasa por aquí todo el tiempo. Nos hemos hecho muy amigas.

—¿Por qué van esas mujeres a la finca?

—Olivia les ha ofrecido lo que quieran de la casa. ¿No es generoso? Es una chica tan agradable, esa Olivia. No sé por qué su abuela nunca lo vio.

Porque su abuela era una vieja terca y prejuiciosa a la que no le importaba a quién hería con sus falsas promesas.

Y ahora tenía que lidiar con otras *tres* ancianas con sus propios planes porque Livvy *no podía* darles a las mujeres lo que quisieran de la finca. ¿Y si contenía una pista?

Sean maldijo por lo bajo. Realmente necesitaba tomarle la delantera y descubrir dónde estaba la siguiente pista, porque con Gran borrando la última de su teléfono, estaba de vuelta en el mismo punto de partida que Livvy.

—Entonces, ¿qué piensas sobre cambiar, Sean? —preguntó Bryan.

Sean negó con la cabeza y levantó la vista. Su abuela y sus hermanos lo estaban mirando fijamente. —Lo siento, ¿qué dijiste?

—Tu asignación. Debe ser una belleza si no nos has dicho ni una palabra sobre ella —dijo Bry con su sonrisita de sabelotodo que los medios llamaban *ardiente*, pero que Sean llamaba *fastidiosa*—. Estoy pensando que podría tener que echarle un ojo si no la pides primero. Tal vez podamos intercambiar trabajos.

Sean se abstuvo de pintarle dedo solo porque Gran estaba sentada en la mesa. —Tú tienes tu propia clienta de la que ocuparte.

—Y es bastante encantadora, si no recuerdo mal lo que decía el periódico —dijo Gran.

Bryan se encogió de hombros. —Sí, está buena, pero tiene cinco hijos. Nada destruye el atractivo de una mujer más rápido que un montón de niños alrededor.

—Ejem. —Gran carraspeó.

Muy bien, idiota. Sean quería patearlo. Gran había tenido un montón de niños alrededor durante años y, hasta donde todos sabían, nunca había salido con nadie. Tal vez no había sido por elección.

La mirada fulminante de Liam dijo todo lo que Sean no dijo. Y más.

Bryan parecía enfermo. —Yo, eh, lo siento, abuela. Yo, eh...

Gran levantó su mano. Un movimiento tan pequeño. Una mano tan pequeña. Y, sin embargo, tan eficaz. Los tres la miraron.

—Lo crie mejor que eso, Bryan Matthew. Esa mujer tiene mucho que ofrecerle a alguien, y esos niños son bendiciones. Debería sentirse afortunado si ella siquiera *pensara* en salir con usted. Con comentarios como ese, no se la merece.

Bryan hizo una mueca. Gran no se andaba con rodeos cuando se equivocaban, y esta vez no fue diferente. Bry realmente no debería menospreciar a la mujer. No era como si ella hubiera *querido* que su esposo muriera en un accidente aéreo y la dejara criando a todos esos niños.

Así como no era culpa de Livvy que su abuela los estuviera enfrentando.

Demonios. Si Gran podía marchitar la inflada autoestima de Bry con solo un gesto de su mano por un comentario, se iba a dar un festín cuando él saboteara la búsqueda de Livvy.

El miércoles prometía ser un día memorable.

Capítulo Catorce

Livvy golpeteaba la goma de borrar de su lápiz contra la última broma, quiero decir, pista, de Merriweather, mientras estaba sentada en la barra de desayuno de la cocina. *Madera*. La mujer quería que encontrara un trozo de madera. Si eso no era buscar una aguja en el pajar de aquel mausoleo, no sabía qué lo era. La casa estaba *hecha* de madera. Ménsulas, dinteles, repisas... tantas cosas que no sabía por cuál debía empezar a investigar primero.

Estaba en pie desde las seis cuidando de su zoológico, una vez que echó a la manada de roncadores de su cama. Debió haberlos desterrado anoche; habían sonado como un coro de sirenas de niebla mientras dormían y eso la había despertado temprano.

Tenía tortícolis y Georgia, la acaparadora de almohadas, era la culpable. Y su cerdo *de verdad* se había ofendido por eso. Él había sido quien le robaba la almohada en la cooperativa, así que cuando le olfateó la mano esta mañana, levantó el hocico, prácticamente hizo una pirueta sobre sus pezuñas antes de trotar hacia su cama de perro extragrande para fulminarla con la mirada mientras ella le llenaba el comedero. Le costó tres manzanas convencerlo para que se acercara a comer.

Dios, qué patético testimonio de su vida amorosa. Olvídate de dormir con pulgas; ¿qué decía de ella que durmiera con un cerdo?

Tomó otro bocado de su omelet de claras de huevo con espárragos y tomates deshidratados con un toque de pesto casero por encima antes de empezar la segunda ronda de esta búsqueda inútil. Mmm, quizá debería hacer que Calliope y Callista participaran. No, a Sean le daría un ataque si dejaran plumas por todas partes.

Sean.

Sus mejillas se encendieron al pensar en lo que había pasado en el estudio ayer. El resto de su cuerpo también lo hizo, y Livvy no podía arrepentirse de ello.

Sin embargo, sí se arrepentía de haber estado pendiente de que volviera a casa anoche.

No. A casa no. Había *regresado*. Esto no era el hogar de nadie.

Se había torturado durante horas preguntándose qué había tenido que hacer, a dónde había ido, cuáles eran sus *planes*. ¿Había tenido una cita?

¿Por qué le importaba?

Movió el pie que Paula usaba como almohada. *No* le importaba. En realidad no. Tenía curiosidad. Sí, eso era; tenía curiosidad. Era un hombre guapo y la había besado (antes de que ella lo besara a él), así que, sí, *podía* preguntarse si estaba besando a alguien más.

Aunque... él había dicho que no era una buena idea que pasara algo entre ellos, así que quizá había alguien más.

Y quizá estaba analizando demasiado la situación para ser un tipo al que no vería después de unas semanas.

O... ¿acaso sí podría?

Vaya, mírala. Un posible giro en su fortuna y ya estaba considerando darle un giro a algunas otras cosas. Guau. Nunca se sabe las sorpresas que te da la vida.

Estaba más que un poco contenta de que le hubiera puesto a Sean en su camino.

Sean revisó la parte trasera del último marco de madera en el vestíbulo al que podía llegar sin una escalera. Pensó en bajar la escalera de su camioneta para revisar el resto porque no le extrañaría que Merriweather hubiera contratado a alguien para pegar la siguiente pista en la parte de atrás del retrato más alto y lejano de la habitación, calculando que Livvy se rendiría en algún momento.

Excepto que Livvy tenía suficiente fuego en su interior para *no* rendirse.

Y quizá era con eso con lo que Merriweather había contado.

Livvy se había levantado temprano, y los perros la seguían como si fuera el Flautista de Hamelín mientras ella pasaba las manos por cada superficie de madera que veía, presionando los paneles como si una puerta secreta fuera a abrirse de golpe; todo mientras cierta parte de *él* había cobrado vida al pensar en las manos de ella haciéndole lo mismo.

Exhaló y una vez más se acomodó dentro de los estúpidos y delgados pantalones. *Concéntrate, Manley.*

Correcto. Las pistas. ¿Dónde demonios habría escondido Merriweather la siguiente?

Casi tropezó con uno de los perros que había elegido quedarse atrás en lugar de seguir a Livvy al granero. ¿Cómo se llamaba el condenado? ¿Peter? ¿Peta? ¿Pickle? Nunca había tenido un perro de niño. La abuela no había necesitado alimentar ni pagar por una cosa más, así que no estaba acostumbrado a tener algo siguiéndolo.

Pero a este pequeño —o pequeña— parecía no importarle. Lo miró con ojos conmovedores, un poco caídos en las comisuras, su cola corta golpeando la pared con un ritmo propio.

—Solo voy para allá, ¿sabes? No tienes que seguirme.

Nada. El animal se levantó con pesadez —obviamente, la dieta orgánica de Livvy le estaba sentando demasiado bien a este— y lo siguió hasta dejarse caer de nuevo sobre su panza regordeta con un resuello.

Sean le dio una palmadita en la cabeza, y luego miró a su alrededor. ¿Dónde podría estar la siguiente pista? Había revisado las ménsulas. Había pasado las manos por los dinteles. ¿Dónde demonios pudo haberla puesto? ¿Qué se le estaba pasando?

Pasó por delante del salón que los animales habían destrozado. Para colmo de males, lo habría escondido allí. Ningún lugar estaba a salvo de los dientes roedores y la curiosidad de un grupo de cabras jóvenes. Bueno, no a menos que hubiera perforado un agujero en un mueble y metido la pista dentro...

No. No lo habría hecho.

¿O sí?

Sean descartó esa idea. No destruiría una reliquia. No cuando quería que Livvy las apreciara.

Pero, ¿y si una pieza ya tenía un agujero?

Un escritorio. Tenía que haber un escritorio en alguna parte. Uno con pequeños compartimentos y cajones secretos... ¿Acaso esos viejos aristócratas ingleses no tenían una fijación con escritorios así? ¿Escritorios de espía o algo por el estilo?

Había un escritorio en el dormitorio principal.

El dormitorio *de Merriweather*.

A Sean le tomó diez minutos darse cuenta de que no había nada en el escritorio. Merriweather había vaciado cada cajón y ranura, y convenientemente había dejado abiertos los compartimentos ocultos.

Maldita sea.

Se desplomó en la cama, levantó a su pequeño acosador de cuatro patas y lo puso en la cama a su lado. ¿Dónde habría escondido la pista? Tenía que estar en algún lugar significativo; no era algo que simplemente metería detrás de un zócalo en cualquier parte. Era demasiado importante.

Repasó la pista. *Hijo importantísimo* y *el heredero nació*. Dos comentarios, una idea. El hijo era importante. Su nacimiento era importante. ¿Qué cosa de madera tenía que ver con su nacimiento? ¿Una cuna? ¿Un moisés? Sean no había visto ninguno de los dos en ninguna parte.

Agarró el poste de la cama. *Piensa, Manley. ¿Qué sería lo suficientemente significativo para el nacimiento de un heredero y que estuviera hecho de madera?*

Golpeteó el poste, un sólido *toc toc* bajo sus dedos. Esta cosa era robusta. Y vieja.

Sean miró el poste. Estaba hecho de madera. Era una reliquia. Y los bebés en el mil ochocientos, especialmente los aristocráticos, normalmente nacían con estilo. Como en una gran cama con dosel.

Sean se puso de pie. Cada poste tenía un remate. Lo que significaba que cada poste tenía un agujero.

El perro lo siguió a cada esquina, con la lengua colgando a un lado de la boca en una sonrisa torcida, dando un pequeño salto de vez en cuando con sus patas delanteras como si la pista fuera algo importante para él también.

—Seguro espera que sepa a tocino —murmuró Sean mientras volvía a colocar el segundo remate. Esperaba no estar perdiendo el tiempo con esto.

El tercer remate reveló la pista.

Sean le tomó una foto rápidamente, jurando que la abuela *no* volvería a poner sus manos en su teléfono, y se la envió por correo electrónico a sí mismo por si acaso.

Parecía otro poema.

Debería destruirlo. Detener a Livvy ahora mismo para que no pudiera encontrar más.

El perro lanzó un ladrido corto, que fue más o menos el tiempo que Sean lo consideró. Una cosa era ganarle la carrera, y otra sabotearla.

Y su maldita conciencia no le permitiría tirar la pista por el inodoro.

—Sé que voy a arrepentirme de esto —le dijo al perro. Otra cosa de la que probablemente se arrepentiría, pero al menos nadie más que él y el perro sabían que le hablaba—. Pero es lo justo.

Enroscó el remate de nuevo en su lugar e iba a ayudar al perro a bajar de la alta cama justo cuando Livvy apareció con un adorno de hombro cantante y el resto de su variopinta jauría de perros, que inmediatamente tomaron posesión de cada silla, puf y alfombra de la habitación, siendo lo único bueno que ninguno saltó a la cama donde la pequeña carlina descansaba con las patas cruzadas como una dignataria real.

La interpretación de Orwell de *Every Breath You Take* —especialmente esa última línea sobre vigilarlo— aumentó la culpa de Sean.

—Creo que ya lo resolví, Sean. —Livvy dejó a Orwell en *ese* poste, de todos los lugares posibles, y luego alborotó las orejas del perro—. Así que aquí te habías metido, Georgia. ¿Le estabas haciendo compañía a Sean?

Georgia. Así se llamaba la pequeña, bueno, la perrita. —¿Qué resolviste? —No le quitó el ojo de encima al pájaro. Livvy realmente necesitaba conseguir pañales para sus mascotas.

—Creo que está en esta habitación. Los bebés nobles siempre nacían en casa en la cama ducal, así que Merriweather probablemente mandó a hacer una placa o algo y la colgó por aquí para proclamar la feliz ocasión. Ayúdame a buscar.

Puso a la perra en el suelo con los demás y una vez más fue torturado por la visión de Livvy pasando sus manos por cada superficie. Sus manos pequeñas, delicadas y gráciles que se habían sentido tan bien apretadas contra su piel, enredadas en su pelo y arañando su espalda y...

Malditos pantalones.

Debería rendirse y decirle dónde estaba la pista, porque no sabía cuánto más de esto podría soportar. Ella seguía agachándose para revisar la moldura. Estirándose para palpar la parte superior de los cuadros. Murmurando para sí misma mientras descubría una nueva posibilidad, con el jadeo más sexi, como si él acabara de descubrir algún lugar secreto en su cuerpo...

Concéntrate en el juego, Manley.

Pero entonces se movió hacia la cabecera, inclinándose sobre el colchón —*acostándose* en el colchón— y Sean finalmente *se rindió*. Extendió la mano para que el loro se subiera a ella y estaba a punto de alcanzar el remate cuando Livvy se dio la vuelta en la cama.

—Ay, Sean. No sabía que te importaba —dijo ella, mirándolo a él y al pájaro.

Oh, le importaba. Pero no el pájaro.

Lo que le importaba era que ella estaba en la cama con los brazos sobre la cabeza, agarrando la cabecera, la falda subida por encima de esas increíbles piernas, y le sonreía como si estuviera encantada de verlo.

Era muy obvio con estos pantalones completamente inútiles que él sentía lo mismo.

Y ella se dio cuenta.

Su respiración cambió. Sus ojos se abrieron. Sus labios se separaron en una suave O que él quería saborear.

—*I'estaré vigilando* —la imitación de Orwell fue perfectamente sincronizada.

Sean se sacudió la excitación tanto como fue posible e intentó traer a su mente un pensamiento claro, inocuo y seguro. —Él, eh... —levantó la mano que era la percha de Orwell—. Popó.

Ella soltó una risita. —Habría apostado dinero a que nunca dirías eso.

—¿Por qué? —hizo una mueca cuando Orwell se movió en su puño. Esas garras eran afiladas y, en este momento, muy bienvenidas.

—No sé. Con lo indignado que te pones con mis animales, habría pensado que esas funciones corporales estaban por debajo de ti.

Había *algunas* funciones que definitivamente quería *debajo* de él.

—Oye, he estado observando a esa perra toda la tarde. —Georgia le ladró como si entendiera lo que decía—. Y me preocupa que los, eh, excrementos del loro tengan suficiente acidez como para quitarle el acabado a la madera y él, ya sabes... donde lo posaste.

Tomó el trapo de su bolsillo trasero —el que ahora iba a guardar en la cintura de su pantalón, cubriendo cierta área en particular— y comenzó a limpiar la materia ofensiva.

Lo cual fue suficiente para que el remate del poste se tambaleara.

Mierda.

Sin doble sentido.

—¿Está suelto? —Livvy se sentó en la cama, con el pelo alborotado, la falda subida y su libido por *las nubes*.

—Me pregunto... —caminó de rodillas por la cama y Sean la desvistió mentalmente mientras lo hacía.

Era un perro. Peor que cualquiera de los que dormitaban en esta misma habitación. ¿Por qué demonios no podía concentrarse en lo importante?

Tú lo eres.

Sí, su conciencia podía irse a freír espárragos. Mujeres había a montones; Livvy no era tan especial. Ciertamente no valía la pena renunciar a millones de dólares potenciales y a la fe, confianza y respeto de sus hermanos.

Sigue repitiéndotelo.

Livvy rodeó el poste con su mano, sus dedos rozando los de él.

Estaba en un lío de mil demonios porque *no podía* engañarse a sí mismo. *No* había otras mujeres como Livvy.

Desenroscó el remate.

—¡Oh! ¡Mira!

Él estaba mirando y era una vista hermosa.

No se refería a la pista.

Los ojos de Livvy se iluminaron y su sonrisa se deslizó por él como el sol en un día de primavera. Ella era todo lo bueno, la luz y lo correcto del mundo.

Y ahora estaba sonando como Merriweather y su maldita poesía.

Livvy sacó la última entrega de su abuela. Sean metió el trapo en la cintura de su pantalón y sacó su celular. Pulsó la aplicación del micrófono. Ahorraría tiempo de traducción.

Ella leyó:

Lord William Martinson el primero,
perdió tres bebés como si estuviera maldito,
al último, un hijo más,
declaró que él sería el que,

elevaría el perfil de su familia,
de la burguesía a una noble dinastía.

Dobló la pista y se la llevó a los labios, ladeando la cabeza y exponiendo esa suave curva de su cuello que no había tenido tiempo suficiente para explorar en los dos cortos besos que habían compartido, y Sean solo podía imaginar las delicias ocultas que encontraría allí...

—*Vigilando*. —Orwell no era de los que dejaban que el silencio se desperdiciara.

—Entonces, ¿qué significa? —Pulsó el botón de apagar de su aplicación y volvió a guardar el celular en el bolsillo, más para tener algo que hacer y no quedarse allí embobado mirándola.

—No sé, pero es todo tan pretencioso —dijo Livvy—. ¿A quién le importa, en serio? Ya no estamos en la Inglaterra feudal. Los siervos ahora trabajan en Microsoft y algunos de ellos ganan más que muchas de las anticuadas casas reales de hoy en día. El sueño americano. Sin embargo, mi abuela insistió en perpetuar este ideal monárquico que ahora quiere pasarme a mí. No lo entiendo.

—¿Pero entiendes esto? —Sean golpeó la pista con el dedo, tratando de mantener el enfoque en el negocio, no en lo nostálgica que se veía.

Livvy movió la pista entre sus dedos. —Supongo que tenemos que averiguar quién era el cuarto hijo de Lord Martinson. Luego averiguar qué hizo que fuera tan maravilloso.

Bajó una pierna de la cama, tambaleándose un poco mientras recuperaba el equilibrio, usando el brazo de él para hacerlo, y en lo que a Sean concernía, lo más maravilloso que había hecho el hijo de William fue mantener el árbol genealógico, hasta llegar a Livvy.

Capítulo Quince

—¿Estás seguro de que no tienes hambre? Puedo prepararte algo de almuerzo. —Livvy se apoyó en la puerta trasera de la cocina después de dejar salir a los perros y miró a Sean.

Se veía muy bien. Demasiado bien.

Y él había pensado lo mismo de ella.

La mirada por encima de la cintura, Carolla.

Cierto. La mantuvo firmemente puesta en su cara; no es que fuera un sacrificio, pero había visto su reacción arriba en el dormitorio. Algo difícil de ignorar, ya que estaba prácticamente al nivel de sus ojos y esos pantalones no podían guardar un secreto.

—No, tengo que terminar los últimos cubículos en el establo. Las cabras están demasiado enérgicas para uno solo y Reggie ha estado molestando a los gansos, así que necesita un lugar.

—Sí, pero tienes que comer algo. Y además hice todas esas compras. —Debería dejar de rogar. No era atractivo; no es que estuviera tratando de ser atractiva. No lo hacía.

¿O sí?

Livvy se mordió el labio. Realmente era guapo, y la química entre ellos... *uff*. ¿Acaso Merriweather lo había visto venir cuando incluyó esa estúpida estipulación? Seguramente, ¿su abuela no podía querer que se mezclara con *la servidumbre*? Qué *de trop* sería eso...

La razón perfecta *para* mezclarse con él. Si es que necesitaba otra razón.

Él se quedó de pie en el umbral de la cocina después de que ella entró. —¿Qué tenías en mente?

Por un segundo, Livvy se quedó mirándolo. Debería decirle lo que tenía en mente.

—*Sí* que tengo algo de hambre. ¿Tienes algo, ya sabes, normal?

Ah. Comida. Almuerzo. Cierto. Livvy hizo que su cerebro volviera a esta habitación y dejara el viajecito que se había dado por el Camino de la Seducción.

—¿Normal? ¿Qué constituye *normal*, exactamente? Porque esos fosfatos y tri-lo-que-sea-cidas no son normales. *Eso* es creado por el hombre. Lo que yo preparo es orgánico. Bueno para ti. Como la *naturaleza* lo quiso, no las grandes compañías de pesticidas. —Tomó el queso de leche de vaca alimentada con pasto que le había encantado encontrar, y una hogaza de su pan favorito, un poco de mostaza de azúcar morena y pacanas, el frasco de pepinillos orgánicos, un tomate y un mango—. Siéntate. No tardaré mucho. Te garantizo que te encantará mi sándwich de queso a la plancha.

A *ella* le encantaba verlo poner la mesa. Tanto que casi quemó el sándwich, con todos esos músculos flexionándose, contrayéndose y tensándose...

Algunas cosas de ella también se estaban tensando.

No había podido sacárselo de la cabeza en toda la noche anterior. Ese momento en que habían estado en el dormitorio de su abuela antes —en la cama—, él la había mirado de *esa* manera. Ella había sabido exactamente lo que significaba *esa* mirada y su sangre había empezado a hervir. Sus terminaciones nerviosas le hormigueaban y su respiración se había acelerado.

Livvy se retorció un poco mientras llevaba los sándwiches a la mesa.

Él se pasó la lengua por los labios. —Vaya, eso se ve bien.

No tenía ni la más remota idea...

El plato traqueteó cuando fue a ponerlo sobre la mesa. Por suerte, Sean se lo quitó de las manos y lo colocó con cuidado. —¿Qué te traigo de beber?

Un balde de agua helada para que me lo eches encima. —Um, el té helado está bien. Lo dejé en infusión toda la noche. —Había licuado los cristales de azúcar morena esa mañana y los había mezclado con un poco de limón recién exprimido, luego añadió extracto de menta en su propia proporción secreta. Una línea de tés herbales iba a ser su próximo emprendimiento.

Sean trajo dos vasos a la mesa. —Hasta haces que se vea bonito —dijo, entregándole su bebida mientras se sentaba a horcajadas en la silla junto a ella.

—La presentación debe ser tan buena como la comida. —Alternó las rodajas de tomate con mango y pepinillos para darle un toque dulce, uno ácido y uno picante, el complemento perfecto para el queso fuerte—. *Bon appétit.*

Lo observó dar un bocado. Le encantaba ver las reacciones de la gente a su comida. La mayoría estaban tan arraigados en su rutina normal que no podían pensar fuera de lo convencional para apreciar lo que ella había ideado. Pero cuando lo hacían, cuando probaban sus creaciones, usualmente se llevaban una sorpresa muy agradable.

Tenía la sensación de que Sean era una de esas personas, tan metido en su rutina diaria, haciendo todo de la misma manera que siempre lo había hecho, que tenerla a ella cerca sacudía un poco su jaula.

Ciertamente sacudía la de ella.

—Por Dios, Livvy, esto es increíble.

También lo era la forma en que se lamió una mancha de mostaza del labio inferior.

Lo deseaba.

Simple y llanamente, deseaba a Sean. Y si esa erección en sus pantalones de antes servía de indicio, él también la deseaba a ella.

¿Y qué había de malo en eso? Dos adultos que daban su consentimiento...

Aunque no era como si pudiera simplemente inclinarse sobre la mesa y plantarle un beso, luego barrer todo al suelo y hacer el amor loca y apasionadamente sobre esta mesa de roble de trescientos años...

¿Y por qué no?

—Entonces —dijo Sean, dando un bocado—, estaba pensando que deberíamos revisar la biblia familiar de nuevo y ver quién era este cuarto hijo. Quizás nos dé una idea de dónde habría escondido la pista.

Ah. Cierto. Por eso no. Tenía una fecha límite.

—¿Livvy?

—Pensando. —Pero no en las pistas—. Tienes razón; la biblia es probablemente un buen lugar para empezar. Parece que todo el que es alguien en la familia Martinson está enlistado, así que debería decirnos algo.

—¿Está tu nombre ahí? —Dio otro bocado y los músculos de su mejilla se contrajeron, dándole una mandíbula muy cuadrada que era más que un poco masculina.

Era tan adecuado para este trabajo. —¿Mi nombre? Lo dudo. No soy una Martinson.

—En el papel no, pero de sangre sí lo eres. Pensaría que Merriweather habría puesto tu nombre ahí, incluso si fue solo después de escribir su testamento.

Livvy tomó su sándwich y se quedó mirando el queso derretido que se escurría por debajo de la corteza. —Obviamente no la conocías bien. No me sorprendería si nunca hubieran servido aceitunas en ninguna función aquí solo para que no hubiera posibilidad de que mi nombre fuera pronunciado. Digo, ¿alguna vez te mencionó?

—No.

—¿Y cuánto tiempo trabajaste para ella?

—Eh... —Le dio un bocado a su sándwich. Luego un largo trago al té. Luego unas cuantas rodajas de mango. Masticó un pepinillo.

—Debe haber sido toda una experiencia si no quieres hablar de ello —dijo ella, poniendo un par de sus rodajas de mango en el plato de él.

—Definitivamente fue una experiencia conocer a la vieja Merriweather. — Removió el té en su vaso—. Esto está muy bueno. Deberías embotellarlo y venderlo.

—Esa es la idea. Pero es un gran gasto inicial con todo el embotellado, el etiquetado y mantenerlo refrigerado, además el té es un poco caro. Pero una vez que venda este lugar, tendré ese dinero.

Sean se atragantó con el sorbo de té que acababa de tomar. Nada como hacerlo sentir culpable. —Oh, no te preocupes, Sean. Se me ocurrirá algo que hacer contigo cuando lo haga.

Sean tosió. —¿*Hacer* conmigo?

—Bueno, sí, ya sabes, si vendo, podrías quedarte sin trabajo. Pero imagino que cualquiera que pueda pagar el precio que pido también podrá pagar los gastos operativos mensuales, así que pueden mantenerte como condición de la venta. O, si lo prefieres, incluiré tu salario de, digamos, ¿dos años?, en el precio de venta. Así no tienes que preocuparte. Sé lo difícil que es que te quiten los ingresos de la noche a la mañana.

Se atragantó con el siguiente trago de té.

Livvy se puso de pie de un salto y le dio unas palmadas en la espalda hasta que sus vías respiratorias se despejaron. —¿Estás bien?

Tosió, luego tosió de nuevo, y se pasó una mano por la boca. —Eh, sí. Estoy bien.

Ciertamente lo estaba.

Livvy suspiró mientras volvía a sentarse en su silla. Ahí está. Se lo había dicho. Ahora a conseguir que los posibles compradores estuvieran de acuerdo.

—¿Cómo fue que terminaste en este tipo de trabajo?

Sean levantó la vista. —¿Qué?

—Pregunté cómo llegaste a trabajar de mucama. ¿Perdiste una apuesta o algo?

Ahí iba con los atragantamientos de nuevo. Se bebió el té de un trago, tosió un montón y se metió el resto de su sándwich en la boca; probablemente no era la mejor idea dados todos los atragantamientos, pero seguía masticando mientras se levantaba y llevaba sus platos al fregadero. —De verdad deberíamos echarle un vistazo a esa biblia. Tengo la sensación de que esta pista va a requerir mucho más esfuerzo para descifrar que las otras.

Mientras regresaban a la biblioteca, Sean intentó no quedar impresionado. Intentó que no le agradara. Intentó apartar la vista y sacarla de su mente.

Pero no hizo ninguna de esas cosas.

Porque, sí, ella lo impresionaba muchísimo. Era tan ferozmente independiente, tan decididamente autosuficiente y tan dulce al preocuparse por él que no podía evitar admirarla. Como ser humano.

Como mujer... bueno, ese era un nivel de interés *totalmente* distinto.

Esto no iba a terminar bien. No podía. Por su propia naturaleza, uno de ellos perdería. Sean estaba dividido entre rezar para que, sea cual fuera el resultado, *él* no fuera el mayor perdedor, pero eso significaría que Livvy lo sería y... mierda.

La biblia les dio un nombre —y no, el nombre de Livvy no estaba allí—, pero no les dio nada más.

Sacaron un libro de historia de la época de su antepasado, pero para el hombre que iba a elevar a la familia a proporciones dinásticas, había lamentablemente poca información sobre él.

—¿Entonces hay algo en la propiedad con su nombre? ¿Una estatua o placa o monumento o algo que tú sepas? —preguntó Livvy mientras volvía a colocar el libro en el estante.

Sean había recorrido la mayor parte de los terrenos y las únicas estatuas que había visto eran de dioses griegos o romanos. —Lo único que he visto en honor a tus antepasados es el salón de los retratos. Quizás esté allí.

De nada sirvió la afirmación de Livvy de que Merriweather no quería que encontrara la pista. Esta estaba pegada en la parte de atrás del retrato de Lawrence Martinson I, el homónimo del padre de Livvy, cuyo único mérito era haber tenido doce hijos. Once de los cuales eran niñas.

—Uno pensaría que mi abuela no le habría puesto a su hijo el nombre de alguien que desprestigió el apellido familiar al no producir suficientes herederos varones —dijo Livvy, tocando la siguiente pista que la enviaría de regreso a la biblioteca pública mañana—. Pero_supongo que nunca esperó que él le fallara a la familia tan espectacularmente al elegir a mi madre y, peor aún, al engendrarme a mí.

En lo que a Sean concernía, el padre de Livvy debería ser elogiado por eso. —El fracaso fue de Merriweather, Livvy. Quizás por *eso* tu padre eligió a tu madre. Quería vivir su vida en *sus* propios términos, no en los de Merriweather. Igual que tú.

Supo que era lo incorrecto en el momento en que salió de su boca. Livvy había trabajado demasiado duro para establecerse sin el respaldo del apellido Martinson. Compararla con el epítome de lo que no quería ser... Sean se preparó para una perorata.

En cambio, obtuvo una espalda erguida, un par de ojos entornados y la voz más tajante que jamás había oído.

—Yo *no* soy como mi padre y nunca lo seré. Yo *no* soy una Martinson.

Capítulo Dieciséis

¿Como su padre? Livvy todavía le estaba dando vueltas a esa conversación a la mañana siguiente en el establo mientras limpiaba los corrales; la analogía de su vida era demasiado certera para su gusto. Ella *no* era como su padre. Estaba tan lejos de ser una Martinson como..., como..., como lo estaba Reggie.

Quien también estaba demasiado cerca para su gusto, dándole un tope en el trasero cuando entró en su corral.

—Ya sé, Reg, pero no puedes dormir en la casa. Sean tiene razón. No puedo dejar que la destruyan en un berrinche. Quiero sacar todo el dinero que pueda por la propiedad. Te daré tu propia habitación cuando remodele nuestra granja —le acarició la mejilla. A él le gustaba eso. También le gustaba que le rascara debajo de la barbilla, pero solía estar demasiado «baboso» y ella no tenía nada con qué limpiarlo. Ronroneó tan bien como un cerdo puede hacerlo mientras se apoyaba en su mano.

Livvy tuvo que dar un paso al costado para no perder el equilibrio. Reggie se había vuelto mucho más fuerte a medida que crecía. Este establo sería el lugar perfecto para él. Para todos los animales. Al parecer, los pavos reales pensaban lo mismo. Incluso se habían dignado a «aceptar» la comida de las gallinas.

Livvy negó con la cabeza mientras los espantaba. No se iba a quedar. Tenía que sacarse eso de la cabeza. ¿Acaso Merriweather esperaba que le tomara cariño al lugar y lo convirtiera en su hogar? Bueno, tenía noticias para Merriweather Martinson, quien, con todo su dinero y sus planes, no *entendía* que la madera y las tejas no hacían un hogar. El hogar era donde podía sentirse segura. Arraigada. Era su refugio. Su lugar en el mundo. Este nunca había sido ni podría ser eso.

—¿Hola? ¿Señorita Carolla? —la voz de una mujer resonó en el establo, acompañada por los olfateos emocionados de sus perros para nada guardianes.

Livvy se sacudió las manos. —Ya voy.

Colgó la horquilla en un gancho en la pared donde Reggie no pudiera alcanzarla y salió de su corral. Una mujer estaba de pie en la entrada, rodeada por la jauría que, evidentemente, estaba dispuesta a dejarla pasar meneando la cola. Livvy siempre había considerado que los perros eran buenos jueces de carácter. Después de todo lo que muchos de ellos habían sobrevivido —negligencia, crueldad, abandono—, no recibían a los extraños de buena gana. Que la hubieran aceptado hablaba bien de esta mujer.

Y de Sean. Lo habían aceptado de inmediato. A Georgia incluso le gustaba un poco él.

Vaya que podía entenderla.

¿Hola? A ver, céntrate en el asunto... en la persona... que tienes delante.

—Eh, ¿sí?

—Hola. Soy Mac Manley. —La mujer caminó hacia ella con la mano extendida—. Soy la dueña de Manley Maids.

Y Livvy que había pensado que *Sean* era la razón por la que la empresa tenía ese nombre. Aun así, era una buena estrategia de marketing tener asistentes de limpieza viriles.

—Mucho gusto. —Livvy le estrechó la mano.

—Quería pasar a ver cómo iba todo. Siempre me gusta saludar a los clientes nuevos, aunque, técnicamente, la finca de los Martinson no es nueva, ya que tenemos contrato desde el año pasado. ¿Qué tal te va con Sean? ¿Estás satisfecha con su desempeño?

Todavía no...

Livvy tosió. Mmm, parecía que se le había pegado la tos de él. —Eh, sí. Está haciendo un gran trabajo.

—Bien, me alegra oírlo. Me enorgullezco de darles a mis clientes un servicio excelente. Entonces, ¿Sean es todo lo que querías?

Era *una muy* mala persona por retorcer los comentarios de esta mujer en algo excitante y sexi.

Livvy juntó los lados de su blusa desabotonada y los superpuso sobre su camisola antes de cruzarse de brazos. —Eh, sí. Está... él está... bien. —Desde luego que lo estaba. En tantos sentidos. La hacía sonreír y la hacía reír. Y se veía condenadamente bien mientras lo hacía—. ¿Hace mucho que trabaja para ti?

Mac se rio. —¿Sean? No mucho, pero es bueno. Si no, no lo dejaría trabajar para mí. La satisfacción de mis clientes es mi máxima prioridad. —Se puso las manos en las caderas—. Entonces, ¿hay alguna otra necesidad que Manley Maids pueda satisfacerte?

Livvy realmente necesitaba sacar su mente del arroyo porque estaba a punto de soltar una lista que cierto asistente de Manley Maids *podría* satisfacer. —Eh, no. Creo que estoy bien. Sean, eh, está manejando todos los aspectos del trabajo perfectamente. Incluso me está ayudando con algunos proyectos extra.

—¿Ah, sí?

Maldición, hasta *ella* podía levantar una ceja. —Estoy pensando en vender la propiedad y él está haciendo cosas como limpiar estos corrales para ayudarme a prepararla. Estaban llenos de cajas y no tenía dónde poner a mis animales. —Le contó el incidente en el salón—. Se molestó bastante.

—Imagino que sí. —Mac se cruzó de brazos y tamborileó los dedos en el otro brazo.

—Es muy concienzudo.

—¿Verdad que sí? —Mac miró a su alrededor.

—Y me está ayudando con una búsqueda del tesoro.

—¿Una qué?

Livvy le explicó la extraña idea de broma de Merriweather. —Así que, si no le entrego todas las pistas al señor Scanlon en las próximas dos semanas, pierdo la finca.

—¿Y Sean te está ayudando a buscar?

—Sí. Es muy amable de su parte.

—¿A que sí? —Mac sacó una tarjeta de presentación de su bolsillo y se la entregó a Livvy—. Aquí tienes mi tarjeta. Si necesitas algo, no dudes en llamarme. Me gusta mantener a mis clientes contentos.

Livvy quiso decir que a Sean también, pero le preocupaba haber hablado con demasiado entusiasmo de él. No quería que Mac se hiciera una idea equivocada sobre ella y Sean.

Mac tenía una muy buena idea de lo que Sean se traía con Livvy. Y quería matarlo. No era de *extrañar* que se hubiera lanzado sobre la finca de los Martinson en el momento en que ella la había mencionado.

Había pensado que tendría que convencerlo, pero no. *Este* era el lugar que pensaba comprar. Sabía todo sobre la gran propiedad que estaba negociando para convertirla en su complejo turístico de lujo. Sabía también que Liam y Bryan estaban metidos en ello. Se había sentido un poco desilusionada por no haber podido participar en el negocio, pero su cuenta bancaria no podía competir con las de ellos, razón por la cual había tenido que recurrir a hacer trampa en el juego de póker.

Pero esto tenía sentido. Sean había aceptado con *demasiada* facilidad a uno de sus clientes más importantes. Había venido hoy para ver cómo estaba todo, para asegurarse de que todo iba bien, y para hablar con ellos dos sobre unas fotos publicitarias, tanto para la finca como para Manley Maids.

Pero con Sean tratando de sabotear a Livvy, esa opción quedaba descartada.

No se veía bien cuando se supiera que Manley Maids lo había puesto en la posición *de* sabotearla. Si él tenía éxito, el nombre de Manley Maids quedaría por los suelos. De repente, su pequeña apuesta de póker adquirió ramificaciones de proporciones épicas.

Los ganadores nunca hacen trampa y los tramposos nunca ganan. Su abuela debió de haber dicho eso mil veces durante su infancia.

Pero ella *no* había hecho trampa. No realmente. Contar cartas era un talento; no era como si se hubiera guardado alguna en la manga. Simplemente supo con una certeza razonable que tenía la mano más alta en esa última ronda. No habría apostado su empresa, su futuro, por un capricho, a menos que hubiera estado razonablemente segura de ganar.

Pero nunca se imaginó esto.

Estacionó en la entrada trasera de la casa y caminó a grandes zancadas hacia la puerta, tropezando con un ladrillo suelto en el sendero. Tomó nota mental de decírselo a Sean. Podía añadirlo a su otra lista de «proyectos especiales».

Lo encontró en el salón, enrollando la alfombra que debía de ser la que las cabras habían mordisqueado.

—He oído que tienes segundas intenciones.

—Hola, Mac. —Él levantó la vista, con el pelo alborotado y la cara un poco sudada. Maldita sea, era un hombre guapísimo, y si tan solo pudiera anunciarlo así, tendría mujeres ofreciendo el doble por sus servicios.

El muy idiota.

—No me vengas con *hola, Mac*, Sean. Sé lo que estás tramando y te digo que pares. No vas a sabotear la herencia de Livvy y mi empresa por un estúpido complejo turístico que la gente con demasiado dinero no necesita. Pueden ir a las Catskills si están tan empeñados en vivir la vida rústica con lujo.

—Mac, cálmate.

—No, *no* me voy a calmar. Este es *mi* negocio. *Mi* sustento del que estamos hablando. ¿Cómo *pudiste*? ¿Cómo pudiste hacerme esto? Confié en ti.

—¿Crees que me *gusta* la idea, Mac? Créeme, es lo último que quiero hacer. —No lo negó, afortunadamente. No es que le hubiera creído, pero al menos no le estaba mintiendo en la cara. Por omisión, sí, pero el comal no podía decirle a la olla en este caso.

—El proyecto está demasiado avanzado a estas alturas. He invertido casi todo lo que tengo en esto. Tengo dinero comprometido en inspecciones y revisiones de arquitectura e ingeniería. Honorarios de diseño, intereses y un montón de otros gastos que perderé si este acuerdo no se cierra. Los negocios son los negocios, pero estoy tratando de encontrar una manera de que nadie salga herido, porque me arruinará si no sucede.

—No eres el único, Sean. Este es *mi* negocio. Si haces esto, si se corre la voz, estaré acabada.

—Te daré el contrato aquí. Nada cambiará.

—*Todo* cambiará. En primer lugar, el nepotismo es una palabra tan sucia como otras que se me ocurren y no debería necesitar el nepotismo para mantener un contrato que conseguí por mi cuenta en primer lugar. He trabajado duro para mantenerlo. ¿Y qué hay de Livvy? ¿Qué crees que va a hacer cuando se entere?

—Nunca debería haber sido un problema, Mac. Todo estaba encajando hasta que Merriweather cambió de opinión a última hora y nos jugó una mala pasada. Tuve que reaccionar. Por todos nosotros: tú, yo, Liam, Bryan. La abuela.

—No metas a la abuela en esto, Sean. No te atrevas. Ella es completamente inocente en todo esto. —Mac se mordió el labio. Eso no era del todo cierto, pero la abuela no había sido la que había contado las cartas—. Y si crees que esto fue de último minuto por parte de Merriweather, es obvio que no la conocías muy bien. Nunca hizo nada a último minuto. Si iba a cambiar su testamento, puedes estar seguro de que sabía exactamente *qué* y exactamente *por qué* lo estaba haciendo, y definitivamente sabía *cómo* lo estaba haciendo. Por alguna razón, te dio falsas esperanzas. Te prometió cosas que tal vez no tenía intención de cumplir. Pero también había estado trabajando en el ángulo de Livvy. Esto no fue una casualidad. Esa mujer no tomaba decisiones a la ligera. Nunca. Créeme. Tenía un plan.

Sean se sentó en la alfombra. —De acuerdo. Bien. Como sea, pero el hecho es que necesito este lugar. Tengo mucho dinero invertido en él.

—Entonces cómpralo como lo haría cualquier otra persona.

Él ladeó la cabeza. —No alcanza con el presupuesto.

—Entonces no debiste abarcar más de lo que podías apretar.

—No lo hice. Todos mis planes se basaban en cifras que ella me dio. Cifras que todavía tengo la oportunidad de alcanzar si Livvy no hereda. Entonces la propiedad es mía.

—¿Cómo puedes hacerle eso? ¿No ha sufrido ya bastante con esta familia? ¿Y ahora le vas a robar lo único que finalmente le han dado? ¿Cómo puedes vivir contigo mismo, Sean?

Se pasó una mano por la boca. —Es complicado, Mac.

—Sí, no me digas. Y me estás arrastrando contigo. —Se puso las manos en las caderas—. Lo siento, Sean, pero estás despedido.

—No puedes despedirme.

—Acabo de hacerlo.

—Podría decirle que lo sabías todo.

—¿Me estás chantajeando?

—No. Pero podría.

—Entonces, sí lo estás haciendo.

—No, Mac, no lo estoy haciendo. Estoy tratando de salvar esto para todos, pero si me voy ahora, se acabó. Terminado. Pierdo. Garantizado. Dame hasta la fecha límite de Livvy. Se me ocurrirá algo.

Mac lo miró fijamente. No debería. Realmente no debería. Necesitaba pensar en su empresa. En su reputación.

Pero también pensó en todas las veces que sus hermanos la habían defendido. La habían protegido. La habían ayudado a ella y a la abuela. Eran buenos chicos. Todos ellos. Si Sean decía que encontraría una manera de que funcionara para todos, tenía que darle esa oportunidad. ¿Cuántas veces le habían dado ellos un respiro a ella? —Está bien. Pero solo si encuentras otra manera.

—Estoy en ello, Mac.

Ella exhaló y se dio la vuelta. Tenía que empezar a trabajar en la promoción de Liam y Bryan porque la de Sean era una causa perdida. —No puedo creer que yo...

—¿Tú qué?

—Nada. Olvídalo. —De ninguna manera iba a revelar *El Plan*. El que ella había empezado y al que la abuela se había unido.

Había querido usar a sus hermanos ricos y guapos como herramientas promocionales, capitalizando totalmente el juego de palabras de su apellido y lo bien que se veían con esos uniformes. La abuela había querido encontrarles mujeres de las que se enamoraran, ¿y qué mejor manera que meterlos en las casas de esas mujeres? Mac había visto el beneficio instantáneo para ella: la abuela estaría ocupada con las vidas amorosas de sus hermanos y se mantendría al margen de la suya.

Había sido perfecto. Así que cuando el señor Scanlon la había llamado para hablar del contrato de Manley Maids y le había mencionado que Livvy llegaría, había investigado. Cuando vio la foto de Livvy, imaginó que Sean no podría resistirse. *Esa* era la razón por la que le había ofrecido la finca de los Martinson. Si hubiera sabido que este era el lugar que él planeaba comprar, habría hecho las cosas de manera diferente.

El karma se la estaba devolviendo con creces por esos cinco corazones que había tirado sobre la mesa de póker.

Sean exhaló. Larga y ruidosamente. —Mira, se me ocurrirá algo, pero no voy a perder la inversión de Lee y Bry. Creen en mí; *tengo* que cumplir.

A ella le dolía el corazón por él. Siempre le había costado más que a los otros dos. El hijo del medio, el segundo hijo, problemas de aprendizaje en la escuela, siempre portándose mal... Sean había tenido que luchar con uñas y dientes por todo lo que tenía, a diferencia de Liam, a quien las cosas se le daban fáciles, o de Bryan, que había tenido esa cara desde que nació y a las mujeres insinuándosele poco después. A esos dos las cosas se les daban fáciles, pero ¿Sean? Él había tenido que trabajar tan duro como ella.

Y con lo que ella había hecho en el juego de póker, ¿realmente tenía derecho a reclamarle por lo que él estaba pensando hacer?

—No puedes dejarla en la estacada, Sean. Ella tiene que sacar algo de esto. No es justo.

—Lo sé, Mac. Y no quiero herir a Livvy. Tengo dos semanas. Estoy trabajando en encontrar una solución. No tengo intención de dejar que se vaya sin nada. No soy un desgraciado sin corazón, solo uno desesperado. ¿Crees que me gusta hacerle esto? Es una buena persona. Merriweather causó esto, no yo. Pero no puedo renunciar a los millones de dólares en ganancias potenciales, por no mencionar el dinero que ya he invertido.

—Y Manley Maids. Tienes que asegurarte de que mi reputación quede intacta.

—Te lo prometo. Haré lo que sea necesario para asegurarme de que tu nombre no se vea perjudicado.

—No me gusta.

—Conmigo somos tres, porque te garantizo que a ella tampoco le va a gustar.

Capítulo Diecisiete

Sean miró la pantalla de su computadora portátil otra vez. Los números no mentían. Pero tampoco cuadraban. Sin importar lo que le había prometido a Mac, no podría alcanzar las metas que necesitaba si le pagaba más dinero a Livvy, si es que acaso podía conseguirlo. Quizás ella estaría dispuesta a vendérsela por el precio de Merriweather.

¿Pero por qué iba a hacerlo? No le debía nada.

Repasó la lista de posibles inversionistas que había recopilado. Eran ellos o pedirle a Livvy que aceptara la cantidad menor, y la verdad es que no quería arriesgarse a enseñar sus cartas en caso de que ella dijera que no.

Dios, estaba tan harto de la referencia al póquer.

Apagó la computadora y se puso una camiseta, muy contento de quitarse el uniforme, y se dirigió a la cancha de raquetbol con Liam. Investigaría la pista que él y Livvy habían encontrado cuando regresara, porque si tenía que quedarse en esa casa un minuto más, se iba a volver loco.

Toda esta situación lo estaba volviendo loco.

Y también Orwell, que entró volando a su habitación y aterrizó en su hombro. —*¡Ups, lo hice otra vez!*

O el pájaro estaba imitando a una estrella del pop o había hecho algo que Sean de verdad no quería saber. Pero, por supuesto, con un pavor morboso preguntó: —¿Qué hiciste, Orwell?

La respuesta del pájaro fue la siguiente línea sobre jugar con el corazón de alguien.

No era la canción que Sean necesitaba en ese momento. ¿No había una línea en ella sobre perderse en un juego?

Sean pasó el loro a su mano y caminó por el pasillo hacia la puerta abierta de Livvy para devolverle a Orwell a su legítima cuidadora.

Ya había entrado cuando se dio cuenta de que debería haber tocado la puerta.

Ella salió del baño envuelta en una toalla antes de darse cuenta de que él estaba en la habitación.

Orwell empezó una interpretación de «Bad Girls» de Donna Summer que Sean no necesitaba escuchar.

—¡Orwell! —La cara de Livvy se puso tan roja como su pelo y extendió la mano para tomar al loro. El movimiento aflojó su toalla y tuvo que hacer malabares para mantener todo cubierto.

Qué lástima.

Sean finalmente se acordó de darse la vuelta. —Oh, lo siento. La puerta estaba abierta y no pensé...

—De hecho, estaba cerrada. Orwell odia estar enjaulado, pero no pensé que vería la habitación como una jaula. Y ciertamente no sabía que sabía cómo abrir un pestillo. Eso va a hacer las cosas, um, interesantes.

—Bueno, entonces, te dejaré para que... —Hizo un gesto con la mano detrás de él—. Tengo un partido de raquetbol esta noche, así que te veo luego.

—¿Juegas raquetbol?

Sigue caminando, Manley.

Por supuesto que lo hacía. —Sí.

—Hace años que no juego raquetbol.

Sal de aquí ahora, Manley. —¿Juegas?

—No muy bien. Pero teníamos una cancha en la escuela y lo disfrutaba.

Sean cerró los ojos con fuerza por un segundo. No necesitaba esta tentación. Para nada.

Pero de todos modos se dio la vuelta. —¿Quieres venir?

—¿Estás seguro de que no te importaría?

Oh, sí le importaría. Le importaría todo el tiempo que ella estuviera corriendo por la cancha en pantalones cortos y una camiseta que no ocultarían nada, con el sudor corriéndole por todo el cuerpo, su piel sonrosada por el esfuerzo. Le importaría *mucho*.

Le importaría que todo ese esfuerzo no fuera para él, y que no pudiera quitarle la camiseta y los pantalones cortos de su cuerpo y deslizar sus manos sobre su piel sedosa...

—No. Para nada. Llamaré a Liam a ver si puede encontrar a alguien más para un partido de dobles.

Esa era una palabra —y una imagen— que no necesitaba.

Iba a tener que usar un suspensorio para el partido de esa noche porque los pantalones cortos de nailon no ocultarían su reacción a ella más de lo que lo hacían esos estúpidos pantalones de trabajo.

Tenía la sensación de que nada lo haría cuando se trataba de Livvy.

—¿Trajiste a *Cassidy*? —Sean no sabía si reírse o horrorizarse. Cassidy Davenport, la clienta de Liam, era la única persona que podía imaginar que estaría más fuera de lugar en una cancha de raquetbol que Livvy.

Liam abrió la cremallera de su bolsa de raquetbol y luego se puso el guante.

—No es como si hubiera tenido mucho tiempo para encontrar a alguien más, y ella escuchó la conversación.

Sean miró hacia donde las chicas estaban calentando. —Está de rosa. Con pedrería.

—Ni me digas. —Liam puso los ojos en blanco.

Sean decidió reírse porque el pobre Lee odiaba el rosa tanto como odiaba la pedrería. Probablemente más que cualquier hombre vivo. Pero bueno, tenía sus razones.

—Sabe que esto es un deporte, ¿verdad? ¿Que te acaloras y sudas y que el maquillaje se le va a correr por la cara?

—Si no lo sabe, pronto lo sabrá. Eso podría hacer que todo esto valga la pena. —Liam se colgó la raqueta al hombro—. ¿Algún progreso con la chica gitana?

Sean tuvo que reírse de sí mismo esta vez. Había pensado que tendría que preocuparse por Livvy en pantalones cortos ajustados y una camiseta, no en una especie de falda que se abría sobre sus caderas con cuentas colgando y una blusa con volantes que medio temía que se le levantara si cambiaba de dirección demasiado rápido. Un atuendo de ejercicio solo en el mundo de Livvy, pero ella dijo que no había planeado necesitar uno durante su estancia en la finca, así que esto tendría que bastar. Gracias a Dios, al menos tenía zapatillas; esas botas de combate a las que era tan aficionada la habrían hecho romperse un tobillo en la primera jugada.

—Estamos siguiendo las pistas. Mañana vamos a buscar cunas de bebé.

Liam arqueó una ceja. —Te das cuenta de que esa es una línea de pensamiento peligrosa cerca de cualquier mujer, ¿verdad?

Sean ignoró la agitación en su entrepierna. —Confía en mí; no es un problema.

—Famosas últimas palabras. —Liam exhaló—. Vamos. Terminemos con esta tortura de una vez.

Y fue una tortura. Sean se encontró mirando el trasero de Livvy más de lo que miraba la pelota. Y Liam, a pesar de toda su actitud de disgusto con ese alto batido espumoso y rosado que era *su* clienta, se distraía con la misma facilidad, fallando la devolución al saque de Livvy.

—¡Yuju! ¡Un punto para mí! —Livvy se acercó saltando a Sean para chocar los cinco con él en toda su gloria saltarina.

Santo cielo, al diablo con el suspensorio que debería haber usado; ella necesitaba un sostén deportivo. Varios. Porque el que llevaba puesto bien podría no haber estado allí, y eso si es que llevaba uno. Podía verle los pezones debajo de la blusa.

—¿Sean?

Sacudió la cabeza. —¿Sí?

—¿No estás emocionado?

Como no tenía idea. —¿Perdón?

—Estamos ganando.

—Ah. Cierto. —Chocó su palma con la de ella—. Pero todavía falta mucho para llegar a quince.

—Y no te sientas muy cómodo con una ventaja de un punto. Cass y yo haremos que muerdan el polvo —refunfuñó Liam mientras le lanzaba la pelota a Sean.

—Cassi-dy, Liam. No me gusta Cass. —La *señorita* Davenport se metió la camiseta rosa pastel, ya metida por dentro y ceñida al cuerpo, en sus pantalones cortos blancos. Debería preocuparse más por la pedrería que rodeaba el escote, porque Sean se imaginaba las cuentas rebotando por todo el suelo si alguien chocaba con ella.

La mirada en la cara de Liam mientras ella lo corregía decía que Lee podría hacer precisamente eso. —Saca, Sean —dijo entre dientes.

Sí, iba a ser un partido largo.

Y sudoroso, también. Las chicas, a pesar de su ropa inapropiada, eran bastante atléticas. Livvy hacía que esas cuentas rebotaran y se balancearan mientras cubría la cancha, devolviendo el peloteo antes de que hubiera un segundo bote. Estaba adecuada —y sorprendentemente— impresionado.

—¿Necesita un descanso ya, Cass? —Liam había estado usando ese apodo desde que Cassidy dijo que no le gustaba. Sean podría haberle dicho que eso pasaría. Cassidy era el tipo exacto que Liam había aprendido a *no* apreciar, y qué mal por parte de Mac emparejarlo con ella. Su última novia seria había sido igual que Cassidy: una mujer que buscaba que los hombres en su vida la cuidaran. Todos se habían preguntado por qué Liam había estado tan dominado, pero no le habían dicho nada. Era el Código de Hermanos. A menos que sorprendieran a una novia engañándolos o algo igual de horrible, apoyaban la elección de su hermano. Así que cuando resultó que ella realmente tenía a alguien más que ninguno se había dado cuenta, fue un golpe tremendo para Lee, y desde entonces había renunciado a las mujeres. Era simplemente cruel por parte de Mac darle la clienta más demandante que tenía.

—Sean, ¿vas a sacar o te le vas a quedar viendo? No tengo toda la noche, sabes.

Liam se balanceaba de lado a lado y hacía girar el mango de su raqueta en la palma de su mano como si se tratara de un partido de alto riesgo.

—Vamos, Sean. Estoy lista. —Livvy le sonrió y Sean quiso mostrarle cuán listo estaba *él*...

Bueno, tal vez sí había algo importante en juego.

Se veía tan malditamente adorable. Y sexi como el infierno. Y esa combinación garantizaba absorberle el cerebro a través de su...

Sacó.

Y se quedó corto.

—Uno más, Sean —gruñó Lee triunfalmente detrás de él—. Si pierdes el saque, puedes despedirte de este partido.

Sean no lo hizo, logrando concentrarse lo suficiente, y él y Livvy anotaron otros dos puntos antes de que el saque cambiara de equipo.

—Las damas primero. —Liam extendió su brazo ampliamente hacia

Cassidy y le botó la pelota—. Vamos a enseñarles a estos dos cómo se hace, *Cass.*

Ella lo fulminó con la mirada a través de sus lentes protectores con incrustaciones de pedrería, por supuesto.

Pero tenía un saque increíble y Sean tuvo que concentrarse en devolverlo. Luego Liam entró en acción y de repente el partido se volvió despiadado. Sean podría haberse sorprendido de que las chicas estuvieran manteniendo el ritmo si hubiera tenido tiempo para sorprenderse. El peloteo le llegaba rápido y furioso. Cassidy no era ninguna novata en el departamento de raquetbol, pero la pobre Livvy estaba fuera de su alcance.

—Lo siento —murmuró mientras les costaba su cuarto punto consecutivo —. Supongo que estoy mucho más oxidada de lo que pensaba.

Sean le dio una palmada en el hombro. —Anímate. Solo vamos dos puntos abajo.

—Sí, pero íbamos cuatro arriba.

—Vamos a remontar.

—Si tú lo dices.

Intentó acercarlos a uno o dos puntos, pero Liam-en-una-misión y Cassidy-miembro-del-equipo-de-raquetbol-del-club-de-campo apenas cedieron el saque. La tercera vez que lo hicieron, Sean podría jurar que una mirada se cruzó entre ellos, y no eran las antagónicas con las que habían comenzado.

—Vamos, Liv, anímate —susurró mientras pasaba detrás de ella para tomar su lugar en el fondo de la cancha—. Lo estás haciendo genial.

Ella levantó las cejas hacia él. —Odiaría ver tu definición de *mal* si crees que esto es genial.

Tenía que reconocérselo, sin embargo; no se rindió. Siguió corriendo por toda esa cancha, golpeándose un par de veces los hombros contra la pared cuando su impulso la mantenía avanzando. Iba a tener unos moretones feos.

Y él quería besar cada uno de ellos.

—¡Punto! —Liam levantó los brazos y celebró a gritos cuando Sean falló el peloteo. Cassidy saltaba de arriba abajo, algo que normalmente disfrutaría si a) no estuviera perdiendo, b) Liam no pareciera tan interesado en esos saltos, y c) Livvy no estuviera tan desanimada por su conteo de puntos.

Le pasó un brazo por los hombros. —Vamos, Liv, podemos hacerlo. Piensa en lo que hicimos al principio. Estábamos arriba. Volvamos a lo que sea que estuviéramos haciendo entonces y demos la vuelta a esto. Sé que podemos.

Ella lo miró por debajo de las pestañas y a Sean le sorprendió lo largas que eran. Y que no eran marrones como había pensado, sino más bien de un color óxido. No, no óxido. Vino. Sí, eso es. Eran de color vino. Igual que su pelo. No era el típico tono de rojo; tenía algo de marrón y algo de naranja y quizás incluso algo de rubio. Parecía una masa brillante de rizos color vino recogidos en una cola de caballo con algunos mechones rebeldes que se escapaban para enroscarse húmedamente contra su mandíbula. Su garganta. La nuca...

—¿*Podemos* hacerlo, Sean?

Podían hacer *eso* y cualquier otra cosa que ella quisiera cuando quisiera...

—Uh, sí. —Retiró el brazo—. Podemos ganarles. —Correcto. A ellos. Cassidy y Liam. El otro equipo. En el partido. Raquetbol—. Solo tenemos que concentrarnos.

En el partido. En la raqueta. En la pelota. Nada más.

—Vas a perder, Sean. —Liam tenía un brillo malicioso en los ojos y una sonrisa arrogante en la cara—. ¿Listo para llorar como un bebé?

—Dale, hermano. —Separó los pies, flexionó un poco las rodillas y esperó el saque de Liam.

Fue rápido y fue potente, y Sean saboreó la oportunidad de aplastar algo. Golpeó la pelota contra la pared del fondo con suficiente fuerza para que pasara entre Liam y Cassidy con tanto impulso que se alegró de que uno de ellos no hubiera estado en su camino.

Cassidy le pegó después del bote con la potencia justa para casi ponerla fuera del alcance de Livvy.

Livvy se lanzó, salvando el peloteo en el último segundo mientras se tiraba al suelo.

Sean quiso correr hacia ella al oír su *uf*, pero Liam no se echaba para atrás. Por supuesto, ninguno de los hermanos lo hacía nunca cuando se trataba de deportes, pero Lee parecía haber olvidado que esta vez estaban jugando con mujeres, y golpeó esa pelota tan fuerte que silbó mientras volaba hacia él.

Sean tomó el tiro, sintiendo la potencia reverberar por su brazo a pesar de la flexibilidad de la raqueta y la absorción de su guante.

Luego fue el turno de Cassidy y una vez más, la devolvió sin problemas. Incluso se veía bien haciéndolo. ¿Enseñaban eso en el internado o en la escuela de señoritas o dondequiera que las chicas como ella fueran a aprender las cosas no esenciales de la vida como arreglos florales y cómo poner la mesa?

La pobre Livvy le recordaba a Reggie después de esa tormenta: el pelo empapado pegado a una cara roja de agotamiento, la nariz aún más roja de donde debió habérsela golpeado contra el suelo en una de sus zambullidas, su ropa desaliñada y pegada a ella en parches sudorosos, el dobladillo de esa falda ridícula torcido, las cuentas repiqueteando ruidosamente.

A él le pareció absolutamente hermosa.

Y fue entonces cuando Sean falló el siguiente peloteo.

—¡Ganador! —La raqueta de Liam cayó con estrépito al suelo mientras envolvía a Cassidy en sus brazos y la hacía girar, sus cabezas echadas hacia atrás riendo. Regodeándose.

Sean se frotó el tríceps. Maldita pelota, cómo dolía. Iba a tener un moretón. No es que fuera lo suficientemente vanidoso como para que le importara, pero le duraría, lo que significaba que Liam prolongaría sus fanfarronadas sobre la victoria al menos por ese tiempo, y la historia que inventaría se volvería consecutivamente inversamente proporcional al color del moretón.

—Lo siento. —Livvy rozó su hombro contra el otro brazo de él.

El chispazo que lo acompañó lo golpeó más fuerte que la pelota. Le pasó la mano por el hombro. —Oye, no te lo tomes tan a pecho. Es solo un partido. —Si esto hubiera sido solo entre él y Liam, se habría atragantado con esas palabras.

—Lo sé, pero quería ganar. Tú también.

—Los atraparemos la próxima vez. —Oh, genial. Acababa de apuntarse para otra ronda de tortura.

Necesitando una distracción de ese pensamiento, Sean se dio la vuelta. —Entonces Lee, ¿ustedes, tú y Cassidy, quieren ir a...?

Sean se calló. Lee y Cassidy sí *querían* si ese largo y lento deslizamiento que ella hizo por su cuerpo servía de indicación. Y Lee no la soltaba.

Pero luego lo hizo. Rápidamente. Y también Cassidy, prácticamente tropezando para alejarse de Liam.

Esto no era bueno. Liam ya se había quemado una vez con una mujer como Cassidy Davenport.

—¿Quieren ir a comer algo? —preguntó Sean. Olvídate de la revancha; que Liam llevara a Cassidy a casa solo en este momento *no* era lo mejor para su hermano.

Sorprendentemente, sin embargo, Liam logró apartar la mirada de la alta y sexi definición de una mala idea.

Bien. Quizás no estaba tan interesado en ella como parecía.

—Gracias, pero tengo que irme a casa.

Lee hizo una muy buena imitación de alguien a quien no le importaba un bledo, a menos que alguien *conociera* a ese alguien. Y Sean conocía a Liam.

Mierda. Esto no era bueno.

—La facturación se está acumulando con mi asistente de baja por maternidad, y si las facturas no salen, el dinero no puede entrar. —Liam miró a Cassidy con más del desdén que Sean estaba acostumbrado a ver—. Así es como funcionan los negocios.

El dolor cruzó el rostro de Cassidy por un segundo. —Estoy muy consciente de cómo funcionan los negocios. Trabajé con mi padre, sabe.

—¿Cómo podría olvidarlo?

—Bueno, entonces. —Sean le lanzó la raqueta a Liam ya que el statu quo se había restablecido—. Llámame después de que dejes a Cassidy. Necesito repasar algunas cosas contigo.

Se le ocurriría algo, quizás obtener la perspectiva de Lee sobre dónde empezar a buscar cunas de bebé de aspecto extraño para poder adelantarse a Livvy, en lugar de abalanzarse *sobre* Livvy, y para evitar que Lee hiciera lo mismo con Cassidy.

Sí, iban a ser dos semanas largas.

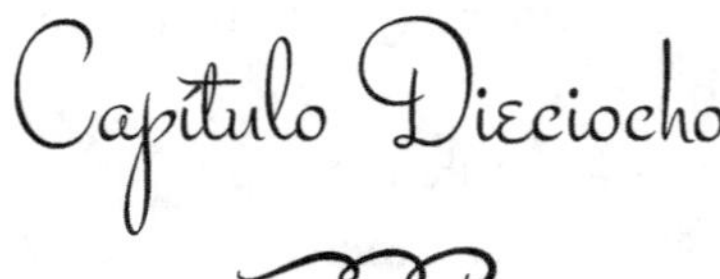

Capítulo Dieciocho

Livvy se quedó mirando la cuna de bebé en el ala del museo que su abuela había donado. Era la misma de la foto, y la placa junto al cordón de seguridad decía que generaciones de Martinsons la habían usado.

Olivia Martinson era el último nombre de la lista.

¿Olivia *Martinson*?

Livvy no lo creía. Ese nombre ni siquiera estaba en su partida de nacimiento, y en cuanto a dormir en esa cosa... ¿Cuándo? Por lo que ella sabía, no había estado bajo la tutela de los Martinson hasta que cumplió cinco años. ¿Era este el impulso de la anciana por la excelencia dinástica?

Livvy la miró fijamente, intentando imaginarse a sí misma en aquel diseño victoriano ridículamente recargado y lleno de arabescos. Probablemente había tenido pesadillas; nada nuevo cuando se trataba de la familia de su padre. Incluida la actual búsqueda del tesoro.

Livvy se sacudió el mal humor. Agua pasada no mueve molino, a lo hecho pecho, todos los clichés. Era una adulta, que lo superara de una vez.

Bien. Entonces, ¿dónde estaba la siguiente pista?

Tenía que ser algo en la placa, porque el curador del museo seguramente habría encontrado cualquier nota o grabado en la cuna misma, y su abuela tenía que haber sabido que estaría acordonada y fuera del alcance del público, lo que la incluía a ella.

Aunque, pensándolo bien, ¿por qué iba a esperar que Merriweather se lo pusiera fácil? Todavía no entendía por qué la mujer la estaba haciendo pasar por todos esos aros. ¿Solo quería ser conocida por darle la oportunidad a su nieta pródiga? ¿O era porque *sabía* que Livvy fracasaría y quería cobrarle la audacia de estar viva?

Livvy se sentó en la banca junto a la exhibición. *¿Habría* sido su abuela tan retorcida?

Era posible. Merriweather ciertamente nunca había hecho el esfuerzo de darle la bienvenida a la familia mientras estuvo viva; ¿por qué iba a ser diferente ahora que estaba muerta?

Livvy se levantó, dispuesta a irse. No iba a bailar más al son que le tocara su abuela. No le importaba cuál era la siguiente pista ni dónde estaba ni a qué conducía ni nada. Que la vieja se revolviera en su tumba, agonizando porque Livvy no seguía sus órdenes. A Livvy no le importaba. Le había ido bastante bien sin este lugar mientras la mujer estuvo viva y le iría igual de bien ahora que se había ido.

Se dio la vuelta para irse y chocó con uno de los postes que sostenían las cuerdas diseñadas para mantener alejado al público. Y a ella. La estaban manteniendo *a ella* alejada. Tal como Merriweather quería.

Livvy contuvo el escozor de las lágrimas. ¿Por qué no había sido lo suficientemente buena para la mujer? ¿Cómo pudo Merriweather hacerle pagar los pecados de sus padres a ella, una niña inocente? Durante toda su vida, había mantenido un perfil bajo, tratando de no arruinar el nombre de los Martinson porque nunca había querido sentir la ira total de Merriweather.

¿Por qué? ¿Qué había hecho? ¿Qué había de malo en ella para que su propia abuela ni siquiera quisiera conocerla?

Con la visión borrosa por las lágrimas, Livvy volvió a tropezar con el poste, y esta vez se apresuró a evitar que cayera al suelo. Era lo último que necesitaba: llamar la atención sobre sí misma justo ahora que era un desastre emocional.

Pero qué vergüenza. Qué vergüenza por dejar que la indiferencia de Merriweather la afectara. Ya no era una niña. Conocía cómo funcionaba el mundo y los tejemanejes de la mente mezquina de una vieja odiosa.

Un fuego lento comenzó a arder en la boca de su estómago. ¿La mujer quería que fracasara? Pues ni pensarlo. Iba a encontrar esas pistas, heredar la mansión y disfrutar cada momento de vendérsela al mejor postor. Que Merriweather se revolviera por *eso*.

Livvy enderezó el poste, se secó las comisuras de los ojos y echó los hombros hacia atrás. No iba a dejar que la vieja cascarrabias ganara.

Releyó la placa. *Generaciones de miembros de la familia Martinson durmieron en esta excelente representación del sueño de todo niño. El diseño victoriano fue encargado por Albert Martinson para que coincidiera con varias remodelaciones que estaba haciendo con artesanos en la finca Martinson.*

¿El sueño de todo niño? No había sido el suyo. Aquella cosa parecía más una pesadilla. Y desde luego, no se había atrevido a *soñar* nada en lo que respectaba a los Martinson.

Pero ahora estaba soñando con la ama de llaves de los Martinson. ¿No *sacaría* eso de quicio a la vieja Merriweather?

Quicio. Oh, diablos. Se suponía que tenía que pasar por la tienda de alimentos para animales a comprar una mezcla especial de granos para Dodger y sus hermanos, para contrarrestar las fibras de lana que habían añadido recientemente a sus tractos digestivos.

Releyó la placa una vez más, luego le tomó una foto para enseñársela a Sean más tarde y ver qué opinaba él.

Sean volvió a colocar el sofá en su sitio en la tercera sala de estar del piso superior en el ala oeste después de aspirar la alfombra que había debajo. ¿Cuántos lugares había necesitado la gente para sentarse a charlar en los tiempos de Merriweather? ¿Y en el piso de los dormitorios? Sacudió la cabeza. ¿Quién entendía a los superricos? Pero no estaba en su lugar quejarse; simplemente se alegraba de que esta pequeña zona y las otras como ella existieran. Los planos de su arquitecto indicaban que se convertirían en salas de reuniones para otra fuente de ingresos.

Sean reposicionó la mesa de centro frente al sofá y volvió a colocar los adornos de cristal tallado que le había llevado casi media hora desempolvar. Si no volvía a ver otro recoveco o rincón en su vida, no sería lo suficientemente pronto para él.

El reloj de pie en el nicho detrás de él dio la campanada. Mediodía. Los perros lo habían despertado a las cinco cuando Livvy los sacó. Así que se había levantado y aprovechado el tiempo para limpiar el cuarto del bebé en el tercer piso, aunque en realidad había estado buscando la siguiente pista, incluso revisando si había tablas sueltas en el suelo buscando un escondite. Si el partido de raquetbol de ayer le había demostrado algo, era que Livvy no se rendía y odiaba perder. Tenían eso en común.

Entre otras cosas.

Se movió incómodo, recordando la tortura que había sido el día anterior. La tonta falda con volantes de ella lo había mantenido adivinando qué había debajo; su blusa no, y esos labios suyos le habían hecho desear saborear cada curva de su sonrisa. Realmente necesitaba mantener la distancia y dejar de besarla.

El problema era que él no *quería* dejar de besarla. Besar a Livvy era diferente a besar a cualquier otra mujer y, aunque eso le gustaba —más que gustarle—, también le molestaba un demonio. ¿Por qué ella? ¿Qué tenía *ella* de especial? En todo caso, toda esta pesadilla con ella, la casa y el dinero debería haberle provocado tal rechazo que podrían estar desnudos en la misma habitación y no le causaría ningún efecto.

Excepto que eso no estaba pasando. Solo pensar en ella desnuda lo ponía tan duro como esa maldita mesa y le nublaba el juicio, desviando su atención de donde debería estar, haciéndole replantearse su inversión. Su plan de negocios. Incluso su vida.

Un momento, ¿su vida? ¿Se había vuelto loco? Su *negocio* era su vida. Este lugar. *Este* era el sueño. El que había decidido cuando Liam ganó sus primeros cien mil dólares. Cuando Bryan consiguió ese gran papel en una película mientras Sean todavía estaba limpiando viejos y mohosos B&B para dejarlos en un estado «pintoresco» y así hacer crecer su empresa. No iba a renunciar a todo su trabajo duro. A toda su determinación. Diablos, incluso había dejado las citas en pausa, eligiendo terminar las relaciones antes de que se pusieran demasiado serias para poder alcanzar sus aspiraciones profesionales. No iba a permitir que un espíritu libre con ropa bohemia y una inclinación por los animales de granja por sobre las sutilezas sociales habituales derribara lo que tanto le estaba costando crear. Necesitaba esta finca. Haría que todo el trabajo duro, todo el sacrificio, todos los principios que había comprometido valieran la pena.

Necesitaba esa maldita pista.

Sean dejó la pirámide de cristal en su sitio, con cuidado de no abollar la mesa de caoba. *Cuna de bebé.* ¿Qué demonios podría haber querido decir Merriweather con eso? No había encontrado nada en el cuarto del bebé y, si había un parque infantil en esta propiedad, aún no lo había visto. Toda su búsqueda en internet no lo había llevado a ninguna parte. Iba a tener que ver qué había descubierto Livvy una vez que volviera a casa.

Lo que hizo mientras él almorzaba, entrando con brío por la puerta de la cocina con un destello de abdomen que prácticamente le secó la boca y le robó hasta el último aliento. Los recuerdos de su piel cremosa y tonificada lo habían mantenido despierto —y duro— la mitad de la noche. Esa mujer era una amenaza en tantos frentes.

—¡Hola, Sean! ¿Cómo estás? —preguntó ella, con el cabello ondeando a su alrededor bajo el sol que se colaba por los cristales de la puerta, como un halo de tirabuzones—. ¿Dónde están los perros?

Él tomó un trago de su té helado. ¿Cómo *estaba*? Duro como una roca y frustrado a más no poder.

Luego estaba toda la pesadilla de esta situación y lo que iba a hacer al respecto, sin mencionar que sonaba como los estúpidos poemas de Merriweather.

—Eh, bien —fue la respuesta más segura—. Y los dejé salir. Me sorprende que no los vieras. Ah, mierda. ¿Tal vez se escaparon?

Livvy negó con la cabeza. —Eso es lo que pasa con los rescatados; están agradecidos por el hogar que les das. No irán a ninguna parte. Probablemente solo están explorando su nuevo territorio. Volverán.

Menos mal. No necesitaba quitarle también a su familia de cuatro patas. —¿Y bien, tuviste suerte?

Ella se encogió de hombros y ahí estaba de nuevo ese trozo de abdomen asomándose. La mujer necesitaba ropa nueva. Preferiblemente algo soso como un saco de arpillera. Aunque probablemente se vería preciosa también con eso. Livvy *era* preciosa y su personalidad radiante solo hacía el empaque exterior más atractivo.

—Encontré la cuna. Mi abuela afirma que dormí en ella, pero eso no es posible. Me pregunto si estaba perdiendo la cabeza al final.

Sean tenía sus propias razones para cuestionar el funcionamiento de la mente de la abuela de Livvy, pero que la hubiera perdido no era una de ellas. —A mí Merriweather me pareció bastante lúcida. —Y bastante *voraz*, también. Lo estaba volviendo *a él* loco, pero Mac probablemente tenía razón. Habiendo tratado con ella cara a cara mientras hacía sus planes, Sean podía dar fe de que Merriweather era una mujer de negocios astuta. Apostaría a que sabía exactamente lo que estaba haciendo al cambiar su testamento y aun así dejarle creer que el lugar era suyo.

Aunque, pensándolo bien, apostar no le había servido de mucho últimamente.

Livvy se subió de un salto a la encimera junto al taburete en el que él estaba sentado, oliendo demasiado bien para su gusto, y él reconsideró lo de las apuestas.

—La cuna estaba acordonada, así que no pude acercarme, pero dudo que hubiera algo dentro o sobre ella que pudiera ver. Mi abuela habría sabido cómo la trataría el museo, así que no pudo haber esperado que yo pudiera inspeccionarla tan de cerca. —Sacó una cámara digital del saco que le servía de bolso. Nunca había visto una excusa tan lamentable para un bolso, pero bueno, las cosas alrededor de Livvy siempre estaban un poco fuera de lo común—. Ten, lee esto. Dime qué crees que significa. —Hizo zoom sobre una placa.

¿Leerlo? Ni hablar. Sean tomó su vaso y se levantó. Intentar descifrar las letras era demasiado humillante para hacerlo frente a otras personas, incluso su propia familia. Odiaba mostrar esa debilidad, y ni muerto dejaría que Livvy la viera. Y ni de broma iba a sacar su tableta para que se lo leyera. A lo largo de los años había aprendido trucos para evitar que la gente se enterara de su «problema». Había tenido que hacerlo; lo mirarían con lástima una vez que se enteraran y eso mancharía la opinión que tenían de él. Si había algo que Sean odiaba era que le tuvieran lástima.

—A veces tiene más sentido cuando lo lees en voz alta. —Hizo toda una escena para servirse más té helado del refrigerador—. ¿Por qué no me lo lees tú?

Livvy se mordisqueó el labio inferior —maldita sea—, luego inclinó la cabeza hacia un lado, y esos preciosos rizos castaños rojizos cayeron en cascada por su brazo y sobre su pecho, las puntas casi tocando la encimera. Sean tuvo que reprimir un gemido mientras intentaba *no* imaginar cómo se sentirían recorriendo su piel.

Malditos pantalones estúpidos.

Volvió a deslizarse sobre el taburete antes de que la delgadez de la tela se hiciera *más* evidente, pero entonces se vio recompensado con la visión de la pantorrilla perfectamente torneada de Livvy mientras la balanceaba sobre la otra a un ritmo que solo ella podía oír. Su tonta bota de combate hizo el más mínimo contacto con su brazo, y Sean no pensaba moverse.

Patético. Malditamente patético que tuviera que esforzarse por concentrarse en lo qué ella le decía en lugar de en la forma sexi en que se movían sus labios *mientras* se lo decía.

—Creo que la pista tiene que ver con quien hizo la cuna. La placa menciona el trabajo que un artesano estaba haciendo por aquí. —Se metió el pelo detrás de las orejas, lo que hizo que rozara su pecho de nuevo, y el miembro de Sean se contrajo ante el movimiento.

Malditos pantalones estúpidos.

—Con el tamaño de este lugar, podría llevar mucho más de dos semanas averiguarlo. —Volvió a tenderle la cámara y el aroma de su perfume o de su jabón —o, con la suerte que tenía, su aroma normal y corriente que lo volvía loco— lo rodeó como una red, atrapándolo—. ¿Tú qué crees?

Él pensaba más en el acto que *llenaba* las cunas que en las cunas mismas. —Creo que tal vez no quieras sentarte tan cerca.

Ella ladeó la cabeza un poco más, viéndose demasiado adorable. —¿No? ¿Por qué?

¿De verdad tenía que preguntar? La confianza de Sean se encogió un poco ante eso, pero fue lo único que lo hizo. Dios, se veía increíble con ese pelo alborotado, sus ojos brillantes y esos pechos que tensaban tanto su blusa que podía ver el contorno de sus pezones.

Sobre todo cuando se endurecieron justo delante de sus ojos.

El ambiente cambió en un instante. Lo sintió antes de ver la forma en que ella lo miraba. A sus labios, en concreto. Lo que le pareció bien, porque así él podía mirar los de ella y preguntarse a qué sabría el brillo de humedad que su lengua dejaba tras de sí al pasársela. Y podía quedarse mirando el latido de su pulso en la base de su garganta y permitirse imaginarlo contra su lengua. O cómo se sentirían esos pezones contra...

Contrólate, Manley.

No le hizo caso a su voz de la razón. No podía. No con la mirada de ojos abiertos que Livvy le estaba dando y la forma en que puso la cámara en la encimera y luego se reclinó sobre las palmas de sus manos, sus pechos cambiando de ángulo lo justo para que esos pezones tentadoramente erectos le apuntaran como un misil buscador de calor y, sí, eso era exactamente lo que tenía dentro de los malditos pantalones estúpidos. De verdad que no debería estar sentada tan cerca.

—¿Por qué? —En contra de su buen juicio, se puso de pie—. Por esto.

La arrastró los veinticinco centímetros sobre la encimera hasta que estuvo justo delante de él, con las piernas a cada lado de sus caderas, la mano de él firmemente agarrada a los músculos perfectos de su trasero increíblemente delicioso, con el calor de ella a centímetros de donde él quería que estuviera.

—Voy a besarte, Livvy. —Entrelazó los dedos en su pelo como había estado deseando hacer desde que la vio por primera vez, tan imperiosamente sexi en el vestíbulo—. Y tú vas a devolvérmelo.

—¿Ah, sí? —Se lamió los labios de nuevo.

No respondió. Bueno, no con palabras.

Extendió una palma sobre la curva de su cintura, acariciando la piel que lo había estado tentando desde que ella entró pavoneándose, robándose todo el oxígeno de la habitación. Su piel se sentía tan malditamente sedosa y buena bajo las yemas de sus dedos. Sus respiraciones agitadas aceleraron las de él hasta que, lo siguiente que supo, fue que había hundido ambas manos en esa poción salvaje y espumosa que ella llamaba cabello, pero que él llamaba cielo, y su lengua estaba descubriendo todos esos dulces lugares secretos de su boca. El aliento caliente de ella le abrasó el cuerpo y surgió hacia aquella parte de él que estaba contra aquella parte de ella que quería conocer mejor, y sus manos se aferraron a los malditos pantalones endebles que de repente no eran lo suficientemente endebles porque él quería sentir cada apretón y tirón que ella le daba. Dios, quería recostarla en la encimera y tomarla hasta que ninguno de los dos pudiera pensar con claridad.

Demonios, si estaba considerando hacer eso, él *ya* no estaba pensando con claridad.

Lo que era la excusa perfecta para hacerlo.

Se hundió sobre ella, apretándola contra el granito, moviéndose para que sus piernas pudieran enroscarse alrededor de su cintura y sus asombrosa y maravillosamente suaves pechos se acunaran contra su pecho, su cabeza en ángulo para hacer el beso más profundo mientras se movía contra él. Sean tuvo que concentrarse en no venirse en esos estúpidos pantalones, lo cual no era fácil cuando sus manos rozaban superficies con las que solo había soñado —recientemente—, abrazando curvas con las que había fantaseado, y la temperatura se disparó en la cocina más rápido que el horno de convección profesional de siete mil dólares de Merriweather.

—*Gran error. Enorme.* —Orwell acentuó su comentario con un par de garras en los omóplatos.

—¡Hijo de puta! —Sean se irguió de un salto.

—*¡Hijo de puta! ¡Hijo de puta*! —Orwell incluso le había copiado la voz a la perfección.

—¡Oh, no! —Livvy se incorporó sobre sus codos—. Tienes que tener cuidado con lo que dices cerca de él, Sean.

—*¡Hijo de puta*! —Orwell batió las alas, esparciendo plumas por toda la encimera.

Sean respiró hondo, deseando que su cuerpo se calmara de una vez. Jesús. Un beso de dos minutos y toda la sangre había abandonado cada célula de su cuerpo excepto las de su entrepierna.

Se apartó del refugio de los muslos de Livvy.

Mala idea. La gravedad había hecho lo que sus manos habían querido hacerle a la falda de ella, cubriéndole las caderas, revelando, santo cielo, el triángulo más diminuto de tela rosa bebé entre sus piernas. Algo tan absolutamente femenino contra la falda de camuflaje, esas botas toscas y la camisa verde oliva opaca que, en ella, era increíblemente sexi, y Sean sintió cómo todas esas células de sangre sureñas se ponían en marcha.

Orwell revoloteó hasta el vientre de Livvy. —*Hijo de puta*.

Sean podría haber jurado que el maldito pájaro le guiñó un ojo. —Hijo de...

—Bien, ahora que hemos establecido *esa* palabrota en particular firmemente en el vocabulario de Orwell, creo que es hora de que aprenda otra cosa. —Livvy se sentó, logrando bajarse la blusa y volver a colocar su falda en su sitio en un solo movimiento fluido que fue tan efectivo como cerrar de golpe la puerta de una bóveda. Pasó el loro a su hombro, desde donde lo miró con una sonrisita de superioridad.

—Livvy. —Sean le puso una mano en el brazo.

El pájaro le lanzó un picotazo.

Sean la apartó justo a tiempo. Pero iba a necesitar más que eso para disuadirlo. —Livvy, tenemos que hablar de lo que acaba de pasar.

—¿Por qué?

Ladeó la cabeza y sus rizos cayeron sobre su pecho, y Sean tuvo que meterse las manos en los bolsillos no solo para mantenerlas alejadas de ella, sino también para ganar un mínimo de dignidad para que su tremenda erección no se marcara contra la estúpida tela.

—Porque no podemos fingir que no pasó.

Se metió unos rizos detrás de la oreja. —¿Ibas a hacerlo? Yo no. Me gusta besarte.

Su franqueza fue tan inesperada, tan desconcertante, que Sean no supo qué decir. Se decantó por un «¿Ah, sí?», que casi le hizo querer meterse bajo la encimera de la vergüenza. Lo hacía sentir como un adolescente de nuevo.

Aunque eso no era necesariamente algo malo.

—¿No te diste cuenta? —La comisura de su boca se curvó hacia arriba, resaltando el brillo de sus ojos ambarinos.

Una vez más, el deseo lo golpeó en el estómago y le robó el aliento.

—¿Sean? ¿Estás bien?

En realidad, estaba un poco molesto de que ella pudiera respirar. Y bromear. Y mantener una conversación. Era obvio que él no la afectaba como ella lo afectaba a él. —Debería disculparme. Normalmente no voy por ahí besando clientas ni...

—Quizá deberías.

—¿Eh?

Dejó al pájaro en la rueda de carreta que colgaba del techo con las ollas, y la maldita amenaza trepó por ella como si fuera un parque infantil. Sean se quedó *esperando* a que lo bautizara con su desayuno reconstituido, durante apenas un segundo, porque Livvy saltó de la encimera frente a él.

Justo frente a él.

—Dije que quizá *deberías* ir por ahí besando a tus clientas. Tienes bastante talento en esa área. No es que no lo tengas en el departamento de limpieza, pero no veo por qué no podemos combinar las dos cosas. No es como si pudiéramos ignorar lo que hay entre nosotros y, a menos que renuncies o que te despida, estamos atrapados aquí juntos. Y estoy bastante segura de que si te despido, eso sería motivo de demanda.

Sean se quedó sin aliento solo de escucharla. Entre otras razones. —Parece que lo has pensado mucho. —No sabía si sentirse halagado u ofendido.

Ella se encogió de hombros y eso atrajo su atención directamente a esos preciosos pechos que se movían tan provocativamente bajo su camisa.

Iba a decantarse por *halagado*.

—Sí, lo he pensado un poco. —Se metió el pelo detrás de las orejas. Que eran adorables.

Jesús. Estaba perdido.

—O sea —continuó ella, ajena a todo, como si estuvieran hablando del pronóstico del tiempo—, no es que pueda ignorarte a ti o tu efecto en mí. Además, no quiero.

—¿Siempre eres así de franca?

Ella se encogió de hombros de nuevo. Un extra añadido. —No tiene sentido andarse con rodeos. La vida es demasiado corta. Nos atraemos. No hay nada de malo en ello. —Sus dedos hicieron una pequeña incursión por su camisa y Sean sintió cada toque hasta los dedos de los pies—. Así que si quieres besarme de nuevo, no me voy a quejar.

¿Tenía que ponérselo tan jodidamente fácil? Lo que solo lo ponía jodidamente duro. Hacía que *muchas* cosas se pusieran duras, pero, maldición. Estaba intentando arrebatarle su herencia de un millón de dólares. ¿Qué clase de tipo sería si aceptaba su oferta y luego hacía eso?

Ella se puso de puntillas, le puso las manos detrás de la cabeza, la inclinó hacia abajo y lo atrajo para otro beso.

Sería un tipo tonto y desesperado que solo quería una probada más.

Su lengua buscó la de él, sus dedos se enredaron en el pelo de su nuca, sus pezones se endurecieron contra él... y Sean se perdió.

Fue mucho más que una probada.

Dios, sabía tan bien. *Olía* tan bien. *Se sentía* tan bien.

Livvy no podía acercarse lo suficiente a Sean. Debería preocuparse por lo inapropiado que era esto, pero pasar el rato con él, jugar al racquetball, estar con él...

Estaba sola. Su familia de la cooperativa era agradable, pero no eran *esto*. Hacía demasiado tiempo que no tenía *esto* y lo echaba de menos. No era como si tuviera esta chispa con todo el mundo y, diablos, ¿cuál era la razón para no actuar en consecuencia? No se iba a mudar aquí para siempre, así que no causaría complicaciones incómodas para el resto de sus vidas.

Sí, ¿pero es una buena idea? O sea, ¿qué sabes realmente de este tipo? Tal vez solo está contigo por tu dinero. Tienes que admitir que esta casa es un buen incentivo.

No, no iba a admitirlo. No era como si fueran a prometerse amor eterno... El sexo no era un «vivieron felices para siempre». Podían simplemente disfrutar de su tiempo juntos. Si había una cosa que había aprendido de Merriweather, era que no podía contar con nada ni nadie, así que vivía el momento.

El aquí y el ahora. Que consistía en sus brazos y sus labios y, oh, Dios, sus manos... Habían migrado a su trasero y estaban encendiendo mil chispas bajo su piel, así que su conciencia podía simplemente largarse y dejarla disfrutar de esto.

Frotó su vientre contra la erección de él. Hacía mucho más tiempo para *eso*.

—Livvy, tenemos que...

Le metió la lengua de nuevo en la boca. Así no podría hablar. No quería que hablara. Quería que gimiera. Y que gruñera. Y quizá incluso que gritara su nombre en un gemido largo y prolongado. Pero nada de hablar. Ninguna razón para decir *no* o *para* o *espera*... No quería esperar y *definitivamente* no quería parar.

—Te deseo, Sean.

Tres palabras y las compuertas se abrieron. Cualquier protesta que él hubiera estado a punto de pronunciar desapareció en la boca de ella cuando él metió su lengua y tomó el control del beso.

Ella estaba más que dispuesta a dejarlo.

Una mano acunó su trasero, y la otra recorrió el camino más dulce del cielo por su columna vertebral y se anudó en su pelo, tirando de él hacia atrás con la cantidad justa de *deseo* y *sensualidad* que Livvy casi se derritió a sus pies.

—Esto no es una buena idea —murmuró él contra la garganta de ella. Pero no dejó de besarla.

—No estoy de acuerdo —jadeó ella en medio de los efectos que los giros de su lengua estaban causando.

—Tenemos que vivir juntos. —Él le mordisqueó el tendón del cuello y Livvy quiso desvanecerse.

Pero no lo hizo. Las mujeres que se desvanecían se perdían lo bueno. —¿Así que el problema con esto es...?

Entonces consiguió el gruñido. Y un gemido. Y un empujón de nuevo hacia la encimera, esta vez con ambas manos de él hundiéndose en su pelo, y su cuerpo duro —*todo* él— presionado contra ella justo donde lo quería.

Pero lo quería desnudo.

Así que tiró del borde de la camisa de él por fuera de sus pantalones y pasó las palmas de sus manos por el músculo liso y elegante que había allí, cada centímetro tonificado y en forma haciendo que sus terminaciones nerviosas se pusieran a *temblar*.

Él tenía la cantidad perfecta de vello en el pecho, suficiente para tentar las yemas de sus dedos —y sus pezones— y ella lo peinó, deseando acurrucar su mejilla contra él.

Empujó su polo más arriba, y de repente, no tuvo que preocuparse por eso, ya que Sean tomó el control, se lo quitó por la cabeza desde atrás y volvió a colocar sus manos en el pelo de ella en un solo movimiento sólido, sexi y masculino que hizo que su vientre suspirara de deseo.

Él le mordisqueó el labio inferior.

Ella le lamió el superior.

Él gimió.

Ella sonrió.

—¿Orgullosa de ti misma? —gruñó él, acercándola a su pecho, acunándose entre sus muslos donde las bragas de ella ya eran inútiles contra el deseo que él estaba creando en ella.

—¿Orgullosa? No. ¿Desesperada? Dios, sí. —Se contoneó contra él—. Tócame, Sean. Necesito tus manos sobre mí.

—Ah, Livvy. Esto es una muy mala idea. —Pero lo hizo de todos modos.

Sus manos se deslizaron de la cara de ella para recorrer sus hombros, sus pulgares jugueteando a lo largo de su clavícula, cada punto de contacto un interruptor que encendía su libido.

Deslizó las palmas de sus manos por los brazos de ella y entrelazó sus dedos, todo mientras mantenía el barrido seductor de su lengua en la boca de ella, a lo largo de sus labios, sobre su mandíbula, acurrucándose en la zona sensible de su cuello.

Subió sus manos por el cuerpo de ella, ambas encajando sobre sus curvas, frotando espirales alrededor de sus pezones, sin tocarlos nunca, pero tan cerca. Ella se giró ligeramente, pero Sean apartó sus manos antes de que ella las llevara a donde quería.

En cambio, él hizo algo casi obscenamente sexi, llevando las yemas de sus dedos a donde sus labios se encontraban, el suave roce tan erótico como cualquier caricia íntima, la rápida lamida a los dedos de ella casi la llevó al límite.

Ella gimió, queriendo más, pero sabiendo que él no se lo daría. La estaba tentando y era malditamente bueno en eso.

Pero ella tampoco se quedaba atrás en ese departamento, así que deslizó sus dedos de los de él y los metió bajo la cinturilla de sus pantalones, justo por encima de su trasero, flexionándolos contra los increíbles músculos bajo su piel.

—Dios, Livvy, cuidado.

—¿Te estoy lastimando?

Le dio otro beso largo y profundo a lo largo de su mandíbula, terminando justo debajo de su oreja, enviando escalofríos por todo su cuerpo. —No de la manera que crees, pero definitivamente me tienes con un dolor anhelante.

Ella sonrió entonces. Sintió el dolor al que él se refería, y sí, estaba creciendo por nanosegundos.

—Desnudémonos, Sean.

Sintió cómo se le escapaba el aliento. Sintió los escalofríos que lo sacudieron. Bien.

—Livvy, no puedes decir eso con tus piernas envueltas a mi alrededor y no esperar que actúe en consecuencia. Incluso si estás en la encimera de la cocina.

Ella le pasó las manos por el pecho, arremolinando el vello con las yemas de los dedos, y luego tirando de él con mucha suavidad. —¿Por qué crees que lo dije?

Él se entregó a ella, gimiendo de nuevo, sus labios se aferraron a los de ella mientras una vez más la recostaba sobre el granito, lo que se mecía entre sus piernas era igual de duro. Livvy lo deseaba. Muchísimo. O, para bien, en realidad. Aunque él podía ser malo si quería. Lo que sea que él quisiera, ella estaba tan dispuesta como él.

Y eso era *mucho*.

Ella rodeó sus hombros con los brazos, queriendo absorberlo dentro de ella, devolviendo cada embestida de su lengua con una de las suyas, respondiendo a cada roce contra su pelvis con un toma y daca propio.

—Te deseo, Sean —jadeó cuando él la dejó subir a por aire, solo para robárselo mordiendo suavemente la curva de su cuello.

—Yo también te deseo, Livvy —susurró él, con su aliento caliente contra la piel de ella.

Sean estaba caliente contra la piel de ella, en todas las facetas de esa palabra.

—*Yo también te deseo, Livvy* —graznó una voz desde arriba.

Genial. Orwell había añadido algo nuevo a su repertorio.

Luego dejó caer un regalito en la encimera junto a ella.

Qué manera de arruinar el momento.

—Sean. —Livvy no quería terminar esto, pero aunque estaba totalmente a favor de vivir el momento con sexo caliente y sudoroso, no estaba dispuesta a revolcarse en *regalitos* de pájaro—. Sean. —Tiró de su cabeza hacia atrás—. Sean, tenemos que parar.

¿Parar? Sean la miró, con los ojos muy abiertos, la piel sonrojada y una hinchazón en los labios de recién besada que lo agarró por las entrañas y las retorció. Santo cielo, era preciosa. Él no quería parar. Y ella tampoco.

Ella lo deseaba. Extendida ante él, sus pezones le hacían saber cuánto lo deseaba, su pecho revoloteando con las respiraciones superficiales que no hacía ningún intento por disimular... ella no quería que él parara. Estaba tan metida en ese momento como él.

Y entonces Orwell irrumpió en el momento con otro inoportuno: —*Yo también te deseo, Livvy.*

Maldito pájaro.

Sean podría haber ignorado a la estúpida cosa, pero vio lo que había en la encimera junto al precioso pelo de Livvy, y bueno, sí. Eso era una especie de matapasiones.

Y luego hubo un montón de arañazos en la puerta trasera que *borraron* por completo el momento.

Y entonces empezaron los aullidos.

¿Aullidos?

—¡Ringo! —Esta vez fue Livvy quien se apartó, balanceando su pierna hacia arriba y alrededor frente a él de modo que, si él hubiera estado preparado, habría tenido todo un espectáculo, pero como no lo estaba, todo terminó antes de que se diera cuenta. Su falda ondeó alrededor de sus muslos mientras se giraba en la encimera, hizo una especie de movimiento gimnástico y terminó a su lado por el espacio de un latido antes de contonearse —*otra vez el contoneo*— hacia la puerta. La abrió de golpe, sujetándola justo antes de que se estrellara contra esa encimera de granito de triple grosor, y luego abrió los brazos para recibir el beso más grande y húmedo fuera del que él acababa de darle.

Los perros entraron corriendo, el rottweiler prácticamente atropellando a Livvy para meterse en sus brazos. Genial. Un aguafiestas aún más efectivo que el pequeño «regalo» de Orwell.

—Hola, Liv. Vaya comité de bienvenida que tienes aquí. —Un tipo grande entró por la puerta trasera.

Un tipo grande y *guapo* que tenía suficiente confianza con Livvy como para llamarla *Liv*, que traía otro perro con él. No es que esa cosa pudiera llamarse realmente un perro. Era más bien un trapeador con patas. Con un lazo en la cabeza. Uno morado. Parecía que debería pertenecer a la exageradamente enjoyada Cassidy Davenport en lugar de a la bohemia Livvy Carolla.

—Lo siento, Kerry. Seguro que te echan de menos. —Livvy alborotó la papada de pala de vapor del rottweiler.

La pequeña bola de pelos en los brazos del tipo gruñó y se retorció. Sean se puso la camisa, aprovechando la oportunidad para sonreír. La bola de pelos le recordaba a Livvy: vestida de forma inapropiada para la situación y demasiado pequeña para marcar la diferencia, pero yendo a por todas con uno o dos gruñidos.

Como los que le había sacado a ella hacía unos minutos.

—Kerry, olvidaste los patucos del señor Choo. Acababa de hacerle las uñas. —Otro tipo entró y le quitó la bola de pelos a Kerry—. Señor Choo, tranquilízate en este instante o dejaré que John haga lo que quiera contigo.

El perrito debió de entender porque se calló en medio de un chillido.

Pero entonces Orwell decidió unirse a la fiesta. —*Yo también te deseo, Livvy.*

Kerry, el otro tipo y Livvy solo parpadearon mirando al pájaro. Sean quería hacerlo en fricasé.

—¡*Yo también te deseo... graznido!*

En su lugar, se conformó con agarrar a la cosa y llevarla a la zona de desastre al otro lado del pasillo. Lanzó el loro al aire y el maldito bicho voló hasta la percha más alta de la habitación, de donde sería imposible bajarlo. *Por supuesto.*

—*Yo también te deseo, Livvy.*

Genial. Ahora las palabras reverberaban en el techo alto.

Sean cerró las puertas francesas y regresó a la cocina. Maldito pájaro.

Los tres levantaron la vista con culpabilidad desde donde se habían acurrucado al final de la isla.

—¿Interrumpo algo?

El otro tipo le dio un codazo a Kerry. —Creo que esa es nuestra pregunta.

Livvy se sonrojó y esa visión se clavó en la psique de Sean y comenzó a echar raíces.

Se sacudió las plumas de loro de las manos y extendió una, caminando hacia ellos. —Hola, soy Sean.

El otro tipo la tomó. —Soy Sherwood. Pero puedes llamarme Sher. —Lo dijo como si comenzara con una *Ch* en lugar de una *S*.

Kerry puso los ojos en blanco y apartó a *Sher* de un golpecito. —Soy Kerry. Vivimos con Livvy.

—¿Viven... con ella? —Sean no pudo evitar las palabras, ni la sensación de hundimiento en su estómago.

—Se refiere a la cooperativa. —Sher golpeó a Kerry en el estómago—. Somos la parcela de al lado. Hoy salimos a buscar antigüedades y pensamos en hacer el viaje para ver el lugar.

¿Por qué debería molestarle? No *quería* que le molestara. Pero, de nuevo, tampoco quería que *ella* le molestara, pero tampoco estaba consiguiendo lo que quería en ese frente.

—Bienvenidos a la finca Martinson. —Sacó la cabeza de las malditas nubes y estrechó la mano de Kerry, aunque casi se ahogó con esas palabras. *Finca Martinson.* Eso iba a cambiar en el momento en que el lugar fuera suyo. *Si* el lugar era suyo.

—Qué montaje tan elegante tienes aquí, Livs. —Sher pasó una mano por la encimera y rodeó el borde de la barra—. ¿Nos das el gran recorrido?

—*Yo también te deseo, Livvy.*

Maldito pájaro ruidoso.

—¡Claro! —dijo Livvy casi igual de alto, y demasiado alegremente, manteniendo su mirada firmemente apartada de la de Sean mientras se metía otro mechón de pelo detrás de las orejas.

Últimamente lo hacía mucho y a Sean le pareció adorable. Claro que, cuanto más tiempo pasaba con ella, más cosas encontraba adorables. Como Orwell atestiguaba como un disco rayado.

Debería poner algo de distancia entre ellos. Mantenerlo profesional. Recordar el objetivo final. Mantenerse muy, muy lejos de ella.

Funcionaba en teoría.

Livvy se dirigió hacia la puerta que llevaba al vestíbulo, y su manada de perros se puso de pie para seguirla como, bueno, cachorros.

Afortunadamente, se detuvo en la puerta, levantó la mano y dijo: —Quietos.

Y así de simple, todos plantaron sus traseros peludos, con las lenguas fuera de la boca, las colas golpeando el suelo, y no dieron ni un solo paso quejumbroso y suplicante arrastrándose sobre el vientre hacia ella. Aunque las miradas en sus ojos eran esperanzadoras.

Pero Livvy se dio la vuelta, con esa falda de volantes ondeando alrededor de sus piernas, y se dirigió al vestíbulo.

Kerry le dio una palmada en el hombro a Sean al pasar. —No intentes racionalizarlo. Los animales simplemente la *entienden*.

—¿Qué es ella, la encantadora de perros?

Kerry se encogió de hombros. —Hay algo en Livvy que hace que los animales quieran hacer lo que sea que ella les diga.

Considerando que él se había sentido como uno cuando ella estaba en la encimera, Sean también lo entendía.

Capítulo Diecinueve

—Bueno, cuéntanos sobre la búsqueda del tesoro, Livs —dijo Sher, levantando a Mr. Choo bajo un brazo y pasando el otro por el de ella mientras subían por la escalera principal—. ¿Kerry mencionó que tu abuela es poeta?

Detrás de ella, Sean bufó.

Livvy sonrió. —No sé si *poeta* sea la palabra correcta, pero sí que parecía tener una inclinación por las rimas.

—¿Con qué fin? O sea, ¿por qué no te dijo directamente lo que se supone que debes saber, encontrar, buscar o lo que sea? ¿Qué gana con que andes corriendo por ahí como una linda pollita sin cabeza? Nunca lo va a ver, porque está muerta.

—Qué delicado —murmuró Kerry. Pero Kerry, más que nadie, debería saber que no se requería ninguna delicadeza cuando se trataba de los Martinson. Hacía años que Livvy no quería saber nada de ellos.

Pasó la mano por la barandilla por la que se había deslizado el otro día. —¿Quién sabe? No la entendía mientras vivía y su muerte no ha aclarado las cosas. Todo lo que sé es que el abogado dijo que no puedo heredar este lugar a menos que le presente la última pista.

—¿Así que no tienes que darle todas las demás? Entonces deberíamos estar buscando la última y acabar con este absurdo intermedio.

—Este *absurdo* intermedio —dijo Sean, que había estado demasiado callado desde el beso de antes—, nos está llevando a esa pista.

¿Beso? Seamos realistas. Eso no fue solo un beso. Fue un preludio interrumpido de algo que no había tenido en muchísimo tiempo. O quizá, nunca. Claro, había tenido sexo antes —sexo candente, también—, pero ¿perderse en el acto como lo había hecho con Sean...? Y ni siquiera habían *tenido* sexo. Um, no. Nada había sido así antes. Nadie había sido así para ella antes.

Intentó detener el sonrojo que le tiñó las mejillas, odiando no poder conseguirlo. Sonrojarse no le sentaba bien con su pelo rojo y su piel pálida. Siempre pensaba que parecía tener fiebre cuando se sonrojaba, y nadie se veía bien cuando estaba enfermo. Y, sí, quería verse bien para Sean porque él despertaba algo en su interior, algo que Livvy tenía miedo de examinar. Examinarlo lo haría real. Lo definiría. Le pondría un *nombre*. No quería hacer eso porque en el momento en que definía algo, ya fuera una amistad, un conocido, un compañero de cuarto, un miembro de la familia... todo desaparecía. Había pasado demasiadas fiestas sola como para no aprender que crear lazos con la gente solo llevaba a la desilusión.

Por eso adoptaba animales. Por eso vivía en una cooperativa. La gente con la que vivía, como Kerry, Sherwood, Jenny, Sheila y Marci, estaban todos en la misma sintonía. Todos enfocados en un objetivo común. No era un objetivo que tuviera que ver con relaciones personales, sino más bien un medio de supervivencia. Una existencia de «hoy por ti, mañana por mí». Y eso le parecía bien. Podía contar con ello. Podía vivir con ello. Que todos trabajaran juntos significaba que todos hacían lo que decían que iban a hacer. Asumían el compromiso y lo cumplían. Porque si no lo hacían, si no aportaban nada —literal y figuradamente—, eran expulsados por votación. Era un gran reality show sin las cámaras. O la recompensa monetaria. Pero algunas cosas eran más importantes que el dinero. Ese lugar lo demostraba.

—¿Llevándo*nos* a la pista? —Sher miró por encima del hombro a Sean cuando llegaron al segundo piso—. ¿La búsqueda del tesoro es parte de tus deberes? Vaya, de verdad que eres un milusos, ¿no? —Se asomó a la habitación de Livvy—. Linda cama la que tienes ahí, cariño. Aunque un poco grande para una sola persona, ¿no crees?

Levantó una ceja hacia Sean.

Sabía que se preocupaban por ella, pero Livvy solo podía soportar una cantidad limitada de insinuaciones dado lo que él y Kerry habían interrumpido. Había llegado a su cuota del día. Posiblemente del año. —Los perros duermen conmigo.

—Qué lástima.

Ni que lo digas.

—Bueno, esta es mi habitación y la de Sean está allá —señaló al otro lado del pasillo, dos puertas más abajo. No lo suficientemente cerca, pero tampoco demasiado lejos. Epitomizaba su relación; bueno, la que habían tenido hasta el *beso* interrumpido.

Sher se mostró indiferente mientras cruzaba el pasillo para mirar adentro. Aún más indiferente cuando se alejó. Ella también entendía por qué: la habitación de Sean era solo eso: una habitación. No tenía ninguno de sus efectos personales aparte de dos bolsos de lona, sus uniformes de Manley Maids, un par de conjuntos de ropa de ejercicio y jeans, unas zapatillas deportivas, sus artículos de aseo y un libro en su mesita de noche. Era un thriller viejo, pero uno bueno. Debía de ser de esas personas que guardan los libros favoritos para leerlos una y otra vez.

Y no, no había estado husmeando en sus cosas; había estado buscando pistas. Tal como Merriweather quería que hiciera.

Esa era su versión y no la iba a cambiar.

—El resto de este pasillo está lleno de dormitorios si quieren echar un vistazo —dijo, queriendo alejarlos a todos de la habitación de Sean; a ella misma, especialmente. De nuevo, cuota cumplida—. O podríamos ir a la guardería en el tercer piso.

—¿Guardería? ¿Te refieres a bebés? —Sher levantó ambas cejas esta vez.

Él le sacó una sonrisa, lo que seguramente era su intención en primer lugar. A *él* no le importaría si ella se pusiera a tener hijos. Quería ser el tío favorito; se lo había dicho cada vez que ella afirmaba que nunca tendría hijos. Su propia infancia no había sido un ejemplo brillante, así que, ¿qué razón tenía para pensar que ella podría hacerlo mejor? Aunque ciertamente no podría hacerlo peor.

—Entonces, ¿dónde están estas pistas?

—Si supieran eso, entonces no sería una gran búsqueda del tesoro, ¿verdad? —Kerry pasó las manos por el papel tapiz—. Lindo. Damasco, creo. Costoso pero elegante.

Por supuesto que lo era. —Merriweather podía permitírselo.

—La vieja podía permitirse muchas cosas. —Sher tomó una pieza de cristal de una de las inútiles mesitas que se alineaban en el pasillo. Livvy ya había revisado los cajones en busca de pistas, pero nada. Ni siquiera una caja de cerillos o una liga suelta. Completamente inútiles. Al igual que las otras veintisiete habitaciones del lugar.

Claro que Sher no pensaba así. Él estaba más que dispuesto a reclamar una como su tocador personal para las visitas, otra para su estudio y otra más como oficina... La lista continuaba. Livvy de hecho comenzó a disfrutar mientras caminaban por el largo pasillo, jugando a ser la señora de la mansión y casi olvidando su verdadero propósito de estar allí.

Pero entonces veía a Sean revisando un mueble, o pasando las manos por el dintel, asomándose detrás de los marcos de los cuadros, y la agridulce realidad regresaba con fuerza. Claro, podría ser la dueña del lugar, pero tendría que demostrar su valía una vez más. ¿Volvería a no estar a la altura?

—Entonces, ¿cuántas más tienes que encontrar? —preguntó Sher mientras regresaban a la cocina.

—No lo sé. Merriweather no lo dijo. Típico. —Abrió la puerta y fue inmediatamente bombardeada por amor perruno. Cachorros grandes, cachorros insistentes, algunos no tan cachorros... Por esto tenía los perros y los otros animales. Este amor universal, sin exigencias, totalmente incondicional.

Dejó caer el trasero en la silla más cercana y abrazó tantos cuerpos peludos y retorcidos como pudo mientras esquivaba los besos babosos que estaban empeñados en darle. Solo había besos de una persona que ella quería y él estaba de pie al otro lado de la cocina, sonriendo y negando con la cabeza.

—¿Eso es un Hodgeson?

—¿Un qué? —preguntó Livvy, mirando hacia donde Sher señalaba.

—Un Hodgeson. Ese juego de té. Son bastante raros.

—Si son raros y valen algo, diré que sí. Merriweather solo tendría lo mejor.

Sher le pasó a Mr. Choo a Kerry y luego levantó la jarra para la crema. —Lo es. —Se la mostró—. De mediados de mil ochocientos, supongo. La compañía creaba piezas personalizadas para miembros de la *ton* y hacía trabajos conmemorativos para la Corona. —Tomó el azucarero—. Muy *chi-chi* tener uno de estos por ahí. Alguien debe haber hecho algo importante para conseguir uno de estos. Vienes de una estirpe de la alta sociedad, Livs.

—¿Y eso me ha llevado adónde? —Le quitó el azucarero y lo dejó en su sitio.

—Bueno, para empezar, aquí.

—¿Y la ventaja en eso es...?

—Que terminaste siendo nuestra vecina, y Kerry y yo queremos alejarte de todo esto este fin de semana. —Sher recuperó a Mr. Choo de su pareja y le ajustó el lazo del moño.

—Tengo una fecha límite, Sher.

—Lo entiendo, cariño, pero te vas a morir cuando escuches por qué.

—Está bien, te creo.

Sherwood agitó las pestañas, se llevó una mano al pecho y solo le faltaba ese vestido dorado y una rejilla del metro para su imitación de Marilyn Monroe. —*Nosotros* tenemos un puesto en el Mercado de Granjeros Triestatal este domingo.

Podría ser un poco dramático, pero en esta ocasión, Sher estaba totalmente justificado.

—¿Cómo? Pensé que estaban llenos desde hace como ocho meses. —En ese entonces, ella había estado luchando por conseguir los fondos para pagar el techo con goteras y no había tenido dinero extra para la cuota de inscripción. El Mercado Triestatal era el más grande de la zona, y las ventas de un solo día podrían pagar su renta por meses. Si fallaba en la *pequeña prueba* de Merriweather, necesitaría ese dinero.

—Estaban llenos. Pero Philip Johnson conoce a una chica llamada Mary que trabaja para un tipo cuya cuñada dirige todo el tinglado, y cuando recibieron la cancelación, Mary lo escuchó y llamó a Philip. Él ya tiene su puesto, pero sabía que estábamos interesados y ¡voilà! Estamos dentro. Queremos que te nos unas. Piensa en la multitud. El negocio que podríamos hacer. Planeo deshacerme de todo nuestro inventario.

Siempre le había ido bien en el mercado. Conseguía muchos clientes por recomendación para el resto del año y la exposición ayudaba a consolidar el reconocimiento de su nombre. Le había dado pena perdérselo este año. —Pero es un viaje de dos noches. ¿Quién cuidará de los animales con tan poco tiempo de antelación? Richard contrató a todos los universitarios para su casa y ustedes van conmigo. Por eso los traje aquí en primer lugar.

—Estoy seguro de que podemos encontrar a alguien. —Sher se dio unos golpecitos en los labios—. Está ese chico nuevo, ¿cómo se llama? Matthew, Mark, Mike... Algo con una *mmmm*.

Kerry puso los ojos en blanco. Livvy ocultó una risita. A pesar de todo el coqueteo de Sher, estaba completamente entregado a Kerry y todos lo sabían.

—Bueno, no importa. Estoy seguro de que se nos ocurrirá alguien.

—Eh, ¿hola? —Sean dejó el atomizador que estaba usando para limpiar lo que había hecho Orwell—. Yo puedo hacerlo.

—Pero ni siquiera te gustan mis animales —dijo Livvy.

—No es que no me gusten; es que son demasiados.

—Y se comen las antigüedades.

—Bueno, sí. —Él sonrió y eso le provocó un divertido revoloteo en el estómago—. También está eso.

—Y dejan regalitos por todas partes.

—Eso también. —Su sonrisa se hizo más grande, y también el revoloteo.

No era lo ideal con Sher y Kerry mirándola tan fijamente, y con sus hormonas reaccionando tan intensamente al recuerdo. Y a su sonrisa. —Pero no está en la descripción de tu trabajo.

—Oh, estoy seguro de que un pequeño bono en su bolsillo erradicaría esa preocupación, Livs —intervino Sher con tanta insinuación que hasta los perros sabían a qué se refería.

—Cuidado, Sherwood. —Sean se puso las manos en las caderas; la acción estiró esa camisa que se había quitado hacía una hora sobre los abdominales y los pectorales que ella había recorrido con sus manos y, oh, el recuerdo…—.

—Me estoy *ofreciendo* a ayudar, así que puedes guardarte tus insinuaciones.

Comenzó el sonrojo número doscientos trece. ¿Qué tan dulce era que Sean se apresurara a defenderla? También se sintió extraño, porque nadie lo había hecho por ella antes. Pero la dulzura le ganó a la extrañeza y dejó que la calidez de su gesto se extendiera por su cuerpo. Si eso provocaba otro sonrojo, que así fuera.

Luego él se apoyó en la encimera y su sonrojo ocurrió por una razón completamente diferente.

—Al diablo con la descripción del puesto, Livvy —continuó Sean como si no estuviera inclinado sobre el *mismísimo lugar* en el que se había inclinado sobre ella antes de que aparecieran Sher y Ker—. Prácticamente la tiramos por la borda cuando los animales se comieron la alfombra y les hice ese corral. Y luego está la limpieza del granero. —Sin mencionar lo de los besos en la encimera—. Creo que estamos redefiniendo mi trabajo sobre la marcha.

—Esto suena interesante. —Sher apoyó una cadera contra la máquina de hielo y se cruzó de brazos.

Kerry le dio un manotazo en el hombro.

Livvy se echó el pelo hacia atrás. —Pero es en menos de dos días. No tengo nada listo.

—Cariño —dijo Sher—. Te he visto trabajar. Eres un torbellino en tu pequeña cocina; imagina lo que puedes hacer en este lugar. Tienes todo el día de mañana, y el señor Voluntario aquí presente puede ayudar con eso también, ya que aparentemente puede hacer cualquier cosa.

Sean enarcó una ceja hacia él. —Eh, sí. Claro. Puedo ayudar.

—Ahí tienes, ¿ves? Todo está arreglado. —Sher se enderezó y le devolvió el manotazo a Kerry—. Vámonos para que estos dos tengan tiempo de planear el gran horneado de mañana. Además, necesito ponerle precio a esos sacacorchos que encontramos. Tengo la sensación de que van a ser un gran éxito de ventas.

Kerry puso los ojos en blanco mientras seguía a Sher hacia la puerta. —Piratas —les dijo a ella y a Sean—. Compró sacacorchos de *piratas*, con la parte del tornillo en una ubicación, digamos, interesante. Creo que le va a costar más hacerlos pasar por un artículo «apto para toda la familia» que satisfacer una gran demanda, pero si eso lo hace feliz... —Kerry cerró la puerta tras de sí—. Nos vemos mañana, Liv. Como a las cinco. —Miró a Sean—. Un placer conocerte.

Sean asintió en respuesta.

Y entonces se quedaron solos.

Bueno, tan solos como podían estar con ocho perros mirándolos expectantes.

Livvy tuvo la extraña sensación de que ella también miraba a Sean de esa manera. —No tenías que hacer eso, ¿sabes? Ofrecerte como voluntario.

—Si es que se le puede llamar así. —Sean quitó las palmas de la encimera. La encimera.

—Sherwood puede ser un poco avasallador.

Él rodeó la isla de la cocina. —¿Tú crees?

—En realidad no tengo que ir.

Sean acortó la distancia entre ellos. —¿Quieres ir?

Claro que no quería. Quería quedarse justo ahí y continuar donde lo habían dejado. —Yo...

—Deberías ir.

—¿Qué? —Vale, era obvio que él no estaba en la misma sintonía que ella en lo que respecta a retomarlo todo...

—Hasta *yo* he oído hablar del mercado. Es algo importante y, por lo que entendí de esa conversación, podría ser importante para tu negocio. Ve. Yo puedo hacerme cargo de todo aquí. Es solo una noche.

Tantas cosas podían pasar en una noche.

—Son dos noches. —Aún más cosas podían pasar en dos noches.

—Vale, está bien. Soy un chico grande; puedo manejar a unos cuantos animales.

No pensar en él y en *grande* en la misma frase...

—Además, creo que es una buena idea.

—¿De verdad?

Él asintió e hizo un ademán de tocarla, pero luego se contuvo. —Nos dará un poco de perspectiva.

—¿Perspectiva?

—Sobre lo que pasó antes.

—Ah.

—Sí. Ah.

Él la miró.

Ella lo miró.

¿Estaba mal querer besarlo? ¿Volver a lo de antes?

Y si era así, ¿por qué?

Ringo empezó a gemir. Sí, ella lo entendía.

Pero entonces Mickey se unió, seguido de John, y cuando Georgia añadió su agudo *aullido*, bueno, se acabó *ese* momento.

—¿Qué les pasa? —Sean se alejó de ella, con una expresión de total confusión.

¿Y quería cuidarlos? No parecía estar manejando esto bien con ella parada justo ahí, y mucho menos haciéndolo solo.

Claro que dudaba que los perros captaran las feromonas desbocadas cuando ella no estuviera.

Davy se paró sobre sus patas traseras y se unió al conjunto, girando como lo hacen los caniches. Si le pusiera un tutú, sería un artista de circo.

Livvy tuvo que sonreír. Querían su atención. Él siempre hacía eso cuando ella estaba triste o molesta, sabiendo de alguna manera que la haría sonreír. Incluso la forma en que su lengua colgaba a un lado de su boca le hacía parecer que estaba sonriendo.

—¿Livvy? ¿Qué hacemos?

Se apiadó de él y de los perros y se arrodilló. Al instante, fue inundada por ocho hocicos mojados y resoplidos de alegría. —Es simple, Sean. Solo quieren un poco de cariño.

Sean lo entendía perfectamente. Y, diablos, si todo lo que se necesitaba era unos cuantos gemidos lastimeros y dar unas vueltas de puntillas, podría intentar esa táctica.

Para nada.

Livvy era un problema. La había seguido escaleras arriba y hasta su dormitorio, luego al suyo, y a todos los demás a lo largo de ese pasillo terriblemente largo, y en lo único que podía pensar era en meterla a rastras en uno, cerrar la puerta de un portazo y terminar lo que habían empezado en la cocina. Dios, la deseaba.

Y, *Dios*, no podía tenerla.

Necesitaba que fuera a ese viaje al mercado. *Él* necesitaba perspectiva. *Él* necesitaba poder pensar con claridad y encontrar una salida a este lío, y con ella cerca, el pensamiento claro no existía en la neblina de sensualidad que gobernaba cada uno de sus movimientos. Desde la forma en que se pasaba esos rizos etéreos por detrás de la oreja, hasta el pequeño y sexi mordisco en la comisura de su labio y la forma en que se contoneaba y saltaba e infundía vida en cada movimiento que hacía, incluso la forma en que giraba la cabeza para aceptar los besos babosos de sus perros, algo en Livvy lo alcanzaba, se envolvía a su alrededor y lo atrapaba.

Se metió las manos en los bolsillos y volvió a rodear la encimera. *La* encimera.

Cristo.

Retrocedió. No necesitaba ningún recordatorio de cómo se había visto allí, deseándolo.

Abrió el cajón donde había encontrado bolígrafos y papel en una de sus incursiones por esta habitación en busca de pistas. —Supongo que vas a necesitar algunos ingredientes de repostería para mañana. Dame una lista y yo iré de compras. —El hecho de que estuviera dispuesto no solo a ir de compras, sino también a escribirlo en su taquigrafía pictográfica, hablaba de su nivel de frustración, tanto con la situación como con su fastidiosa libido. En su mundo, escribir era la segunda tortura solo después de leer en voz alta.

Livvy lo miró, sus preciosos ojos ámbar enmarcados por esas pestañas de color óxido, como un girasol en otoño.

Ahí estaba él con la poesía de nuevo.

—Sí necesito ciertas cosas, pero lo demás lo improviso sobre la marcha cuando llego allí. Además, no sabrás qué marcas, así que tendré que ir contigo.

Casi gimió como los perros. El propósito de hacer esa lista era que ella *no* tuviera que ir con él. Sean exhaló. Simplemente no había forma de que ganara.

Capítulo Veinte

Ir de compras con Livvy resultó ser una experiencia sorprendentemente gratificante. Su espíritu libre era contagioso. Era como un rayo de sol en un mundo sombrío... Ay, demonios. Ahí iba de nuevo.

Sean tuvo que reírse de sí mismo. Livvy creaba un estado perpetuo de *felicidad* y nadie, ni siquiera él, era inmune, así que más le valía dejar de luchar y simplemente dejarse llevar.

Le sonreía a todo el mundo, y todo el mundo le devolvía la sonrisa. De hecho, era un don, la forma en que podía cambiar el mal humor de alguien como si les estuviera espolvoreando polvo de hadas.

¿Polvo de hadas? ¿Qué demonios le pasaba a su cerebro? ¿A su vocabulario? Jamás en su vida había dicho *polvo de hadas*, ni siquiera a Mac cuando era niña. Claro que él no había sido quien le leyera cuentos para dormir en los que podría haberse mencionado el polvo de hadas y ¿por qué le estaba dando tantas vueltas a eso?

—Estaba pensando en hacer *scones*. ¿Qué sabores te gustan?

¿No eran los *scones* esas cosas insípidas y hojaldradas que les encantaban a los británicos? —Me da igual. No soy exigente.

Ella le lanzó una mirada que le encendió la sangre.

—Quiero decir que lo que quieras preparar me parece bien. ¿Cuáles son tus productos más vendidos?

—No tengo ninguno, pero…

—¿Cómo que no tienes productos más vendidos? Livvy, tienes que averiguar qué quiere tu clientela y satisfacerla. No puedes simplemente hacer lo que se te antoje. Los clientes son el motor de tu negocio, y si no pueden obtener de ti lo que quieren, se irán a otra parte. Los negocios exitosos aprovechan los deseos y necesidades de los clientes y lo respaldan con un servicio excelente. Si no ofreces lo que la gente quiere, no tendrás ingresos y, por lo tanto, no tendrás medios para continuar con la empresa ni con tu empleo en ella.

—No soy idiota, Sean. Sé cómo funcionan los negocios. ¿Cómo crees que he logrado mantener el mío en marcha durante tanto tiempo? ¿*Y* he logrado conseguir tiempo libre para venir aquí por el caprichito de mi abuela? El flujo de caja puede que esté ajustado, pero ha seguido fluyendo. Estos chicos no viven del aire, ¿sabes? Te pedía tu opinión por interés personal. Quería asegurarme de que hiciéramos algo que a ti también te gustara. Y no tengo productos más vendidos porque *todos* mis *scones* se venden bien. Preparo unos *scones* de muerte. —Levantó la barbilla y se irguió un poco más.

Y dejó a Sean de una pieza. Metafóricamente. Era demasiado pequeña para hacer mucho daño físicamente. Pero por lo demás…

¿Era una tontería sentirse todo cálido y conmovido por dentro porque ella había querido hacer algo que a él le gustara? ¿Porque había preguntado para hacer algo bueno por él? ¿Para incluirlo? Durante demasiado tiempo había estado caminando por la cuerda floja de los presupuestos y las contingencias y el estrés y la preocupación y ahora el subterfugio…

Su honestidad era tan refrescante como abrumadora por la culpa. Iba a odiarlo cuando se enterara.

Si se entera. Todavía puedes lograrlo, Manley.

—Eh, de acuerdo. —Se pasó una mano por el cabello y masajeó los músculos tensos de la nuca. El día había sido una gran lección de tortura y no mostraba señales de terminar pronto.

Entonces escuchó un estruendo, seguido de un: —¡Scene!

Y para completar la escena, apareció su hermano, Bryan. La diversión se acumulaba. —Hola, Bry.

—¿Ese es…? Dios mío. ¿Es *Bryan Manley*?

Por *supuesto* que Livvy sabría quién era su hermano. ¿Había alguna mujer sobre la faz de la tierra que no lo supiera? A Sean le sorprendió que no hubiera un harén siguiéndolo como de costumbre; aunque los dos niños con él, que pateaban las cajas de macarrones con queso que habían tirado, podrían tener algo que ver. Nadie esperaría que *el mismísimo* Bryan Manley estuviera haciendo la compra con niños a cuestas. Probablemente la mejor coartada que su hermano había tenido jamás en público.

—Sí, es Bry.

—¿Bry? Suena muy familiar.

—Porque es mi hermano. —No tenía sentido ocultárselo. La verdad saldría a la luz tarde o temprano. No podía estar cerca de Bry más de cinco minutos sin que alguien tomara una foto y esta apareciera en todas las redes sociales en menos de veinte segundos. Si se lo ocultaba, ella empezaría a sospechar.

—Así que eso te convierte en Sean... *¿Manley?*

—Normalmente así es como funciona.

—¿Entonces *eres el dueño* del servicio de limpieza?

—No, mi hermana lo es.

—¿Mac es tu *hermana*? ¿Cómo terminaste trabajando para ella?

No iba a entrar en eso. —Es una larga historia. —No dio más detalles, prefiriendo esperar a que la conversación volviera a centrarse en Bryan. Siempre pasaba.

—Así que Bryan Manley es tu hermano.

Esta vez, sin embargo, le molestó más que nunca. —Sí, lo es. Y sí, está soltero. Pero no está precisamente listo para sentar cabeza.

—Vaya. Qué cínico.

—No. Simplemente estoy acostumbrado. —Y lo estaba. Tenía que recordarse ese hecho. *Y* el hecho de que Bryan *no estaba* listo para sentar cabeza. Nunca lo estaría, a juzgar por lo que decía Bry.

—Hola, Scene. —Bryan le dio una palmada en la espalda cuando se acercó —. Y tú debes de ser Olivia.

Sean realmente odiaba cómo se sonrojaba Livvy. Sus sonrojos deberían estar reservados para él y solo para él.

Lo cual era totalmente irracional.

—Sí, soy Olivia.

¿Olivia? ¿Qué demonios le había pasado a *Livvy?*

—¡Bryan! ¡Llévanos ante tu líder! ¡Queremos refrescos! —Los gemelos a su lado blandieron sus sables de luz.

Bryan los apartó con un dedo. —Cuidado, chicos. Se van a sacar un ojo. —Le guiñó un ojo a Livvy.

Le guiñó un ojo.

Si no estuvieran en un lugar público, Sean podría golpear a su hermano por ser tan malditamente encantador. Especialmente cuando Livvy se sonrojó de nuevo.

—¿Qué haces aquí, Bry?

—¡Que. Re. Mos. Re. Fres. Co! —Los sables de luz ahora hacían círculos en el aire, con efectos de sonido mecanizados incluidos.

—¡Chicos! ¡Tranquilos! Sé que su madre no les enseñó a ser maleducados, así que cálmense, ¿quieren? Compraremos lo que su mamá dijo que debíamos comprar y nada más. —Bryan exhaló—. ¿Me recuerdan por qué la gente tiene hijos?

Livvy se arrodilló al nivel de los niños. —Chicos, ¿saben qué deberían probar? Pongan un huevo duro en su refresco de cola favorito y esperen a ver qué pasa.

—¿Por qué? ¿Qué pasa? —Los niños estaban tan cautivados con Livvy como sus contrapartes adultas.

—Tendrán que probarlo para verlo. Pero cuando lo hagan, se lo pensarán dos veces antes de volver a beber un refresco.

—¡Genial! ¡Me encantan los refrescos!

—¡A mí también!

—Entonces, ¿podemos comprar algunos, Bryan? ¿Por favor? Están en el pasillo número doce.

Livvy se puso de pie. —¿Qué tal si ustedes recogen lo que tiraron con sus espadas y yo hablo con Bryan sobre los refrescos?

—¿En serio? ¡Eres genial!

—Sí, mucho más genial que mamá.

Sean simplemente negó con la cabeza. Al menos no podía culparse a sí mismo por el efecto que ella tenía en él; lo tenía en todos los miembros de la especie masculina, jóvenes y viejos por igual.

Livvy alborotó el cabello de uno de los gemelos. —Eso es porque es su mamá. Las mamás tienen que ser duras, por eso no pueden ser geniales. Pero los quiere, ¿saben?

—Eso es lo que dice Bryan.

—Eso es porque es la única que *podría* quererlos —masculló Bryan.

Sean ocultó su sonrisa. A fin de cuentas, parecía que a Bry le había tocado la peor parte de todos ellos. Sean preferiría excrementos de pájaros y esperma de alpaca a niños de ocho años luchando con espadas cualquier día.

Los niños corrieron al final del pasillo para volver a apilar la comida que habían tirado.

—Los refrescos no están en la lista de su madre —dijo Bryan—. No va a estar contenta si llego a casa con ellos.

—Confía en mí. Haces ese experimento y te garantizo que nunca más querrán beber un refresco.

—¿Por qué? ¿Qué pasa?

—Veinticuatro horas harán que las cáscaras de los huevos se vuelvan más delgadas y se pongan marrones. La correlación, por supuesto, son sus dientes. Erosiona el esmalte. Si dejas el huevo más tiempo, disuelve la cáscara. No he tomado un refresco desde noveno grado, cuando hicimos esto el primer día. Para la última semana de clase, había dejado los refrescos para siempre.

—Vaya. Belleza e inteligencia. ¿Estás libre para cenar? —Bryan le dedicó la patentada mirada seductora de Bryan Manley.

Y Sean quiso darle el puñetazo Manley de «ni-se-te-ocurra-acercarte».

—Es muy amable de tu parte preguntar, pero Sean y yo tenemos un plazo que cumplir. No podemos cenar contigo.

Y a él le gustaría besarla por incluirlo en la invitación.

Especialmente cuando Bryan frunció el ceño.

—Sí, Bry. Tenemos planes. —Que su hermano interpretara lo que quisiera.

Entonces Sean quiso darse una bofetada. En serio. ¿Cuántos años tenían? ¿Doce? Peleando por una chica...

Bry enarcó una ceja. —¿Planes, eh? Bueno, entonces. Supongo que los dejaré con ellos. ¿Cuáles son, de nuevo?

—Planes. —Bry podía meterse su insinuación por donde no le daba el sol.

—Voy a hornear y Sean me va a ayudar.

Sean sabía que la sonrisita socarrona aparecería en el rostro de Bryan incluso antes de que lo hiciera.

—No lo hagas. —Levantó la mano para detener la estúpida pregunta que sabía que Bry haría —solo porque podía—, pero Bry no estaba siguiendo el mismo guion.

—¿Van a estar cocinando juntos en la cocina?

Aunque le encantaban los sonrojos de Livvy. Sobre todo porque, de hecho, *habían* estado *cocinando* en la cocina.

—¿No tienes unos gemelos de los que ocuparte o algo? —Sean señaló hacia donde los chicos estaban apilando las cajas de nuevo, solo que esta vez en forma de fuerte. A su alrededor.

—Oh, demonios. —Bryan suspiró—. Encantado de conocerte, Olivia. —Se dirigió hacia el revoltoso par—. ¡Chicos! Esto no es un patio de recreo.

Sean se rio. Bryan sonaba como la abuela.

—Parece que tu hermano tiene las manos llenas. No sabía que tenía hijos. ¿Es su fin de semana o algo así?

Eso hizo que Sean se riera más fuerte. —¿Bry? ¿Un padre? Ese será el día. —Como en *nunca*. Bry llevaba años jurando que nunca tendría hijos; realmente era el karma que le hubiera tocado la tarea con ellos—. No. Son, eh, de una amiga.

Sean no estaba muy interesado en mencionar la apuesta de póker. Livvy tenía que creer en él como un profesional de la limpieza. Tenía que creer que Mac enviaba a sus mejores empleados, y él no iba a ser quien pinchara esa burbuja.

—Sí, puedo entenderlo. O sea, son monos y todo eso, pero ¿criarlos? No es para nada lo mío.

Ella se fue en la dirección opuesta mientras Sean repetía lo que acababa de decir. Lo que había revelado. Él *sí* quería tener hijos algún día. Cuando pudiera mantenerlos. La forma en que él y sus hermanos habían crecido le hacía desear estabilidad. Un hogar propio y los medios para pagarlo. Que era la razón por la que este negocio *tenía* que tener éxito. Tenía que recordar que querían cosas diferentes en la vida...

Debería ser un alivio, pero en cambio, lo entristeció. Por ella. Por cómo debió de haber sido su infancia. Por fuera, parecía genial: había tenido el internado y el dinero de los Martinson respaldándola. Pero por dentro... no había tenido a nadie que la quisiera. Él había tenido justo lo contrario y había sido más rico por ello.

Era tarde cuando llegaron a casa, e incluso más tarde una vez que la ayudó a alimentar y dar de beber a la colección de animales. Y a limpiar los establos.

—Dime por qué quieres hacer esto día tras día —dijo, esquivando al carnero busca-gónadas para colgar su horca en un gancho de la pared que parecía más una vitrina de trofeos que un lugar para guardar herramientas de granja. Alguien incluso la había decorado con molduras de corona y otras placas y cosas que no tenían nada que ver con un granero. Livvy tenía razón; los Martinson eran pretenciosos.

—Por todo tipo de razones. La lana de alpaca es una inversión por el precio que puede alcanzar, y la lana de oveja es nuestro pan de cada día. Luego está la leche de las cabras y los huevos de las aves. Todas cosas que puedo usar o vender.

—¿Y Reggie?

Ella sonrió cuando Reggie resopló al oír su nombre. —Reggie es solo para compañía. Un tipo intentaba venderlo para hacer tocino. No podía permitir que eso pasara.

—Por supuesto que no.

Podía imaginársela horrorizada por eso y tomando al cerdito, acunándolo como a un bebé, susurrándole que estaba a salvo con ella. Ella. La mujer que no quería hijos.

Tenía más instinto maternal del que sabía qué hacer con él.

—Además, vendo las pollitas y los corderos para obtener más ingresos. Me encantaría quedármelos todos, pero no es posible. Aunque, una vez que venda este lugar, puedo construir un granero más grande y quedarme con más de ellos.

—Lo que significa más estiércol que limpiar.

Ella se encogió de hombros, y un rizo rebelde cayó sobre su hombro para desaparecer dentro de su camisola...

¿Qué pasaba con ella y las camisolas? Al menos esta vez llevaba una camisa encima, pero esas cosas se ceñían a sus curvas de una manera que no era justa para la población masculina.

—Limpiar sus establos es un pequeño precio a pagar por la compañía, el amor y la aceptación que me dan.

—¿Aceptación?

Livvy se colocó ese rizo rebelde detrás de la oreja. De nuevo. Uno de estos días, él iba a hacerlo por ella.

—Los animales no te juzgan. Si los cuidas, cumples la promesa que les hiciste, serán tus mejores amigos. Incluso te dan un respiro si fallas en su cuidado, siempre y cuando no seas cruel con ellos. La gente podría aprender mucho de los animales.

Había un siglo de dolor entretejido en sus palabras. Apoyó la horca contra el corral de la cabra. —¿Quieres hablar de ello?

—¿Hablar de qué? —Se ocupó de quitar el heno de la pared que dividía los corrales.

—Livvy.

Pasaron unos buenos diez segundos antes de que se detuviera y lo mirara. —Estoy bien, Sean. Gracias, pero no es necesario. Aprendí hace mucho tiempo a depender solo de mí misma. Claro, estoy enfadada con Merriweather, pero al final, la ira no beneficia a nadie. Te consume. Seguir adelante, enfocarse en el siguiente paso, en el gran objetivo, en lo que necesitas hacer para llegar allí... *eso* es productivo. Regodearse en lo que pudo haber sido es contraproducente.

Ambos notaron esa palabra. *Contra.*

Él dio un paso hacia ella. Vio que ella se inclinaba un poco. Sería tan fácil atraerla a sus brazos y terminar lo que habían empezado antes.

Pero las palabras de ella se repetían en su cabeza como un bucle. *Ellos no te decepcionan.*

Como él iba a hacer.

Tenía que hacer los cálculos de nuevo. *Tenía* que encontrar alguna manera de hacer que este proyecto funcionara para ambos.

Así que retrocedió. No cedió a la tentación. Al conocimiento de que ella no lo rechazaría.

Probablemente fue la cosa más difícil que había hecho en su vida.

Capítulo Veintiuno

Intentar dormirse la noche anterior había sido una de las cosas más difíciles que Livvy había hecho. Su cuerpo todavía ardía por haber estado con Sean y no podía entender por qué él se había alejado. La noche anterior, ella había dejado bastante claras sus intenciones —deseos, anhelos, preferencias—. Y en la cocina antes de que Kerry y Sher interrumpieran...

Oh, rayos. Kerry y Sher.

Livvy saltó de la cama, sacudiendo a Georgia, que había decidido que la cabeza de Livvy era el lugar perfecto para apoyar su cálido y lleno vientre, por lo que refunfuñó cuando se la quitaron.

La pug rodó hacia el hueco que Livvy dejó, con sus patas traseras pateando a Petra en el hombro. Eso hizo que Petra gimiera y John gruñera, lo que despertó a Mike, quien se dio la vuelta con un bostezo, casi aplastando a Davy en el proceso.

En cuestión de minutos, todo el grupo estaba despierto y exigía que les dieran de comer y los dejaran salir. Y no necesariamente en ese orden.

Se frotó los ojos después de soltarlos en el patio trasero y encendió su iPod. *One More Night* de Maroon 5 era un comienzo lo suficientemente bailable para un día en la cocina. Fue bailando hasta el Sub-Zero por un vaso de jugo de naranja. Nada de cafeína para ella; les había dicho la verdad a esos chicos en el supermercado. Un período de veinticuatro horas del experimento del refresco y el huevo había sido suficiente para convencerla de mantenerse alejada de esa cosa; el año completo viendo cómo se disolvía la cáscara había solidificado esa resolución.

Allí estaban los huevos. Los huevos que ella y Sean habían comprado ayer en la tienda. Los que iban a usar hoy para hornear sus scones insignia. Juntos.

Respiró hondo, sin sorprenderse al sentir un aleteo en el estómago ante la idea. Había estado sintiendo muchos aleteos en el estómago en los últimos días. Y escalofríos en la piel. Y luego estaban los sonrojos.

Pero ni de cerca suficientes besos.

Sintió el calor subirle por el pecho hasta las mejillas otra vez, pero esta vez no era por un sonrojo. Sean era simplemente... bueno, era casi increíble. Casi perfecto, si tal cosa existía. Inteligente, divertido, guapo, un buen tipo, tolerante, dispuesto a ayudar...

Parecía que estuviera publicando un anuncio para peón de granja en lugar de enumerar las cualidades del hombre que ella... ¿qué? ¿Qué era Sean para ella?

—¿Eso es lo que usan los chefs mejor vestidos en estos días?

Hablando del rey de Roma, apareció en su cocina con un aspecto deliciosamente pecaminoso en un par de shorts, una camiseta y sandalias.

Deseado. Sí, ese era un término tan bueno como cualquier otro. Y mucho más seguro que algunos.

Dejó de bailar a mitad de movimiento y se metió el pelo detrás de las orejas. —Uhm, buenos días. ¿Hoy sin uniforme? —Definitivamente era una mejora.

Él se encogió de hombros y se sirvió del jugo de granada que ella había comprado. Quizás no se oponía tanto a la comida sin jarabe de maíz de alta fructosa como había dado a entender.

—Me imaginé que como íbamos a estar en una cocina caliente todo el día, debía vestirme para la ocasión.

O desvestirse...

Livvy se lamió los labios, que de repente se habían secado, y miró su atuendo: camisola blanca y pantalones de pijama de seda estilo capri. —Bueno, yo voy a usar mi delantal, así que no importa mucho lo que lleve puesto.

Él volvió a levantar una ceja. —Si tú lo dices.

Give Me Everything Tonight de Pitbull empezó a sonar en el iPod. Sí, no era exactamente la canción que quería en ese momento.

Livvy descolgó el delantal de su gancho y se ocupó de llenar los ocho tazones de los perros con el desayuno, tratando de no escuchar la letra de la canción. Luego sacó las bandejas de hornear, los tazones de mezclar y las rejillas para enfriar que necesitarían para hacer los scones.

Luego pasó un buen par de minutos buscando un cascanueces, y alineó todos los ingredientes secos de forma ordenada en la encimera de preparación para hornear antes de quedarse finalmente sin cosas que hacer además de mirarlo. Que era lo que había querido hacer desde el principio de todos modos.

Apoyado en el fregadero, tenía los brazos cruzados sobre su increíble pecho y un pie cruzado sobre el otro en una pose tan masculina que se le hizo agua la boca.

Sean *Manley*. Nunca había existido un nombre más perfecto.

—Entonces, ¿te gustaría comer antes de que empecemos, o solo los perros van a tener suerte hoy? —preguntó.

Él podría tener suerte cuando quisiera. —¿Uhm, claro? Puedo preparar algo rápido. —Señaló con la cabeza los artículos que él había acumulado en la encimera mientras ella buscaba lo que necesitaría.

Él se apartó del fregadero mientras *Down* de Jay Sean comenzaba a sonar. —No te estaba pidiendo que lo prepararas. Te estaba preguntando si querías. Soy más que capaz de prepararnos algo de desayuno, ¿sabes?

—No, la verdad es que no lo sabía.

Tomó una sartén de la rueda de carro que colgaba del techo y encendió el quemador. —Mmm, supongo que tienes razón. Realmente no me has visto en acción en la cocina.

Oh, sí que lo había visto, y usó cinco de los compases de la canción para recordarlo.

Aparentemente, Sean también, porque dejó caer la sartén sobre la llama con un estruendo y luego torpemente metió un par de rebanadas de pan multi-grano en la tostadora. —Entonces, uh, ¿por qué no tomas asiento y yo preparo algo? Compraste huevos de más, ¿verdad? ¿Y me pareció ver rollo de cerdo o algo así?

—¿Rollo de cerdo? —Livvy se estremeció—. Ni hablar. Reggie nunca me lo perdonaría.

—Pensé que los elefantes eran los que tenían memoria a largo plazo. —Echó un poco de mantequilla en la sartén, donde comenzó a chisporrotear.

Igual que estaba haciendo Livvy. El tipo era *ardiente*. —Los cerdos también son listos. Si me acercara a Reggie oliendo a uno de sus parientes, nunca me lo perdonaría. —Lo había hecho una vez. El cerdo se quedó en su cama por un día y ninguna cantidad de galletas para perros pudo convencerlo de salir. Incluso le había vuelto la espalda con desdén cuando ella intentó acariciarlo.

—Tu dieta debe ser muy limitada si no comes a ninguno de los parientes de tus animales.

—Solo Reggie es sensible. Como pollo y huevos todo el tiempo. Aunque intento no comerlos cerca de Orwell.

—Hablando de eso... ¿dónde está ese pequeño equipo de demolición de un solo pájaro?

Los cuarenta y cinco minutos que les había llevado bajar al pájaro de las barras de las cortinas la noche anterior no habían sido divertidos, así que esto era un bienvenido respiro. Amaba a Orwell, pero daba mucho trabajo. —Durmiendo. No es madrugador.

—Qué bien —dijo Sean, rompiendo dos huevos con una sola mano simultáneamente sobre la sartén.

—Un truco bastante bueno.

Él levantó una ceja.

—Eso. Lo que hiciste con los huevos. ¿Cómo lo aprendiste?

—Cuando creces con dos hermanos y sin videojuegos, aprendes a entretenerte. Solíamos hacer concursos para ver cuántos podíamos hacer sin que cayeran cáscaras en la sartén.

—¿Ganabas?

Sean sonrió y le quitó el aliento. El tipo era absolutamente guapísimo.

—Sí, les pateaba el trasero. Una vez hice cinco.

—Debes tener las manos muy grandes.

No fue un sonrojo lo que recorrió su piel. Fue un manto escarlata en toda regla, y debería envolverse en él y morir de vergüenza porque ambos estaban pensando en con qué se supone que se correlaciona el tamaño de las manos.

Le miró las manos. No eran demasiado grandes. Justo del tamaño adecuado, con uñas de la forma adecuada y la cantidad justa de vello en ellas, y la cantidad justa de fuerza y músculo y, por Dios, ¿de verdad se estaba describiendo su mano a sí misma? —¿En qué puedo ayudar?

Pregunta equivocada. Sus ojos se oscurecieron y la mirada que le lanzó le atravesó hasta el vientre, encendiendo un fuego allí que no tenía nada que ver con lo que estaba pasando en la estufa.

—En nada. Estoy bien.

Sí. Claro que lo estaba.

—¿Hay algo que necesites preparar para hornear?

Sacudió la cabeza, tanto como respuesta como un mecanismo de «*Supéralo-Livvy*». Los scones tenían que hacerse individualmente. Al menos los suyos para lograr la cantidad perfecta de hojaldre. Si dejaba reposar la masa demasiado tiempo, los scones fallarían. Con la cantidad que planeaba hacer hoy, necesitaba concentrarse en el proyecto.

Sean sacó el pan de la tostadora, lo untó con la mantequilla de manzana que ella había comprado, sirvió más jugo de granada en un par de copas de vino ornamentadas de un estante que ella ni siquiera podía ver, y mucho menos alcanzar, y luego sirvió los huevos en los platos como si fuera un chef.

—¿Alguna vez pensaste en convertirte en un chef personal en lugar de un sirviente? Eres realmente bueno en esto. —Tomó las copas de jugo de la encimera y las puso en la mesa, en diagonal una de la otra. No necesitaba que se sentara a su lado —demasiada tentación—, pero tampoco lo quería demasiado lejos.

Demasiada decepción.

Él llevó sus platos a la mesa. Los huevos estrellados estaban hechos a la perfección, la tostada tenía la cantidad justa de tostado y mantequilla, y las rodajas de naranja que había incluido eran un bono adicional.

Igual que él. Un bono adicional que nunca podría haber previsto cuando se enteró de la muerte de su abuela.

—¿Cómo va a funcionar esto hoy? —preguntó—. ¿Qué necesitas que haga?

Tantas cosas...

Dejó el tenedor, se secó los labios con la servilleta de lino que él había encontrado en uno de los cajones y contuvo sus hormonas felices.

Hizo una nota mental para apagar su iPod mientras otra ronda de letras inapropiadas llenaba la habitación.

—Hago cada tanda individualmente —dijo, tratando de ignorar al vocalista que cantaba sobre no poder quitarle los ojos de encima a una mujer—. Para conseguir suficientes capas en el pan, tengo que amasar la masa hasta la consistencia adecuada, lo que lleva tiempo. No se puede hacer en cadena. Pero podemos hacerlo para la preparación y la limpieza. Pondré filas de tazones para varias tandas, luego puedes medir todos los ingredientes en ellos y yo vendré después de ti, mezclándolos uno a la vez. ¿Te parece bien?

—Suena como un plan. —Levantó un tenedor lleno de huevo—. ¿Y bien? ¿Qué te parece? ¿Lo suficientemente bueno para ti?

Estaba hablando de la comida que había hecho, ¿verdad?, y no de sí mismo porque, sí, era lo suficientemente bueno para ella. Demasiado bueno, de hecho. Tenía que haber una trampa. Sean no podía ser tan bueno como parecía. Guapo, trabajador, amaba a su familia, divertido, amable, servicial, capaz de hacer casi cualquier cosa —y limpiar—, y había dejado de quejarse de sus animales. Incluso la había ayudado a cuidarlos.

Por primera vez en mucho tiempo, Livvy dejó que la esperanza se filtrara en su vocabulario.

—¿Livvy?

—Oh, uhm, sí. Genial. Realmente eres increíble en la cocina.

No podía creer que acababa de decir eso.

—Hablando de... —Sean dejó su tenedor—. No abordarlo no va a hacer que desaparezca. —Cubrió la mano de ella con la suya y, olvidando las llamas de la estufa o la temperatura de esta habitación una vez que tuvieran todos los hornos encendidos hoy, o incluso lo delicioso que se veía con algo tan anodino como unos shorts y una camiseta; nada podía compararse con lo que el toque de Sean le hacía sentir.

La esperanza rugió de nuevo, se arremolinó dentro de ella, tocando cada parte, y se plantó firmemente en su alma, y de repente la letra de la canción era totalmente apropiada.

—Livvy, no podemos tener una repetición de lo de ayer.

Hasta que Sean dijo eso.

—Realmente no es una buena idea.

—Está bien. De acuerdo. —Había un límite al rechazo que podía soportar y, francamente, ya había superado su cuota para, como, *toda la vida*. No iba a rogar. No. Ella no. No le había rogado por nada a su abuela, y ciertamente no iba a rogarle por nada a un tipo que no era lo suficientemente listo como para desearla.

Arrugó su servilleta y la arrojó sobre los huevos que ahora no podía comer, luego recogió su cubierto y se puso de pie. —Deberíamos empezar a hornear. Tengo mucho que hacer y, aunque el desayuno fue agradable, realmente no hay tiempo para sentarse a charlar. —Deslizó el plato hacia el borde de la mesa, su servilleta arrastrando consigo el azucarero del juego de té.

—Livvy... —La tapa cayó al suelo con un estruendo, pero Sean logró agarrar el azucarero antes de que siguiera el mismo camino, mirándolo como si no supiera qué era.

—¿Puedes dejar entrar a los perros, por favor? —Habían empezado a gemir en el momento en que ella se puso de pie y Livvy nunca estuvo tan agradecida por sus demandas como en ese minuto. Necesitaba tiempo para recomponerse de la electricidad que vibraba a través de ella, la decepción de otra ronda de esperanza frustrada y la vergüenza de que él supiera cuánto lo deseaba y ser rechazada.

Y había tenido tantas esperanzas para hoy.

Adiós al desayuno.

Sean recogió su plato, sin importarle tanto la comida como la conversación. Había dado vueltas en la cama la mayor parte de la noche, el deseo manteniéndolo despierto tanto como la culpa. Alrededor de las cuatro de la mañana, resolvió ponerle fin de una vez por todas. A lo que fuera que fuera *eso*. Necesitaba hablarlo con ella. Hacerle ver que no era tan simple como un «acostémonos juntos» como ella lo había planteado. No sin decirle la verdadera razón.

O que había una pista en el azucarero.

Dios, era un imbécil. Era justicia poética, ley kármica, el universo riéndose de él, que la estuviera rechazando. No estaba al nivel de Bry en cuanto a conseguir mujeres, aunque nunca le había ido mal en ese departamento, pero la única mujer que deseaba más que a ninguna otra era la peor posible con la que podía enrollarse.

Excepto que esto no se trataba de enrollarse. Una noche de sexo mutuamente placentero podría ser algo bueno si no viniera con el resto de las cosas que implicaba desear a Livvy.

Los aullidos en la puerta comenzaron de nuevo y Sean podía identificarse totalmente. Además de tener que ponerle freno a esta atracción desbocada, *había una pista en el azucarero*.

¿Qué diablos iba a hacer al respecto?

Luego vinieron los arañazos. Sean se puso de pie de un salto, recogió los ocho tazones de comida y salió para evitar que otro desastre invadiera su mundo, porque no necesitaba pagarle a alguien para que reparara la puerta también.

Sorprendentemente, los perros se comportaron bien para ser una manada de animales hambrientos. Sus colas golpeando y el baile hiperactivo que hacían los más pequeños eran las únicas señales de cuánto esperaban la comida. Ringo ni siquiera le gruñó.

Quizás su suerte estaba cambiando.

El pensamiento se mantuvo cuando regresó a la cocina y encontró que Livvy se había atado un delantal a la cintura, y el peto cubría mucho más de su escote que su camisola, gracias a Dios. Si no podía tocarla, no necesitaba la tentación.

Desafortunadamente, el universo no estaba escuchando. La tentación lo rodeó durante toda la mañana. Cada vez que Livvy bailaba —ella *bailaba* constantemente—, pasaba junto a él, o se estiraba a su alrededor, o deslizaba un tazón por la encimera, o se agachaba para sacar los scones del horno, o se lamía la punta del dedo cuando accidentalmente tocaba la bandeja de hornear caliente, era como si Alguien Allá Arriba se estuviera riendo de él.

Prefería mil veces el desorden de la sala de estar. Al menos estaría sudando por el esfuerzo y el trabajo honesto, no por un deseo frustrado sobre el que no podía actuar.

Revisó el reloj de la pared. Demasiadas horas hasta que ella se fuera.

La canción cambió y Sean hizo una mueca. *Any Way You Want It* no era lo que necesitaba escuchar en ese momento. Especialmente cuando escuchó el coro resonando desde el piso de arriba. —Parece que Orwell se despertó.

Livvy levantó la vista de la tabla de amasar, con una mancha de harina en la nariz. Y en la mejilla. Y en el hombro.

—Le encanta esta canción. Creo que es la única de la que se sabe toda la letra.

—¿Qué tal si la cambiamos, entonces? —La excusa perfecta para no tener a un pequeño diablo rojo de Steve Perry sentado en su hombro tentándolo durante los próximos tres minutos y medio, o lo que sea que durara la maldita canción. Presionó el botón de avance en el iPod.

Bruno Mars. En serio, ¿podía *no* tener un respiro cuando intentaba hacer *algo* bueno y correcto?

Arriba, Orwell seguía con Journey, trineando el clásico de Perry, «Ooooooooh».

—Quizás debería ir por él. Traerlo a la acción. —Y salir él mismo de ella, aunque fuera por un ratito.

Livvy se encogió de hombros e, curiosamente, el peto de su delantal se mantuvo en su lugar, pero los pechos detrás de él... Se asomaron un poco más por encima y, vaya mierda, estaba en problemas.

Al menos, no llevaba esos malditos pantalones y sus shorts ocultaban mejor su reacción.

Salió por la puerta en busca de Orwell. Nunca hubiera apostado que llegaría el día en que elegiría a un loro en lugar de a una mujer.

Aparentemente, también habría perdido esa apuesta.

Capítulo Veintidós

La duodécima tanda de *scones* salió del horno y Sean estaba listo para dar por terminado el día. Había *scones* por todas partes y el maldito loro también lo sabía. Si Orwell volvía a decir: «*Polly quiere un scone*», Sean lo iba a hornear *dentro* de uno.

—Se le confunden los clichés.

—Siempre lo hace. —Livvy se quitó unas migajas de la corteza de la nariz. La mujer era demasiado adorable para su gusto, *además* de sexi, y la combinación estaba haciendo trizas su resolución de mantenerse alejado de ella. No veía la hora de que se fuera de allí.

Lo que significaba, por supuesto, que terminó quedándose.

Se quitó los guantes de cocina y se sentó en el taburete junto al suyo, balanceando su pie descalzo contra los travesaños. Tenía las uñas de los pies pintadas de rosa.

No sabía por qué eso debía sorprenderlo, pero así fue. Quizá porque habría esperado que se las pintara de azul. O de verde. O de marrón. Era la mayor dicotomía en una mujer que jamás había conocido. La mayoría no se dejaría ver ni muerta usando botas de combate y faldas gitanas como si fuera una vuelta a los años setenta, pero a Livvy todo le quedaba bien y no era en absoluto consciente de lo bien que lo hacía. Tenía la sensación de que no tenía ni idea de cómo se veía. Con nada.

Le gustaría verla con un vestido. Un vestido de verdad. Algo sexi y ceñido al cuerpo, pero no demasiado revelador. Un poco de brillo en sus muñecas, pero nada más, dejando que la belleza que llevaba dentro brillara por sí misma.

Otra vez con la poesía, Manley. ¿En serio?

En serio necesitaba superarla. En serio necesitaba seguir adelante con el plan. Y en serio necesitaba llegar a esa pista. Sin ella.

—Entonces, ¿a qué hora vienen a buscarte los chicos? ¿Nos queda mucho por hacer?

—¿Estás tratando de deshacerte de mí?

—Claro que no. Después de todo, es tu casa. —Más un recordatorio para él que para ella.

—Todavía no lo es. —Se pellizcó el puente de su linda naricita—. Conocías a mi abuela mejor que yo. ¿Alguna idea de por qué hizo esto?

Él no conocía a Merriweather en absoluto. Había pensado que sí, pero no después de esto. —Ni idea. Quizá solo quiere que te familiarices con la historia de la familia.

—¿No fue suficiente con que tuviera que vivirla? Por el amor de Dios, esa mujer dotó a la mitad de la escuela. No podía *no* saber sobre la familia.

—¿Supongo que no te entusiasmaba estar allí?

—Si hubiera querido ir allí, entonces, claro. Me habría entusiasmado. Pero no quise. No quería irme de aquí. De mi casa. De mi mamá. Todavía estaba viva cuando Merriweather obtuvo mi custodia. También mi papá. Sin embargo, ninguno de los dos hizo nada para impedir que una anciana les robara a su hija. Como si estuvieran *deseando* que su pequeño *problema* desapareciera. Ojos que no ven, corazón que no siente.

Se le quebró la voz y desvió la mirada.

Sean quiso envolverla en un abrazo y sacarle el dolor a estrujones. Pero no lo hizo. Porque eso solo haría que lo que estaba tratando de hacer fuera mucho más difícil. Para ambos.

—Eran solo unos niños, Livvy. Probablemente demasiado asustados para saber qué hacer.

—Buen argumento, *si* me hubiera llevado de inmediato. Pero estuve con mi mamá cinco años. Solo nosotras dos, ya que sus padres la echaron en cuanto se enteraron de mí. Y *papito* no movió un dedo. Ni un centavo. Ni siquiera una tarjeta. Me sorprende que Merriweather se haya enterado de mi existencia, aunque no fue por falta de intentos de mamá.

—No seas tan dura con ella, Livvy. Probablemente tenía miedo de cuidarte. Una vez que tus otros abuelos la echaron, estoy seguro de que fue muy difícil para ella. Quizá darte a Merriweather fue su intento de darte todas las cosas en la vida que ella nunca tendría.

—Y luego se emborrachó hasta morir con el dinero del adiós.

Esta vez sí la alcanzó. Le cubrió la mano. A veces, el simple consuelo humano era más grande que cualquier otra cosa, y a Livvy le dolía. —No puedes saber lo que había en su mente. Podría haberse arrepentido de haberte entregado. Podría haber sido lo más difícil que hizo en su vida. ¿Quién sabe dónde estarías ahora si no lo hubiera hecho? No puedes cambiar el pasado, Livvy. Pero puedes hacer que tu futuro sea lo que quieres que sea. No dejes que tu amargura por esos acontecimientos tiña quién eres hoy. Porque creo que... —Y aquí se estaba desviando por un camino por el que no tenía derecho a ir—. Creo que saliste bien. Más que bien. —Observó su pulgar acariciar la suave piel de ella.

Vio cómo ella movía su mano ligeramente para poder atrapar el pulgar de él con el suyo.

Vio cómo levantaba los ojos para encontrarse con los de él. —¿Qué estamos haciendo, Sean?

Ni la menor idea. La canción de amor que emanaba del maldito iPod tampoco ayudaba.

Afortunadamente, una bocina sonó afuera y los perros comenzaron a ladrar.

El momento se perdió.

Pero no se olvidó.

Diez segundos después de que ella se marchara, se desató el infierno.

Los perros ya no eran sus amigos, Orwell cambió su voz de canto nasal por un chillido de loro en toda regla, nivel selvático, y el teléfono de Sean no dejaba de sonar.

El arquitecto tenía preguntas. Su abogado tenía preguntas. La abuela tenía unas cuantas. Luego estaba Mac pidiéndole ayuda para el día siguiente; todo lo cual significó que ya era bien entrada la noche cuando tuvo la oportunidad de sentarse y descifrar la pista que había tomado del azucarero.

Vas a devolverla, Manley.

Lo haría; no necesitaba que su conciencia se lo recordara. Por mucho que quisiera este lugar, nunca podría vivir consigo mismo si la saboteaba.

Sabotear, ganarle de mano... ¿Cuál es la diferencia?

Sí, todavía estaba trabajando en esa parte. Pero hasta que lo resolviera, iba a devolver la pista. Después de resolverla.

> *La batalla fue compleja, pero también lo fue él*
> *Y por ella, la heráldica de la familia se ganó.*
> *Bajo el estandarte de un águila*
> *Este caballero tan regio*
> *Reclamó la victoria con su fuerza*
> *Desde lomos de su corcel.*

Otro poema, otro acertijo. La mujer lo estaba volviendo loco.

Sean tocó su tableta de nuevo, reproduciendo la pista para encontrar las palabras clave. Un estandarte de águila, heráldica, un caballero y un caballo.

Dios, cómo odiaba los acertijos.

Águila, caballero, caballo. No tenía idea de lo del águila, pero los caballos se habrían mantenido en el granero.

Sean se pasó una mano por la boca. Era una posibilidad remota, pero al menos era algo.

Se metió la tableta en el bolsillo, rezando para tener suerte y encontrar la siguiente pista, y luego salió por la cocina.

Grave error. Los perros estaban esperando para ir con él. Sí, era todo lo que necesitaba, que armaran lío con los animales del granero. De ninguna manera.

—Sentados —dijo mientras lo seguían en masa hacia la puerta.

Por *supuesto*, eso solo funcionaba para Livvy, la encantadora de perros.

—Quietos. —Levantó la mano como había hecho ella.

Nada. Lenguas colgando, colas meneándose, el golpeteo de las uñas en el suelo de madera... Los perros querían salir.

Entonces Ringo gimió. También John. O quizá ese era Paul.

El pequeño pomerania se puso panza arriba, agitó las patas y lloriqueó lastimeramente.

Genial. Sean se pellizcó el puente de la nariz. No sabía cómo lidiar con la histeria animal masiva.

Retrocedió hacia la contrapuerta, tirando de la puerta interior con él. —Chicos, miren. No pueden venir. Quédense aquí un ratito y volveré.

El caniche, obviamente no de acuerdo con esa idea, se escurrió entre sus pies, empujó la puerta para abrirla y salió corriendo por el césped.

¡Hijo de puta! Livvy lo mataría si perdía a su perro.

Encerró a los demás en la cocina y luego corrió tras la pequeña molestia.

Patas diminutas, pero esa cosa podía *moverse*. Se lanzaba a izquierda y derecha, tratando de evadirlo, y a Sean le avergonzaba que estuviera ganando.

—¡Vuelve aquí! —Se abalanzó, pero el caniche se escabulló a su alrededor para dirigirse directamente al granero.

Sean corrió tras él, agradecido de que hubiera luz de luna para poder al menos *ver* al animal negro, alcanzándolo justo cuando el perro entraba husmeando.

Como era de esperar, allí también se desató el infierno. ¿Podía *no* tener un respiro?

Sean encendió las luces para ver al carnero golpear con la cabeza la puerta del establo, balando mientras los cabritos saltaban las paredes divisorias entre los establos y bajaban para rodear al perro en una postura inversa de presa-cazador, sus padres erguidos sobre sus patas traseras, las patas delanteras colgando sobre las puertas de sus establos como si estuvieran en un partido de las Pequeñas Ligas.

—¡Quietos! —les gritó a todos.

Nadie escuchó.

—¡Sentados!

A eso tampoco. El perro le ladró y se acercó a un cabrito que bajó la cabeza y pateó el suelo como si fuera a jugar a la tauromaquia.

Tendría que advertirle a la cosita sobre lo mal que *no* terminaban para los toros.

—¡Junto!

De nuevo, nadie prestó atención.

—Miren, John, Paul, George, Ringo, Yoko... ¡Como diablos te llames, ven aquí!

Nada. El perro ladró de nuevo, esta vez corriendo entre dos de los cabritos.

Las cabras corrieron tras él.

Los padres saltaron la puerta del establo y corrieron tras ellos.

Los gansos se dispersaron, graznando y contoneándose por todo el lugar. Un par de ellos chocaron entre sí y prácticamente se noquearon.

Rhett comenzó a patear la puerta del establo. La pobre Scarlett solo miraba por encima con sus ojos conmovedores como si deseara que Sean le consiguiera su propio establo.

—Hablaré con Livvy sobre eso, Scarlett. —Extendió la mano para acariciar el cuello de la alpaca para calmarla, pero Rhett le escupió.

—Muy bien, entonces. —Sean retrocedió, con las manos en alto.

Reggie se acercó pesadamente a la puerta de su establo, sus gruñidos se hacían más fuertes con cada paso.

Sean le arrojó unas cuantas galletas para perro de la bolsa que colgaba en el exterior del establo. Reggie hizo un pequeño bailecito de vuelta hacia ellas, rebuscando en su lecho; el sonido que hacía era más un ronroneo que cualquier cosa que se pareciera remotamente a un cerdo.

Las gallinas salieron volando —metafóricamente— de su corral supuestamente cerrado, con plumas por todas partes, graznando como si el cielo se estuviera cayendo, y el carnero empezó a *patear* el establo. Los corderos comenzaron a balar, lo que provocó el balido de respuesta de los cabritos, y muy pronto Sean no podía ni escucharse pensar, y mucho menos hacerse oír por encima del ruido.

El poodle pasó zumbando a su lado y Sean intentó agarrarlo, pero acabó siendo embestido por tres cabritos y una cabra adulta que lo derribaron sobre el frío, duro e implacable suelo de concreto.

Logró no caer sobre su tableta, gracias a Dios, y evitó que la cabra que se le subió a la espalda la rompiera. Pero con dos sustos ya evitados, Sean no quiso arriesgarse a un tercero. Su suerte no podía durar para siempre.

Rodó sobre sí mismo para quitarse de encima al pequeño alpinista. Uno de los gansos se paseó contoneándose alrededor de su cabeza, con una gallina pisándole los talones.

Sean tuvo que reírse de eso. Estaba bastante seguro de que era la primera vez que algo así ocurría en los anales de la historia de la granja.

Y entonces un cordero le cayó en el estómago, dejándolo sin aire.

—*Beeeeee*.

Dejó caer la cabeza sobre el concreto. Auch. No fue la mejor idea.

Dos de los cabritos saltaron sobre él, luego el perro pasó volando. Con una rápida patada en la entrepierna.

Su entrepierna.

—¡Uf! —Sean se hizo un ovillo, se agarró y trató de respirar a pesar del dolor—. Ah, claro. Logró evitar al *carnero*, pero esta cosita peluda...

Dios, si sus hermanos lo vieran ahora... Derribado por un cabrito y un animal de peluche que cobró vida. Sería gracioso si le hubiera pasado a cualquiera menos a él. Le encantaría ver a Bry en esta situación.

El perro regresó, sus pequeñas cejas se arquearon mientras ladeaba la cabeza.

—Ah, claro. *Ahora* apareces. ¿Todo lo que tenía que hacer era recibir un rodillazo en las joyas de la familia para que me escucharas? Genial, perro. Por cierto, ¿cómo te llamas?

El animalito meneó su corta cola como si fuera la primera persona que veía en todo el día y lamió a Sean en la nariz, luego se sentó y lo miró expectante. esperanzado, confiado.

Ah, la lealtad y el amor de un animal, justo como había dicho Livvy. Dada la falta de eso en su vida, podía entender por qué tenía tantos.

Demonios. No necesitaba esto. No quería entenderla. Ni sentir pena por ella. Ni querer hacer que todo desapareciera para ella.

Millones de dólares, Manley. Este lugar podría ser tu mina de oro. ¿No es eso lo que quieres?

Sí. Lo era.

Excepto que ahora estaba fuera de combate, con un rodillazo en las joyas de la familia por un *poodle*. No por el carnero, ni por Rhett ni siquiera por Ringo, sino por un *poodle*. Definitivamente, sus hermanos *no* se iban a enterar de esto.

Una punzada de dolor lo atravesó. Maldita sea. Necesitaba una bolsa de hielo.

Y la conseguiría, tan pronto como pudiera volver a caminar. Y respirar. Respirar era una buena idea.

Inhaló, absorbiendo cada gramo de oxígeno que pudo en sus pulmones, concentrándose en su interior, ignorando el dolor.

Lo hizo de nuevo, y esta vez, el dolor comenzó a disiparse. Gracias a Dios.

Respiró hondo una vez más y abrió los ojos.

Para ver un águila.

Justo ahí. Frente a él. Bueno, a unos cuatro metros y medio por encima de él, pero aun así, era un águila. Una especie de emblema. En una placa. Como el sello presidencial.

Bajo el estandarte de un águila.

Gracias a Dios que *algo* finalmente había salido bien.

El perro le lamió la nariz de nuevo. De acuerdo, que sean *dos* cosas.

Sean se apoyó en los codos y le sobó las orejas al perro. —¿Planeaste esto? —fue recompensado con otra lamida.

Un par de minutos después —y tras varios picotazos de ganso en el hombro—, Sean se había recuperado lo suficiente como para subir la escalera a lo que normalmente sería el pajar, pero que aquí se usaba para guardar cajas. *Más* cajas. Montones de cajas. Por todas partes. No le gustaría tener que revisarlas, pero, si Dios, los abogados y el destino lo permitían, le gustaría tener la oportunidad de hacerlo.

Justo al borde del desván, el águila estaba montada en una placa de madera cortada con la misma forma. Y ahí, entre las dos capas, había otra pista. Esta vez no había nota de Merriweather, pero la pista lo decía todo.

La estrategia de Sir Frederick, un acertijo para el enemigo,
aseguró el legado de nuestra familia.
Su recompensa, conmemorada en tierras y vajilla de plata
fue duramente ganada, no dejada al Destino.
Así que con esta fuente de conocimiento, Olivia, te pido
que encuentres seis pistas más para reclamar lo que te lego.

Debajo de él, el poodle —cuyo nombre aún no recordaba— corría en círculos alrededor de una cabra que había decidido que ya era suficiente y se había desplomado en el suelo y había comenzado a balar. Su mamá salió trotando de la zona de las gallinas y le devolvió el balido. Lo que provocó una llamada de respuesta del resto de sus cabritos y un cabezazo del carnero contra el poste que sostenía el centro del desván.

La tableta de Sean salió volando de sus manos y se hizo añicos en el suelo de concreto al impactar.

Genial.

Sean exhaló y se apoyó contra la pared que abarcaba el frente del granero, mirando a través de la hilera de ventanas a lo largo de la parte trasera hasta que el poste dejó de temblar.

Vaya vista. O lo sería si pudiera ver. Sean apagó el interruptor de la luz que convenientemente habían incluido aquí arriba.

Los animales se calmaron, lo cual era una victoria en su opinión, pero una victoria aún mayor era lo que había ahí fuera.

La luz de la luna brillaba sobre la vasta extensión de las tierras de los Martinson. *Tierras.* Una de las palabras de la pista.

Otra era *acertijo*. Como la respuesta a este que estaba justo ahí fuera.

El laberinto.

Los laberintos eran acertijos. Y *fuente* era otra palabra de la pista. Había una fuente en medio del laberinto. Lo sabía porque había pedido a alguien que le diera un presupuesto para aumentar la potencia de la fontanería para que la cascada se viera por encima del seto.

Se había enterado de que sería menos costoso cortar los setos lo suficiente para la altura actual del chorro, y Sean todavía estaba debatiendo qué camino tomaría cuando llegara el momento, porque esos setos tenían años de crecimiento.

Tenía que reconocer que esta pista de Merriweather era bastante ingeniosa. Lo que significaba que su mente funcionó hasta el final y que sabía exactamente lo que estaba haciendo.

Sean sintió una sensación de malestar en el estómago. Lo había embaucado. Le prometió cosas que no tenía intención de cumplir. O tal vez quería ver cuál de los dos deseaba más la finca y estaba dispuesto a hacer lo que fuera necesario para conseguirla.

Sí, Merriweather apreciaría ese tipo de razonamiento.

Sean bajó por la escalera, limpió la tableta rota y le silbó al poodle. —Vamos, perro. Es hora de ir a casa. Puedes ver a tu... —revisó debajo de la cabra —... novia mañana.

Mientras él revisaba el laberinto.

Su celular sonó. Sean no reconoció el número, pero con todas las llamadas que tenía pendientes a posibles inversores, no iba a ignorarlo. —¿Hola?

—¿Sean? Soy Livvy.

Qué tonto que su corazón se acelerara. —Hola. ¿Está todo bien? ¿Cómo conseguiste mi número?

—Tu hermana. Llamé a la oficina y pedí hablar contigo.

Mac era demasiado obvia. Nunca daría los números de teléfono de los empleados si fueran empleados de verdad. Sabía exactamente *por qué* le había dado el suyo a Livvy. —¿Está todo bien?

—Eso es lo que quería preguntarte. Quería ver cómo te las estabas arreglando.

Sabía lo que ella había dicho, se dio cuenta de que había añadido un *cómo*, pero todo lo que Sean escuchó fue *arreglando* en la voz de Livvy y se puso duro en un instante. En serio, Livvy necesitaba comercializar su no-sé-qué único que lo convertía en un chico de dieciocho años y venderlo. Se haría de oro y no necesitaría este lugar, resolviendo así el problema de todos.

—... porque a Davy no le gusta que me vaya.

Davy. Ese era el nombre del poodle.

—Y a Reggie le vendría bien una o dos palabras amables. Sé que no lo entiende, pero si usas un tono agradable y tal vez le das unas galletas para perros extra, debería portarse bien por la noche.

—Un paso por delante de ti. —Sean miró dentro del corral del cerdo. Todas las galletas habían desaparecido y había migajas esparcidas en la paja a su alrededor mientras roncaba satisfecho.

—Oh. Bueno, eso es bueno. ¿Y qué hay de los gansos?

Sean hizo un conteo rápido. Pensó que solo había tres. —Están... eh, bien. —Excepto por el que cojeaba...

—Oh. De acuerdo.

—¿Cómo estás *tú*, Livvy? —Había algo en su voz que lo hizo preguntar. Sus *oh* eran un poco sorprendidos, sus preguntas tentativas y su tono demasiado suave—. ¿Estás *tú* bien? Los animales están bien. —Cruzó los dedos, tanto para protegerse de la mentira como para rezar porque fuera verdad.

Su risa fue cohibida. —Lo sé, es solo que... Bueno, es que no te conocen. Eres un extraño para ellos y esta es la primera vez que los dejo con alguien que no conocen.

—Me conocen. Scarlet incluso me dejó acariciarla. *Rhett* incluso me dejó acariciarlo. —Bueno, casi—. Todos tienen agua, comida y están acostados para pasar la noche. Seguirán aquí cuando vuelvas.

—Oh.

Sí, *oh*. *Oh*, que estaban en bandos opuestos y ella no tenía ni idea. *Oh*, que él sí lo sabía. *Oh*, que eso le estaba abriendo un agujero en el estómago.

Y ya que estaba en eso, bien podría admitir el *oh* de que ella no había llamado para hablar con él sobre lo que estaba pasando entre ellos, o el *oh* de que él había *querido* que ella hubiera llamado para hablar con él sobre lo que estaba pasando entre ellos.

Y luego estaba el *oh* de que, por mucho que lo intentara, no podía sacársela de la cabeza.

Capítulo Veintitrés

—¿Y bien? ¿Has pensado en nuestra conversación de anoche? —Sher le dio un golpecito en el hombro a Livvy en el puesto del mercado a la mañana siguiente, durante una pausa entre clientes.

—Sí. —Era en *todo* lo que había estado pensando. Él y Kerry habían intentado convencerla durante el viaje de que no debía vender la finca. Le habían presentado todos los argumentos posibles: la cocina era perfecta para ella, el granero y el césped eran perfectos para los animales, la casa podía convertirse en un elegante B&B... que se habían ofrecido amablemente a mudarse y administrar por ella para que pudiera reírse al último de su abuela.

Lo cual estaría bien si quisiera reírse al último. Pero no quería. Solo quería lo que le correspondía, y luego se largaría de allí.

—¿Livs?

—No la quiero, Sher. No es mi hogar. Ni siquiera es *un* hogar. Un hogar es un techo con goteras. Un hogar es un granero al que le faltan tres establos y que Reggie duerma en la sala. Un hogar es tenerlos a ustedes de vecinos, y a todos los demás. Richard, Marci y todos. Todos ustedes son mi familia. *Ustedes* son mi hogar. ¿Por qué debería irme?

—Cariño, sabes que queremos lo mejor para ti, pero *es* un lugar bastante impresionante. Hay tantas cosas que podrías hacer allí.

—Puedo hacer esas mismas cosas en otro lugar con el dinero que traerá la venta. No insistas, Sher. —Puso una mano sobre sus labios cuando él respiró hondo, una señal segura de que estaba a punto de soltar una de sus conferencias..., digo, sugerencias—. Sé que tienes buenas intenciones, pero si tengo que vivir en esa casa día tras día, recordando lo indigna que soy de llevar el apellido Martinson, seré desdichada.

—No dejes que la idiotez de esa mujer te arruine esto. Te debe este lugar. Te debe muchísimo más, pero la finca es un buen comienzo. No es tu culpa que la mujer no fuera lo suficientemente inteligente como para ver el verdadero tesoro que tenía delante de sus narices, todo envuelto para regalo en el paquete más hermoso que cualquier abuela podría *esperar* recibir. Enojarte por eso. Por el hecho de que ella tiró a la basura lo que ustedes dos podrían haber tenido. Pero nunca, y lo digo en serio, *nunca* te consideres indigna. *Ella* era la indigna. Por haberte tratado como lo hizo... —Sher negó con la cabeza y parpadeó un par de veces—. Es vergonzoso y debería darle vergüenza.

Ella lo abrazó. —Gracias por decir eso. Necesitaba oírlo.

—Por eso te mereces la casa, Livs. Tómala. Haz con ella lo que quieras. ¿No te gusta la decoración? Cámbiala. ¿Quieres convertir el salón en un granero interior/exterior? Es tu decisión. ¿Quieres cambiar todas las colchas por unas de camuflaje? Adelante.

Eso le sacó una risita. Sher siempre lo conseguía. —Creo que paso de lo del camuflaje.

—El punto es que depende de ti. Solo asegúrate de que renuncias a la finca por las razones correctas, *no* por despecho. El despecho nunca ha solucionado nada. Se siente bien mientras lo haces, pero tienes que vivir con las consecuencias.

Reacomodó los scones, colocando los de chocolate más cerca del frente de la mesa. A los niños solían gustarles más esos y si podía tentarlos a detenerse, los padres generalmente terminaban convirtiéndose en clientes habituales. La carnada y el anzuelo; siempre había dejado que su comida hablara por ella en lugar de destinar una parte de su escaso presupuesto a la publicidad. En este negocio, el boca a boca era la mejor manera de atraer nuevos clientes. Lo cual sería la única razón por la que siquiera había considerado lo que Sher y Kerry habían dicho anoche. *Había* sido increíble trabajar en esa cocina.

¿Quizás porque Sean estaba contigo?

—¿Y qué hay del sirviente guapetón?

—¿Eh?

—Ya sabes. Alto, Moreno y Delicioso. Si te quedas con el lugar, tendrías la ventaja adicional de tenerlo cerca. Después de lo que Kerry y yo casi interrumpimos, no puedes decir que eso sería algo malo.

El sonrojo le subió desde los dedos de los pies, cubriendo cada parte de ella. *Calentando* cada parte de ella. —No fue lo que crees.

—Cariño, puede que yo no juegue para su mismo equipo, pero sé lo que vi. Ese hombre te desea.

Excepto que se había *detenido*.

No debería haberlo llamado anoche. En realidad no estaba preocupada por los animales. Era solo que ella... ¿Qué? ¿Lo extrañaba? ¿Había estado pensando en él? ¿Lo deseaba?

Sí a las tres cosas. Por eso no debería haberlo llamado. No debería haberlo dejado entrar. Ella sabía que no debía hacerlo. Sabía que no debía hacerse ilusiones. Siempre terminaban haciéndola pedazos.

—Y, por cierto, quiero los detalles. Con lo que Orwell andaba parloteando, supongo que son jugosos.

—No hay nada que contar, Sher. —Maldito pájaro parlanchín. Siempre que había salido con alguien antes, corría a casa de Sher y Kerry después para analizar la cita. Discutir los pros y los contras de un chico, si valía la pena seguir con la relación, qué habían hecho, si se había divertido, ese tipo de cosas. Charla de amigas. Pero esta vez... *esta* vez, no *quería* analizarlo. No *quería* someter esta relación al interrogatorio de Sher.

¿Qué relación?

Exhaló y buscó un cliente con la mirada. *Cualquier* cliente. Solo uno. Uno estaría bien.

No. Nada. Cero.

Tenía que ser.

—Nadie va a llegar en su caballo blanco a salvarte de mí, Livs, así que desembucha.

Exhaló de nuevo. —Está bien. —Se echó el pelo hacia atrás—. Sí, algo estaba pasando cuando entraron. Quiero decir, ¿puedes culparme? Sean está guapísimo. Incluso con un uniforme de sirvienta.

—*Especialmente* con un uniforme de sirvienta. —Sher se abanicó.

—¿No estás casado?

—No estoy muerto. Y tú tampoco, gracias a Dios. Entonces, ¿cuál es el plan?

—¿Plan?

—Sí, cariño. Para pescar a este tipo. No pensarás que sucede por sí solo, ¿verdad? Si lo quieres, tienes que ir por él.

—¿Por qué no tiene él que ir por mí?

—Livs, por favor. Ya no es así. Tenemos que hacer que nos deseen. Hacerles pensar que no pueden vivir sin nosotras. Despertar su interés lo suficiente como para que sigan volviendo.

—Suena como un montón de trabajo.

Sher se encogió de hombros. —Pero vale la pena. Mira con quién terminé yo.

Ambos observaron a Kerry levantar otro recipiente de botellas de vino sobre la mesa, con los músculos flexionándose agradablemente bajo su playera tipo polo. Kerry hacía ejercicio religiosamente y se notaba.

—Eres un hombre afortunado, Sher.

—Y lo sé. También lo será Sean si te consigue. ¿Vas a dejar que lo haga?

—¿Dejar que lo haga? Prácticamente me le he lanzado encima, pero él quiso detenerse.

No había tenido la intención de mencionar eso. Dejar que su vergüenza personal siguiera siendo suya. Pero este era Sher y se preocupaba por ella. Y, francamente, estaba un poco molesta de que Sean se *hubiera* detenido.

—Espera. ¿Qué?

—Exacto. Estábamos en la cocina, en el fragor del momento, y dijo que debíamos parar.

—¿Así, en seco? ¿Se echó para atrás y se negó a continuar?

Ella movió la mano de un lado a otro. —No exactamente se negó, pero no paraba de decir que no era una buena idea.

—¿*Era* una buena idea?

Sintió que su estúpido sonrojo le ardía en la cara. —Yo creía que sí.

Sher le dio un golpecito en la punta de la nariz y se rio. —Entonces me decanto por un *sí* a esa pregunta. Especialmente si él dijo que no era una buena idea, pero no se detuvo por completo.

Se sonrojó de nuevo, al recordar. —Bueno, bajó el ritmo. Solo dejó de, um, besarme de esa manera que, ya sabes...

—Sí, ya sé.

Ambos suspiraron y volvieron a mirar a Kerry. Él debió sentir sus miradas porque levantó la vista y les dedicó un rápido saludo y una sonrisa.

Ella conocía esa sonrisa. Sabía lo que había detrás de ella cuando miraba a Sher.

Livvy suspiró una vez más. Lo que ellos habían encontrado juntos era hermoso. Especial. Ella quería eso. Ese sentimiento y esa mirada secreta y saber que tenían a alguien de su lado. Que no importaba lo mal que se pusieran las cosas, no importaba lo que la Vida les lanzara, se tenían el uno al otro.

—Bueno, entonces. —Sher se aclaró la garganta y se volvió hacia ella—. Así que la pregunta es, ¿cómo consigues que Sean *vuelva a empezar*?

—Esa *es* la cuestión. —La otra era si estaba dispuesta a arriesgar su ego de nuevo, pero Sher no podía responder a esa por ella. Solo ella podía, y en este momento, no estaba tan segura de su respuesta. Debería simplemente concentrarse en encontrar las pistas y dejar esta idea en el estante.

Un poco difícil de hacer cuando vives en la misma casa.

—No debería ser tan difícil. —Sher enarcó una ceja—. Corrige eso. Lo queremos difícil.

Tuvo que reírse.

—Bien. Esa es la sonrisa que siempre deberías llevar. —Le dio un golpecito en la punta de la nariz—. En fin, como decía, vi cómo te miraba. Si no está casado, no es gay o no tiene algo contagioso, no hay razón para que se detenga. ¿Alguna de esas cosas está pasando?

Ella negó con la cabeza. —No que yo sepa.

—Genial. Entonces lo que necesitas es tenerlo a solas, preferiblemente en un lugar más romántico que una cocina... ¡Oh, por Dios! Olivia Marie Carrolla, *no* me digas que te pusiste juguetona en la encimera de la cocina.

Livvy se metió el pelo detrás de las orejas y volvió a mirar a su alrededor buscando otro cliente. —Vale, no te lo diré.

—Oh, por Dios, chica, ¿estás loca? Esas encimeras son *duras*. Y no en el buen sentido. No querrás que tu primera vez con alguien sea ahí. Una cocina es el lugar para un rapidito de sexo sucio con tu pareja, usando solo un delantal y...

Afortunadamente, *él* se detuvo. Livvy no quería saber tanto sobre sus vecinos.

—Eh, sí. Bueno. —Esta vez, era Sher el que buscaba un cliente con la mirada—. Lo que quiero decir es que no quieres que tu primera vez con él sea un rapidito en la encimera. Quieres aislamiento, algo de romance, un lugar donde no puedan interrumpirlos personas que aparecen en tu puerta trasera. Y por el amor de Dios, mantén a Orwell alejado. *No* necesito una narración jugada por jugada de tu sesión de amor.

Si *había* una sesión de amor, se aseguraría de hacer eso.

—Así que vamos a resolver esto. ¿Cuál es el mejor lugar en esa casa y cómo puedes atraerlo allí?

—No voy a atraer a nadie. Si me quiere, va a tener que hacérmelo saber. Ya terminé de exponerme para que la gente me pisotee. Valgo más que eso, y si Sean no lo ve, entonces él se lo pierde. No puedo seguir arriesgándome solo para que destrocen mis esperanzas y sentimientos. Ustedes dos son las únicas personas importantes en mi vida que no me han rechazado. Además, no es como si fuera a llevar a algo. En dos semanas me voy.

Sher la rodeó con sus brazos. —Ah, cariño, ven aquí. Sé que es difícil. De verdad que sí. Pero obviamente tiene sus rollos con desearte si se detuvo. Pero *le* gustas. Solo necesitas darle la oportunidad de terminar lo que empezaron. No es como si vivieras tan lejos; podrían pasar cosas. Pero tienes que estar abierta a cualquier posibilidad que se presente. Si tiene que ser, será. —La besó en la sien—. Simplemente no tengas miedo de arriesgarte, y no tengas tanto miedo del futuro como para olvidarte de vivir el presente.

Capítulo Veinticuatro

Sean miró su celular cada quince segundos durante el trayecto de vuelta desde la casa de Mac. Un día entero, desperdiciado. Bueno, no desperdiciado. Mac había logrado mudar sus cosas y había sido bueno ver a Jared, el nieto de Mildred, la amiga de la abuela, pero, vaya, la tensión entre esos dos había hecho que el día pareciera más largo de lo que en realidad fue. Esperaba con todas sus fuerzas que pudieran resolver cualquier problema que hubiera entre ellos, pero, por otro lado, siempre habían sido como el agua y el aceite. Probablemente solo era su interacción normal y él estaba proyectando *su* frustración en la dinámica de ellos y, ¿qué diablos le importaba de todos modos? El día había terminado y la vida amorosa de Mac era asunto suyo.

Demonios, ni siquiera quería pensar en que su hermana pequeña *tuviera* una vida amorosa. Especialmente si incluía a Jared Nolan. Ese tipo era casi tan mujeriego como Bry.

Sean presionó el botón del control remoto en el tablero que abría las puertas de hierro forjado de la finca. Había planeado investigar fabricantes de llaves esa noche para encontrar unos que pudieran incorporar el acceso a las puertas en las llaves del hotel para sus huéspedes —si es que llegaba a tener huéspedes—, pero el laberinto era el punto más importante en su lista de pendientes.

Echó un vistazo al sol bajo en el horizonte. Una, quizás dos horas, como mucho, antes de que buscar en el laberinto fuera inútil. Aceleró un poco la camioneta hacia el área de estacionamiento junto a la entrada de la cocina.

El coro de «guau-leluyas» lo recibió en cuanto apagó el motor.

Maldición. Tenía que ocuparse de los animales antes de poder revisar el laberinto. No quería tener que limpiar un desastre cuando volviera.

Llenó los tazones de la cena mientras los perros hacían sus necesidades en el patio, y luego tuvo que arrearlos para que entraran a la casa e ir tras Davy, que se había escapado de nuevo hacia el granero. —Cielos, amigo, contrólate un poco —murmuró mientras levantaba al perrito—. Seguirá ahí cuando volvamos.

Todo un lema para vivir.

Sean negó con la cabeza al entrar en el granero. Después de otra ronda de tareas y de limpiar el estiércol —algo que realmente había perdido su encanto —, se dio la vuelta y se encontró con que esta vez era *Davy* el que corría por la pared sobre el corral de las cabras.

—¿Cómo diablos te subiste ahí? —Sean abrió el pestillo de la puerta para agarrar al pequeño bicho.

El perro le ladró y bailoteó sobre la baranda de cinco centímetros de ancho como si fuera un gato.

—Vuelve aquí.

Por supuesto, el animal no le hizo caso.

Sean entró en el corral de las cabras. Los cabritos saltaban sobre los lomos de sus padres como un trampolín para llegar a lo alto de la pared.

El primero logró subir antes de que Sean pudiera alcanzarlo. Agarró al segundo a mitad del salto e impidió que el tercero se subiera al lomo del carnero. Por primera vez desde que se conocieron, el carnero no intentó darle un golpe en los testículos.

El cuarto llegó a la baranda y corrió tras su hermano, que zapateaba detrás del perro en lo alto del corral siguiente, todos dirigiéndose directamente hacia Rhett.

La alpaca parecía estar preparando un buen gargajo para escupirles, con los ojos fijos en cada movimiento que hacían.

—¡Davy, ven!

El perro ni siquiera se molestó en mirar hacia atrás mientras seguía corriendo hacia Rhett.

Sean salió del corral de las cabras, dejando caer un puñado de zanahorias en el comedero para mantener ocupados a los cabritos restantes, y luego corrió al establo de Reggie, donde ahora se encontraban Davy y sus seguidores.

Rhett estaba preparando el gargajo más rápido.

—Malditos animales. Lo único que quiero es revisar el laberinto, pero en lugar de eso estoy jugando a la mancha con un montón de crías de cuatro patas que deberían estar durmiendo. —Sean abrió el pestillo de la puerta—. Esta es la última vez que te traigo conmigo, chucho —murmuró justo cuando Rhett disparó su munición.

Le dio al poodle de lleno en un costado, haciendo que la criatura cayera por el borde y se dirigiera directamente hacia donde Reggie descansaba pacíficamente.

—¡Maldita sea! —Sean se olvidó del establo de Rhett y se lanzó por la puerta del de Reggie para atrapar a Davy y no despertar al cerdo dormido, pero mientras atrapaba a Davy, tropezó con una galleta de perro, giró y aterrizó de espaldas sobre Reggie, quien simplemente gruñó y se dio la vuelta en sueños, depositando a Sean y al perro en el suelo.

—¿Sean? ¿Qué estás haciendo?

Miró a través de la puerta abierta del establo y vio a Livvy de pie en la entrada del granero, a contraluz de la luna que parecía haber surgido como si alguien hubiera bajado un telón de fondo con el propósito expreso de volverlo loco.

La falda de gitana había desaparecido. En su lugar, llevaba un par de shorts de jean recortados con dobladillos deshilachados, con hilos que colgaban a lo largo de sus muslos.

Tenía unos muslos fantásticos.

Unas rodillas fantásticas también. Y sus pantorrillas... Quería pasar la lengua por sus pantorrillas.

—Atrapando a tu perro antes de que se rompa una pata. —Su voz sonaba tensa porque, de repente, sus malditos shorts lo estaban. Y estos eran de los de nailon holgados.

Entonces una cabra le saltó al regazo.

—¡Uf! —resolló, rodando sobre un costado para evitar que una pezuña le diera en las bolas.

—¡Oh, no!

Livvy le quitó el perro y luego le pasó la mano por el costado. —¿Estás bien?

Lo estaría si seguía haciendo eso.

—Bien —fue todo lo que logró decir. Una parte de él quería decir *no* para que ella siguiera haciendo lo que estaba haciendo, y la otra parte... La otra parte quería agarrarla, ponerla debajo de él y hacer que ambos se olvidaran de los perros, las alpacas, las cabras, las herencias, las pistas y todo el resto del equipaje durante las próximas horas, allí mismo, en el suelo del granero.

Qué clase, Manley. Vaya forma de hacer que una mujer la pase bien.

Inhaló profundamente y se sentó. —Estoy... bien. —De una manera en la que respirar está muy sobrevalorado.

Maldita cabra.

Davy chilló mientras saltaba de los brazos de ella y luego se paró sobre sus patas traseras para darle un beso baboso a Sean en el hombro.

—Oh, le caes bien. —Livvy acarició al perro.

Sean deseó que lo acariciara a él. —¿Qué haces aquí? ¿No tenías lo de tu mercado?

—Se nos agotó todo, así que decidimos volver antes. Nos ahorramos los gastos del hotel. Además, pensé que quizás necesitabas un descanso.

Sí que lo necesitaba. De ella. —¿Te refieres a todo esto? ¿Bromeas? Estoy en la cima del mundo cuando limpio caca de alpaca.

Ella sonrió y fue como si el sol hubiera salido para iluminar el granero.

Santo Dios. Debía de haberse golpeado la cabeza muy fuerte al caer.

—Te lo agradezco mucho, ¿sabes? —dijo ella.

—No es ninguna molestia. —*Mentiroso.*

—Prometo que no volveré a dejarte solo.

Eso era lo que temía. —Como te dije, no hay problema.

Se recogió un poco el pelo detrás de las orejas. —Entonces..., ¿les diste de comer?

—Por supuesto.

Se mordisqueó el labio inferior. —Mmm...

—¿Por qué haces eso? —Si tenía que verla recogerse el pelo una vez más, podría mandar al diablo todas sus buenas intenciones y hacer lo que quería hacer, aquí y ahora mismo.

La luz de la luna era algo poderoso. Claro que Livvy misma era bastante poderosa también. Solo podía imaginar lo que podría suceder si ella fuera consciente del poder que podía ejercer sobre él.

—¿Por qué hago qué? —preguntó ella, mordisqueándose un poco más.

—Eso. Lo del labio. —*Esa cosa sexy como el infierno con el labio que me excita tanto que llego al punto de palear mierda de alpaca sin quejarme, así que podrías parar ya, por favor*, quiso añadir, pero no lo hizo.

Había una razón por la que no lo añadió —y sabía cuál era—, pero cuando la lengua de ella salió disparada para lamerse los labios de nuevo, la razón se desintegró.

—No lo sé. Supongo que es una costumbre. —Cambió de posición, dejando de estar de rodillas para sentar su lindo trasero en el suelo junto a él.

¡Aléjate!, le gritaba su sentido común. Su libido, por otro lado, iba a toda máquina con un: «*Por aquí, cariño*».

Estaba perdiendo la cabeza. —Livvy, no es necesario que estés aquí. Te dije que me encargaría de los animales y lo estoy haciendo. Lo hice.

—Lo sé. Confío en ti. Es solo que... a veces necesito estar cerca de ellos. Hay algo muy tranquilizador, muy natural en estar con los animales. —Pasó una mano por el lomo de Davy—. Relajante.

Curioso, él se sentía como un animal cerca de ella, y *relajado* no era la palabra que usaría para describirse.

—Entonces, ¿dijiste que ibas a ir al laberinto?

Otra razón para no estar relajado. Debía de haberlo oído hablar con los animales. No era precisamente el Dr. Doolittle. —Me di cuenta de que todavía no había entrado y pensé que sería genial explorarlo a la luz de la luna.

Jesús, qué patético.

Sin embargo, Livvy se lo creyó, mordisqueándose un poco más el labio. —¿En serio? ¿Nunca has visto una película de terror? Todo el mundo sabe que no hay que entrar en casas abandonadas, ni en hoteles, ni en laberintos de setos durante la luna llena. O en una tormenta de nieve. Especialmente solo.

—Traje mis collares antipulgas, antigarrapatas y antivampiros para la ocasión —dijo él, esperando que un poco de humor disipara la total conciencia que tenía del muslo desnudo de ella junto al suyo.

—Qué gracioso. —No se estaba riendo y, si se mordía el labio con más fuerza, acabarían carnosos e hinchados, y la única razón por la que eso debería pasar era si él los besaba.

Cosa que no debería hacer. Así como no debería hacer lo que estaba a punto de hacer pero que iba a hacer de todos modos. —Tienes razón. Nadie debería entrar en el laberinto solo. —Se incorporó y le tendió la mano—. Así que ven conmigo. —Diablos, había vuelto a poner la pista en el azucarero, así que era solo cuestión de tiempo que ella lo descubriera de todos modos.

Livvy la miró. Pero no la tomó.

No, optó por mordisquearse el labio *aún más*.

—¿Qué tienes en contra del laberinto, Livvy?

—Nada.

Su *nada* sonaba como *algo*. —¿No viste *El Resplandor*, por casualidad?

—La peor película de la historia.

—¿Bromeas? Es un clásico. —Como no le tomaba la mano, él tomó la de ella. Livvy no la retiró—. Vamos. Es solo una película y yo estaré contigo. ¿Qué dices?

No dijo nada; solo se mordisqueó el labio un poco más.

Que Dios lo ayudara. Podría conseguir que paleara caca de alpaca para siempre si seguía así.

—Me perdí ahí adentro. —Se mordisqueó un poco más, luciendo demasiado sexy a la luz de la luna que susurraba sobre sus rizos, capturando los reflejos en ellos como estrellas fugaces, sus ojos ambarinos centelleando, y por una vez, a Sean no le importó soltar poesía. Livvy *era* poesía. Pura belleza, bondad y luz, y él estaba metido en un lío tremendo.

—Pero no te perderás esta vez, Livvy. Te lo prometo. —Él, por otro lado, ya estaba perdido—. Porque yo estaré contigo.

Ese es parte del problema.

Livvy reprimió esas palabras mientras dejaba que Sean la guiara hacia el laberinto, con las palabras de Sher en su cabeza. *No tengas tanto miedo del futuro como para olvidarte de vivir el presente.*

Tenía miedo. Miedo de perderse en él. De poner esperanzas, sueños y planes en lo que había entre ellos y perder. Otra vez.

Pero si no lo intentaba, definitivamente perdería. Y al verlo con sus animales esa noche, sabiendo con qué facilidad se había ofrecido a ayudarla para que pudiera ir al mercado, cómo la estaba ayudando con la búsqueda del tesoro, lo dulce, gentil, atento y comprensivo que estaba siendo ahora... Sean estaba ahí para ella y solo eso ya sería suficientemente atractivo. Si a eso le añadías cómo la hacía sentir, cómo era, cómo besaba, cómo la deseaba..., bueno, si alguna vez quería un futuro con alguien, tendría que arriesgarse en algún momento. Sean valía la pena arriesgarse.

Se detuvieron en la entrada del laberinto. Livvy inhaló una bocanada de aire entrecortada.

—Todo irá bien, Livvy. —Le ahuecó la mejilla—. Estoy aquí.

Él estaba allí y eso le dio el valor para intentarlo una vez más, y no se refería solo al laberinto.

Deslizó su mano por la nuca de él, enroscando sus dedos en las ondas que eran un poco demasiado largas —justo como le gustaban— y lo atrajo hacia un beso.

Los fuegos artificiales explotaron tras sus párpados y una sinfonía empezó a sonar con la melodía más fuerte y cargada de ritmo, los timbales retumbando al compás de su corazón, y ella estaba *totalmente* entregada a vivir el presente.

Sean hizo un intento a medias —si acaso— de apartarse, y luego le devolvió el beso. Demonios, no solo la besó, la consumió. La envolvió con sus fuertes brazos, apretándola contra él de modo que no había un centímetro que no sintiera, ni una parte de él de la que no fuera consciente, desde sus labios hasta su aliento caliente contra su mejilla, el roce de la barba incipiente a lo largo de su mandíbula, el dulce recorrido de su lengua contra la de ella, el sabor, el aroma, la *totalidad* absoluta de él mientras tomaba todo lo que ella daba en el beso y más.

Solo para devolverle mucho más.

Ella apretó los brazos, queriendo, *necesitando*, que él la deseara como ella lo deseaba. Pasó su otra mano por la espalda de él, sintiendo cómo los músculos se contraían a su contacto y sonrió contra sus labios. Que se atreviera a parar *ahora*.

Pero entonces lo hizo.

Fue lento, pero deslizó su mano desde la cabeza de ella, mordisqueando sus labios en lugar de la posesión total de hacía unos segundos.

Ella gimió, acurrucándose en él. No podía parar. No ahora. No cuando ella no quería que lo hiciera.

Le tomó el rostro entre las manos, alargando ese beso, probando sus labios tan eficazmente, pero sin ser suficiente.

—Sean —susurró, con un atisbo de súplica en la palabra, pero definitivamente con más anhelo.

—Mira dónde estamos, Livvy.

Podrían estar en la luna por lo que a ella le importaba. De hecho, se sentía como si estuviera sobre ella.

—Anda. Abre los ojos y mira.

No quería abrir los ojos. Abrir los ojos traería de vuelta el presente. Traería de vuelta la realidad. Durante unos momentos, habían estado en el reino de la fantasía. El reino del *«qué pasaría si»*. No tenía que pensar en lo que su abuela quería que hiciera; no tenía que recordar que nadie la había abrazado así nunca, no tenía que pensar en lo sola que había estado hasta que conoció a Sean, y no tenía que preocuparse por cuánto duraría porque todavía estaba sucediendo.

—Livvy. —Le besó la punta de la nariz—. Mira lo que hiciste.

¿Lo que *ella* hizo? Sus ojos se abrieron de golpe.

Estaban dentro del laberinto. Solo unos pocos metros, pero el simbolismo era enorme.

—¿Ves? Te dije que podías hacerlo.

—¿Así que solo me dejaste besarte para que entrara en el laberinto? —Estaba dividida entre encontrarlo dulce y estar terriblemente decepcionada.

—Yo... —Exhaló y se pasó una mano por el pelo—. No. Claro que no. Quería besarte.

—¿Ah, sí? ¿De verdad? Porque creo recordar que querías parar la última vez que estuvimos en esta situación. Algo sobre que no era una buena idea.

—No lo es, Livvy. De verdad que no. —La expresión de su rostro era de dolor.

Bueno, también lo estaba el de su ego. Y quizás un poquitín, también su corazón. —¿Por qué?

—Porque... me asusta lo mucho que te deseo.

De todas las explicaciones posibles, esa era una bomba. ¿Lo mucho que la deseaba? El hombre era tan fuerte y honorable como un buey si era capaz de poner el freno cuando la deseaba siquiera la mitad de lo que ella lo deseaba a él.

—Sher me dijo algo este fin de semana que creo que debería compartir.

—¿Qué?

Trazó el contorno de su mejilla con las yemas de sus dedos. —Que no debería tener tanto miedo de lo que depara el futuro como para no vivir el presente. —Se acercó más a él—. Estamos aquí ahora, Sean. Justo aquí. Juntos.

No quiero perderme lo que hay entre nosotros porque tengamos miedo de a dónde podría o no podría llevarnos. Nunca lo sabremos si no nos arriesgamos. Yo estoy dispuesta a hacerlo. ¿Y tú?

Capítulo Veinticinco

Ella iba a matarlo.

Él intentaba hacer lo correcto. Lo noble. Lo honorable, pero ella lo estaba llevando directo al camino de la tentación y, que Dios lo ayudara, Sean no creía ser lo suficientemente fuerte para resistirse, porque ese mismo Dios sabía que no quería hacerlo.

—Livvy, yo—

Ella puso la punta de sus dedos sobre sus labios. —¿Me deseas, Sean?

Tanto que lo dejaba sin aliento. —Sabes que sí.

—Entonces tomemos esta noche. Lo que sea que traiga el mañana, la próxima semana o el próximo mes... siempre tendremos esta noche.

Sí, lo estaba matando.

Y él fue gustoso.

La levantó en sus brazos. Era tan pequeña. Una cosita diminuta que tenía más fuerza que cualquier tormenta, y la besó otra vez, entregándose por voluntad propia al torbellino.

Caminó por el sendero, dobló la esquina al final sin dejar de besarla, deleitándose con la sensación de tenerla en sus brazos.

—Espero que sepas a dónde vamos —murmuró ella entre besos.

Y él también lo esperaba.

Llegó a una bifurcación en el camino. Ya había estado allí antes y trató de recordar cuál lo había llevado a donde quería ir.

Se fue a la derecha, su memoria fallando mientras la lengua de ella lo volvía loco, pensando que el instinto le estaba sirviendo; dejaría que lo guiara a donde quisiera.

Desprendió el beso cuando escuchó el burbujeo de la fuente.

Livvy gimió. —No, Sean. No puedes parar otra vez.

—No tengo ninguna intención de detenerme. —Le tomó el rostro para mirarla a los ojos—. Mira dónde estamos.

Ella mordisqueó su labio—esta vez hinchado por él—y miró alrededor. El centro del laberinto era un patio grande con una fuente de piedra y una estatua en el medio, bancas y topiarios acomodados alrededor como un jardín inglés, la luz de la luna arropando todo en un silencio etéreo y brillante.

—Ay, es tan hermoso.

—No es ni la mitad de hermoso que tú.

Sus mejillas se encendieron entonces y Sean se perdió por completo. Al diablo la propiedad, las pistas, los inversionistas y los balances, lo que era mejor para ella y para él... Nada importaba en ese momento excepto Livvy y la forma en que lo miraba. La forma en que lo deseaba. La forma en que él la deseaba a ella. *Eso* era lo mejor para ambos.

Sean se dejó caer en una de las bancas, la abrazó fuerte y dejó que el futuro se encargara de sí mismo.

Besar a Sean era una experiencia completamente única. Livvy se sentó sobre sus piernas, le rodeó el cuello con los brazos y se lanzó de lleno. Esta vez él no iba a detenerse; ella lo sentía. Cualquier razón que antes lo había frenado, si no había desaparecido, al menos la había dejado de lado. Esperaba que no fuera algo que volviera difícil las cosas entre ellos más adelante, pero considerando lo que *sí* estaba difícil entre ellos en ese momento, prefería preocuparse por el futuro, bueno, en el *futuro*.

—¿Estás segura, Livvy? —gruñó Sean contra sus labios, la mirada en sus ojos le quitaba el aliento tanto como su beso—. Porque si seguimos un segundo más, no voy a poder detenerme. —Pasó su lengua sobre su labio inferior y ella jamás estuvo tan segura de algo en su vida—. No *voy* a querer detenerme. —Luego lamió su labio superior—. *No* quiero detenerme. —La besó.

Rápido, intenso y maravilloso—. Te deseo. —Ese beso fue dulce y delicioso y le estremeció la piel—. Aquí. —Y otro—. Ahora.

Ella giró en sus brazos y deslizó una pierna entre ambos, sentándose a horcajadas sobre él en la banca. No quedaría *ninguna* duda de cuánto ella también lo deseaba.

Y tampoco había duda alguna de lo que *él* quería. Su erección se marcaba contra la tela sedosa de sus shorts, dejando nada y todo a su imaginación.

Ella se movió contra él.

Las manos de Sean volaron a sus caderas y apartó la boca del lugar donde había estado haciendo maravillas en su cuello. —Quédate quieta. Es demasiado para mí, tan de golpe. No lo aguanto.

—Ah, dices las cosas más dulces, Sean.

—Si crees que eso es dulce, lo que voy a decirte ahora va a ser casi indecente.

—¿Ah, sí? ¿Qué es?

Le acarició el cabello, luego el hombro y le bajó la mano por el brazo, aunque no era *exactamente* donde quería que la tocara. Unos cinco centímetros a la derecha sería perfecto. Perfectamente indecente.

—Que más te vale dejar de moverte así si no quieres que te lance sobre el pasto y haga contigo todo lo que estoy deseando.

Ella se movió contra él.

Y se volvió a mover.

—Ah, Dios, Livvy, no lo hagas. —Sus labios se torcieron y su sonrisa se transformó en una mueca, pero Livvy no le creía ni un poco. Cierto punto de su cuerpo dejaba claro que él estaba tan metido en el momento como ella, así que interpretó su *no lo hagas* como un *no pares*, porque ya había pasado demasiado tiempo para ella y Sean era demasiado irresistible y, si él tenía algún problema con eso, bueno, que hiciera el amor con ella hasta que se les pasara a los dos.

Hmm, ¿cómo podría asegurarse de que *sí* tuviera un problema?

Impulsándose con los talones sobre las tablas de la banca, Livvy se acomodó justo al borde de las rodillas de él. ¿Quería algo travieso? Ella podía ser traviesa...

Él la jaló por las caderas. —Oye, ¿a dónde crees que vas?

Ella cruzó los brazos y se quitó la camiseta, luego movió la cabeza para dejar que sus rizos cayeran por su espalda, deseando sus manos ahí—y sobre ella.

No tuvo que esperar mucho.

—Dios mío. —Las palabras salieron de golpe mientras él soltaba el aire de su pecho—. Tienes el cabello más hermoso que he visto. —Tomó un mechón entre sus manos, lo acercó a su rostro y lo rozó con los labios antes de deslizarlo por su nariz y después por los labios de ella. Y luego más abajo, sobre su garganta, hasta la clavícula, y después lo pasó suavemente por el centro de su pecho.

Demasiado.

Malditamente.

Lento.

Ella arqueó la espalda, sus pechos anhelando el contacto de sus manos. —Por favor, Sean.

Él inhaló con la misma intensidad que el deseo que ella sentía. —Dios, Livvy, ¿sabes lo que me haces sentir? —Soltó su cabello y deslizó la palma desde la base de su garganta hasta entre sus pechos, sus dedos marcando el camino, provocándola con lo cerca que estaban de sus pezones tensos.

Así que ella le devolvió el juego. —Sí, creo que sí sé. —Llevó *su* palma por *el* pecho de él, sonriendo cuando *él* se estremeció al rozar su erección con las yemas de *sus* dedos—. ¿Y tú qué crees? ¿Sé o no sé lo que hago?

—Jesús, mujer —dijo él con un largo suspiro. Luego deslizó sus manos bajo sus glúteos y la atrajo hacia sí—. Última oportunidad —susurró contra sus labios.

—No la voy a tomar —dijo ella, mordisqueando su labio inferior.

Él le devolvió la jugada, atrapando *su* labio inferior entre sus dientes y deslizándose del banco hacia el suave pasto frente a él.

—Eres tan increíblemente hermosa, Livvy. —Sean, arrodillado sobre ella a cuatro patas, se inclinó para besarla. Sus labios eran el único punto de contacto, pero la fuerza en ese pequeño punto bastaba para volverla loca.

Ella yacía bajo él, temblando de deseo, con los senos anhelando presionarse contra él. Ser tocada por él. —Deja de provocar y bésame, Sean.

—Ya lo hice.

—Me refiero a que *realmente* me beses. —Aferró su camisa y tiró de él.

Él no se movió. —¿Impaciente, eh?

—*Nosotros*, aparentemente, no. *Yo*, en cambio, sí. Entonces, ¿vas a bajar aquí a hacer lo que tienes que hacer, o vamos a pasarnos la noche lanzándonos indirectas?

—No toda la noche. —La besó. Corto, tierno y maravilloso. Pero no era lo que ella buscaba—. Listo. ¿Contenta?

—¿En serio? —Alzó las cejas.

—¿Qué? ¿Quieres más? —Sean se inclinó, su entrepierna rozando la de ella, haciendo que olvidara de qué hablaban.

Pero no se olvidó de que tenía su camisa entre las manos.

La rasgó.

Parecía la forma más fácil de quitársela.

Sean miró su pecho, luego a sus ojos, y sonrió—. ¿Así te gusta?

Ella mordisqueó su labio inferior. A él le encantaba cuando hacía eso. —No sé de lo que hablas.

—Ajá. —Sean acomodó su peso y levantó un brazo para sacarlo de la manga.

—No me digas que puedes hacer flexiones con un solo brazo. —Porque le parecía algo sumamente sexy. No sabía por qué, pero ver a un chico capaz de hacerlo la excitaba.

La mirada que Sean le lanzó también lo logró—. Si tengo la motivación adecuada, sí puedo.

Ella volvió a mordisquearse el labio—. ¿Y esto es suficiente motivación?

Él rozó su nariz con la de ella—. No del todo.

—¿Y esto? —Bajó ambas manos por su pecho, rodeó hasta su trasero y apretó. Tenía un trasero espectacular.

—Te estás acercando.

Definitivamente lo hacía.

—¿Y esto? —Levantó la cabeza y rozó con la lengua su pezón.

—Santa madre... —Sus codos titubearon y se sostuvo en el último segundo antes de caer sobre ella—. Carajo, mujer, eso no se vale.

—¿Estamos jugando limpio? —Lamió el otro pezón—. ¿Cómo es justo que tú estés allá arriba y yo acá abajo?

—¿Y eso es un problema? —Ajustó su postura, colocando las piernas directamente sobre las de ella en una clásica posición de flexión, manteniéndose allí sin esfuerzo y sin acercarse más.

Así que ella presionó su trasero hacia abajo.

Sean no se resistió. Se recostó sobre ella, aún manteniendo la mayor parte de su peso fuera de ella, pero provocándola con los puntos de contacto más deliciosos del mundo. Se mecía un poco de un lado a otro, su pecho provocando que los pezones de ella se pusieran en alerta máxima, y ella deseaba con todas sus fuerzas que él siguiera su ejemplo y rompiera algo de ropa también. Necesitaba sentirlo contra su piel.

Presionó un poco más su trasero.

Luego lo agarró.

Eso funcionó. Él *por fin* se recostó completamente sobre ella y fue el paraíso total.

Él inclinó la cabeza hacia el otro lado, apoyó su peso en los codos y sostuvo su cabeza entre las palmas mientras profundizaba el beso.

Ella rodeó su cintura con los brazos. Dios, se sentía tan bien tenerlo así, pegado a ella. Pura fuerza y deseo contenido. Él *la* deseaba; de eso no tenía ninguna duda.

Y ahora ella tampoco la tenía sobre lo que estaban haciendo. Sobre hasta dónde quería llegar. Sher tenía razón; no tenía sentido vivir en el futuro si nunca llegaba. Algún día el futuro sería el presente y este era tan buen momento como cualquier otro para darse cuenta de ello.

Deslizó las manos bajo la pretina de su pantalón—. Te quiero, Sean.

Él aspiró una bocanada de aire—y su lengua—y sus brazos cedieron.

Se recuperó rápido—demasiado rápido—y se levantó de ella. Pero, gracias a Dios, no tan lejos como antes—. Jesús, Livvy. ¿Sabes lo que estás diciendo?

—Sí. Por supuesto. —Y por primera vez en su vida, actuaba sin pensarlo hasta la *n*-ésima consecuencia. Eran dos adultos, ambos de acuerdo, sin otra agenda que la que el destino les había lanzado, y ella estaba más que dispuesta a seguirle el ritmo y ganar el juego.

—No —jadeó cuando él se apartó de ella, rompiendo el beso—. Sean, tú—

—Shhh. —Le apartó el cabello de la mejilla—. Soy demasiado pesado para ti. —Rodó sobre su espalda y, en una maniobra que parecía desafiar la gravedad, la atrajo hasta ponerla encima de él.

—Así es como debe ser. Aquí es donde debes estar. —Tomó su cabello y lo sujetó como una cola de caballo con una mano y con la otra descendió por su espalda.

Ella tembló.

—¿Así?

Ella asintió.

—¿Y esto?

Él le apretó el trasero.

Ella se humedeció los labios.

—Ay, diablos, Livvy. No tengo defensa contra eso —la atrajo hacia sí y la besó de nuevo.

Y entonces ella lo besó. Estar arriba le daba una libertad que no tenía cuando él estaba sobre ella. Ahora podía moverse un poco hacia la derecha y presionar su muslo contra su erección.

Él gimió.

Ella sonrió.

—Vas a matarme.

—Eso espero que no pase —le mordisqueó la mandíbula—. Eso sí arruinaría la noche.

—¿Tú crees? —gruñó él mientras ella le daba pequeños mordiscos por el cuello, sintiendo la cantidad perfecta de vello en su pecho que cosquilleaba su barbilla a medida que besaba su camino desde la clavícula hasta el ombligo. Y tal vez más abajo si el deseo la seguía moviendo.

En ese momento, lo que más le provocaba era recorrer con su lengua el pezón de él. Quería escucharlo jadear con ese susurro de asombro que ella sentía.

Estás metida hasta el fondo.

Su conciencia tenía razón, pero, por una vez, no iba a escucharla.

Él le permitió jugar con él, sus manos enredándose en su cabello, su pecho —su increíble abdomen, perfecto como para inspirar fantasías—temblaba bajo sus dedos.

De alguna manera, sus shorts se unieron a su camiseta. No sabía cómo y la verdad, no le importaba. Ahora, si tan solo pudiera quitarse esa bendita tanga.

Sean la ayudó con eso.

Así que ella lo ayudó a él, y lo siguiente que supo fue que estaban desnudos sobre el pasto.

Desnudos sobre el pasto. Jamás pensó que llegaría el día en que estuviera desnuda a la luz de la luna, rodando por el césped con un dios de hombre que parecía ser el modelo de la estatua del centro de la fuente.

Eros.

Ningún hombre real podía compararse con un dios, pero Sean se acercaba bastante. No tenía ni un gramo de grasa, algo que ella confirmó con todos sus diez dedos. Y un par de labios. Sus mejillas. Y sus pechos. Oh, cómo sus pechos lo confirmaron, deslizándose por cada línea de sus abdominales mientras lo besaba descendiendo por su cuerpo. Se movió un poco para seguir esa línea sexy junto a su cadera que juraba había sido diseñada por esos mismos dioses para hacer que las mujeres perdieran la cabeza, y ella quería ser la primera en la fila.

—Livvy, ven aquí.

Ni siquiera se molestó en levantar la cabeza. El aroma de él la llamaba. Rodeó con sus dedos su cuerpo.

—Jesús.

—No, *Livvy*. No olvidemos con quién estamos aquí.

Sean deslizó sus dedos bajo su mandíbula y le inclinó la cabeza.—Entonces, ¿por qué no subes aquí y me lo recuerdas? ¿Dónde estás ahora? Dentro de un minuto quizá ni recuerde *mi* nombre, así que mejor tómatelo con calma o esto se va a acabar antes de empezar.

Ella fue soltando sus dedos de él uno por uno. Despacio.—No podemos permitir eso, ¿o sí?

Entonces pasó sus uñas suavemente por su longitud.

Él gimió.—Ay, Dios.

—No. *Livvy*.—Ella fue besando de regreso su cuerpo, sin apartar nunca la mano, sus yemas recorriendo suavemente la punta.

Él hundió la mano bajo sus cabellos, le sujetó la cara y la atrajo para un beso que desafiaba cualquier descripción. Cada movimiento perfecto, cada sensación sexy, sensual, comenzaba en ese beso. Era un beso como ningún otro; le preguntaba, le suplicaba, le decía y le exigía cosas, y todo lo que ella quería era perderse en él. En él.

Separó los labios de los suyos, tratando de tomar oxígeno con la vana esperanza de que su corazón bajara de la estratósfera y pudiera escuchar sus propios pensamientos, pero en ese momento ni siquiera pensaba mucho. Sentía.

Y sentía que era momento de avanzar.

Buscó sus shorts con la mirada. Ahí estaban. Como a un metro y medio a la izquierda. Gracias a Dios que no los había lanzado tan lejos.

—¿A dónde vas?—Sean la agarró del tobillo cuando ella se arrastró hacia sus shorts.

—Ya verás.—Estiró el brazo para alcanzarlos, sus dedos caminando los últimos centímetros para tomarlos.—Sean, suéltame. Vas a estar feliz de hacerlo, lo prometo.

—Voy a estar feliz *de no* soltarte.—Sus dedos se flexionaron contra su piel.

Esas palabras le calentaron el corazón y se permitió soñar, solo un segundo, con lo que eso podía significar. Hacia dónde podría llevarlos. Pero solo un segundo. Soñar era un gran paso para ella. No había soñado con algo así en mucho tiempo.

Enganchó el ojal con su dedo medio y atrajo sus shorts, luego regresó a toda prisa junto a Sean.—Aquí. Esto era lo que buscaba.

Sacó dos condones de su bolsillo trasero.

—¿*Tú* trajiste condones?—Él medio se rió, medio gimió.

Bien, justo como ella quería: descolocado, pero disfrutando el momento. —Uno tiene que cuidarse.—dijo ella.

La comisura izquierda de su boca se alzó.—Yo te voy a cuidar, pero qué bueno que tenemos esto. Obviamente no esperaba que esto pasara.

—¿Por qué no?

—¿Eh?

—¿Por qué *no*? No puede ser una sorpresa tan grande. Lo de la encimera en la cocina quedó pendiente. ¿O entendí mal?

—¿Qué? No. Sí.—Resopló y se incorporó sobre los codos, el subir y bajar de ese pecho increíblemente sexy generando una onda irresistible en su abdomen que la hipnotizaba. Ella podría mirarlo todo el día.

Y toda la noche también.

—No, no entendiste mal, Livvy, pero una cosa es fantasear con, bueno, *eso*. Contigo. Pero pensar que podía suceder y prepararse para ello... Eso sería suponerse demasiado.

—Pero *yo* supuse. Lo pensé, lo di por hecho, y aquí estamos.—Le mostró los condones.—Así que *carpe noctem* y elige color. ¿Rojo o verde?

—¿Qué soy, un árbol de Navidad?

Ella miró su entrepierna.—Bueno, al menos eres un abeto Douglas, y quizá hasta un roble imponente.

—Yo diría una secuoya gigante.

Ojalá hubiera dominado el arte de levantar una ceja en ese momento.— ¿Pensando muy alto de ti mismo, eh?

Él sonrió.—Si no lo hago yo, ¿quién lo hará?

Ella se dio golpecitos en los labios, disfrutando cómo los ojos de él brillaban al fijarse en su dedo.—¿Qué? ¿No hay legiones de mujeres formadas para hacerte los honores? Con un tipo como tú, pensaría que tienes un harén disponible a cualquier hora.

Lo dijo a la ligera, pero en realidad era algo que le preocupaba. Claro, sabía que no estaban jurándose amor eterno ni prometiéndose monogamia hasta la muerte, pero aun así... a una mujer le gusta saber que es especial.

Él se incorporó y deslizó sus dedos por su brazo hasta llegar a su mandíbula. Los abrió ahí, su pulgar bajo la barbilla; cada dedo era como una antorcha, encendiendo un lento fuego por todo su cuerpo.

—No hay harén, Livvy. Ni siquiera hay una sola. Solo tú. Eres la única mujer en la que he estado fantaseando.

—¿Has *fantaseado* conmigo?

Él le levantó la barbilla un poquito más.—¿Eso está mal?

Sí.

No.

No lo sabía.

Él había fantaseado con ella. ¿Y si ella no estaba a la altura de esa fantasía? ¿Y si lo decepcionaba? ¿Si no podía ser lo que él quería?

¿Y si él nunca quisiera volver a verla?

Él bajó la mano.—Dios, lo siento. Supongo que sí suena mal, pensar así de tu jefa viviendo bajo el mismo techo. Te lo prometo, Livvy, no volverá a suceder.

—No quiero esa promesa.

—¿Eh?

—Dije que no quiero esa promesa. Quiero lo que dijiste antes. Que me deseas. Que importan el ahora y las fantasías. Eso no lo puedes retirar.

Él era el único hombre—el *único* hombre—que alguna vez le había confesado que fantaseaba con ella, y como una experta en fantasías, ella sabía cuán poderosas podían ser esas fantasías, y lo increíbles que eran. Ahora que tenía la oportunidad de hacer realidad una de las suyas, no iba a detenerse. Y él tampoco lo haría, si dependía de ella.

Arrojó el condón rojo al pasto y abrió el verde con los dientes.

Sean lo miró, luego la miró a ella.

Esas ondas en sus abdominales aumentaron de ritmo.

Ella se acomodó sobre sus talones y, muy intencionalmente, muy decidida, desenrolló el condón. —¿Y qué hacíamos en tu fantasía?

. . .

Sean se rindió. Se rindió intentando contenerse, se rindió tratando de detener lo que ella tan claramente quería—lo que él quería—y dejó de intentar entenderlo. El testamento, las pistas y la propiedad... Al diablo, vendería la única propiedad que le quedaba si eso resolvía la situación, pero se encargaría después. Ahora mismo, sólo existía Livvy.

—Esto.—Apoyó la mano en la nuca de ella y la atrajo hacia sí, probando esos labios con una intensidad que lo sorprendió.

Ella sabía deliciosa. Se veía increíble y *era* increíble, sentada allí, tan orgullosa y segura de sí misma, con la luz de la luna deslizándose por su asombroso cuerpo, y todo en ella era, bueno, asombroso.

Gimió contra su boca, deseándola.

Le acarició el pecho, su pulgar encontró el pezón y lo rodeó. Lo frotó. Sonrió contra sus labios cuando se endureció para él.

Sonrió aún más cuando ella gimió.

—¿Así te gusta?

Ella asintió, conteniendo el aliento.

—¿Y así?—Le tomó el otro pecho.—¿Te gusta esto, Livvy?

Ella asintió, mordiendo su labio.

La levantó en sus brazos y la recostó sobre el pasto; esta vez no necesitó invitación para acostarse encima de ella. No hubo un momento de duda, ni preguntas. Allí era donde necesitaban estar y el resto se resolvería solo.

Ella enredó sus piernas alrededor de él.—Te quiero, Sean.

Hundió el rostro en la dulce curva de su cuello, inhalando ese aroma tan típico de Livvy. Manzanas y lavanda y algo más. Algo indefinible que lo envolvía, invitándolo a entrar.

No podía decir que no.—Dios, yo también te quiero.

—Te lo repito, es *Livvy*.—Ella jadeó cuando él le mordisqueó el hombro y gritó su nombre.

—Te llamaré como quieras, con tal de escucharte decir mi nombre así otra vez.

Él mordió el otro lado y ella lo pronunció de nuevo, directo a su alma.

Estaba en muchos más problemas de los que jamás había pensado y en ese momento, no le importaba en lo más mínimo.

Deslizó su mano por la curva de su cuerpo, sobre sus caderas perfectas, y la metió por debajo de su muslo. En algún momento iba a recorrer ese muslo con la lengua, pero ahora no había tiempo.—Tengo que tenerte.

Ella levantó la pierna.—Entonces tómame.

Él lo hizo. Ella se abrió para él y él se hundió en su interior, y fue como si todo en el mundo estuviera bien. Como si todo hubiera estado fuera de lugar y, de pronto, estuviera equilibrado. Uniforme. Lógico.

Y eso era más de lo que podía decir de sí mismo. Especialmente cuando ella lo miró, sus ojos parpadeando... Oh, no. Nunca había sabido qué hacer con las lágrimas de una mujer.—¿Qué pasa, Livvy?

Ella sonrió, una sonrisa suave, cargada de tanto sentimiento que su labio inferior, ese que mordía tan provocativamente, temblaba.—Esto es mucho mejor que cualquier fantasía.

—*Tú eres* mejor que cualquier fantasía.—Se apartó un poco, deseando— necesitando—moverse.

—No te vayas.—Sus ojos ámbar se oscurecieron mientras apretaba sus brazos—y sus músculos internos—a su alrededor.

Nada podría hacerlo irse.—No me voy a ir.—Basculó sus caderas y se sumergió de nuevo en ella—en más de un sentido.

Ella aflojó un poco el abrazo y las comisuras de su boca se levantaron.— Hazlo otra vez.

—Con mucho gusto.—Y así fue.

Ella cerró los ojos y arqueó la espalda, su cuello curvándose de una manera tan tentadora que él tuvo que probarlo una vez más.

Besó un trayecto desde su oreja hasta la mandíbula, bajando por esa dulce garganta suave, sintiendo cada latido de su corazón con los labios. El suyo propio latía al mismo ritmo.

Se movió dentro de ella, deleitándose con la sensación de su cuerpo recibiéndolo, de ella tomándolo en su interior y acariciándolo, apretando, deseándolo. Aceleró el ritmo, el aire nocturno era tibio sobre su espalda, el pasto suave bajo sus piernas, y Livvy tan suave, tan sedosa, tan perfecta debajo de él.

Ella cruzó sus piernas alrededor de él, sus talones clavándose en sus glúteos, sus uñas arañando su espalda, y Sean ya no pudo ir despacio. Tenía que tenerla. Tenía que volverla tan loca como ella lo estaba volviendo a él. Tenía que darle el mismo placer que él sentía.

La besó de nuevo, largo, profundo, vertiendo hasta la última gota de deseo, necesidad y sentimiento en ese beso mientras la embestía.

—Eso es, Sean. No te detengas.

Como si pudiera hacerlo.

Entró en ella con tanta fuerza, con tanto placer, que no quería que terminara nunca.

Deslizó una mano por su cintura, luego hacia abajo para tomar su trasero perfecto. La acarició, sonriendo cuando ella le succionó la lengua con un gemido.

Eso le gustaba.

La acarició de nuevo y Livvy se movió, y fue como si todo el universo se concentrara en ese único punto donde sus cuerpos se unían. Calor, deseo, ansias y puro placer intenso recorrieron su cuerpo, y Sean tuvo que aferrarse a su trasero con ambas manos y atraerla hacia él mientras intentaba, bueno, *absorberla*.

—Oh, Dios, Sean, sí. Así.—Ella lo sujetó por la espalda, el trasero, los hombros, sus rodillas apretándolo, y Sean no pudo contenerse más.

Gimió, separando sus labios de los de ella para arquearse dentro suyo, el momento rebosando expectación, y se quedó allí apenas unos nanosegundos antes de que las sensaciones se desbordaran en él, y la embistiera una y otra vez, el clímax creciendo en su interior. Y en el de ella, cuando cerró los ojos y arqueó la espalda y oh, Dios, sí. Ahí. Una vez más—no, dos veces—y entonces... y entonces... ella gritó su nombre, llevándolo al límite con ella.

Estaba en un lío enorme.

<h1 style="text-align:center">Capítulo Veintiséis</h1>

En algún momento en medio de la noche, o quizá más bien hacia la mañana, ya que no estaba oscuro, Livvy se despertó en los brazos de Sean.

El único lugar en el que quería estar.

Rozó su mejilla contra la de él, amando la sensación áspera de su barba incipiente, el latido constante de su corazón y el sabor de él aún en sus labios, medio asustada de estar amándolo *a él*.

Espera. *¿Amor?* ¿Se había vuelto loca? No podía estar enamorada de él. Apenas lo conocía. ¿Cuánto tiempo había pasado? ¿Una semana desde que se conocieron? La gente no se enamoraba en una semana. Y no lo hacían después de una noche de hacer el amor. Claro, había sido un amor increíble, ardiente, sexi, intenso, pero aun así, *¿una* sola noche?

Su madre era la prueba perfecta de que estaba malinterpretando las emociones de la noche anterior y lo que significaban. Las reacciones hormonales ilógicas no eran amor; eran química. El amor era *emoción*. Eran esperanzas y sueños compartidos. Gustarse, ser amigos. El sexo era solo un extra.

Y con Sean, vaya que era un extra.

—Hay un pájaro mirándonos. —El brazo de Sean se apretó a su alrededor.

—¿Qué?

—Un pájaro. Allí. —La codeó.

Ella abrió un ojo.

Uno negro y diminuto le devolvió la mirada, rodeado de plumas enjoyadas de color verde azulado y aguamarina.

—Ah. Los pavos reales.

—¿Pavos reales? —Sean se tensó a su lado.

Ella bajó la mirada para ver si algo más se había puesto rígido.

Rayos. Se había cubierto con las manos.

—No creo que al pavo real le importe que estemos desnudos, Sean.

—A mí tampoco. Solo que no necesito que me esté picoteando.

Ella rio tontamente. —¿Picoteando tu «pajarito»? Los pavos reales comen granos, no carne.

—No puede ser que acabes de decir eso.

—Ups, creo que sí.

El pavo real se acercó pavoneándose.

—No sé, Livvy. Parece que ese bicho quiere ir por mis ojos.

Su pico amarillo y puntiagudo podía ser peligroso. Los pavos reales podían ser agresivos. No se le ocurría un peor final para su noche juntos que andar corriendo con un pavo real picoteándoles sus partes íntimas.

Livvy suspiró y se sentó. El ave retrocedió un poquito. Bicho insolente. Aunque, ¿podía esperar algo más de una excentricidad de Merriweather?

—¡Fuera! —agitó las manos.

El pájaro solo parpadeó.

—¡Vamos! ¡Lárgate de aquí! —Esta vez arrancó un poco de pasto y se lo arrojó.

Aun así no se movió.

Sean se puso de pie, soltó su preciado paquete, extendió los brazos, encorvó los hombros y...

Graznó.

El pájaro corrió alrededor de la base de la fuente lanzando su chillido estridente como si corriera para salvar su vida. A Livvy le dio hipo cuando finalmente dejó de revolcarse de risa por el suelo. —¿*Qué* fue eso?

Sean se sentó a su lado con las piernas cruzadas, como si fuera lo más natural del mundo estar sentado en medio de un laberinto estilo inglés en el noreste de Pensilvania, completamente desnudo, graznándole a un pavo real.

—Hice lo que se supone que debes hacer con los animales amenazantes. Actuar más grande y más feroz para que te teman, te respeten y hagan lo que les dices.

—Por favor, dime que no aplicas eso a los animales humanos.

Él arqueó una ceja. La mirada era demasiado sexi en él como para que ella se ofendiera. —¿Estás diciendo que no fuiste un animal anoche?

—Oh, por Dios. No puedo creer que dijeras eso. —Le dio una palmada en ese hombro tan tonificado, tan liso y musculoso—. Eso no es muy caballeroso.

—Anoche no te interesaba que fuera un caballero.

Maldición, se sonrojó. Odiaba sonrojarse.

—Me encanta cuando te sonrojas.

O quizá no lo odiaba. —¿Por qué?

Le acarició el hombro con la mano. —Porque pones una expresión en tu cara. Es casi tímida, pero no. Dice tanto con tan poco. Me encanta que no tengas miedo de mostrar tus reacciones. La mayoría de la gente se comporta como cree que los demás esperan que lo hagan, para encajar y ser valorados. Pero tú no. Te mantienes firme en tus convicciones. No sigues a la multitud. ¿Sabes lo raro que es eso? ¿Lo rara que *eres* tú? —Le apartó el pelo de la cara—. ¿Lo especial que eres?

Especial. Nunca antes había sido especial.

Se arrodilló y le ahuecó el rostro *a él*. Pasó *su* pulgar por los labios *de él*. De ninguna manera iba a poder alejarse de Sean cuando terminara su condena. De algún modo, iban a tener que resolver la logística.

O quizá, solo quizá, podría considerar quedarse con el lugar y vivir aquí. Él conservaría su trabajo, sus animales conservarían su granero, y ella podría tener lo que siempre había querido. Un hogar. Y alguien con quien compartirlo.

La idea, por una vez, no la hizo respingar. Por Sean, podría vivir aquí. No había ninguna ley que dijera que tenía que vender de inmediato. Podía quedarse aquí un tiempo. Aclarar las cosas.

Eso sonaba cada vez más atractivo.

—Tú me haces sentir especial. —Le delineó el rostro un poco más. Su rostro hermoso y sexi, que era tan perfecto como el de su hermano estrella de cine, pero infinitamente más valioso por la persona que había detrás. La persona a la que ella...

No podía ir por ahí. No ahora. Todavía no. Solo estaba dispuesta a admitir que lo deseaba más de lo que había deseado a nadie antes y, para Livvy, eso era una gran confesión.

—Livvy. —Gimió su nombre cuando sus dedos rozaron sus labios.

—¿Sí?

—Te deseo.

Miró hacia abajo. Definitivamente lo hacía.

Livvy sonrió. —Y tú, Sean, me tendrás.

Toda ella. Por dentro y por fuera.

Porque no importaba lo que intentara decirse a sí misma, no importaba cómo lo disfrazara, todo se reducía a una cosa: se estaba enamorando de Sean Manley.

Capítulo Veintisiete

—Tiene que haber una pista por aquí en alguna parte. Tenemos que buscar con más atención.

Él no necesitaba poner nada más duro; su polla ya estaba lo bastante dura. Y ayudaría mucho si se pusiera algo de ropa, carajo. Incluso su diminuta camisola y esos shorts estilo Daisy Duke serían mejores que su culo con una perfecta forma de corazón, tonificado, curvilíneo y *desnudo*, que le secaba la boca cada vez que se inclinaba para mirar debajo de un banco o en el sendero de ladrillos que rodeaba la fuente. Y luego estaban sus pechos. Más grandes que lo que cabe en una mano —y ese viejo dicho estaba equivocado, a él le encantaban sus pechos grandes, muchas gracias—, sus pezones planos contra las pálidas areolas, con cada una de las pecas que las rodeaban tentándolo a lamerlas hasta convertirlas en deliciosos picos. No había visto todas sus pecas a la luz de la luna, pero esa mañana, cuando ella había estado sobre él… La había atraído hacia sí para lamer cada una y, maldita sea, claro que quería hacerlo de nuevo.

—Merriweather *tenía* que incluir el laberinto en su búsqueda del tesoro. Este lugar es demasiado importante como para que no quisiera enseñarme todo sobre él. Quién le hizo qué a quién y cómo nuestra ilustre familia cosechó las recompensas. Cielos, uno pensaría que tendría una pared de trofeos o algo así.

Como un emblema en el granero.

Ah, nada como la culpa para bajar una erección. Debería intentarlo más a menudo cuando estaba cerca de ella. Dios sabía que tenía suficientes motivos para sentirse culpable.

Por eso, cuando a ella se le ocurrió la idea de registrar la zona de la fuente por su cuenta, sin ninguna pista, Sean le había seguido la corriente. Todavía no sabía qué haría si la encontraba primero. ¿Se lo diría o se la quedaría para él?

¿Cómo podría, después de lo de anoche?

Lo de anoche había sido... increíble. Ella había estado increíble. Habían estado increíbles. Tener sexo con Livvy era diferente a estar con cualquier otra mujer. Había habido algo más que solo lo físico, y eso lo había asustado de mierda. Una cosa era admirarla, que le gustara y desearla, pero ¿sentirse conectado?

Sí, el universo se estaba partiendo de risa a costa suya. La única mujer con la que había conectado y él iba a sabotearla.

No podía.

Ahí estaba. Simplemente no podía hacerlo. Pero ¿cómo demonios iba a lograr esto *y* mantener a Livvy en su vida?

Si no fuera por la confianza de sus hermanos en él, su ayuda y su dinero, se alejaría. Asumiría sus pérdidas y reconstruiría. Había empezado de cero al principio; podía hacerlo de nuevo. Pero construir algo with Livvy... Si ella alguna vez se enteraba de lo que planeaba hacer, destruiría los cimientos mismos de lo que estaban construyendo.

No podía permitir que eso sucediera. Tenía que encontrar una solución.

—¡Aquí! ¡Sean, está aquí!

Ahí estaba su culo perfecto de nuevo, rebotando —por supuesto— mientras señalaba una estatua en el borde de la fuente. Unas cuantas cosas más rebotaban también.

Sí, tenía que resolver esto.

Recogió la ropa de ambos y corrió hacia ella. Que algunas de sus partes rebotaran a ver si a ella le gustaba.

Sus ojos ambarinos se oscurecieron cuando se acercó.

—Lindo —fue todo lo que tuvo que decir, pero decía mucho.

Tomó su ropa y, si existieran clubes de estriptis inverso, ella sería la estrella del espectáculo. Nunca había visto a nadie ponerse una camisola de una manera que le rogara que se la quitara más provocativamente que ella. Y la forma en que se deslizó dentro de sus shorts, prescindiendo de su tanga —y era una incógnita si eso era bueno o no—, lo tuvo listo para arrancárselos.

—¿Disfrutaste del espectáculo?

Tragó saliva. —Sí.

Ella se rio cuando él se puso bruscamente sus propios shorts. Su camiseta, sin embargo, obtuvo una reacción diferente. Estaba hecha jirones y ambos recordaban por qué. Cómo.

Ella comenzó a meterse el cabello detrás de la oreja, pero Sean la detuvo. —Déjame a mí.

Ella le sonrió y a él le tomó unos segundos poder respirar. Usó esos segundos para hacer lo que había querido hacer con ese mechón de cabello rebelde desde que la vio por primera vez. —¿Dijiste que encontraste una pista?

Ella asintió, derramando sobre sus hombros esos rizos que habían recorrido su abdomen tan eróticamente anoche. —Las chicas de la escuela solían bromear con que mi familia debía tener cubetas de dinero por ahí, así que cuando me enteré de la cubeta especial en esta fuente que de verdad *sí* tenía monedas, tuve que venir a verla. De ahí lo de perderme en el laberinto.

—Estás bromeando, ¿verdad? ¿Hay una cubeta de dinero por ahí en la propiedad?

—Tiene centavos para que la gente pida deseos. Se reciclan cuando el encargado de la fuente la limpia, pero aun así. La idea *es* un poco exagerada. Muy del estilo de Merriweather. —Se meció sobre sus talones, los desnudos y no los de las botas de combate, gracias a Dios, y sonrió esa sonrisa que podía provocarle una erección a primera vista.

Y lo decía literalmente. —Me rindo. ¿Qué?

—Esto. —Sostuvo un pequeño tubo plateado, ovalado y alargado. Parecía una bala con esteroides con una costura en el medio—. La siguiente pista.

—¿Qué dice?

Lo abrió.

Bien hecho, Olivia. Faltan cinco más. ¿Terminarás a tiempo o estás lo suficientemente enfadada con una anciana como para tirar la toalla?

Sin embargo, puede que no quieras hacer eso todavía. Necesitarás esa toalla —y un traje de baño— para esta próxima pista. Pero mientras estás aquí, estudia la fuente. Las piedras provienen de nuestras tierras en Inglaterra y la estatua fue encargada para Phillip Martinson en honor a su esposa, Catherine. La leyenda dice que este laberinto era su lugar de encuentro, regalado a ella por él en su aniversario de bodas. Un verdadero amor correspondido. Tristemente, no todos los Martinson han sido tan afortunados en el amor. Por eso esta tierra y esta casa son tan importantes. Nunca cuentes con nadie más que contigo misma para abrirte camino en la vida. La gente puede irse; la tierra es permanente.

¿Sueno como el Sr. O'Hara? Había mucha verdad en sus palabras y sé que disfrutas esa película.

—¡Ajá! —Sean se rio—. Eso explica las alpacas.

—Bueno, obvio.

—Entonces, ¿por qué no Mammy y Melanie y Ashley y el resto del equipo en lugar de los Beatles?

—Los otros animales eran todos rescatados. Rhett y Scarlett fueron los únicos a los que pude nombrar.

Quizá fuera bueno que Livvy no quisiera tener hijos: Sean solo podía imaginarse tener un hijo llamado Ashley.

Espera. ¿Qué demonios estaba haciendo imaginándose hijos con Livvy? Tenía que asegurarse de que hubiera una relación, *y* de que tendría los medios para mantener a esos niños antes de poder siquiera *pensar* en tenerlos. Luego estaba convencer a Livvy *de* tenerlos...

—Y aquí está el poema malo.

Sean escuchaba a medias mientras trataba de sacar de su cabeza la imagen de Livvy embarazada con un hijo suyo. No quería irse.

—Así que supongo que ahora vamos al lago. —Enrolló la pista y la volvió a meter en el tubo—. ¿Vamos por nuestros trajes de baño o vamos *au naturel*?

Podría matarlo si lo hicieran.

Dos horas más tarde, después de haberse ocupado de los animales, se habían puesto sus trajes de baño, preparado un almuerzo de pícnic y se habían dirigido al lago de la propiedad.

Sean tenía grandes planes para el lago. Había una isla en medio que sería el escenario perfecto para bodas pequeñas. Si pudiera llevar servicios públicos hasta allí, incluso podría pensar en construir una cabaña de luna de miel también. Eso iría a la junta de zonificación en cuanto tomara posesión de la finca.

—¡Oh, mira! ¡Un águila calva! —Livvy señaló a la derecha del carrito de golf, donde el ave de cabeza blanca descendía para aterrizar en la cima del árbol más alto de la isla.

Este lugar era una obra de arte. *La* propiedad perfecta para lo que tenía en mente. *Tenía* que encontrar alguna manera de conseguirla. Absolutamente tenía que hacerlo.

—Livvy, me preguntaba...

—¿Sí? —Se giró hacia él con una gran sonrisa esperanzada en el rostro, sus ojos danzando, sus dedos apretando los de él, la emoción y la felicidad literalmente zumbando de ella como una corriente eléctrica.

Ojalá eso explicara por qué él estaba tan acelerado.

—¿No es hermoso? No puedo creer que nunca vine aquí. Me pregunto si hay peces en el lago. Qué gran lugar para simplemente pasar el rato y relajarse.

O para celebrar una recepción de boda.

Para los invitados. No para él o Livvy. No. Estaba pensando estrictamente en términos de negocio. Ese había sido su primer pensamiento al ver el lago. Los bordes estaban perfectamente cuidados, cada piedra y trozo de musgo y follaje estrictamente planeado y mantenido. Merriweather había sido meticulosa en ese sentido.

Sean detuvo bruscamente el carrito de golf a sesenta centímetros del borde del agua. —Entonces, um, ¿dónde está la siguiente pista aquí?

—Buena pregunta. —Livvy se bajó y agarró la cesta de pícnic del asiento trasero—. Nunca he estado aquí, así que no tengo idea. —Sacó la pista anterior—. Menciona algo sobre necesitar nuestras toallas, así que supongo que vamos a entrar en el agua.

—La isla. La pista está en la isla.

Merriweather se había interesado mucho en sus ideas para las bodas en esa isla, aunque le preocupaba el impacto en la vida silvestre. Sean había reservado una suma considerable en su presupuesto para un informe de impacto ambiental que, afortunadamente, aún no había encargado. Podía posponer ese proyecto y usar el dinero para el precio que pedía Livvy.

No era suficiente, pero era un comienzo.

Dejaron la cesta de pícnic y la manta junto a uno de los manantiales que alimentaban el lago, el agua fresca goteando sobre piedras lisas en una suave serenata.

El agua del lago era prístina. Y fría. Merriweather había dicho que un embalse de deshielo llenaba el lago y era justo lo que Sean necesitaba cuando Livvy se quitó la falda —había vuelto a las faldas— para revelar un bikini.

Le picaban las manos por quitárselo y memorizar sus curvas de nuevo.

La cosa solo empeoró cuando ella entró en el agua y sus pezones se pusieron en alerta máxima.

Sean se zambulló, rezando para que funcionara.

Así fue. Hasta que la vio de nuevo.

Así que volvió a sumergirse, conteniendo la respiración el mayor tiempo posible antes de tener que salir a tomar aire. Por suerte, la isla no estaba muy lejos ahora y salió caminando. Nunca en su vida se había sentido tan emocionado por el encogimiento.

Livvy se tomó su tiempo para llegar a la isla. Sean estaba allí de pie, luciendo tan perfecto como Eros —excepto por los shorts, claro—, y ella quería disfrutar del paisaje. Todavía no podía creer que él estuviera tan interesado en ella como ella en él.

Quizás está viendo signos de dólar.

Vaya, qué pensamiento para quitarle el placer a todo.

Pero, oye, no había garantías de que ella se fuera a quedar con el lugar de todos modos, así que Sean, si *estaba* cubriendo sus apuestas, podría estar haciéndolo todo por nada. Pero no lo estaba, porque él no era ese tipo de persona. Ella lo sabía. No sabía cómo lo sabía; simplemente lo sabía. El instinto le había servido bien todos estos años, la había mantenido adelante por su cuenta, así que no iba a ignorarlo.

—¿No tienes frío? —gritó él desde la orilla, con las manos en las caderas, dándole a sus abdominales una bonita forma de V con esos hombros anchos. Hombros que ella había recorrido con sus labios anoche. Y esta mañana.

Lástima que no hubiera traído más de dos condones. Hablando de eso, necesitaba ir a la farmacia en algún momento.

—No hay nada como el agua fría para despertar a una persona. —Y calmar sus terminaciones nerviosas.

Se unió a él en la playa y fue lo más natural del mundo tomarle la mano.

Así que lo hizo. O él tomó la suya. De cualquier manera, no importaba porque se estaban tocando mientras comenzaban a registrar la isla.

No debería tomarle la mano. Se olvidaba de cosas cuando le tomaba la mano. Cosas importantes. Cosas como Bryan y Liam y un montón de dinero. Cosas como el futuro y sus planes y lo que quería hacer con su vida y lo que tenía que demostrar no solo a todos los demás, sino a sí mismo.

La cuestión era que no había contado con Livvy. Con desearla. Y no solo en el sentido carnal —aunque también estaba eso—, sino en *todos* los sentidos. Quería verla lejos de este lugar. Lejos del granero y sus animales. Simplemente dar un paseo por algún lugar nuevo para ambos. Algo que pudieran llamar suyo. Quería ver su pequeña granja y la vida que se había forjado. Quería escuchar sobre su infancia y calmar sus miedos. Quería hacer desaparecer toda la soledad y prometerle que nunca más estaría sola.

Sean tropezó con una roca. O al menos, creyó que era una roca. Tal vez había sido una metafórica, porque lo que estaba pensando... era pesado. Mucho más pesado de lo que quería en este punto de su vida, pero si pensaba por un segundo en soltar su mano y dar un paso atrás —y otro y otro—, simplemente no podía hacerlo.

Porque esto —ella, él— se sentía correcto.

Vuelve al juego real, Manley.

Curioso, juraría que su conciencia sonaba exactamente como su contador.

Millones de dólares.

Sí, sonaba como Don.

Pero Don solo se preocuparía por sus intereses financieros, así que Sean trató de concentrarse en otra cosa.

El arbusto era interesante. No estaba familiarizado con esa planta en particular. Bordeaba la playa como una cerca con senderos abiertos a través de ella, pero estaban empezando a llenarse de maleza. —¿Despidió al jardinero también, verdad? —Sí, eso era. Concentrarse en el césped. Garantizado para destruir cualquier momento.

Livvy asintió. —Alguien va a tener que contratar a mucha gente.

Él ya había enviado las especificaciones a una agencia de personal.

Caminaron a través de un huerto de árboles frutales.

—¡Oh, vaya! —Livvy aplaudió—. Peras y manzanas y duraznos y cerezas.

Y, mira. Arbustos de arándanos también. Esto es increíble. —Tocó la fruta en ciernes casi con reverencia—. ¿Sabes cuántos pasteles puedo hacer con esto?

—No nos olvidemos de los scones.

Ella le sonrió, sus ojos ambarinos brillando como el sol. —¿Estarías dispuesto a ayudar?

—No lo hice tan mal la última vez, ¿verdad?

—No. Estuviste genial. *Estuvo* genial.

Y así de simple, todas sus buenas intenciones cambiaron. La flora y la fauna ya no eran interesantes. No le importaba en lo más mínimo la isla y el agua prístina que la rodeaba, o que sería el lugar perfecto para una escapada privada.

Le gustaría escaparse con ella. Solo ellos दो, sin nada entre ellos: sin secretos, sin pistas, sin historia ni futuro, y definitivamente sin ropa.

Extendió la mano para volver a meter ese rizo rebelde, pero ella carraspeó y se dio la vuelta.

Le molestó que lo hiciera. Le molestó que le molestara. Debería alegrarse de que ella pudiera alejarse. Si ella podía, él también, y entonces todo el asunto de la herencia no sería un problema. Podrían disfrutar el uno del otro, y luego cada uno seguir su camino, haciendo lo que tuvieran que hacer.

Excepto que él no era así. La abuela le había inculcado un fuerte sentido del bien y del mal. Un sentido de orgullo propio. De justicia.

—No creo que la pista esté aquí —dijo ella, saliendo del huerto—. La última pista mencionaba algo sobre pescar.

Sean asintió y la siguió, sin confiar en sí mismo para hablar, sin estar seguro de qué diría. Quería sincerarse. Decirle lo que estaba pasando y pedirle ayuda para resolverlo. Pero, ¿de qué serviría? Ella quería salir de este lugar y necesitaba el dinero. Solo un tonto lo abandonaría por un tipo al que con toda probabilidad odiaría cuando escuchara la historia completa, así que, ¿para qué molestarse?

—¡Ajá! —Señaló otra estatua, esta en la playa.

Por la marca de agua en la pierna del tipo, Sean supuso que en algún momento la estatua había estado en el agua.

—A Merriweather sí que le gustaban sus estatuas, ¿no? —Livvy examinó la talla de piedra de tamaño natural y la caja de aparejos de pesca real que colgaba de su hombro—. ¡Ajá de nuevo! —Sostuvo algo en alto—. Bingo. Otra pista.

Sean se acercó mientras ella la desdoblaba.

· · ·

«A tu tatarabuelo, William, el padre de mi amado Henry, le encantaba pescar. Tu padre pidió esta estatua para su décimo cumpleaños, el año en que murió su abuelo. Pescaban juntos todos los domingos en verano y nunca he conocido a tu padre más feliz. Nunca volvió a ser el mismo desde que murió su abuelo. Para animarlo, encargamos esta estatua y Lawrence la mantenía llena de señuelos. Detrás de la arboleda de pinos blancos hay un pequeño cobertizo con otros artículos de pesca para que los use quien quiera. Él perdió esa parte de sí mismo a medida que crecía y lamento decir que su padre y yo no pensamos en arreglar esto. Yo lo hice tras su muerte, y espero que continúes este tributo a ambos hombres si heredas».

Si ella heredaba. Merriweather *seguía* sin pensar que fuera capaz de resolverlo todo.

Livvy se guardó el resto de la carta en el bolsillo trasero de sus shorts.

—¿Quién es él? ¿Cuál es la siguiente pista?

Sean se había mantenido en silencio mientras ella la leía. Afortunadamente, no la había leído en voz alta. No necesitaba que él escuchara la absoluta falta de fe que su abuela tenía en ella.

—Es mi bisabuelo. Le encantaba pescar. Solía pasar el rato aquí los domingos con mi papá. —Se protegió los ojos del sol con la mano y miró hacia el lago—. ¿Sabes qué? Olvidémonos de las pistas por un rato, ¿de acuerdo? Parece que es en lo único que he estado pensando desde que llegué y me vendría bien un descanso.

—En primer lugar, no es lo *único* en lo que has estado pensando. —Ahí estaba él otra vez, con ese gesto de levantar una ceja—. Y en segundo lugar, acabas de ir al mercado, así que has tenido algo de tiempo libre, y en tercero, ¿no se te acaba el plazo? Pensaría que querrías encontrar estas pistas lo más rápido posible.

—Eso pensarías. —Se encogió de hombros, imprimiéndole toda la indiferencia que pudo reunir. Era eso o echarse a llorar por la brutal honestidad de su abuela—. Pero no es así. Me vendría bien una tarde agradable y relajante. Vamos a almorzar y luego quizá lo resolvamos.

Sean parecía un poco impaciente y ella no podía culparlo. Su futuro también estaba ligado a estas pistas. ¿Tendría o no trabajo?

—Sabes —dijo mientras regresaban al agua—, si estás preocupado por tu trabajo, no lo estés. Te dije que voy a reservar algo de dinero para ayudarte a salir adelante si los nuevos dueños no quieren renovar tu contrato.

—No quiero tu dinero, Livvy.

Le gustaba que fuera orgulloso. Le gustaba que tuviera escrúpulos. Pero ella había estado en la posición de no tener nada y era horrible. Estaba a punto de tener más de lo que jamás podría usar, así que podía permitirse ayudarlo. Pero por la forma en que su tono había cambiado respecto a la pista, probablemente debería darle algo de comer antes de continuar con el tema. —Solo no quería que te preocuparas, es todo.

—No estoy preocupado.

Ajá. Por eso esos hermosos labios suyos se habían apretado en una línea recta y los músculos de sus hombros estaban tensos.

A unos cinco metros de la orilla, ella decidió hacer algo al respecto.

—¡Sean!

Él se dio la vuelta y recibió un chorro de agua en la cara. —¿A qué vino eso? —preguntó, sacudiéndose el pelo de los ojos y escupiendo agua del lago.

—Creí que necesitabas divertirte un poco.

—¿A ahogarme le llamas diversión?

—Nunca estuviste en peligro de ahogarte y lo sabes.

Él levantó una ceja de nuevo. —Estás jugando con fuego, mujer.

—¿Quién está jugando?

Le encantó la mirada en sus ojos ahora. Entrecerrados y enfocados en ella, su color azul tan vivo que le quitó el aliento.

Y entonces él empezó a nadar hacia ella.

Ay, no.

Livvy miró hacia la orilla. Estaban a mitad de camino. Nunca lo superaría nadando y, aunque pudiera, él la alcanzaría con sus brazos.

—Deberías haberlo pensado antes de salpicarme —dijo él, con su voz grave mientras se deslizaba por el agua como un cocodrilo letal.

Demonios. Estaba perdida.

Entonces él se deslizó bajo la superficie.

Tiburón estaba a la par de *El resplandor* en su lista de peores películas de la historia.

Se giró a la derecha y pateó tan fuerte como pudo.

Una vez.

Luego sus manos se aferraron a su tobillo y la jaló hacia abajo.

Tomó una bocanada de aire y se dejó llevar. Demasiada lucha agotaría su energía, y aunque no pudiera superarlo nadando o en alcance, iba a intentar ser más lista que él.

No se resistió cuando la agarró por la cintura, e intentó no sonreír cuando él la fulminó con la mirada, el agua cristalina haciendo que sus ojos azules brillaran.

Entonces lo besó.

Vaya que lo sorprendió. Le soltó la cintura y sus manos se deslizaban hacia la cabeza de ella, pero Livvy pateó con fuerza y se escapó.

Aceleró a toda velocidad, zigzagueando por el lago, y logró arrastrarse hasta la orilla antes de que él la alcanzara.

—¡Eso es trampa! —dijo él, entrando en la playa a zancadas.

—¡En el almuerzo y en la guerra todo se vale! —Livvy ya estaba de pie y corría hacia la manta.

No lo logró.

Sean llegó corriendo y la levantó en brazos, casi sin detenerse. —¡Ya te tengo, mi bella!

Vaya que la tenía. Y ella iba a dejar que se saliera con la suya.

Se dejó caer de rodillas sobre la manta antes de bajarla. —Gano yo.

—Si eso es lo que quieres creer, adelante.

—¿De qué hablas? La única razón por la que estás en esta manta conmigo es porque no corrí más allá de ti. Si no fuera por mí, todavía estarías corriendo.

Dejó que sus dedos danzaran por su antebrazo. Tenía unos antebrazos muy bonitos. Fuertes y musculosos, con la cantidad justa de vello que le hacía cosquillas en la piel de tantas maneras deliciosas. —Sí. Así es. Tú eres el ganador.

Él miró la mano de ella. Luego la miró a ella, con la más adorable expresión de confusión en su rostro. Lo resolvería tarde o temprano.

—Ambos ganamos, ¿no es así?

Temprano. Definitivamente temprano.

Ella asintió. Y se mordisqueó el labio solo porque sí.

—Ah, Livvy. —Se inclinó para besarla.

Ella le rodeó el cuello con los brazos y se aferró como si su vida dependiera de ello, porque, en serio, así era como se sentía.

Sus sentidos se pusieron en alerta máxima. Cada lugar que Sean le tocaba —desde su mano acariciándole la espalda hasta donde sus muslos descansaban sobre los de él, hasta el jadeo contenido de él y la caricia en su seno que fue demasiado ligera— hacía que Livvy fuera total y completamente consciente de él. Cómo sus brazos se apretaban al levantarla hacia él, cómo sus muslos se tensaban bajo los de ella mientras se incorporaba para arrodillarse más erguida, cómo su lengua se abría paso entre sus labios como él se había abierto paso dentro de ella la noche anterior... Livvy no pudo reprimir un gemido ante el recuerdo.

Sean respondió con uno propio, apartando sus labios de los de ella para enterrarlos en su garganta. —Te deseo. Aquí. Ahora. —Le desató la espalda del bikini con una sola mano.

Un tipo talentoso. Como ella sabía de primera mano.

—No tenemos condones. —Se había dado cuenta cuando había preparado la cesta, pero, a menos que saliera de la propiedad para ir a la farmacia más cercana, que estaba a unos veinte minutos, no había tenido otra opción. Los dos que había tenido la noche anterior estaban en su equipaje. Sabía con certeza que no había más allí.

—No necesitamos condones para lo que tengo en mente.

Solo podía imaginar lo que había en su mente...

—Si quieres averiguarlo, claro.

—Quiero. —Era obvio.

Sus ojos se encendieron y aspiró aire. —Es imposible que desees tanto como yo.

—¿Quieres apostar?

—Nada de apuestas. Solo tú y yo y... —rozó su pezón con el pulgar—. Esto.

Un escalofrío le recorrió el cuerpo hasta los dedos de los pies.

Y fue ahí donde él empezó a besarla. Los diez. Uno a uno, con una dulzura demasiado prolongada.

Luego pasó al empeine de su pie. Luego a sus tobillos.

Le tomó una eternidad llegar a sus pantorrillas, y para cuando alcanzó sus rodillas, Livvy no estaba segura de qué era una rodilla, y mucho menos de cuánto más de esto podría soportar.

Resultó que bastante.

Sean besó cada centímetro de ella. *Cada* centímetro. Unos más tiempo que otros. Otros no el tiempo suficiente. Pero cuando regresó al único lugar donde ella realmente lo necesitaba, se tomó su tiempo. Hizo que valiera la pena. Y si su gruñido de satisfacción era un indicio cuando ella gritó su nombre en una ola de placer tan increíble que estaba segura de que el cielo se había abierto y le había dado un vistazo al paraíso, también había valido la pena para él.

—¿Ves? —dijo cuando ella finalmente pudo abrir los ojos para verlo arrodillado entre sus piernas, su sonrisa de satisfacción probablemente tan grande como la de ella—. No fue necesario un condón y todo el placer que podías desear.

Maldito engreído. Contuvo una sonrisa. —Oh, no sé. Yo quiero mucho más.

Se dejó caer en la manta a su lado. —Jesús, mujer. Vas a matarme.

—Voy a matarte si no dices bien mi nombre. Es Livvy, no Jesús. Y aunque estoy más que feliz de que pienses en mí como un ser divino, disfruto mucho que sea *mi* nombre el que grites cuando te corras.

—Y cuando lo haga, me aseguraré de hacerlo.

—Cuando lo... ¿Es eso un desafío?

Él levantó esa ceja. —Si quieres que lo sea.

Oh, sí que quería.

Livvy se sentó y se quitó la parte de abajo del bikini del pie izquierdo, donde Sean, por alguna razón, la había dejado. Quería total libertad de movimiento porque cuando la había desafiado, él no tenía idea de lo que iba a recibir.

Ni ella tampoco, según resultó.

Livvy se tomó su tiempo explorando cada centímetro de su cuerpo. Bueno, no exactamente *cada* centímetro; no le gustaban tanto los dedos de los pies como a él, pero había ciertos centímetros que le gustaban *mucho*.

—Jesús... Dios, Diosa... Livvy —gritó él, sus dedos apretándose en el cabello de ella mientras se acercaba ese momento final, dándole una breve advertencia para que pudiera retroceder y observar cómo el placer se apoderaba de él.

—Al menos metiste mi nombre por ahí —dijo ella, acomodando su cabeza en el hueco de su brazo, con los dedos todavía envueltos alrededor de él, disfrutando de los espasmos que lo sacudían después. Al diablo con ganarle nadando; podría haberlo superado en la cama.

—Cariño, sabía exactamente quién le estaba haciendo qué a quién. —Entrelazó sus dedos en su cabello, los tirones enviando descargas a través de ella.

Ella jugó con el vello de su pecho, queriendo devolverle el favor. —¿Y bien, quieres decirme por qué esto no es una buena idea?

Él se tensó entonces. Demonios. No debería haber sacado el tema.

Pero luego se relajó. —Olvídalo. Estaba equivocado.

—Guau. Un hombre que puede decir esas tres palabritas y no arrugarse bajo el sol. *Eres* increíble.

Él giró la cabeza e inclinó la barbilla de ella. —¿Mala experiencia?

Ella negó con la cabeza. —Hace mucho tiempo. No debería haber dicho nada. No te pareces en nada a él.

Él le dio un golpecito en la punta de la nariz. —Y que no se te olvide.

Estaba bromeando, pero ella no. Se giró sobre su estómago y apoyó la barbilla en su mano mientras se recostaba sobre su pecho. —Es verdad, Sean. No te pareces a ningún chico con el que haya estado. Me gustas mucho más.

Se tensó de nuevo momentáneamente, pero luego sonrió. De acuerdo, quizá no debería haber sido tan sincera.

—Solo dices eso porque limpio ventanas.

De acuerdo, podía seguirle el juego a la ligereza. —Y baños. No olvides que restriegas inodoros.

—Como si pudiera olvidarlo.

—Y paleas caca de alpaca.

—Ah, pero eso te va a costar.

Ella se lamió los labios. —Ponle precio.

Él gimió y dejó caer la cabeza sobre la manta. —Maldita sea, Livvy, no se supone que digas eso. No cuando no nos quedan condones.

—Bueno, entonces tendremos que *conseguir* condones, ¿no?

Él se rio entre dientes. —Me gustaría verte entrar en un condón. ¿Dónde te lo pondrías?

Ella bajó la mano. —Justo aquí, por supuesto, tonto. —Pasó sus dedos a lo largo de él.

—Mierda santa. —Su aliento salió con un silbido—. Maldita sea, mujer, no puedo...

—Oh, sí que puedes.

Y le demostró cuánto podía.

Era tarde cuando regresaron a la casa. Más tarde aún después de alimentar a los perros, cenar y ocuparse de las tareas del establo, ambos sonriendo cuando llegó el momento de limpiar el establo de las alpacas.

—¿Quién hubiera pensado que esto se convertiría en nuestra pequeña broma? —dijo Sean mientras paleaba el último trozo en la carretilla—. ¿No quieren la mayoría de las mujeres romance? No puedes decirme que esto es romántico.

Ella le quitó la horquilla. —No soy como la mayoría de las mujeres, y habiendo tenido que hacer esto sola durante años, no te imaginas lo romántico que es que alguien me ayude.

—¿Alguien? ¿O yo?

Ella lo besó. —Tú, por supuesto, tonto. No veo a nadie más aquí.

Se giró para irse, pero él la agarró por la cintura y la atrajo hacia él. —Menos mal.

Luego procedió a mostrarle cómo se daba un beso como es debido. O más bien, cómo se daba un beso *indebido*.

—No tendrás, por casualidad, algún condón encima, ¿verdad? —preguntó ella.

Sean negó con la cabeza, luego apoyó su frente contra la de ella con un suspiro. —Lamentablemente, no. No esperaba que esto sucediera cuando iba a vivir aquí solo.

—¿Qué hay de las citas? Hubiera pensado que vivir solo en una mansión enorme se prestaría para algunas actividades extracurriculares de soltero.

—Si uno estuviera inclinado a actividades extracurriculares de soltero, entonces podrías tener razón. Yo, sin embargo, tengo otras cosas en mente.

—¿Cómo qué?

Mierda. Sí. ¿Cómo qué? ¿Cómo que iba a estafarla por millones?

Había bajado la guardia. Ahora tenía que apresurarse para volver a levantarla. —Yo, eh, solo trabajo para Mac hasta que un par de negocios en los que estoy trabajando den frutos.

—¿Qué tipo de negocios?

Sí, genio, ¿qué tipo? ¿Del tipo de adquisiciones de las que no quieres hablar?

—Remodelación de casas. —Porque, en realidad, las remodelaba. Para convertirlas en B&B.

Y ahora complejos turísticos.

—Oh, tuve un amigo que hacía eso —dijo ella, acomodándose contra él de una manera que hacía difícil concentrarse. Pero, de nuevo, solo pensar en Livvy hacía difícil concentrarse—. Hizo una fortuna hasta que el mercado inmobiliario se desplomó.

Por eso Sean las convertía en B&B. La gente siempre buscaba escaparse, especialmente cuando la economía iba mal. Nunca había tenido problemas con las vacantes. Era una de las razones por las que este proyecto había sido tan atractivo para los inversores y por lo que había decidido asociarse con Bryan y Liam, esperando compartir las ganancias con ellos. Una idea que ahora se le estaba volviendo en contra.

—¿Hola? Sean. —Agitó una mano frente a su cara—. ¿Todavía estás conmigo?

Logró sacar una risita del fondo de su garganta. —Lo estoy. Solo estoy pensando que, por primera vez en mi vida profesional, desearía haberme enfocado más en algo que no fuera negocios. Si lo hubiera hecho, estaría mejor preparado y podríamos terminar esta noche en mi cama.

Ella le besó el cuello. —Todavía podemos. Si recuerdas, hay muchas cosas que podemos hacer sin condones.

—Lo recuerdo.

Y descubrieron algunas más.

Capítulo Veintiocho

Un gong retumbaba dentro de su cráneo.

Sean se llevó una mano a la cabeza para que se detuviera.

Sin embargo, la mano no se le movía.

Eso era porque había una persona en medio.

Livvy.

Anoche.

El lago.

Ahhh.

Sean sonrió y volvió a cerrar los ojos, queriendo revivir los recuerdos. Pero el maldito gong no se lo permitía. ¿Qué demonios?

—Livvy.

—¿Mmm? —murmuró ella, moviéndose de tal forma que su pecho le rozó el estómago.

Santo cielo.

Ahí estaba el maldito gong de nuevo. Justo el polo opuesto a la forma en que quería despertar.

—Livvy. El timbre. —Si es que se le podía llamar así. Solo a Merriweather se le ocurriría querer que en su casa sonaran las campanas de Notre Dame, tratando de impresionar a los visitantes. O intimidarlos. O ambas cosas.

—Livvy, vamos. Creo que nos quedamos dormidos y las amigas de tu abuela ya están aquí. —Lo que significaba que la abuela también. Genial. Necesitaba estar bastante avispado después de pasar la noche haciendo cosas en las que el condón era opcional con Livvy hasta la madrugada.

—Mmm —volvió a murmurar Livvy, esta vez frunciendo los labios tan dulcemente que él quiso besarlos. Y luego que hicieran eso alrededor de cierta parte de su anatomía.

—Vamos, cariño. —En lugar de eso, la empujó suavemente—. Si la besaba, la abuela y sus amigas estarían esperando durante horas—. Tenemos visita.

—No quiero. Necesito dormir.

—Puedes dormir más tarde. Ahora mismo, tenemos que entretener a tres ancianas.

—Adultas mayores.

—¿Eh?

Abrió un ojo. —Llámalas adultas mayores. Si les dices *ancianas*, te ganarás un bolsazo en la cabeza.

—Ah. Cierto. Bueno, vamos. Llegar tarde también me lo ganará, sin importar cómo las llame.

Deslizó el brazo de debajo de ella, y cada célula de su cuerpo protestó. Y no por falta de sueño. Era curioso cómo su cuerpo podía funcionar sin dormir cuando se dedicaba a actividades tan placenteras. Lo cual, tristemente, no iba a ser el caso hoy.

Bostezó. —Vamos, Livvy. Tú las invitaste.

—Un caballero no me lo recordaría. —Se incorporó a medias y se echó el pelo hacia atrás con el antebrazo, como si fuera la melena de un león. A él sí que lo había tenido *gruñendo* toda la noche, de eso no cabía duda.

Y si no se cubría sus preciosos pechos, volvería a hacerlo.

Le lanzó una almohada. Luego recogió otra del suelo, donde se había caído, y se la puso delante de la entrepierna. —Tú métete en la ducha. Yo las entretendré.

—¿Así? —Lo recorrió con la mirada.

Él sintió esa mirada en todo el cuerpo. —Bueno, no, obviamente. Me pondré algo de ropa.

—Qué lástima. —Suspiró y salió de la cama. Sin la almohada—. Solo tardaré un par de minutos.

Adormilada y malhumorada, y aun así podía ponerlo firme. Eso sería un problema cuando viera a su abuela.

Por suerte, el pensamiento de su abuela fue suficiente para mandar al tipo a dormir, y cinco minutos más tarde, después de que Sean se pusiera unos pantalones cortos caqui, un polo, se lavara los dientes, se lavara la cara, se pasara los dedos por el pelo y abriera la puerta, estaba en mucho mejor estado.

—Hola, abuela. —Le dio un beso en la mejilla.

—Nos has hecho esperar, Sean. Yo no te crie así.

—Lo siento. Estaba en otra parte de la casa y, bueno, es grande.

Ella frunció los labios. Nunca había podido engañar a la abuela. —Estas son las amigas de Merriweather. Dafna Fine y Hetta Rothenberger. Olivia las invitó.

—Sí, lo sé. Estará aquí en un momento. Ella, eh, tuvo una noche larga.

Sintió que el rubor le encendía la piel. Era ridículo. Era un hombre hecho y derecho, por el amor de Dios, y si quería hacerle el amor a una mujer preciosa toda la noche, no tenía nada de qué sentirse culpable.

Bueno, vale, quizá con esta mujer preciosa en particular tenía *mucho* de qué sentirse culpable, pero hacerle el amor no era el motivo y, de todos modos, no era asunto de la abuela.

—¡Hola!

Hablando del rey de Roma, Livvy bajó por la escalera con el pelo recogido en una coleta desordenada, la piel todavía húmeda de la ducha, y por primera vez desde que la conoció, no llevaba una camisola. Bueno, una que él pudiera ver. Pero su blusa era una de esas vaporosas y ligeras con estampado indio, así que probablemente llevaba una debajo.

Sí, no necesitaba estar pensando en lo que había bajo la ropa de Livvy con su abuela parada frente a él.

Ahí estaba. Mencionar a la abuela y su miembro volvía a hibernar. El día prometía ser interesante con Livvy a su lado y la abuela enfrente.

—Soy Livvy. Dafna, me alegro mucho de volver a verla. —Livvy estrechó la mano de Dafna y luego la de Hetta—. Y usted debe de ser Hetta, porque esta encantadora mujer es obviamente la abuela de Sean. —Le estrechó la mano a la abuela con las dos suyas—. Se parece mucho a usted.

¿Creía que se parecía a su abuela? Bueno, mierda. Su encogimiento podría ser permanente.

—Nuestra Merri hablaba de usted —dijo Hetta, entrando al vestíbulo arrastrando los pies; su andar lento y doloroso lo hizo sentirse culpable incluso por esos cinco minutos que las había hecho esperar.

—¿Por qué no pasamos al... eh...? —Iba a sugerir el salón, pero no quería que las amigas de Merriweather vieran el destrozo de los animales—. ¿El estudio? Pueden tomar asiento y yo les traeré algunos bocadillos.

—¿Bocadillos? Sean, son casi las once. No queremos arruinarnos el almuerzo.

¿Las once? ¿Adónde se había ido la mañana?

La cara de Livvy se encendió cuando la miró. Ah, sí. A dormir la mona después de una noche de sexo increíble, a eso.

—Entonces veré qué puedo hacer para el almuerzo.

—Espera. —Livvy levantó la mano—. Yo lo haré. Y vayamos todas a la cocina. Estoy segura de que querrán un recorrido, y ese es el mejor lugar para empezar.

—Eso es verdad —dijo la abuela, ayudando a Hetta a caminar—. La cocina *es* el corazón de un hogar.

Sean las siguió, preocupado de que Hetta no lo lograra. Ella lo sorprendió cuando no solo lo hizo, sino que también se subió a uno de los taburetes del bar. Asombroso lo que una mujer decidida podía hacer.

—¿Qué le parece la cocina? —preguntó Hetta, ajustándose la falda—. Merriweather hizo que el diseñador investigara los mejores electrodomésticos para hornear cuando la estaba remodelando. Por eso hay diferentes marcas. Quería asegurarse de que usted tuviera algo que le gustara cuando se mudara.

—Ah, pero...

Sean le apretó la mano. No había necesidad de destruir las ilusiones de las mujeres. Bueno, de dos de ellas. La abuela no tenía ninguna. Aunque tomar la mano de Livvy podría darle otras. Llevaba tiempo insistiendo a los cuatro para que sentaran cabeza y le dieran bisnietos.

La idea provocó un lento ardor en medio de su pecho. Le encantaría hacer eso por la abuela, pero aún no había encontrado a la persona adecuada. Y con la moratoria de Livvy sobre los hijos, seguía sin encontrarla, por mucho que se sintiera atraído por ella.

· · ·

Livvy se sintió un poco culpable cuando vio que la abuela de Sean entrecerraba los ojos al ver sus manos unidas, pero lo había agradecido después de la pequeña bomba de Hetta. ¿Su abuela había remodelado la cocina pensando en ella?

Livvy miró por la ventana esperando ver una furiosa tormenta de nieve mientras el infierno se congelaba, pero, no. Un cielo soleado y sin nubes, con un azul vibrante que parecía de postal.

—Así es. —Dafna se deslizó en el taburete junto a Hetta—. Insistió en conseguirle un horno de convección *y* uno tradicional. *Y* llamó a la enfermera de su escuela para saber su altura y así poder tener la encimera de repostería al nivel justo.

Livvy *no* iba a mirar a Sean. Estaba segura de que Merriweather no había tenido *eso* en mente cuando había estado tomando medidas.

Pero, ¿qué *había* estado haciendo con las medidas? ¿Y lo de los hornos? ¿Creía Merriweather que era capaz de heredar esta casa o no?

¿Y por qué la respuesta era tan importante?

—Y la placa de cocina. ¿Recuerdas, Dafna? —Hetta le dio un golpecito en el brazo a Dafna—. Habló de hacerle diseñar a medida una estufa de diez hornillas, con una plancha y una parrilla y un par de artilugios más, pero la decoradora la convenció de que una de seis hornillas con una bandeja para calentar era más manejable. ¿Qué le parece, Olivia? ¿Tenía razón la decoradora? ¿Habría sido exagerado?

Toda esa revelación era exagerada. No tenía ni idea de que Merriweather se hubiera tomado tantas molestias. Y no tenía ni idea de por qué. Pero eso no cambiaba las cosas. No podía quedarse aquí. Era una sola mujer y esto era una mansión. Un tributo a ideales con los que no estaba de acuerdo. No podían comprarla con un juego de electrodomésticos de alta gama.

Sin embargo, sí utilizó esos electrodomésticos de alta gama para preparar el almuerzo, y los disfrutó demasiado. Hetta y Dafna no pararon de comentar las diferentes historias de la renovación que «Merri» había compartido con ellas, así como fragmentos de la vida de su abuela. Cosas que nunca habría sabido si no las hubiera invitado.

Estaba el camión de bomberos que Merriweather donó a la estación de bomberos local con la escalera extensible. Probablemente para asegurarse de que pudieran salvar la torreta más alta de la finca Martinson, pero, aun así, lo *había* donado. Luego estaba el circo que había organizado para el evento de recaudación de fondos de la iglesia local. Livvy habría pensado que su abuela simplemente habría extendido un cheque, pero en lugar de eso había hecho algo que todos podían disfrutar. A Livvy le sorprendió oír que su abuela había rechazado el honor de inaugurar el evento, diciendo que todo era por la comunidad, no por la familia.

—Y luego estaba esa pareja de ancianos que perdió su casa —dijo Hetta—. ¿Recuerdas, Dafna? Fue tan fuera de lo común que Merri hiciera algo tan personal. ¿Cómo se llamaba esa pareja? No puedo recordarlo.

Dafna puso una expresión extraña. —No es importante ahora, Hetta.

—Claro que lo es. Estoy segura de que a Olivia le encantaría saber a quién ayudó su abuela. —Hetta se llevó una mano a la garganta—. Mi memoria ya no es tan buena como antes, me temo. —Le dio un codazo a Dafna en el brazo —. Vamos, Dafna. Si te acuerdas, díselo a la chica.

Dafna jugueteó con un botón de su blusa. —Eran los Carolla. —Miró a Livvy—. Merriweather reconstruyó la casa de sus abuelos. La estaba guardando para usted.

Livvy no supo qué decir. No sabía qué *pensar*. ¿Merriweather había hecho *eso*? ¿Por *ella*? ¿Por qué? Sus abuelos maternos las habían repudiado tanto a ella como a su madre. En todo caso, Livvy habría esperado que Merriweather fuera la que quemara la casa en primer lugar en represalia por dejar a su madre en la calle con una Martinson ilegítima. Ya era bastante malo que fuera ilegítima, ¿pero también sin hogar? Era un milagro que Merriweather hubiera esperado hasta que Livvy tuviera cinco años para presionar por la adopción.

Pero reconstruir la casa para ella... Simplemente no tenía sentido.

—No sé qué decir.

—Bueno, ahí lo tienes. ¿Ves? *Sí* es importante. —Hetta sonrió y le apretó el brazo—. Su abuela se preocupaba mucho por usted, aunque no lo demostrara.

—¿*Demostrarlo*? Ni siquiera se puso en contacto conmigo.

—Tenía sus razones, estoy segura.

—No hay ninguna razón para no contactar a tu nieta. —La señora Manley se cruzó de brazos—. Vaya, no podría imaginar un solo día sin hablar con mis nietos, y mucho menos semanas.

—Años. —Livvy hizo una mueca. No había querido dejar que su amargura se notara.

—¿Años? —preguntaron Hetta y Dafna, con los ojos muy abiertos.

Livvy entrecerró los ojos. —Eh... sí. Fueron años. Pero eso ya no es importante. Como usted dijo, ella hacía lo que era capaz de hacer. —No era necesario discutir el hecho de que Livvy había deseado mucho más.

De hecho, ya estaba casi harta de hablar de todo esto. Ya había tenido suficiente de este viaje por el baúl de los recuerdos, así que se levantó de un salto para recoger la mesa.

La abuela de Sean ayudó. —El almuerzo estuvo delicioso, pero bueno, no esperaba menos. Me encanta ese pan de pimiento que preparas. Hice que los chicos lo probaran cuando vinieron a cenar el jueves por la noche. A Sean le gustó mucho, ¿verdad, querido?

Livvy lo miró. ¿El jueves por la noche? Esa habría sido la noche en que él tenía *planes*. Planes que incluían a su abuela. ¿Había algo que *no* fuera adorable en este tipo?

—Deberías probar sus scones —respondió Sean, pero la mirada que le dirigió decía que no estaba hablando de scones.

Sintió que el rubor la invadía de nuevo.

Vio que él también lo notaba.

Recordó lo que él había dicho al respecto, y sintió calor de una manera totalmente diferente.

—Si su oferta sigue en pie, Olivia, a Hetta y a mí nos encantaría tener un recuerdo de Merri —dijo Dafna cuando le entregó a Livvy su plato.

—Por supuesto.

—No —dijo Sean al mismo tiempo.

Todos lo miraron.

—¿No? —Su abuela arqueó una ceja. No era de extrañar que fuera solo una—. Creo que Livvy es la que tiene derecho a decir cómo se dispone del contenido de esta casa.

Igual de desconcertante que la reacción de Sean fue la de su abuela. Livvy agradecía el apoyo, pero no lo necesitaba. *Iba* a darles algo y no había nada que Sean pudiera hacer para detenerla.

—Eh, tiene razón, abuela. —Les sonrió a las damas, pero la sonrisa no le llegó a los ojos—. Lo siento. Es solo que, bueno, la finca debería preservarse tal como está. —La miró y había algo en sus ojos, sí, pero no era una sonrisa—. Cada pieza tiene una historia que contar. Una pista del pasado. Ya sabe lo especial que era la señora Martinson con este lugar. Dudo que quisiera que lo desmantelaran.

—No están hablando de desmantelarlo, querido. —Su abuela le dio una palmadita en el brazo—. Simplemente quieren un recuerdo de ella. Olivia se lo ofreció.

A Livvy le encantaría tomar una foto del momento. Este tipo alto, grande y guapo que parecía que podía entrar en cualquier habitación y adueñarse de ella —incluida una en la que estuviera su hermano, la estrella de cine—, estaba retrocediendo ante la mirada fulminante de una viejecita de pelo cano. Era casi cómico.

Casi, porque Livvy leyó entre líneas en su pequeño discurso. Le preocupaba que regalara una pista y, aunque era tierno de su parte que cuidara de ella, no cambiaba su opinión.

—Yo lo ofrecí, y lo decía en serio. ¿Tenían algo en particular en mente? —les preguntó.

Se miraron y luego sonrieron. —Había unas preciosas figuras de Lladró de nuestro viaje de cumpleaños a España —dijo Dafna.

—Creo que es una idea encantadora. No veo cómo una estatua que compraron hace poco podría ser una pista del pasado.

Sean intentaba hablarle con los ojos mientras ella las guiaba fuera de la cocina. O más bien, intentaba gritarle con los ojos, pero Livvy simplemente sonrió como si no tuviera ni idea de lo que intentaba decir. Decirles a sus invitadas que *no*... Como si él tuviera el derecho de hacerlo.

Ah, pero ¿y si lo tuviera? ¿Y si solo estuvieran ustedes dos aquí y lo hicieran permanente? Tú, él, la casa, todo el paquete completo. ¿No es eso lo que siempre has querido, Livs?

Condujo a las damas hacia el salón, odiando que su conciencia sonara como Sher porque sí le *había* dicho a Sher que eso era lo que quería. El sueño definitivo: una relación normal, una vida juntos, quizás incluso hijos.

Su estómago sintió un cosquilleo al pensar en tener bebés con Sean. *¿Había* encontrado a ese tipo? ¿El que podría hacerla creer en el «y vivieron felices para siempre»?

Miró hacia atrás por encima del hombro. Ciertamente parecía el Príncipe Azul. Alto, moreno y guapísimo, divertido, dulce, atento, amante de las viejecitas y los animales, con una gran personalidad. Por no mencionar que era un amante increíble.

—Debe de ser un gran trabajo mantener este lugar limpio —dijo Hetta—. Por lo que dice su abuela de usted, es un joven muy emprendedor, Sean. En nuestros tiempos, a ningún hombre se le encontraría ni muerto con un plumero.

—Yo no uso plumero.

Y también limpiaba.

Sí, tener a Sean Manley en su vida podría hacerla perfecta.

Pero entonces Sean abrió las puertas francesas.

—¡Hijo de...! —Sean se quedó mirando la habitación. Otra vez no.

—*¡Hijo de puta!* —Orwell estaba posado en lo alto de la puerta *abierta* que daba al patio.

—Ay, no —dijo la abuela.

—Cielo santo —dijo Dafna.

—Ay, *Dios* —dijo Hetta.

—En realidad, es una cabra. —A Sean le dieron ganas de gemir—. ¿Por qué estaba Dodger en el salón? ¿Y cómo sabía siquiera que *era* Dodger? ¿Y cómo había abierto Orwell la maldita puerta? El pájaro parecía demasiado satisfecho de sí mismo.

—¿Qué han hecho ahora? —Livvy se deslizó a su lado y, por una vez, él fue más consciente de algo que no eran los suaves pechos de ella rozando su espalda y el aroma a lavanda que siempre le recordaría a ella...

Bueno, quizá no era *más* consciente de la pesadilla que había en el salón, pero definitivamente no podía ignorarla.

Dodger saltó sobre el aparador con un estrépito de pezuñas. Gracias a Dios que la parte superior era de mármol y no la dañaría, pero las piezas de cristal que estaban expuestas...

—¡Livvy, agarra a tu cabra!

Livvy resopló mientras pasaba corriendo a su lado. —¿Sabes lo que significa esa expresión, verdad?

—No me importa lo que signifique. Tienes que agarrar a la maldita cabra antes de que rompa algo. —Miró a su abuela—. Disculpa mis palabras, abuela.

La abuela desestimó su comentario con un gesto. —Agradezco la disculpa, Sean, pero salva el cristal.

Sean le sonrió antes de fruncir el ceño hacia Dodger. Y ahora Digger. Randy también, y el otro. ¿Cuál era su nombre? ¿Cómo demonios los había sacado Orwell del granero y los había metido aquí? ¿Y por qué?

Livvy intentaba atraparlos, pero los animales usaban los muebles como su propia cordillera personal y... diablos. Uno de ellos saltó sobre la repisa de la chimenea; la repisa que sostenía la colección de bolas de cristal de Merriweather. Muy apropiado para una mujer que quería controlar el futuro coleccionar instrumentos para verlo, pero él no necesitaba uno para saber el boquete que le sacarían al hogar de mármol de abajo si una de ellas se caía rodando.

Sean saltó por encima de una otomana y enderezó la silla que casi derriba, y habría hecho un lance deslizándose sobre el hogar si la bola que la cabra había tirado de su pedestal no se hubiera enganchado en algo y hubiera dejado de rodar hacia el borde.

Entonces Digger la empujó con su pezuña.

—¡Nooooooo! —Sean se lanzó, preparándose para el impacto del duro e implacable mármol.

En cambio, aterrizó sobre algo suave. Mullido.

Femenino.

—*¡Uf!*

Que, gracias a Dios, todavía podía hablar.

—¿Podrías *por favor* quitarte de encima?

—¿Estás bien? —Se quitó de encima de ella rodando y le apartó los rizos de la cara—. ¿Livvy? ¿Te hice daño?

—No, pero... ¡Dios mío! *¡Muévete!*

Sean levantó la vista mientras se apartaba para ver la bola de cristal que se precipitaba hacia él. Extendió una mano y la atrapó en el último segundo; la fuerza le escoció en la palma.

—Buena atrapada. —La abuela lo saludó con la mano.

Él le sonrió, con una sensación de náuseas en el estómago. Si no se hubiera apartado, si no hubiera aterrizado sobre Livvy, *ella* se habría llevado un buen golpe en la cabeza.

Maldita cabra.

Se incorporó y se pasó una mano por el cabello. —¿Estás bien?

Livvy se sentó, ajustándose la blusa; sí, ahí estaba la camisola. —Mañana tendré un buen moretón en la rodilla, pero aparte de eso, estoy bien.

Sean se puso de pie de un salto y le tendió la mano, negándose a pensar en lo *buena* que estaba. La abuela estaba allí. Eso debería bastar para ponerle un freno a sus hormonas.

Entonces Livvy lo miró desde debajo de sus pestañas y Sean tuvo que esforzarse para recordar que había *alguien* más aparte de ellos dos en esa habitación.

—Gracias.

—El placer es mío. —Le sostuvo la mano un poco más de lo necesario porque, sí, era un placer para él.

Y entonces la cabra baló, matando el momento.

—¿Cómo entraron aquí?

Señaló al maldito pájaro. —Te dije que Orwell sabe cómo abrir los pestillos de las puertas. Debió de salirse de su jaula. Le gusta estar rodeado de todo el mundo. No debería haberlo dejado solo en mi habitación tanto tiempo.

Digger se acercó a Livvy en la repisa de la chimenea y se inclinó para mordisquearle el pelo.

Maldita cabra.

Sean la levantó, ignorando su balido de protesta. Y sus cabezazos. —Una menos. Vamos a reunir al resto y a llevarlas de vuelta al granero.

—O, mejor aún. —Livvy asomó la cabeza por la puerta y silbó—. ¿Davy? ¡Vamos, chico!

—¿Qué estás haciendo? —No necesitaban más caos en la habitación.

—Confía en mí. Espera a que veas lo que Davy puede hacer. Baja a Digger.

Sean se mostró escéptico, pero eso cambió cuando el poodle entró rugiendo en la habitación y empezó a reunirlos a todos como si fuera un border collie y ellas sus ovejas, o bueno, cabras.

Digger, Randy y Bo se dejaron llevar de buena gana, pero Dodger era otra historia. No quería saber nada del asunto y saltaba de un mueble a otro para evitar al pequeño y molesto poodle.

Así que Davy fue tras él, saltando al sofá y luego al respaldo.

Del que se resbaló.

Sean se vio una vez más lanzándose para atrapar algo, pero esta vez, no llegó a tiempo.

El pobre Davy pagó el precio.

Esa pata no se veía nada bien.

—¿Y si se muere? —preguntó Livvy por cuarta vez desde que salieron de la clínica veterinaria horas después.

Sean estacionó su camioneta en el pequeño aparcamiento de la parte trasera de la finca, junto a la cocina. —No se va a morir. La doctora Carston sabe lo que hace. Dijo que era una fractura simple. Davy estará como nuevo en poco tiempo.

—¿Pero y si no despierta de la anestesia?

Apagó el motor y se giró hacia ella. —Livvy, no te adelantes a los problemas. Es un procedimiento de rutina.

—No, no lo es. —Se echó el pelo detrás de las orejas—. No es rutinario que un perro se rompa una pata persiguiendo a una cabra en el salón de una mansión. ¿No ves lo poco *natural* que es todo esto? ¿Cómo pude pensar por un momento que podía quedarme aquí? No están acostumbrados a este lugar y con todo el trastorno en sus vidas... Les prometí, y me prometí a mí misma, algo de estabilidad. Y sin embargo, aquí estoy, saltando a las exigencias de Merriweather y arriesgando la seguridad y la protección que les prometí cuando los adopté.

Sean le tomó las manos, que ella tenía apretadas en su regazo. —Livvy, son animales. Se adaptarán. No dejes de culparte por esto. Davy estará bien.

Ella se soltó de un tirón y se pasó las manos por los rizos. —*No* son solo animales, Sean. Son *mis* animales. Soy responsable de ellos y no me tomo mis responsabilidades a la ligera.

No lo dijo, pero él escuchó el *a diferencia de mis padres* y, de repente, lo entendió. Aquello iba mucho más allá de una pata rota. Tenía que ver con quién era ella, con lo que la había formado, con sus esperanzas y sus sueños. Livvy necesitaba estabilidad. Necesitaba a alguien a su lado que le diera la seguridad que necesitaba. Necesitaba a alguien que la cuidara, que se preocupara por ella, que estuviera ahí a largo plazo. Él no tenía ningún derecho a empezar una aventura que no podía terminar. Y en cuanto a robarle la herencia...

Fue su turno de pasarse las manos por el cabello. Una situación sin salida.

Sacó su celular y llamó a la clínica veterinaria. —Hola. Acabo de estar allí con Livvy Carolla y el poodle con la pata rota. Por favor, pídale a la doctora Carston que llame a Livvy cuando Davy despierte. —Le dio las gracias a la recepcionista y colgó—. ¿De acuerdo? No hay nada más que podamos hacer esta noche. Entremos y te prepararé algo de comer. Te ves bastante agotada.

—Gracias, pero voy a irme al granero. Necesito asegurarme de que todos estén bien.

No discutió con ella. No iba a ver si los animales estaban bien; iba a asegurarse de que *ella* estuviera bien.

—¿Quieres que vaya contigo?

Por un segundo hubo un destello de algo en sus ojos, pero luego negó con la cabeza. —No. Necesito un rato a solas con ellos.

Él le apartó el pelo del hombro. —De acuerdo. Pero si me necesitas, solo llámame.

Ella prometió que lo haría y se dirigió al granero, tropezando con el ladrillo del camino que él no había arreglado. Sean extendió la mano para sostenerla por un momento antes de que ella siguiera su camino; una metáfora, temía él, de toda su relación.

Eso era todo. Las cosas tenían que cambiar. Lo que significaba que tenía que hacer algunas llamadas.

Capítulo Treinta

Livvy no vino a la cama anoche.

Fue el primer pensamiento de Sean al despertar solo y le pareció que estaba mal.

Se saltó la ducha y se puso unos pantalones cortos y una camiseta antes de bajar las escaleras y salir hacia el granero.

Nunca llegó tan lejos.

Estaba dormida en el salón, con su zoológico particular a su alrededor. Bueno, los perros y Reggie sí, y no parecían muy cómodos aplastados contra ella.

Livvy, sin embargo, se veía endemoniadamente sexi. Su cabello caía sobre sus hombros como si él hubiera pasado la noche acariciándoselo con los dedos. Tenía un rizo sobre los labios que se movía cada vez que exhalaba. Tenía los labios fruncidos y sus largas pestañas descansaban sobre sus mejillas como si señalaran cada una de sus adorables pecas. Una pierna estaba enroscada sobre Ringo —perro con suerte— y había echado un brazo sobre Petra, sus dedos rozando el lomo de Reggie mientras el cerdo dormía en el suelo, sus cascabeles tintineando suavemente con cada respiración.

«Maldita sea».

Y Orwell estaba en el respaldo del sofá, con la cabeza metida bajo el ala, murmurando en sueños.

Livvy se revolvió y abrió sus hermosos ojos. Le tomó unos segundos despertarse, pero cuando lo hizo... guau. Esa sonrisa. Podría despertar con esa sonrisa por el resto de su vida.

—Buenos días —su voz era ronca por el sueño y a Sean le costó unos momentos poder responder porque todavía estaba dándole vueltas al comentario de *el resto de su vida*.

—Hola.

—Eh... me quedé dormida aquí.

—Ya lo veo.

—Llegué tarde.

—Lo sé —porque la había estado esperando.

—Se estaba... tranquilo en el granero.

Caminó hacia el sofá y empujó a Ringo para poder sentarse. —No tienes que darme explicaciones, Livvy. Es tu casa.

Ella se desenredó de los perros, su pierna desnuda rozando la de él, y cada célula de su cuerpo se puso en alerta máxima. Más aún cuando se echó la melena hacia atrás en una sexi cascada de rizos.

—¿Qué pensarías si me quedara aquí?

Eso desvió su atención de ella. —¿Quedarte aquí? ¿En esta casa? ¿O sea, no venderla?

Ella asintió. —Sé que es muy grande y necesita mucho mantenimiento, pero he estado pensando en lo que dijeron las señoras ayer. En cómo Merriweather se tomó toda esa molestia con la cocina y lo que está tratando de hacer con esta búsqueda del tesoro, y, bueno, me pregunto si me estoy apresurando demasiado en querer vender y tomar el dinero. Podría ser bastante agradable vivir aquí. No tengo que preocuparme por las goteras del techo y el granero... Es perfecto para todos. Y el lago... a los gansos les encantaría. Podría construirles un refugio en la isla y tendrían todo el lugar para ellos solos. Es al menos tres veces más grande que el estanque de casa que comparten con todas las demás aves. Podría construirles a Rhett y Scarlett un gran corral al aire libre, y a los perros ya les encanta el jardín.

—Y esta habitación. No te olvides de cuánto les encanta a todos esta habitación.

—Cierto —se rio y su sonrisa le dio un puñetazo en el estómago.

También lo hizo la idea de que ella se quedara en la casa. No se lo esperaba.

Había sido tan inflexible en irse que nunca consideró ni por un minuto que querría quedarse.

Adiós a todas las llamadas que había hecho anoche para vender su último B&B. Un par de personas expresaron interés y no pusieron pegas a su precio de venta. Si lo conseguía, podría cerrar el trato si Livvy heredaba y quería vender. Había tenido esperanzas. Ahora, sin embargo... Si vendía su propiedad y ella decidía no vender la suya, volvería al punto de partida, sin nada. —¿Así que de verdad estás pensando en quedarte?

—Todavía estoy en la etapa de sopesar los pros y los contras. Aún no descarto nada. Echaré de menos a todos en la cooperativa, pero, en realidad, ya no hay razón para que viva allí cuando hay una lista de espera de gente que quiere mudarse. Es lo justo, ya que tendré tanto. Oye, quizá podría convertir *este* lugar en una cooperativa. Desde luego, tenemos terreno de sobra.

Ahora el estómago de Sean recibió otro golpe, pero no fue por su sonrisa. ¿Este lugar valía una fortuna y ella iba a convertirlo en una cooperativa? El valor de la propiedad caería en picada y en cuanto a las propiedades circundantes que había comprado y que necesitaría vender para pagar a sus hermanos... Una cooperativa reduciría su valor a la mitad.

—Quizá quieras consultar con la junta de zonificación antes de tomar ese camino, Livvy —esa sería su próxima llamada—. Entonces, ¿supongo que el Dr. Carston llamó?

—Sí. Davy está bien. Podremos traerlo a casa hoy. Gracias por llevarnos ayer. Sé que probablemente querías pasar más tiempo con tu abuela.

—No hay problema. Y Gran lo entendió —Gran había entendido demasiado; no le había importado irse.

—Debería llamarla a ella y a las otras señoras para disculparme por haberme ido corriendo. Nunca obtuvieron lo que vinieron a buscar.

Gran sí que lo había hecho. Había dicho lo que tenía que decir *y* lo vio tomándole la mano a Livvy. Cuando la llamó anoche después de que regresaron del veterinario, ella solo dijo una cosa. «La apruebo a ella, Sean, pero no apruebo lo que estás planeando. Sé que harás lo correcto».

Como si necesitara más culpa sobre esta situación.

—Si te vas a quedar, tendrás todo el tiempo que necesites para que vuelvan de visita. Pero para eso, tenemos que encontrar la siguiente pista. ¿Alguna idea de por dónde empezar?

Se metió el pelo detrás de las orejas. —Mi abuela dijo que tenía que ver con mi abuelo Henry. Algo sobre su proyecto favorito. ¿Tienes idea de lo que significa?

Sí la tenía, pero como ama de llaves, no debería saber sobre el parque de diversiones que su abuelo había construido. Sin embargo, como parte interesada en el testamento de Merriweather, sí lo sabía.

—Estoy seguro de que no es tan difícil de averiguar con un par de búsquedas en internet.

—Lo que significa que volveré a la biblioteca. ¿Quieres venir?

—En realidad... —sacó su teléfono—. Teléfono inteligente. Lo compré cuando fuiste al mercado. Busca lo que quieras.

Le tomó menos de cinco minutos descubrir lo que él ya sabía.

—Nunca vas a adivinar qué es —le entregó el teléfono.

—De acuerdo —no le soltó la mano.

Ella puso los ojos en blanco, pero sonrió de todos modos. —¿Ni siquiera vas a intentarlo?

—Dijiste que no lo lograría, así que ¿para qué molestarme?

—En serio, Sean, no eres divertido.

Él arqueó una ceja.

—Bueno, sí lo eres, pero al menos podrías seguirme la corriente.

—Está bien. Déjame ver. ¿Construyó una carretera?

—No.

—¿Un edificio de oficinas?

—Nop.

—¿Un centro comercial?

—Ni cerca.

—Vaya, qué divertido es este juego.

Livvy volvió a poner los ojos en blanco. —De acuerdo, señor mal perdedor. Es un parque de diversiones.

—Yo *no* soy un mal perdedor, y tienes razón. Nunca habría adivinado un parque de diversiones. Estás pensando en ir, ¿verdad?

—A menos que tengas otros planes para hoy.

—Solo hay un problema.

—¿Ah, sí?

La acercó un poco más. —Sí. Verás, tengo algo llamado trabajo. Por el cual me pagan. Y mi jefa es un poco exigente con mantener contentos a los clientes.

Ella apoyó las palmas de las manos en su pecho y, de repente, Sean no encontró nada divertido en su situación. Candente y apasionada, excitante, sexi, sí. Divertida... Para nada. La deseaba con una intensidad que era casi aterradora.

—Bueno, *esta* clienta estaría mucho más contenta si la acompañaras a un parque de diversiones en lugar de aspirar las escaleras, así que a menos que tengas alguna extraña aversión a los parques de diversiones, supongo que eso significa que vienes conmigo —empujó su pecho y él, a regañadientes —muy a regañadientes—, la soltó—. Dame quince minutos para prepararme y luego podemos irnos.

—Suena bien, pero ¿por qué no comemos algo primero?

—Buena idea. Vamos a probar ese *diner* de camino a la interestatal. Invito yo.

—Suena como un plan, pero invito *yo*. Nunca he dejado que una mujer pague por una comida en mi vida y no voy a empezar ahora.

Ella se encogió de hombros y la forma en que sus pechos se movieron fue pago suficiente si quería ser estricta al respecto.

—Está bien, por mí no hay problema. Pero que sepas que tengo ganas de un desayuno bien grande.

No estaba bromeando.

Livvy fue la primera mujer a la que había llevado a un restaurante que de verdad *se comía* su comida. Todas las demás daban pequeños mordiscos y la empujaban por el plato, pero Livvy no. Tenía razón; no era como ninguna otra mujer.

No es que necesitara que ella se lo señalara.

Se terminó su tercer huevo frito y se lo pasó junto con la cuarta tostada con su segundo vaso de jugo de toronja.

—¿Dónde metes todo eso? —preguntó Sean, tratando de mirarla objetivamente. Sí, eso no iba a pasar.

—¿Demasiado? Lo siento, pero tenía hambre.

—No te disculpes conmigo. Me alegra ver que tienes un apetito saludable. Incluso si te pusiste un poco maniática con el pan integral.

—Oye, tenía que saber si era orgánico o no. No espero que una mesera adolescente lo sepa. La forma más fácil de averiguarlo es mirando el empaque.

—Me sorprende que no preguntaras si la mantequilla estaba batida a mano.

Hizo una bola con su servilleta y se la tiró. —Ahora solo te estás burlando de mí.

—No, estoy disfrutándote. Todas tus pequeñas rarezas y manías.

—¿No te importa?

Él le tomó la mano. —¿Cómo podría? Son lo que te hacen ser tú.

Ella tragó saliva y luego se lamió los labios. No fue un mordisquito, pero fue igual de potente. —Gracias por decir eso. Fue muy tierno.

—Tú también eres tierna, Livvy —bajó la voz y se inclinó—. Y no me importaría probarte ahora mismo.

Consiguió el sonrojo que buscaba. También consiguió una erección tremenda, pero bueno, había estado a media asta desde que ella bajó las escaleras con un par de pantalones cortos y sandalias que le hicieron desear recorrerle las piernas con las manos, y su reglamentaria camiseta de tirantes con la blusa abierta encima que era más una insinuación provocadora que algo que ocultara sus curvas.

—No puedes decir cosas así —susurró ella.

—Claro que puedo. Es la verdad.

Si era posible, su sonrojo se intensificó. Y se extendió por su cuello y por debajo de esa blusa y esa camiseta y, demonios, le encantaría trazar su camino con la lengua.

—Creo que deberíamos irnos —dijo, apartando su mano de la de él y recostándose en el asiento.

—Yo también, pero desafortunadamente, si salgo de esta cabina, voy a avergonzarte a ti, a mí mismo y a todos aquí.

Le tomó unos segundos entenderlo, pero cuando lo hizo, se sonrojó de nuevo.

Sean gimió. —Livvy, por favor, deja de sonrojarte.

—Entonces deja de decir cosas así.

—¿Puedo seguir pensándolas?

Puso los ojos en blanco. —Eres incorregible.

—No, estoy sufriendo. Apiádate de mí y hablemos de algo... oh, no sé. *Frío.*

—¿Como un glaciar?

—Ese es bueno.

—O qué tal un lago congelado.

—Aún mejor.

—¿Oso polar?

—Eso funciona.

—¿Yo desnuda frente a una chimenea crepitante con la nieve cayendo afuera de la ventana detrás de mí?

—No se vale.

Ella le apartó un mechón de pelo que le había caído sobre la frente.

—Todo se vale en el almuerzo y en la guerra, ¿recuerdas?

—Lo recuerdo muy bien, gracias, pero esto es el desayuno —recordó verla estirada, desnuda bajo el sol con el murmullo del agua corriendo a su alrededor, el cielo azul sobre sus cabezas y ni un alma en kilómetros a la redonda, y habían hecho el amor como si fueran las dos únicas personas en la tierra, en su propio Edén privado—. Te estás sonrojando otra vez.

—Eso *no* es un sonrojo.

La mirada que le dirigió le dijo todo lo que necesitaba saber. —Sigue mirándome así, mujer, y no me haré responsable de las consecuencias.

—Me encantaría explorar esas consecuencias contigo, pero hay atracciones esperándonos.

Él le daría una atracción...

No tuvo que decirlo; ella empezó a sonrojarse de nuevo.

Hoy prometía ser muy divertido.

Capítulo Treinta Y Uno

—¡Vamos otra vez! —Livvy no paraba quieta, que Dios lo ayudara. Bajó los escalones de la atracción, cruzó el asfalto y dio vueltas a su alrededor como su caniche bailarín. Aunque era infinitamente más linda.

—¿Quieres subir *otra vez*? ¿No estás a punto de vomitar los tres huevos, las cuatro tostadas de pan integral multigrano orgánico y los dos vasos de jugo de toronja?

—Técnicamente, fue solo uno y medio.

—Ah, claro. Qué gran diferencia. ¿O sea que si hubieran sido dos vasos llenos, *entonces* sí lo vomitarías?

—No, tonto. Me encanta esa atracción. Cuando el suelo desaparece es como esa sensación que te da en el estómago cuando... Ya sabes —se mordisqueó el labio inferior y Sean tuvo el presentimiento de que sabía exactamente lo que iba a decir.

La atrajo hacia él y entrelazó las manos en la parte baja de su espalda. —¿Te refieres a la sensación que tienes cuando hago esto?

La besó. Justo ahí, en el parque, delante de todo el mundo, la besó como si solo fueran ellos dos, como en el lago. Como si no pudiera esperar para llevársela a casa.

No podía. —Te deseo, Livvy —tuvo que susurrárselo contra la piel.

—Sean, estamos en público.

—Créeme, lo sé —le mordisqueó el lóbulo de la oreja—. Solo quería asegurarme de que *tú* también lo supieras.

Ella arqueó la espalda ligeramente, presionando su vientre contra la erección de él. —Oh, lo sé.

Él exhaló una risa y le besó la punta de la nariz. —¿Cuánto tiempo crees que podemos quedarnos así antes de que alguien se dé cuenta?

—Probablemente mucho más que si me soltaras y te dieras la vuelta ahora mismo.

—Buen punto.

—Yo digo que probemos la montaña acuática. Esa agua seguro que te refrescará.

—Hasta que termines empapada.

—Ah, claro. Buen punto. ¿Qué tal la casa de la risa?

—Suena como un plan.

Fue un buen plan. Esas escaleras móviles la hicieron caer de espaldas contra él. Y esa subida por la cuerda... Menos mal que su abuela le había enseñado a ser un caballero; la dejó ir primero.

—¿Algodón de azúcar? —preguntó ella una vez que atravesaron la rueda de hámster y llegaron a la plataforma del final.

—¿Algodón de azúcar? ¿Tú? —Sean se puso una mano en el pecho y fingió tambalearse hacia atrás contra las cuerdas del cordón—. ¿No está eso lleno de químicos, colorantes y nitratos o algo así?

—Azúcar y aire. Quizás un poco de colorante alimentario. No está tan mal.

—Increíble. Las cosas sobre las que las madres advierten a los niños, tú las apruebas.

Ella le dio un golpecito en el pecho. —Las madres también advierten a las chicas sobre tipos como tú, y tampoco estoy haciendo caso de eso.

Sean no la dejó retirar la mano. La apretó contra él, más que dispuesto a usar cualquier excusa para que ella lo tocara. Cielos, estaba loco por ella. —Oye, soy un buen tipo. Las madres me adoran.

—Seguro que sí —ella movió las cejas y liberó su mano mientras se dirigía a la siguiente atracción.

Sean la siguió, alcanzándola rápidamente. Bryan era el que todas las mujeres amaban. Y a Sean no le importaba. No necesitaba ser el objeto de la fantasía de todas las mujeres. Solo de una en particular.

Una especial.

Livvy.

—¿Sean? ¿Estás bien?

Livvy se dio la vuelta cuando él se detuvo. Diablos, pensó que había dejado de *respirar*.

—¿Sean?

—¿Eh? Ah, sí. Estoy bien —en el sentido de que mi mundo acababa de tambalearse.

—¿Podemos subir a las sillas voladoras? Me encanta dar vueltas así.

Debería probar a dar las vueltas que él estaba dando en ese momento. Santo cielo, se estaba enamorando de ella. Y no porque el sexo hubiera sido genial. Aunque lo había sido. Pero quería sus sonrisas por la mañana y sus gemidos por la noche. Sus besos todo el día. Quería su risa y sus inseguridades y sus bromas y sus suspiros cuando dormía. Incluso aceptaría a los perros si eso significaba tener a Livvy. Y sus sonrojos. Oh, cómo quería sus sonrojos.

—¿O quieres subir a ese barco pirata?

Miró hacia donde ella señalaba. Un barco gigante que se balanceaba de lado a lado hasta quedar casi perpendicular al suelo. No, no necesitaba subirse a ese; su interior ya estaba haciendo eso por sí solo.

—¿O qué tal el Double Shot? Es una descarga de adrenalina.

No necesitaba más adrenalina. Pero no podía decírselo. —Claro. Suena divertido.

Se estaba *enamorando de* Livvy.

Livvy no recordaba un día mejor. Bueno, quizás el del lago, pero este le seguía muy de cerca. Sean era muy divertido, tenía un gran espíritu deportivo y era el chico perfecto para pasar el rato en un parque de diversiones. Él, por supuesto, le dio a la campana en el juego del hombre fuerte. Reventó los seis globos con sus dardos, ganándole un hipopótamo de peluche «para su zoológico particular», y no le importó tener la cara cubierta de azúcar glas del pastel de embudo.

Claro que eso podría tener algo que ver con el hecho de que ella se lo quitó a besos, pero aun así...

Se subieron a todas las atracciones, a algunas dos veces, compraron todas las fotos carísimas que les tomaron en las atracciones, vieron a un payaso hacer malabares, a un tragasables tragar sables (obviamente), y el número de los perros entrenados la hizo pensar seriamente en sus propios animales. Los suyos eran listos; podían aprender a hacer trucos como esos. Quizás podría montar espectáculos en centros de mayores u hospitales infantiles ahora que tendría tiempo para hacer esas cosas... *si* encontraba el resto de las pistas.

Cedió a comerse un hot dog —estaba bastante bueno, aunque no se lo iba a admitir—, cuando Sean regresó a la mesa con las bebidas.

—Toma. Te traje un té helado. Supuse que con el algodón de azúcar y el pastel de embudo ya tenías suficiente azúcar por hoy, así que me olvidé del refresco. No quería excederme —le arrebató el hot dog de la mano—. Incluido esto. Ya sabes, por todos esos nitratos —se lo comió de un bocado.

—¡Oye! ¡Esa era mi cena!

Él enarcó una ceja. —¿En serio? ¿Lo estabas disfrutando? Pensé que te lo comías para contentarme, ya que por aquí no hay carne de res alimentada con maíz.

Ella se cruzó de brazos y exhaló. —Me estaba contentando a *mí*. A mi apetito.

Sacó más dinero. —Ah. En ese caso, te traeré otro.

—Olvídalo. No es que necesite más. Además, tengo esto —levantó su té. Qué gesto tan absolutamente dulce—. Gracias.

—De nada —le dio un buen trago a su refresco y luego se limpió la boca con el dorso de la mano. Ella ocultó una sonrisa—. ¿Qué es tan gracioso?

—Nada.

—Ajá. No me lo creo. Tus *nadas* siempre me suenan a *algo*, así que desembucha. Quiero saber por qué te ríes de mí.

—No me estoy riendo de ti; te estoy *sonriendo* a ti.

—Es lo mismo. Dime.

Ella negó con la cabeza. —No lo entenderías.

—Inténtalo.

Ella arqueó las cejas y bajó la voz. —Ya lo hice.

Le encantaba provocarlo. Le encantaba cómo se oscurecían sus ojos azules. Le encantaba cómo sus hombros se enderezaban cuando se incorporaba. Le encantaba ese tic en su mandíbula que decía que había captado su insinuación y que estaba recordando exactamente lo mismo que ella.

—Vas a pagar por hacer ese comentario en público, Carolla —su mirada le dejó claro exactamente de lo que estaba hablando.

—Cuento con ello —recogió unas migas del pan de hot dog de su servilleta—. Bueno, probablemente deberíamos encontrar la siguiente pista antes de que oscurezca. No habrás visto una placa o algo que proclame el gran nombre de Martinson por aquí, ¿verdad?

Sean la miró unos segundos más con *esa mirada*. —De hecho, sí. ¿Qué me das si te digo dónde está?

—¿Qué quieres?

—Tú sabes la respuesta a esa pregunta.

—Sí, la sé.

—¿Y?

—Y estoy completamente de acuerdo —se levantó y le tendió la mano. Cualesquiera que fueran los planes de Merriweather para la búsqueda del tesoro, Livvy se alegraba de que incluyeran a Sean—. Vamos a encontrar esa pista para que podamos pasar el resto de la noche juntos.

Capítulo Treinta Y Dos

Era media mañana cuando Livvy se despertó en un motel de mala muerte que probablemente alquilaba habitaciones por hora.

Sonrió. Para ella y Sean, era más barato alquilarla por la noche entera.

Lo miró, dormido a su lado. Amaba su rostro. Ah, no porque fuera guapo, que lo era, sino porque era muy expresivo. Sean no se guardaba nada. La miraba con tanto cariño en los ojos, de una forma tan clara, directa y honesta... Sentía que podía verle el alma cuando lo miraba a los ojos. Su rostro era tan fuerte, tan masculino, tan perfectamente esculpido, como si la Madre Naturaleza se hubiera propuesto hacer no solo el hombre más perfecto por *dentro*, sino también por *fuera*. Y con Sean, le había salido bien en ambos aspectos.

Livvy levantó la mano para delinearle la nariz. Lo había hecho mucho la noche anterior. Había algo en la nariz de Sean... y en sus labios... y en su barbilla... y...

—¿Ves algo que te gusta? —le sujetó la mano y se la llevó a la boca para besarle los dedos.

Y para robarle el aliento.

—Sí. —A ella le gustaba más que eso.

Él se giró de lado para quedar frente a ella, sin soltarle la mano, y luego la apretó contra su pecho. Contra su corazón. —A mí también. —La besó.

Fue un beso suave. Dulce. Sencillo y sin exigencias. Pero lleno de un mundo de bondad que le sacó las lágrimas. No sabía cómo había tenido tanta suerte con Sean, pero no iba a cuestionarlo. Por primera vez en su vida, no tenía que esforzarse para que algo bueno le pasara. Era como si el universo reconociera todos sus esfuerzos y le diera una gran recompensa por no haberse rendido nunca.

—Mmm, qué bien sabes —le susurró él contra los labios.

—Eso dijiste ayer.

—Y anoche me diste la razón.

Sí, se sonrojó de nuevo.

—Ah, Livvy, ven aquí. —La envolvió en un abrazo grande y apretado, y la atrajo hacia él. Ella le rodeó la cintura con los brazos, hundió la cara en el hueco de su hombro, y no había lugar en la tierra en el que prefiriera estar.

—Servicio de limpieza. —La puerta se abrió.

Bueno, quizá preferiría estar en casa para que nadie interrumpiera ese momento.

—¡Oiga! —Sean se apresuró a cubrirla con las sábanas y luego se incorporó —. ¡Estamos aquí!

—¡Oh, lo siento mucho! —La mujer de la limpieza salió de la habitación, probablemente más roja que Livvy.

—Esa *no* es la forma en que quería despertarme. —Le pasó una mano por la espalda y Livvy se estremeció. Sí, la Madre Naturaleza había hecho maravillas con Sean.

Echó el pelo hacia atrás y se apoyó en los codos. —Al menos sabemos que las habitaciones están limpias.

Sean se rio, luego quitó las sábanas y le dio una palmada en el trasero. —Vamos, arriba. Podría quedarme aquí todo el día sin hacer nada, pero tenemos que recoger a un perro y encontrar una pista. Tienes la del parque, ¿verdad?

Buscó su sostén, riéndose tontamente cuando lo encontró colgado de la lámpara de la mesita de noche.

—¿Qué es tan gracioso?

—Esto. —Lo levantó.

—¿La lencería es cómica? Para los hombres no.

—No el sostén, sino dónde lo encontré. Nadie había lanzado mi sostén a la pantalla de una lámpara antes.

—Ellos se lo pierden. Fue divertido. Sobre todo lo que vino después.

Era demasiado guapo como para que le saliera bien una sonrisa pícara y cursi. Solo conseguía que ella quisiera una repetición de la noche anterior. Pero tenía razón; no tenían tiempo. El tiempo corría en contra de su herencia. Aún no estaba segura de si quería vivir allí o no, pero quería tener la posibilidad de tomar esa decisión.

—Entonces, ¿dónde está la pista? —preguntó él, poniéndose los shorts. A lo comando.

Livvy intentó tragar, pero con la boca repentinamente seca, no lo logró.

Tosió y sacó de su sostén la pista que les había dado el gerente de la joyería Merri en el parque. Sean la había descifrado a partir de la frase «algo más precioso que las joyas» de la pista anterior. —Eh, aquí.

—Eso no estaba ahí anoche —dijo él—. Lo comprobé.

—Estaba entre la tela y el forro. No estabas buscando en el lugar correcto.

—Créeme, estaba en el lugar correcto.

Sintió que el rubor volvía a subirle a las mejillas.

—Ah, Livvy, es demasiado fácil contigo. No pierdas nunca ese sonrojo, ¿vale? Lo extrañaría.

—Intentaré no hacerlo. —Y si él seguía diciendo cosas como esa, no necesitaría intentarlo.

Se dieron una ducha rápida —por separado para que de verdad *salieran* del motel—, tiraron a la basura los artículos de aseo de viaje que habían comprado en una tienda la noche anterior, y luego Livvy le leyó la pista de nuevo cuando ya estaban en camino.

—¿Un guardapelo? Eso debería ser fácil de encontrar.

—Lo sería, excepto que está en la caja fuerte. Y no me dio la combinación.

—Seguro que Scanlon la tiene.

—Pero no puedo pedírsela. ¿Ves dónde dice «Por tu cuenta»? Tengo que averiguar la combinación yo sola.

—Eso podría llevar años.

—Ni que lo digas.

Sean exhaló y apretó el volante. —Es casi como si quisiera que fracasaras.

—O la combinación es tan obvia que debería ser capaz de averiguarla.

—Si fuera tan fácil, cualquiera podría hacerlo. Merriweather no era tonta. El número tiene que ser significativo para ti. —Su celular sonó—. Espera. Tengo que atender esta llamada.

Pulsó la pantalla. —Manley. —Sus labios se tensaron mientras escuchaba a la persona al otro lado—. Sí, eso funcionará. A la una está bien. ¿Dónde nos vemos? Okey. De acuerdo. Entendido. Nos vemos entonces.

—Entonces, ¿a dónde vamos? —preguntó ella cuando él terminó la llamada.

—*Nosotros* no vamos a ninguna parte. *Yo*, sin embargo, tengo una reunión de negocios, así que estarás sola en la búsqueda de la pista. ¿Te animas?

—¡Ay, por favor! Soy una cazadora de pistas nata. Solo te dejo que me acompañes porque me das pena, todo el día encerrado con productos químicos, trapeadores, aspiradoras y caca de alpaca. Estaré bien. —Se guardó la pista de nuevo en el sostén, disfrutando totalmente del calor que se encendió en los ojos de él cuando lo hizo—. Entonces, ¿esa reunión de negocios tiene que ver con tu empresa de remodelación y venta de casas?

—Sí. Un posible comprador.

—Y eso es bueno, ¿verdad?

Soltó un suspiro. —Sí, es bueno.

—No pareces muy emocionado.

—Es un arma de doble filo. Por un lado, me alegro de vender la casa, pero por otro, odio desprenderme de ella. Tiene un valor sentimental para mí y está en una zona que está a punto de convertirse en el lugar *de moda* para vivir en los próximos años, lo que probablemente cuadruplicaría mi inversión si pudiera conservarla tanto tiempo.

—Entonces, ¿por qué no lo haces?

Exhaló de nuevo, esta vez rascándose la mandíbula. El roce de su barba incipiente le recordó a Livvy exactamente cómo se había sentido contra su estómago. Sus muslos...

—A veces surge una oferta que no puedes dejar pasar. Esta podría ser una de esas.

—Ah. Okey.

Después de todo, él *tenía* que ganar dinero, sobre todo ahora que no estaban seguros de si tendría trabajo, así que esa era una razón más para que ella se quedara con la casa. Podría darle a Sean el trabajo de forma permanente. O, mejor aún, decirle que se olvidara de la limpieza por completo y que simplemente se quedara para hacerle compañía. Excepto que Sean era orgulloso. No querría que ella le diera limosna y eso, por sí solo, hizo que se enamorara un poco más de él.

También lo hizo su ternura cuando pasaron por la veterinaria a recoger a

Davy de camino a casa. Llevó al poodle en brazos hasta el auto y lo colocó suavemente en el regazo de ella, asegurándose de que la pata delantera recién enyesada estuviera cómoda. Acarició a Davy varias veces de camino a casa y no apartó la mano cuando Davy lo lamió. Definitivamente, Sean estaba empezando a aceptar a sus animales.

Igual que ella se estaba haciendo a la idea de llamar a ese lugar su hogar.

Capítulo Treinta Y Tres

Sean salió del restaurante en el que su corredor había querido reunirse y regresó a la finca con una sensación de malestar en el estómago y un alivio en su cabeza. Estaba hecho. La cabaña estaba vendida. Con eso y posponiendo la electrificación de la isla, tenía la oportunidad de igualar las ofertas que había escuchado. El retorno de la inversión de sus hermanos todavía estaba en duda, pero ya cruzaría ese puente al llegar a él. *Si* es que llegaba. No había garantía de que ella fuera a vender. O de que le vendiera a él. No una vez que descubriera que él había querido este lugar todo el tiempo.

Sean exhaló. Una cosa más de la que preocuparse.

Al menos su conciencia estaba tranquila. La sensación de alivio que sintió cuando la carga de sus mentiras se desprendió de sus hombros fue enorme. Ahora él y Livvy podían negociar en igualdad de condiciones, sin sabotajes secretos entre ellos.

Estacionó la camioneta y se dirigía hacia la cocina cuando notó que la puerta del salón estaba abierta. ¿Y ahora qué?

Cambió de dirección y... oh, diablos. Habían destrozado la habitación. De nuevo.

Huellas de patas lodosas de todos los tamaños estaban por todas partes. Los muebles, el suelo, las cortinas hasta el piso, las paredes, los cuadros...

¿Los *cuadros*? ¿Cómo demonios había pasado eso? *¿Por qué* demonios había pasado?

—¿Livvy?

Nada. Ni siquiera el «*Hijo de puta*» de Orwell.

Se adentró más en la habitación. —¿Livvy? ¿Orwell? ¿Davy? —Gracias a Dios, los Lladró seguían de pie en la vitrina, pero eran casi lo único que quedaba intacto. Las pantallas de las lámparas estaban torcidas, los cojines aplastados en el suelo —con huellas de patas, por supuesto— y una de las patas de la mesa de centro había cedido, por lo que la cosa se inclinaba como si estuviera borracha contra el sofá. La esquina de la mesa había rasgado la tapicería del sofá. Genial. Ahí se iba más dinero.

Cerró las puertas del pasillo detrás de él. Estas, gracias a Dios, se quedaron cerradas. —¿Livvy? ¿Estás aquí?

—¡Arriba! —llegó su voz incorpórea.

La encontró en su baño, con un montón de velas que inundaban la habitación con aroma a lila, rosa y algún tipo de baya; el escenario perfecto para una seducción.

«*Hijo de puta*».

O, con Orwell allí, tal vez no.

Dobló la esquina y fue recibido con una sonrisa que lo habría atraído a la tina con ella *si* no estuviera completamente vestida y metida hasta las rodillas entre espuma y perros mojados. Había cuatro con ella, uno tratando de entrar y otros dos revolcándose en toallas en el suelo. Davy estaba sentado en una toalla sobre la tapa del inodoro, con su pierna enyesada cruzada delicadamente sobre la que no estaba rota.

—¿Qué pasó?

Ella sopló un mechón de pelo para quitárselo de la cara.

No se quedó en su sitio.

Lo apartó con el hombro.

Seguía sin quedarse en su sitio.

Sean se inclinó y se lo colocó detrás de la oreja.

—Gracias. —Respiró hondo—. Fue el maldito pavorreal. Estaba al otro lado del seto, provocando a los perros que, supongo, finalmente se hartaron. Por lo que puedo deducir, Ringo fue el primero y los demás de alguna manera lograron escurrirse por la cerca. No sé. Todo lo que sé es que tenemos un pavorreal prácticamente sin cola corriendo por ahí que podría necesitar un poco de terapia o medicación, un camino que ha sido excavado y destrozado, setos que necesitan ser podados, y he estado sacando espinas y púas de sus narices, pelaje, orejas, colas y almohadillas de sus patas durante las últimas cuatro horas. Y tratando de bañarlos porque aquello por donde persiguieron a ese pavorreal no huele nada bien.

Eso explicaba las velas.

Sean tomó una toalla, la enrolló y la puso junto a la tina para arrodillarse sobre ella. —¿Qué necesitas que haga?

Parecía que estaba a punto de llorar. —Nada. Esto no es parte de la descripción de tu trabajo.

—¿No hemos establecido ya que no *tengo* una descripción de trabajo? Además, quiero hacer esto por *ti*, no porque esté trabajando. —Le quitó un cepillo de la mano—. ¿Quién sigue?

—Podría besarte por esto.

—Bien. Te tomaré la palabra cuando terminemos aquí. Entonces, ¿quién necesita un baño?

—Paula. No, Petra. No, creo que a ella ya la bañé. —Livvy se recostó en el borde lejano de la tina, sus shorts empapándose—. No estoy segura.

Sean tomó la botella de champú del borde de la tina. —Está bien, entonces empezaremos de nuevo. Los dos que están en las toallas, ¿ya están listos?

—Sí. John y Mike eran los peores, así que los bañé primero.

—Está bien, dos listos, uno fuera de servicio, quedan cinco.

Estaba empapado para cuando todos los perros fueron bañados. También Livvy.

Eso era un punto a favor.

Su camiseta de tirantes se le pegaba de nuevo, sus pezones se habían endurecido y había perdido la blusa holgada en algún momento. Con su conocimiento de primera mano de su cuerpo, era bueno que tuviera el *eau de perro mojado* para mantener sus sentidos ocupados; de lo contrario, estaría tan duro como la porcelana en la que estaban bañando a los animales.

Le dio a Georgia una buena frotada. Era una perra mayor; no quería que se resfriara, pero los otros estaban retorciendo las toallas como sacacorchos. Ayudó a Livvy a salir de la tina para que no resbalara con el agua que los perros salpicaban por todas partes cuando se sacudían para secarse.

—¿Y ahora qué hacemos con ellos? No necesitamos una repetición de lo del salón en cada habitación del lugar.

Ella suspiró. —Lo destrozaron, lo sé. Yo me encargaré.

—No es gran cosa. Lo he limpiado antes; lo limpiaré de nuevo.

Algo de fuego regresó a sus ojos. Se enderezó, se echó el pelo hacia atrás y se lo retorció en un moño extraño y desordenado. Eso era tremendamente sexy.

—Oh no, tú *no* limpiarás su desorden. Son mis animales; yo lo haré.

—No tienes tiempo. Te llevará la mayor parte del día limpiar ese desastre y necesitamos encontrar esa pista, ¿recuerdas? —Sean lo pensó dos veces. Si quería que ella fracasara, ¿por qué la estaba animando a buscar?—. Los pondremos en el patio, pero esta vez, usaremos correas.

—Lo odiarán.

Recogió un par de toallas empapadas del suelo y las arrojó a la tina. Otra cosa que iba a limpiar. Definitivamente iba a contratar a Mac una vez que comprara el lugar.

«*Comprar el lugar*» sonaba mucho mejor que «*engañarla para quitarle su herencia*». Ahora podía estar con Livvy y no tener que mentirle más. Se sentía tan bien no tener el nudo en el estómago... solo para que fuera reemplazado por otra cosa cuando ella se estiró su camiseta de tirantes mojada.

—Y yo odiaré bañarlos de nuevo aún más. Así que, ¿qué prefieres? ¿Perros enojados, cansados y frustrados, o a un Sean enojado, cansado, frustrado y *malhumorado*?

Livvy le entregó otra toalla empapada. —¿No puedo tener a Um-Sean el chico de la piscina en su lugar? Era mucho más divertido.

—¿Estás diciendo que no soy divertido?

—Bueno, Um-Sean sugeriría jugar a buscar con ellos en el jardín para cansarlos antes de atarlos en el patio.

—Um-Sean no tiene que limpiar su desorden —murmuró él, recogiendo aún más toallas del suelo. La lavadora iba a hacer un cortocircuito para cuando terminaran con este desastre.

—Van a estar miserables.

Él le quitó un poco de espuma de jabón de la nariz con un dedo. —Mejor ellos que nosotros. —Se frotó la parte baja de la espalda e intentó estirarla—. Mira el lado bueno: el pavorreal te lo agradecerá.

—Preferiría atar al *pavorreal*. Maldita molestia. Lo primero que voy a hacer cuando sea oficialmente dueña de este lugar es donar esa cosa a un zoológico local.

—Hablando de eso, ¿alguna idea para la combinación de la caja fuerte?

Ella negó con la cabeza. —No tuve oportunidad de probar. El Gran Fiasco del Pavorreal sucedió prácticamente en cuanto llegué.

—Entonces no hay mejor momento que el presente para intentarlo.

Livvy cargó a Davy. —¿No podemos dispararle al pavorreal en su lugar?

Cinco horas después, Livvy estaba lista para olvidarse del pavorreal y dispararle a quienquiera que hubiera diseñado esa estúpida caja fuerte. Ella y Sean habían probado todas las combinaciones de números que se les ocurrieron: cumpleaños, aniversarios, fechas de muerte, fechas importantes de la historia, los solsticios de verano e invierno, días festivos… pero la maldita cosa no se había movido. Para añadirle diversión al asunto, ni siquiera estaban seguros de cuántos números tenía la maldita combinación, así que todo era una gigantesca apuesta al aire. Estaba *tan* harta del jueguito de Merriweather.

—¿Y qué tal uno-dos-tres-cuatro-cinco? —Se dejó caer en el sofá Chesterfield debajo de las ventanas del estudio.

—¿No probamos ya con ese?

—No sé. Veo hileras de números detrás de mis párpados cada vez que los cierro. —Se echó un brazo sobre la frente—. Nunca vamos a resolver esto.

—Y no me queda mucho más tiempo para intentarlo.

—¿Una cita? —Intentó poner un montón de indiferencia en la pregunta, pero en realidad, prácticamente la ahogó.

Sean se dio la vuelta. —¿De verdad esperas que salga con alguien más después de acostarme contigo?

—No hubo mucho de dormir en lo que pasó. —Intentaba ser displicente al respecto, tan genial, moderna y desenvuelta, pero el sexo era algo muy importante para ella.

—Exactamente mi punto. ¿Por qué pensarías que tendría una cita?

—No lo pensé. —Bueno, no por más de un segundo.

—No te creo, Livvy. Eso salió de tu boca tan rápido que no tuviste tiempo de inventar algo para hacerte la linda. Lo decías en serio. Ahora, ¿por qué? ¿Qué he hecho para darte la impresión de que fuiste tan poco importante como para que yo viera a otras personas? No me acuesto con todas las mujeres hermosas que conozco, ¿sabes? No pensé que tú tampoco lo hicieras.

Se estaba sonrojando de nuevo, pero esta vez era de enojo. Consigo misma.

Había sacado conclusiones precipitadas y herido sus sentimientos cuando él no le había dado absolutamente ninguna razón para pensar lo que había pensado. —Yo tampoco me acuesto con todas las mujeres hermosas que conozco.

—No es gracioso.

De acuerdo, el humor estaba descartado.

Livvy se sentó y metió los pies debajo del sofá y las manos debajo de los muslos. —Lo siento. Supongo... supongo que estoy un poco asustada. Lo que siento por ti... —Soltó un gran suspiro—. Es nuevo. Y es emocionante, pero también da un poco de miedo. No tengo exactamente el mejor historial con la gente que se preocupa por mí.

Sean la miró fijamente durante tanto tiempo que quiso encogerse y morirse de la humillación. Genial, ahora lo había presionado. Que se preocupara por ella... Dios. ¿Cuándo aprendería a no hacerse ilusiones? ¿Cuándo aprendería a aceptar lo que alguien estaba dispuesto a dar y no querer más? No era como si el sexo con Sean no fuera lo suficientemente increíble. Debería haberse callado la boca y disfrutar de esto por lo que era, y no dejarse llevar por el momento.

Pero, maldita sea, estaba *harta* de tener que conformarse. De seguir el programa de otra persona. Y no solo hablaba de hombres. Merriweather, su madre, su padre... Todas las personas que se suponía que debían amarla incondicionalmente no lo habían hecho. Todos la habían dejado a cargo de alguien más. ¿Por qué iba a esperar que un hombre entrara valsando con su aspiradora y fuera la respuesta a sus plegarias?

Necesitaba dejar de creer en cuentos de hadas. Ella no era Cenicienta y él no era el Príncipe Encantador, y tal vez a la pobre Ceni no le había ido tan bien a la larga de todos modos. Los hermanos Grimm nunca sacaron una secuela. Quizás porque no la había habido.

—¿Livvy?

No quería mirarlo. —Está bien, Sean, yo...

—Livvy, mírame.

Lo hizo. No podía *no* hacerlo.

—Tengo que irme. Mis hermanos me estarán esperando y tengo muchas cosas que necesito discutir con ellos. Pero cuando vuelva, hablaremos, ¿de acuerdo?

Se lamió los labios secos. —De acuerdo.

Y es por esto que te rompen el corazón cada vez. Crees *en la gente, y siempre te decepcionan.*

Sean no lo haría.

Ajá.

No lo haría. No era ese tipo de hombre. No abandonaría a alguien que le importara. No traicionaría su confianza, destruiría sus sueños, se metería con su vida. Sean era un buen hombre.

Y quizás, después de su charla de esta noche, sería *su* hombre.

Muchas más horas después de lo que había planeado, Sean entró por la puerta de la cocina, *después* de haber revisado las del salón. Afortunadamente, seguían trabadas desde adentro, así que los animales de granja estaban donde se suponía que debían estar. Bien. No estaba de humor para lidiar con ellos esta noche.

Miró su celular. En realidad, ya era de mañana. No había planeado quedarse fuera hasta tan tarde, pero sus hermanos lo habían interrogado sobre lo que planeaba hacer mientras le quitaban su dinero en el juego de póker, y aunque no había sido divertido, al menos ahora estaban todos en la misma sintonía. Aunque Bry pensaba que estaba loco por renunciar a su sueño por una mujer.

«Y ni siquiera estás casado con ella», había dicho.

Curioso que dijera eso...

Sean echó un vistazo a *la* encimera. La idea de Livvy allí, como había estado antes de que Sher y Kerry los interrumpieran...

Pensarían que estaba completamente loco si supieran lo que estaba pensando. ¿Pero por qué no? ¿Por qué Livvy no podría ser la indicada? No hablaba de una propuesta inmediata, pero, ¿más adelante? Ella lo hacía sonreír, lo hacía reír; ciertamente lo ponía cachondo. Livvy era una mujer de acción que no dejaba que el mundo la derrotara. Admiraba eso de ella. Le gustaba su espíritu alegre, su fuerte ética de trabajo y su feroz lealtad hacia aquellos a quienes quería, ya fueran de dos piernas o de cuatro. Tenía un corazón tierno y bondadoso, una disposición a dar, y la forma en que se sonrojaba...

Sí, definitivamente podía ver un *para siempre* con Livvy.

Entró al vestíbulo y revisó el salón. No estaba Livvy, afortunadamente.

Lamentablemente, tampoco había perros... porque estaban en su cama.

Livvy también estaba allí, junto con una de las cabras —parecía Digger—, dejando muy poco espacio para él.

Sean tuvo que reírse entre dientes. Se había detenido en una farmacia de camino a casa, sin imaginar jamás que sería expulsado de su cama por unos *perros*.

Y esta noche no lo sería.

Se quitó la camisa y los shorts, luego empujó a Paula y a Georgia. Gruñeron, pero se movieron. Unos centímetros.

Se deslizó entre las sábanas y se puso frente a Livvy. La luz de la luna se filtraba por las persianas sobre su rostro y quiso trazar su perfil. Tocarla. Demostrarle que lo que sentía por ella no era fugaz ni superficial. Sin embargo, no lo hizo; no tenía sentido despertarla con una colección de animales entre ellos.

Sin embargo, capturó algunos de sus rizos, amando la sensación sedosa de estos entre las yemas de sus dedos. Y sobre su abdomen. Sus muslos...

Sean suspiró e intentó acomodarse en una posición más cómoda, pero Mike le gruñó desde los pies de la cama.

Oh, bueno. Tendría que sacarle el mejor partido a la situación y rezó para poder dormir unas pocas horas.

Entonces «*Hijo de puta*» llegó flotando desde el buró en la esquina más lejana.

Genial. El maldito pájaro hablaba en sueños. Entre eso, los perros y la caja de condones que se burlaba de él desde la mesita de noche, iba a ser una noche larga.

Capítulo Treinta Y Cuatro

—¿Quién ha estado durmiendo en mi cama? Vamos, Bella Durmiente. Hora de levantarse.

Livvy entreabrió un ojo.

Sean estaba recostado sobre un codo, con el pecho desnudo, y pasaba algunos de los rizos de ella entre sus dedos.

—Tienes tus cuentos de hadas mezclados —refunfuñó ella—. No había dormido bien, intentando mantenerse despierta para cuando él llegara a casa y poder tener su conversación, pero entretener a sus tropas para que no hicieran un desastre en otra habitación del lugar la había agotado. Parecía que esa «siesta» de diez minutos que había decidido tomar se había convertido en una de diez *horas*.

—De todas formas, nunca me gustó mucho eso de pelear contra dragones. —Se estiró para acariciar no a ella, por desgracia, sino a Digger—. Hola, pequeño. ¿Qué clase de caos hizo que te vinieras a dormir aquí?

—No dejaba de llorar cuando Davy y yo salimos del granero anoche. Pensé que se quedaría dormido y podría volver a dejarlo allí. Pero los perros se nos subían encima en el sofá, así que subí aquí. Ya ves lo bien que funcionó. Lo siento.

—No tienes por qué disculparte. Mis hermanos y yo teníamos mucho de qué hablar.

—¿Terminaron todo lo que necesitaban hacer?

—No del todo, pero lo suficiente. —Se sentó; estaba prácticamente desnudo. Cielos, si los animales no estuvieran aquí con ella...—. Entonces, ¿volvemos a forzar la caja fuerte o descubriste la combinación anoche?

—Lamentablemente, volvemos a forzar la caja fuerte.

—No me necesitas para eso, ¿verdad? He estado descuidando mis deberes por aquí.

—Planeaba encargarme del salón.

—No te preocupes. Tú encárgate de la caja fuerte y yo me ocuparé de la habitación.

Fue una decisión que cuestionó durante las siguientes cuatro horas y media mientras acarreaba los muebles dañados hasta su camioneta. Probablemente algunos no tenían arreglo, pero tenía que intentarlo. Ahora que iba a comprar este lugar a un precio más alto, no tendría el capital para invertir en algunas de las mejoras que había planeado, así que lo que había aquí tenía que funcionar.

—*¡Hijo de puta!* —Orwell había graznado su frase célebre por toda la casa hasta que Sean lo llevó al salón con la esperanza de que se callara.

Debió haber sabido que no funcionaría.

—*¡Hijo de puta!*

—Hola, Orwell. —Sean golpeó la jaula por duodécima vez y, por duodécima vez, Orwell se puso a cantar. Hasta ahora, habían pasado por Journey, The Police, algo de Tom Petty, Red Jumpsuit Apparatus y Michael Bublé. Tendría que preguntarle a Livvy de dónde había salido *eso*. El pájaro tenía todo un repertorio.

—¿Quieres almorzar? —Livvy asomó su hermoso rostro en la habitación.

—¿Sin suerte con la caja fuerte?

Sus rizos rebotaron cuando negó con la cabeza. —Ahora estoy probando las fechas de nacimiento de todos los monarcas ingleses. Hasta ahora, sin suerte. Empezaré con los Plantagenet después de comer algo.

Fue casi la hora de la cena antes de que Sean volviera a oír a Livvy. Aunque fue más bien un chillido.

Lanzó el último trozo de tela de nueve metros realmente pesado que pasaba por cortina y que había tenido que quitar de la barra gracias a la marca de un hocico de cerdo en los paneles inferiores, y corrió hacia el estudio. —¿Qué pasó? ¿Estás herida?

Ella levantó la vista desde el sofá e hizo girar un relicario alrededor de su dedo. —¡Logré abrir la caja fuerte! ¡Aquí está la siguiente pista!

—¿Lo descifraste? —¿Qué probabilidades había?

—De hecho, llamé a Dafna y le pregunté si había algún número o fecha especial para mi abuela. —Livvy respiró hondo, lo cual era muy agradable cuando llevaba una camisola—. La combinación es siete de octubre.

—¿Tres dígitos? ¿Eso es todo?

—No, ocho. Eligió la fecha en que yo... —Livvy se aclaró la garganta—. El día que me compró a mi madre.

—Querrás decir cuando te adoptó.

—Es lo mismo.

Sean no supo cómo responder a eso, más que preguntarle si estaba bien.

—Estoy bien.

Ajá. Por eso su voz subió una octava y le respondió casi antes de que terminara la pregunta. —Livvy.

—Está bien, *estaré* bien. —Se echó el pelo detrás de las orejas—. Después de todo, es solo una fecha. Probablemente la eligió para que nunca olvidara que se dignó a asumir la responsabilidad de su hijo y me acogió en la familia. Para lo que me ha servido.

Quiso abrazarla, llegar más allá de esa fachada tan dura hasta la mujer de adentro que había sido menospreciada por su abuela y toda su familia durante toda su vida. —Pero, Livvy, te está dando el legado familiar. Te está confiando la continuación del nombre, algo que ella valoraba por encima de todo.

—Incluso por encima de su propia sangre.

—Exactamente. Te está dando las llaves del castillo. Literal y figuradamente. Por lo que sabemos de Merriweather y de lo que sentía por el apellido familiar, esto es algo enorme. Te lo está dando todo.

—Eso es solo porque no tiene otra opción. Si no se hubiera enfermado, yo no estaría aquí ahora. De todas sus opciones sobre qué hacer con este lugar, yo era probablemente el menor de los males. Pero te garantizo que tiene un plan B en caso de que yo falle. Quizás sea un poco menos atractivo para ella que mantener la propiedad en la familia, pero tiene otro plan.

Sí, Merriweather lo tenía. *Él* era el Plan B.

. . .

—Oye, hiciste un gran trabajo aquí. —Livvy se dejó caer en una de las pocas sillas que quedaban en el salón ordenado y limpio, frente a la chimenea en la que Sean había encendido un fuego.

—Gracias. ¿Cómo te fue a ti?

Abrió el relicario por enésima vez, mirando las fotos de sus padres como nunca recordaba haberlos visto. Lado a lado. Juntos. Eso nunca había sucedido cuando estaban vivos.

Una ilusión, todo.

—Mira qué jóvenes y felices estaban. Tan diferentes de lo que recuerdo. —Mamá había sido amargada, furiosa y asustada. Papá —Larry—, bueno, él había sido un vividor toda su corta vida, y el único recuerdo de Livvy era de él sonriendo y riendo un poco demasiado fuerte cuando había estado cerca esa única semana que ella vino aquí. No había hecho ninguna cosa «de papá» con ella y definitivamente no la había levantado para abrazarla. Eso sí lo recordaba.

—Eran unos niños, Livvy.

—Supongo. —Cerró el relicario y se lo metió en el bolsillo.

—¿Descifraste qué significaba la pista?

—No, y tengo el cerebro frito. ¿Quieres intentarlo tú? —Le entregó el papel que había estado dentro del relicario como una galleta de la fortuna.

Él le tomó la mano en su lugar. —Yo también estoy frito. Durmamos y lo pensamos mañana. Tenemos algo de tiempo y, como dijo el personaje que le da nombre a tu alpaca, mañana *será* otro día.

Excepto que el día siguiente terminó siendo largo y frustrante.

Capítulo Treinta Y Cinco

Mañana también sería un día perdido. El representante del cliente más importante de Livvy había llamado y necesitaba un pedido de postres especiales para el día siguiente, y Livvy no podía permitirse decirle que no. Sobre todo con la última pista escapándoseles. Si fracasaba, iba a necesitar a ese cliente más que nunca.

Siguió otra ronda de horneado, aunque esta vez sin repetir el incidente *en* la encimera. Los pasteles eran más complicados que los scones y, cuando empezó con los suflés, Sean tenía miedo hasta de respirar por temor a que se desinflaran, y ni hablar de hacer cualquier otra cosa.

Cargaron la camioneta de plataforma de él y Sean manejó con la parsimonia de una ancianita un domingo de verano para entregar el pedido.

Sin embargo, de regreso condujo como alma que lleva el diablo. —Todavía nos quedan unas horas para buscar esa pista.

—Sigue sin tener más sentido para mí ahora que anoche. —Salió de la cabina antes de que él pudiera rodear el vehículo hasta su puerta. Se apoyó en la puerta cerrada y se quedó mirando la casa.

Sean se unió a ella. —Todo va a estar bien, Livvy. Lo resolveremos.

—Eso espero.

—Lo haremos. Vamos, entremos.

Lo siguió por el sendero, evitando los ladrillos que los perros habían desenterrado durante su pequeño escape/episodio del pavo real.

—Mañana arreglaré eso —dijo él mientras le sostenía abierta la puerta de la cocina.

—No te molestes. Si no puedo descifrar la pista, no tiene caso. Ya lo harán los nuevos dueños.

Miró la cocina con una expresión desoladora en el rostro.

Lo que él no daría por uno de sus sonrojos. —Vamos. Esto aún no ha terminado. No puedes rendirte. Léeme la pista otra vez.

Sin importar que, si ella *se* rendía, él ganaría. No quería que su gloria fuera la derrota de ella. No si había alguna manera de evitarlo, lo que significaba que no iba a dejar que se rindiera sin intentarlo.

Ella exhaló y recitó el poema de memoria, un testimonio de la frecuencia con la que lo había leído ese día.

Has caminado con las generaciones de Martinsons
que te precedieron,
construyendo todo lo que ves,
pero queda una pista para probar tu sinceridad.
Tu camino está despejado, la recompensa es grande
si te fijas por dónde pisas.

—He ido a cada estatua de la propiedad —dijo, subiéndose al taburete del bar y apoyando la barbilla en la palma de la mano—. Cuarenta y siete pedazos conmemorativos de granito, sin incluir los adornos del jardín, que testifican la grandeza de mis antepasados, y ni una pista en ninguno de ellos. No tengo idea de a qué se refiere.

Sean tampoco, pero si la pista no estaba afuera, entonces debía estar *adentro*.

—Necesitamos una nueva perspectiva.

Livvy se asomó por debajo de la mano con la que se frotaba la frente. —¿Y cómo exactamente propones conseguirla? Ya viste lo embobado que estaba Sher con este lugar; si lo traemos, se va a distraer con todas las antigüedades.

—Deja todo en mis manos. Yo me encargo. —Sean dio una palmada en la encimera. *La* encimera—. Mientras tanto, vamos a ocuparnos de los animales.

—Son mis animales; yo lo haré. —Se deslizó del taburete, con la fatiga grabada en cada caída lánguida de sus hombros.

—Oye, nada de eso. —Sean la rodeó con un brazo y la guio hacia la puerta trasera—. Lo haremos juntos. Todo.

Juntos sonaba bien... hasta cerca de la medianoche. Entonces *nada* sonaba bien porque Livvy estaba más que cansada y su incapacidad para encontrar la última pista la estaba volviendo loca.

—Renuncio. No puedo seguir con esto. —Se alejó de la pila de libros en la biblioteca familiar. Habían decidido empezar allí después de acomodar a los animales en el granero para pasar la noche, pero hasta ahora, solo había encontrado dos trozos de papel rotos con números, tres fotos viejas y una página arrancada de la biblia familiar—. Me rindo. Merriweather ganó.

Sean volvió a colocar el pesado y viejo libro en el estante sobre la cabeza de ella. —No, no ha ganado. Todavía tenemos dos días más.

—Menos de cuarenta y ocho horas.

—Lo lograremos, Livvy.

—¿Cómo puedes estar tan seguro? ¿Y si no lo logramos? ¿Y si fracaso? Seré exactamente lo que ella siempre dijo. Indigna. Inútil. Una vergüenza.

—¿Te dijo esas palabras?

—Bueno, no, pero estaban implícitas. Digo, ¡por el amor de Dios!, era su nieta y ni siquiera se molestó en visitarme. Ni una sola vez. Nunca recibí una tarjeta de cumpleaños, y ni hablar de un regalo de graduación. Traté de contactarla a lo largo de los años y no recibí nada —*nada*— a cambio. ¿Y ahora, de repente, de la nada, quiere entregarme las riendas de una dinastía? No me lo creo. Está haciendo esto solo para echar sal en la herida.

Maldita sea, se le quebró la voz. Ya había *superado* esto. Desde hacía años. Pero dos semanas en este lugar y la curita que se había puesto sobre la herida se había despegado tan lentamente que no lo había notado hasta ahora. Y la herida estaba tan en carne viva como la primera vez. Y la segunda. Y la tercera. Por eso no hubo una cuarta; había dejado de permitir que Merriweather la afectara. Había dejado de escribirle, de llamarla por teléfono, y de pedirle siquiera una pizca de simple decencia y amabilidad humanas, más que dispuesta a dejar que Merriweather se pudriera el resto de su vida en alguna monstruosidad apartada, aferrada a los ideales del pasado y a los muertos.

Livvy había tomado la decisión consciente de seguir adelante con su vida, pero esta búsqueda del tesoro la estaba arrastrando de vuelta al torbellino de su pasado. Quería salirse. Y si eso significaba renunciar a la herencia, bueno, que así fuera. Estaba harta de los Martinson. Harta de la familia de una vez por todas. No los necesitaba.

—¿Livvy? ¿En qué estás pensando? —Sean le rozó la mejilla con el dorso de los dedos.

Ella se mordisqueó el labio.

Sí, los ojos de él se clavaron directamente en ellos.

—Estoy pensando que ya no quiero seguir buscando. Lo único que puedo controlar en esta situación es cómo reacciono *yo*. Merriweather está muerta y así debe quedarse. Nunca me quiso por aquí en mi infancia, no hay razón para que me quede ahora. Este fue su hogar; nunca fue el mío.

—No lo dices en serio. Estamos muy cerca.

—Sí lo digo, Sean. Se acabó. Puede que Merriweather piense que ha ganado, pero la que gané fui yo. Recuperé mi vida. *Yo* tomo mis decisiones. Y estoy decidiendo que no quiero seguir haciendo esto.

Sean debería estar contento por esto. *Debería* sentirse eufórico. Podía quedarse con la casa sin sabotearla y a ella le parecería bien. O, si no bien, no podría enojarse con él si ella misma tomaba la decisión de marcharse.

Pero ella no quería *realmente* hacerlo. Esa era la cuestión. No habría luchado tanto para no quedarse con la casa. No podía dejar que se rindiera ahora.

—Livvy, estás cansada. Por eso dices esto. Pero no puedes rendirte. No puedes dejar que ella gane.

¿Qué estás haciendo, Manley? Lo estás echando todo a perder. ¡Lo tienes justo ahí!

Él también estaba recuperando su vida. Quería la propiedad, pero no de esta manera. Algún día ella se arrepentiría de haberle dado a Merriweather este poder sobre ella y él no podía permitir que lo hiciera.

La tomó en sus brazos. Ella soltó un gritito y le rodeó el cuello con los brazos. —¿Qué estás haciendo?

—Te llevo a la cama. Las cosas se verán mejor por la mañana cuando hayas descansado.

Llegó al segundo piso antes de que ella dijera algo. Y cuando lo hizo, Sean se alegró de que hubiera esperado.

—No quiero dormir, Sean. Te quiero a ti.

También se alegró de que su habitación no estuviera muy lejos en el pasillo. Y de tener una cama *king size*. Y de haber comprado condones.

—Livvy, estás cansada.

—No me digas lo que estoy, Sean Manley. Estoy bastante *harta* de que la gente me diga lo que soy y lo que no soy. *Yo* sé lo que soy. *Yo* sé lo que quiero. Y te quiero a ti. ¿Hay algún sentimiento recíproco dentro de ti sobre el que quieras actuar? Porque, si es así, esta es tu oportunidad.

Dios, era increíble. Agitó las piernas para que él la bajara, luego se echó la melena por la espalda y levantó la barbilla, su mirada taladrándolo con la fuerza de su deseo. Luego giró sobre sus talones y caminó hacia su habitación, un paquete curvilíneo y sexi de mujer dispuesta y decidida, dejando caer su ropa a cada paso del camino.

Sean corrió a su habitación, agarró la caja de condones y corrió tras ella.

Hay que adorar a una mujer que sabe lo que quiere.

Y, sí, él la adoraba.

Capítulo Treinta Y Seis

Sean llamó a los refuerzos a la mañana siguiente y el equipo Manley llegó en tropel a Casa Martinson, listos y dispuestos a ayudar. Siempre podía contar con su familia.

—Hola, Livvy —dijo Liam al llegar—. ¿Sigue en pie la revancha de la paliza, digo, del partido de ráquetbol? Cassidy y yo te daremos la oportunidad de recuperar tu dignidad, pero no me haría muchas ilusiones si fuera tú.

—Cuando todo esto termine, trato hecho. Prepárate para perder a lo grande. ¿Verdad, Sean?

—Eh, sí. Claro —. Si es que seguían hablándose para entonces, claro.

Mac entró en ese momento. —Vamos, Jared. O vas a ayudar o no, pero no puedes hacerte el inválido cuando te conviene —. Mac rodeó las muletas de Jared con una falta de paciencia que no era propia de ella.

La de Bryan, por otro lado, era perfectamente normal en él. Demonios, con los tres niños que había traído, era francamente heroico.

—¿Y esos niños, Bry? —preguntó Sean, recibiendo un choque de puños de los gemelos. La más pequeña, una niñita, solo lo miraba con grandes ojos marrones y una muñeca en brazos que era casi tan grande como ella.

—Ni preguntes —refunfuñó Bry—. ¡Tommy! En esta casa no hay batallas con sables de luz. Vas a romper algo. Mierda —. Salió corriendo tras los gemelos.

Maggie, su hermanita, negó con la cabeza y soltó un suspiro más grande que ella. —Nunca aprenderá. Los niños nunca dejarán los sables de luz.

Sean tosió para disimular la risa. Definitivamente, a Bry le había tocado la peor parte de todas.

Livvy estaba acostumbrada a trabajar con un grupo de gente, pero personas que se conocían tan bien como estos chicos hicieron que el día fuera, eh, interesante. Muchas risas, muchos insultos, pero también mucho trabajo. Avanzaron rápidamente en las habitaciones de la planta baja, cubriendo cada centímetro que ella y Sean habían revisado y mucho más.

Subieron después del almuerzo, reuniéndose en el pasillo de los retratos por decisión mutua.

—Tiene que estar aquí —dijo Liam—. *Generaciones de Martinsons* tiene que significar esto. Están todos aquí.

Sus hermanos, su hermana y sus amigos descolgaron cada cuadro y buscaron pistas en los marcos mientras los niños corrían por el pasillo, jugando a las escondidas y dejando a los pobres perros exhaustos.

Maggie llegó a su límite una hora después del almuerzo. Se sentó en medio del pasillo con su muñeca y con Davy, se metió el pulgar en la boca y dejó que la batalla de Stormtroopers continuara a su alrededor.

Livvy se sentó a su lado. —Nunca tuve hermanos. ¿Cómo es?

Maggie parpadeó, mirándola, chupándose el pulgar con furia, con la carita toda arrugada, de lo más adorable. —Ruidoso.

Livvy se rio. —Lo entiendo.

De hecho, podía *oírlo*. El estruendo y el grito que acompañaron un «*en garde*» desde el dormitorio de la derecha no auguraban nada bueno.

Se levantó y le tendió la mano a Maggie. —¿Quieres venir conmigo a ver qué están haciendo tus hermanos?

—¿Los vas a castigar?

—No, cariño. Yo no haría eso.

—Deberías. Eso es lo que dice Kelsey.

—¿Quién es Kelsey?

—Mi hermana. Dice que los chicos son unas vallas.

—¿Vallas?

—Amenazas —dijo Bryan mientras colgaba de nuevo en la pared al Pariente Martinson Número Cincuenta y Seis.

Lady Heather Martinson Capshaw, de los Capshaw de Baltimore. Un matrimonio ventajoso, ya que Livvy recordaba haber oído ese nombre. Importantes en el negocio de la exportación.

—Y tiene razón; *son* unas amenazas. Su madre necesitaba un descanso, así que me los traje por el día. Cómo esa mujer hace esto día tras día, nunca lo sabré.

—Porque los quiere —. Las madres *de verdad* hacían lo que fuera necesario para mantener a sus familias unidas. Las madres *de verdad* no abandonaban a sus hijos.

Pero las madres de verdad también querían lo mejor para sus hijos y tal vez Sean tenía razón; tal vez su madre *había* pensado que lo mejor para ella sería tener los millones de los Martinson respaldándola.

Livvy se encogió de hombros. Nunca lo sabría. Ya era demasiado tarde para preguntar a cualquiera de los implicados. Era lo que era y no había nada que pudiera hacer para cambiarlo.

No el pasado, ¿pero y el futuro?

—Oye, hermano —. Bryan sostenía otro marco en sus manos—. ¿Quieres revisar la parte de arriba de este marco? Se ve un poco...

—¿Suelto? —Sean saltó por encima de Petra y tomó el marco antes de que cayera, manejándolo entre los dos como si lo hubieran hecho mil veces antes.

Quizás así era. Habían crecido juntos, se conocían de maneras que nadie más podría.

Miró a Mac y a Liam. Mac le estaba pasando a Liam un trozo de alambre para volver a colgar el cuadro que él había revisado, sin necesidad de palabras entre ellos.

Habían venido cuando Sean se lo pidió, sin chistar, y colaboraron como si esto fuera tan importante para ellos como lo era para ella.

Eran una familia.

Tomó la mano de Maggie. —Vamos, bonita. Vayamos a ver qué están haciendo tus hermanos.

Sean observó a Livvy y a la niñita caminar juntas por el pasillo, y el *deseo* lo dejó anclado en el sitio. Sería una madre estupenda. A pesar de su falta de un modelo a seguir en ese aspecto, Livvy sabía lo que era importante en un padre. Como una niña que había sido prácticamente abandonada por los suyos, se aseguraría de que nada parecido le sucediera jamás a *sus* hijos.

Sean sabía de primera mano lo importantes que eran la seguridad y la estabilidad para los niños.

Quería tener hijos con Livvy. Quería ver el rostro de ella en los de ellos, ver sus gestos a medida que crecieran, verla cuidarlos y amarlos de la manera en que los padres debían hacerlo. Él había tenido la suerte de tener a su abuela; Livvy no había tenido a nadie. En realidad, no. Que Merriweather le dejara la finca era muy poco y muy tarde, porque a fin de cuentas, el dinero era solo un medio para proveer una casa para los niños; los padres proveían el hogar.

—Tienes una expresión rara en la cara —dijo Liam.

—Esa es su expresión normal —dijo Bryan—. Siempre es rara.

—Ja. Ja. —Sean puso los ojos en blanco—. Vamos. Volvamos al trabajo. Ya casi hemos terminado la mitad.

Mac gimió. —¿La mitad? ¿Quieres decir que hay más retratos? ¿De cuántas generaciones estamos hablando?

Sean señaló hacia el siguiente pasillo. —A los Martinson les encantaba presumir de cada miembro de sus familias.

Jared le dio un golpecito en el brazo. —Arriba el ánimo, bonita. Nos queda un largo camino por recorrer.

El novio de Mac, o lo que fuera, no bromeaba. Habían decidido volver a registrar la biblioteca cuando los retratos no revelaron nada, por si acaso a ella y a Sean se les había pasado algo. Había tantas cosas que buscar en esa habitación que Livvy no intentó disuadirlos.

Todavía no podía creer que hubieran venido a ayudarla.

Sean hizo de recadero mientras el resto de ellos registraba los libros, trayéndoles la cena y bebidas, y manteniendo a los niños ocupados. Había traído algunos animales del establo al salón. Livvy había arqueado las cejas (¡aún las dos!) cuando él lo sugirió.

—Los niños son más importantes que cualquier habitación —había dicho él—. Al menos en esa, conocemos los posibles problemas. La he limpiado antes; la limpiaré de nuevo.

Incluso había preparado la cena. Si todo lo demás no la había convencido ya de lo que sentía por él, eso, y su familia, lo hicieron.

Quería una. Igual que la de ellos. Con niños corriendo por todas partes, parejas alrededor, y la seguridad de saber que alguien siempre la protegería.

La idea la conmovió. Durante tanto tiempo había pensado que nunca tendría una vida normal, con hijos y una casa llena de familia política, pero ahora, al ver esto, lo deseaba. Quería ser parte de una familia grande, bulliciosa y caótica.

Quizás incluso de esta.

Había tanto amor entre ellos que podría haberse sentido excluida si la hubieran dejado. Pero no lo hicieron. La habían incluido en cada conversación, explicando las referencias que no entendía. Habían incluido a los niños en su charla. Incluso Bryan estaba demasiado atento a los niños, cortándoles el pollo («Los cuchillos son armas», había dicho) y ayudando a Maggie a «darle de comer» a su muñeca.

Esa escena doméstica valía más que cualquier mansión, y cuando no encontraron la pista a la hora de dormir de los niños, a Livvy no le importó. Lo que le habían mostrado hoy, lo que le habían dado, valía más que el dinero.

—La encontraremos mañana —dijo Sean mientras se despedían de todos desde la entrada.

Ella se permitió recostarse contra él cuando él apoyó las manos en sus hombros. —O al menos lo *intentaremos*.

—La encontraremos, Livvy. Lo haremos.

Ella se giró entre sus brazos. —Está bien si no lo hacemos. La herencia me haría la vida más fácil, pero nunca fue parte de mi plan. Esto no es el fin del mundo para mí; era un bonito «*¿y si...?*». Pero si no sucede, no sucede. Todavía tengo una vida a la que volver.

Una que esperaba que lo incluyera a él. Sin embargo, no lo dijo. Todavía había demasiadas variables y no necesitaban examinar su futuro cuando las próximas veinticuatro horas eran tan cruciales.

Sin embargo, eran las próximas ocho en las que quería concentrarse.

Lo guio escaleras arriba.

Capítulo Treinta Y Siete

Había llegado el día D.

Sean se despertó con el aroma del champú de lavanda de Livvy y su aliento revoloteando en su pecho. No era una mala manera de despertar. Y tampoco una mala manera de dormirse. Habían hecho el amor hasta mucho después de la medianoche y él todavía no se cansaba de ella. Si hoy no fuera el día límite...

—Vamos, Livvy. Es hora de levantarse.

—Mmm. No quiero.

Era absolutamente adorable por la mañana. Durante todo el día, estaba activa con una energía y una pasión que él amaba, pero también amaba este momento. El lado tierno, mimoso y más suave de Livvy.

Acéptalo, Manley. La amas.

Ahora *esa* sí que era una manera de despertar.

—Vamos, cariño. No nos queda mucho tiempo.

—Lo sé, lo sé. —Se apartó de él y Sean quiso atraerla de nuevo.

Mañana haría eso. Después de que todo esto terminara.

—Voy a ir a la sociedad histórica —dijo ella, arrastrando la sábana consigo al levantarse—. Quizás sepan algo. ¿Quieres venir?

Sean tomó una almohada y se la puso sobre la entrepierna. Sí, en realidad sí quería, pero no a la sociedad histórica. —No tiene sentido que los dos hagamos algo que puede hacer uno solo. Tengo algunas cosas que hacer por aquí y ver si se me ocurre algo más. Ve tú y nos encontramos aquí de vuelta.

—¿Te refieres a antes de ir a la oficina del señor Scanlon para admitir la derrota?

—Oye, esto no se acaba hasta que alguien se ponga a cantar. Y por suerte para ti, yo no sé ni entonar una canción.

La acompañó hasta su auto, la sujetó cuando ella tropezó con aquel estúpido ladrillo, y luego se despidió con la mano mientras se iba.

La primera orden del día: iba a arreglar ese ladrillo y el resto del sendero que se había dañado en el frenesí de la caza de pavos reales.

Resultó ser el mejor frenesí de la caza de pavos reales en la historia de la caza de pavos reales de Martinson.

Había encontrado la pista.

Capítulo Treinta Y Ocho

Sean se quedó mirando la pista. Allí, enterrado bajo ese ladrillo chueco, estaba el boleto para el resto de su vida.

Y el final del plan que Livvy tenía para la suya.

Maldita sea.

Arrugó el papel, deseando que fuera así de fácil deshacerse de él. *¿Lo hago o no?*

¿Debía decírselo? ¿Hacer realidad el sueño de ella o el suyo?

Sean se pasó una mano por el cabello y miró a su alrededor. No había ninguna garantía de que tuviera suficiente dinero para comprar la propiedad. Sí, esperaba que así fuera; según la última oferta que había recibido por teléfono, tenía lo suficiente para igualarla, pero todavía estaba la variable de Scanlon. ¿Qué ofertas estaba manejando el abogado?

Pero esta pista... Esta era la garantía. Si se la ocultaba, la propiedad sería suya por el monto original. Podría recomprar la cabaña y construir esa suite de luna de miel en la isla del lago. Era esto. Su sueño. Su forma de hacerse un nombre. De tener la oportunidad de alcanzar el mismo nivel de éxito que sus hermanos. De ser un líder en su campo.

O renunciar a todo para que Livvy pudiera hornear sus tartas en la casa ancestral de su familia y sus ovejas pudieran comerse su campo de golf.

Nunca se lo perdonaría.

Se apoyó en la pala, con la barbilla en el pecho. Ahí estaba su respuesta. Porque, al final, todo se reducía a lo que él pensaba de sí mismo, no a lo que los demás pensaran de él. Tenía que vivir consigo mismo. Enfrentarse a sí mismo en el espejo todos los días.

No podría si lastimaba a Livvy.

Corrió de vuelta a su habitación, encendió su laptop y su *smartphone*, y siguió los pasos necesarios para que le leyeran la pista.

Esta es la última, Olivia. No necesitas descifrar ni encontrar nada más. Simplemente preséntasela al señor Scanlon antes de la fecha y hora especificadas, y él tendrá las respuestas a todas tus preguntas. Te felicito. Ahora, verdaderamente, te has convertido en una de los Martinson, una excelente e ilustre familia.

~Merriweather Knightsbridge Martinson

Ahí estaba. Livvy había ganado. La casa sería suya.

Sean sonrió. Probablemente debería estar llorando, pero le gustaba que Livvy la consiguiera. Le gustaba que Merriweather no la hubiera derrotado en esto. Le gustaba que ella hubiera ganado.

Alisó la pista. Todo lo que Livvy tenía que hacer era presentarle esto al abogado antes de... Miró el reloj de su laptop. Mierda. Veintidós minutos. Y Livvy aún no había regresado.

Él iba a tener que llevarla.

Por suerte, los perros seguían atados en el patio, así que podía dejarlos ahí. Tomó sus llaves y su teléfono y corrió hacia su camioneta, luego salió a toda velocidad de la entrada. La llamaría una vez que entregara la pista, porque necesitaba concentrarse en manejar los cincuenta kilómetros hasta la oficina del abogado o no importaría lo que hubiera decidido, porque si esta pista no llegaba a tiempo, Livvy se quedaría sin nada.

. . .

Livvy entró al camino de la casa cuando quedaban quince minutos para la fecha límite. Aunque *hubiera* encontrado la pista, nunca llegaría a tiempo a la oficina del abogado. Se había acabado. Había perdido. Se había demostrado que Merriweather tenía razón.

La autocompasión la amenazaba mientras se bajaba de su viejo y destartalado Baja, hasta que oyó aullar a Davy. Corrió por el sendero hacia la casa, rodeando la zona que Sean estaba arreglando, y luego llegó al patio. ¿Por qué estaban los perros aquí solos y dónde estaba Sean? ¿Y por qué Davy colgaba de la cerca por su yeso?

Miró por encima del seto. El estúpido pavo real sin cola no había aprendido la lección; estaba allí acicalándose como si todavía conservara toda su gloria.

Realmente no le gustaban los pavos reales.

Desenganchó a Davy de la cerca y se sentó con él en la cálida laja. Los demás se reunieron a su alrededor, sus narices húmedas y sus resoplidos cálidos y entrecortados aliviaron su decepción por haber perdido su herencia.

Una estupidez, en realidad. Era solo una casa. Si el día con la familia de Sean le había enseñado algo, era que las *personas* importaban. Las relaciones importaban, no las casas ni el dinero. No se le podía poner precio a las relaciones.

Y la que tenía con Sean no tenía precio. Si nada más salía de esta búsqueda del tesoro, él sí lo había hecho. Él era el mayor tesoro de todos, y no iba a dejar pasar ni un minuto más sin decírselo. Merriweather ya no iba a quitarle la alegría de vivir. Ya le había dado demasiado poder. Eso también se había acabado.

Acortó la correa de Davy para que no pudiera alcanzar la cerca y lo puso junto a Micki con un severo «quieto» para ambos, y luego fue en busca de Sean.

Lo que encontró, en cambio, fue peor que perder la herencia.

Capítulo Treinta Y Nueve

Sean entró rechinando las llantas al estacionamiento del bufete de abogados. Faltaban dos minutos.

Pasó de largo el ascensor —no podía esperar a que llegara— y subió las escaleras de emergencia de tres en tres escalones. Gracias a Dios que el bufete solo estaba en el tercer piso.

Irrumpió por la puerta, sobresaltando a la recepcionista.

—¿Scanlon? ¿Cuál es su oficina?

—Lo siento, señor...

—¡Tengo la última pista! ¿Dónde está su oficina?

Gracias a Dios que la mujer entendió de lo que hablaba.

—Tercera puerta a la derecha.

Sean ni siquiera le dio las gracias. Lo haría al salir.

Entró corriendo al despacho de Scanlon.

—¡Aquí tiene! ¡La hora! —golpeó la pista contra el escritorio, con la palma de la mano plana sobre ella—. La pista de Livvy —dijo, intentando recuperar el aliento—. Lo logré.

Scanlon enarcó una ceja detrás de sus gafas con montura de alambre y miró su reloj. Luego, deslizó la pista por debajo de la mano de Sean.

Sean dio un paso atrás mientras Scanlon se tomaba todo el tiempo del mundo para leer el maldito papel.

—Sí, esta es la última —el abogado la dejó sobre su escritorio—. Pero me temo que Olivia debe ser quien la presente. La señora Martinson fue muy clara al respecto.

—No. De ninguna manera. No va a timar a Livvy para quitarle su herencia de esa forma. No pudo venir. Se le averió el auto.

—Entonces, ¿por qué no vino con usted?

—Se le averió de regreso a casa para *recoger* la pista y traérsela. Estaba desesperada. Debería haberla escuchado por teléfono. —Estaba improvisando, pero era un talento que le había servido bien en las negociaciones y esta era por el negocio más importante de su vida. El de la vida de Livvy. Quizás el de sus vidas juntos.

—Sí, debería haberlo hecho. —Scanlon sacó un expediente del cajón superior de su escritorio y se ajustó las gafas mientras leía el documento que contenía—. Mmm, sí parece que la señora Martinson *no* lo especificó con tanto detalle en sus instrucciones, aunque esa era su intención.

—Si no está por escrito, Livvy puede peleárselo. ¿De verdad quiere meterse en una batalla de ese tipo? Ella encontró la pista y, si no fuera por su viejo auto averiado que no puede permitirse reparar hasta que reciba la herencia, ella estaría aquí en mi lugar. —Sean cruzó los dedos a la espalda, rezando para que no le estuviera creciendo la nariz. Últimamente había estado mintiendo muchísimo y le molestaba lo natural que le salía. Pero *esto* era por una buena causa. La causa *correcta*. Livvy merecía su herencia y no se iría de allí hasta que la consiguiera.

—Si ella lo confirma...

—Vendrá. La traeré, pero queríamos que la pista llegara primero.

El señor Scanlon lo miró por encima de las gafas.

—Me sorprende que *usted* haya traído esto. Bastante sorprendido.

—Livvy se merece su herencia. —Mierda, el tipo *sabía* quién era él. Lo que había estado buscando—. ¿Por qué no se lo dijo?

—No era mi deber. A menos que ella herede, y hasta que lo haga, yo trabajo para el patrimonio. Tengo mis instrucciones. —Dio unos golpecitos al expediente y luego lo cerró sobre la carpeta de su escritorio—. Necesito hablar con la señorita Carolla lo antes posible.

—¿Se lo dirá usted? —Sean no quería haber renunciado al patrimonio solo para perderla a ella. No era que lo hubiera hecho por eso, porque entregar la pista era lo correcto, pero si Scanlon se lo decía, ella cuestionaría todo lo que había pasado entre ellos.

Sean no quería que hiciera eso porque lo que había entre ellos era real. Independientemente de la situación del patrimonio, todo lo que le había dicho era en serio, y más. Y necesitaba decirle más. Necesitaba decirle cómo se sentía. Lo que quería.

—No veo razón para decírselo, ya que no habrá impugnación al testamento, ¿es correcto?

Aquel hombre podía transmitir mucho con una mirada por encima de sus gafas. Sean se sintió como si estuviera en la oficina del director.

—Correcto.

—Muy bien. —Scanlon deslizó el expediente dentro del cajón superior—. Espero hablar con la señorita Carolla.

Despedido sumariamente, Sean se dirigió de vuelta a su camioneta. Ya no estaba en sus manos. Había hecho lo que tenía que hacer; ahora era el momento de afrontar las consecuencias.

Livvy miraba fijamente la pantalla de la computadora en la habitación de Sean.

Tenía una computadora.

Y lo que es más importante, tenía la pista.

También tenía planes para la finca. *Su* finca.

Deslizó el dedo por el panel táctil para bajar. Planos. Presupuestos. Cifras. Símbolos de dólar. Proyecciones.

Una carta de su abuela.

Si la computadora y las hojas de contabilidad no le hubieran quitado el suelo bajo los pies, esta carta podría hacerlo por sí sola. Tal como estaban las cosas, Livvy tuvo que sentarse.

Se dejó caer en el colchón de su habitación, tratando de *no* recordar la última vez que había estado allí. Lo que habían hecho allí. Juntos. En esta cama.

Donde ahora su traición se burlaba de ella.

Se desplazó por las cifras. Alfombras nuevas, personal, ropa de cama, servicio de limpieza, un chef, un profesional de golf, equipo de mantenimiento, conserje...

Había planes para un campo de golf. Una piscina infinita con una casa de piscina que también serviría de comedor al aire libre.

Planeaba convertir este lugar en un hotel.

Miró la columna de gastos. Arquitectura, ingeniería, permisos, terreno... La cantidad en esa columna era asombrosa. Cantidades ya gastadas.

¿Qué demonios era esto? ¿De dónde sacó Sean estas cifras? *¿Por qué* sacó estas cifras? ¿Cómo pasó de remodelar casas a... a esto?

Abrió una ventana de búsqueda y escribió su nombre y *hoteles*.

Lo que apareció fue tan asombroso como las cifras.

Sean era dueño de posadas. Unas cuantas.

Planeaba añadir esta casa a su lista de propiedades. Y Merriweather, según su carta, prácticamente se la estaba *regalando* a un precio muy por debajo del valor de mercado. Incluso *decía* que estaba por debajo del mercado en la carta. ¿Qué demonios?

Livvy hizo clic para volver a la hoja de proyecciones e hizo un cálculo rápido. Necesitaba ese precio. Basado en los ingresos proyectados, su retorno de inversión sería significativamente menor si pagaba por la finca más de lo que Merriweather le había prometido.

¿Había estado trabajando aquí todo este tiempo —acostándose con ella todo este tiempo— esperando que ella aceptara esto? ¿Y cuándo pensaba decírselo, antes or después de que ella heredara...?

Oh, Dios, iba a vomitar.

Livvy sintió que la habitación daba vueltas y se agarró al pie de la cama para estabilizarse. ¿Había sido todo una farsa? ¿Le había estado mintiendo todo el tiempo y ella, la tonta pobre, patética y solitaria que era, había caído de lleno en sus planes?

Y la pista... Si él tenía la pista, eso significaba... eso significaba que se la había ocultado. ¿Era por eso que no había podido encontrarla? ¿Había sido *él* quien la había mandado a una búsqueda inútil en lugar de Merriweather? ¿Había estado culpando a la persona equivocada todo este tiempo?

Livvy hizo clic para volver a la pista.

Te felicito. Ahora te has convertido en una de los Martinson, una familia distinguida e ilustre.

~Merriweather Knightsbridge Martinson

. . .

¿Felicitarla? ¿En serio? ¿La mujer pensaba que *esto* era un gran premio? ¿Y qué hay del dinero que traería? *Ese* era el premio, no un nombramiento de caballero feudal anticuado y obsoleto que no significaba nada en el siglo XXI.

Especialmente cuando su caballero de brillante armadura verde menta la había traicionado.

Él quería la finca.

Debería sentir algún tipo de satisfacción de que Merriweather también lo hubiera traicionado, pero en este momento solo podía sentir dolor.

La había utilizado. Eso era peor que ser ignorada y no reconocida por su familia. Había tomado sus sentimientos, su generosidad, su *confianza*, y los había usado para su propio beneficio.

Él tenía la pista.

No podía sacarse eso de la cabeza. Se la había ocultado. Se había asegurado de que ella no ganara. De que no pudiera reclamar su herencia.

Si no estuviera ya sentada, esa revelación le habría hecho flaquear las piernas. ¿Quién *era* él? No era el tipo que creía conocer. El que la deseaba, se preocupaba por ella y le gustaba estar con ella. La había utilizado para sus propios fines.

Parece que, después de todo, se parecía a su mamá.

Livvy se sacudió ese pensamiento deprimente. No. Ella no era como su madre. No iba a rogarle y suplicarle al tipo que la quisiera. No iba a esperar a que él «entrara en razón». Y tampoco iba a quedarse sentada aquí esperando a que la echara.

Oh, Dios, y ella que había estado pensando en cómo mantenerlo a su lado para siempre, y él había estado deseando que se fuera todo el tiempo.

Con razón había armado tanto escándalo por la alfombra y los muebles. Con razón la había estado acompañando en cada búsqueda de pistas. Había pensado que había sido tan servicial, tan generoso con su tiempo. Que se preocupaba por ella lo suficiente como para querer que tuviera éxito, cuando, todo el tiempo, ella había estado haciendo su trabajo sucio. Lo había llevado directamente al modo de asegurar su fracaso.

Por una vez, agradeció las sillas sin propósito que bordeaban el pasillo; no llegó muy lejos cuando le temblaron las piernas. Se sentó y apoyó la barbilla en la palma de la mano.

¿Estaría allí ahora mismo? ¿En la oficina del señor Scanlon, presumiendo de cómo la había vencido? ¿Estaría extendiendo el cheque en este mismo momento para comprar el lugar y quitárselo mientras ella se sentaba aquí, impotente para cambiar el resultado? ¿Iba a estar en la calle antes de que anocheciera?

¿Qué iba a hacer con los animales? A los perros probablemente podría meterlos en su auto. No iban a estar encantados, pero podría meterlos a todos si era necesario. Pero los del granero... Necesitaría al menos un día para alquilar una camioneta. ¿Seguro que Sean no los echaría? Se había encariñado con ellos; no podía fingir eso. Los animales lo sabrían. Todos lo habían aceptado, acudiendo cuando los llamaba, saludándolo cuando entraba en el granero. Incluso Rhett lo había dejado acercarse a Scarlett. Los animales podían detectar a un farsante a un kilómetro de distancia. ¿Por qué no lo habían hecho esta vez?

¿Por qué no lo había hecho *ella*? ¿Estaba tan desesperada por recibir afecto que se había lanzado a la primera oportunidad que se le presentó? *¿Era* tan necesitada como su madre?

Eso la puso de pie. No. Ella *no* era su madre. Ni su padre, *ni* su abuela. Era Livvy Carolla. Su propia persona. Y ella estaba a cargo de su futuro. No el destino, no Merriweather, y definitivamente *no* Sean.

—*¡Hijo de puta!* —dijo Orwell cuando entró furiosa en su habitación. Por una vez, no le molestó su lenguaje soez. Sí, Sean era un hijo de puta y era lógico que hubiera sido él quien le enseñara a Orwell esa palabra.

Le echó la funda a la jaula de Orwell. Aunque estaba de acuerdo en que Sean era un hijo de puta, no necesitaba que Orwell se lo recordara como un disco rayado.

Metió su ropa en una bolsa de lona, echó sus artículos de tocador en otra y le garabateó una nota al hijo de puta diciéndole *exactamente* lo que pensaba de él y que volvería por el resto de sus animales al día siguiente. En diez minutos había borrado su existencia de esa habitación.

Era demasiado triste para contemplarlo. Además, no tenía tiempo para contemplaciones. Necesitaba salir de allí rápido para no tener que enfrentarlo cuando regresara. Regodeándose.

Capítulo Cuarenta

El celular de Livvy sonó por sexta vez en la misma cantidad de minutos. No necesitó mirarlo para saber que era Sean. Podía seguir llamando todo lo que quisiera; no le importaba, no iba a contestar.

Volvió a sonar. Georgia empezó a quejarse.

Oh, Dios, no. Livvy agarró el celular. Prefería hablar con Sean a que Georgia alborotara al resto de los perros.

—Mira, Sean, no quiero...

—Habla el señor Scanlon, señorita Carolla.

—Oh. Lo siento. Yo...

—Me preguntaba cuándo iba a venir. Hay asuntos que debemos tratar.

—Mire, señor Scanlon, ya sé todo lo que hizo Sean. ¿De qué más hay que hablar?

—De la disposición del patrimonio.

Casi se rio de la «disposición» del patrimonio, pero *su* propia disposición no estaba de humor para encontrarle la gracia a nada de eso. —¿De verdad tengo que hacer esto ahora?

—Me temo que sí. Hay que cumplir ciertas directrices y esta es una de ellas.

Su abuela debía de estar regodeándose desde el más allá: se había demostrado que tenía razón y *además* todavía tenía a Livvy bailando al son que ella tocaba.

—Estaré aquí otra media hora, pero luego me reuniré con mi esposa..., eh..., con otro cliente y no estaré disponible.

Rayos. Estaba sacrificando tiempo con su esposa por ella y no tenía suficiente tiempo para volver a la casa y acomodar a los perros allí; eso sin mencionar el riesgo de encontrarse con Sean.

Podía llamarla una tonta por el amor verdadero, pero no iba a hacer que el señor Scanlon o su esposa esperaran por ella o por el hijo de puta. Los perros tendrían que quedarse en el carro. —Estaré allí en unos minutos.

Sean no dejaba de presionar «rellamar» en su celular, tratando de comunicarse con Livvy, pero sus llamadas iban directo al buzón de voz. Después de dejar un tercer mensaje, se dio por vencido. Seguramente no tenía el celular con ella.

Esperaba con todas sus fuerzas que no estuviera tirada en la cama llorando porque lo había perdido todo. Tenía que decirle que no era así. Tenía que decirle que ella había ganado.

Ahora tocaba decirles a sus hermanos que ellos habían perdido.

Bueno, estaban preparados para ello. Ambos habían intentado disuadirlo, advirtiéndole que no renunciara a su vida por una mujer. Liam había salido quemado de una situación así y Bry se había tomado la lección a pecho. Sean era el único romántico que quedaba en el grupo, pero eso no le había nublado el juicio. Livvy era una gran persona. Un buen ser humano. Una mujer increíble. Y sería una esposa y madre extraordinaria. Su esposa y la madre de *sus* hijos. La quería para siempre e iba a hacer hasta lo imposible por tenerla. A ella, a su loco zoológico, a sus ocho perros y a su loro malhablado que destrozaba las letras de las canciones.

Su auto no estaba en la entrada cuando él llegó. ¿Quizás había ido a la oficina del abogado?

Llamó allí, pero la llamada pasó al buzón de voz del horario de cierre.

Entonces, ¿dónde estaba?

Se dirigió a la puerta de la cocina. ¿Dónde estaban los perros?

Intentó llamarla al celular de nuevo, pero *otra vez* saltó el buzón de voz.

—¿Livvy? —la llamó cuando entró.

Nada.

—¿Ringo? —supuso que el gran perro entraría corriendo por la puerta al oír su voz y a Sean no le preocupaba lo que las garras del husky pudieran hacerle al suelo. Ese era problema de Livvy ahora.

—¿John?

Nada.

—¿Davy?

Doble nada.

—¿Hay alguien en casa? —. ¿A dónde podría haber ido Livvy con los perros? ¿Y en qué? Su carcacha no era lo suficientemente grande ni para Ringo, y mucho menos para los otros siete.

No los encontró en ninguna de las habitaciones de la planta baja, así que subió. No los habría metido en el baño otra vez, ¿o sí? Se había molestado tanto cuando él lo hizo.

Sean sonrió ante el recuerdo. Había estado tan indignada, con las manos en las caderas y el pelo alborotado alrededor de los hombros. Él había tenido que concentrarse para contribuir a la conversación porque lo único que quería hacer era atraerla hacia él y besarla hasta dejarla sin aliento.

Lo cual, pensó mientras se dirigía a la habitación de ella, era lo que iba a hacer tan pronto como la encontrara.

Lo primero que notó fue que Orwell se había ido. *Buen viaje*, se le cruzó por la mente, pero entonces se dio cuenta de que el clóset de ella estaba vacío. Y de que había una nota sobre la cama.

No era una pista.

Sean la tomó. Era un gran lío de firuletes. Por supuesto que Livvy tendría una letra con firuletes; hacía juego con los dedos de los pies pintados de rosa.

Lástima que no entendía ni una palabra, y su programa de computadora no funcionaba bien con letras con firuletes. Aun así, tenía que intentarlo.

Cruzó el pasillo hacia su habitación para escanearla en su laptop y...

Su laptop estaba afuera.

Estaba abierta.

Estaba encendida.

Movió el panel táctil y la pantalla se encendió.

Santo cielo. La carta de Merriweather.

Se dejó caer en el colchón. Livvy no podía haber visto esto.

Miró al otro lado del pasillo, a la habitación vacía de ella, rezando para que no significara lo que empezaba a sospechar.

Hizo clic en otro documento abierto.

La pista.

También había una hoja de cálculo abierta, y Sean no necesitaba hacer clic en ella para saber qué era, pero lo hizo de todos modos con la vana esperanza de que su mundo no se estuviera derrumbando a su alrededor.

Las proyecciones. *Y* había una ventana de búsqueda abierta.

Hizo clic en ella.

Ella lo sabía. O al menos, creía que lo sabía.

Hijo de puta. Resulta que había hecho lo correcto y todo le había estallado en la cara. No debería haberlo hecho. Debería haberse guardado la pista y haberse quedado aquí y...

No. No, no debería. Había hecho lo correcto y podía mirarse en el espejo sabiendo que así era. Volviera Livvy a mirarlo o no, él había hecho lo correcto.

Tomó su celular y la llamó una vez más. De nuevo el buzón de voz. Esta vez sí dejó un mensaje.

—Livvy, no es lo que piensas. Déjame explicarte. Por favor.

Se detuvo porque, ¿qué más podía decir? O ella lo quería o no.

Pero entonces dijo lo único que tenía que decirle. Lo único que lamentaría por el resto de su vida si no lo hacía.

—Livvy... te amo. No tiene nada que ver con la casa. Nada que ver con lo que creí que quería cuando empecé a trabajar aquí, sino que tiene todo que ver contigo. Me has hecho darme cuenta de lo que es realmente importante en este mundo y espero que me des la oportunidad de decírtelo en persona. Te amo, Livvy. Ya sea que vivas en la granja, en la mansión o en un diminuto apartamento con los animales durmiendo sobre los muebles, no me importa. Cualquier lugar donde estés es mi hogar y ahí es donde quiero estar. Por favor, dame una oportunidad. Danos una oportunidad.

Terminó la llamada antes de empezar a suplicar, aunque si eso era lo que se necesitaba para que ella lo escuchara, lo haría. No podía perderla a ella también. Porque, al final, ella era lo único que importaba.

Capítulo Cuarenta y Uno

—Permítame ser el primero en ofrecerle mis mejores deseos. —El señor Scanlon le extendió la mano, completamente imperturbable ante los ocho perros que ella había tenido que traer consigo. Georgia había empezado a lloriquear cuando Livvy estacionó el auto y los demás la habían seguido. No quería que le destrozaran el interior para cuando regresara, así que los llevó con ella. Por suerte, se estaban portando de maravilla.

A diferencia de cierto hijo de perra que conocía.

—¿No querrá decir «condolencias»? —Sacudió las correas para estrecharle la mano. No sabía por qué se molestaba, pero no era culpa de él que ella hubiera fracasado. ¿Qué se suponía que dijera el pobre hombre al comunicarle que acababa de perderse de varios millones de dólares?

—Bueno, supongo que podría verlo de esa manera, pero el deseo sincero de su abuela era que usted llegara a amar el lugar. O, por lo menos, que sintiera el suficiente aprecio por la historia familiar como para mantenerlo en la familia. Pero, si no, puedo decirle que he estado recibiendo varias ofertas, por si desea vender. —Le entregó un papel—. Aquí están las cantidades más grandes, y me atrevo a decir que podría conseguir más. Usted, jovencita, tiene la vida resuelta si desea vender.

Hablaba en inglés, pero ella no lo procesaba. ¿Vender qué?

Tomó el papel y se sentó en una silla frente a su escritorio.

Los perros se acomodaron a sus pies.

Vaya. Esas sí que eran cifras grandes. Un montón de ceros.

—Lo siento, pero no entiendo.

—La finca Martinson es una propiedad inmobiliaria muy cotizada. Como le dije, esas son cifras preliminares. Una vez que esté realmente a la venta, espero que aumenten.

Ella negó con la cabeza. —Lo siento, señor Scanlon, pero ¿qué tiene que ver esto conmigo? —¿Tenía órdenes de echarle sal a la herida?

El señor Scanlon sonrió. No parecía una sonrisa sádica, de esas que te restriegan las cosas en la cara, pero, bueno, ella había pensado que Sean era de fiar, así que ¿qué sabía ya de la naturaleza humana?

—Entiendo que es mucha información que procesar, pero mi bufete, y yo personalmente, estamos listos para manejar la venta de la finca en su nombre.

—¿En mi nombre? Pero si no es mía.

—Una mera formalidad. —Sacó un fajo de papeles encuadernados en azul de un archivo que tenía sobre su escritorio—. Tal vez desee que su propio abogado revise estos documentos, pero encontrará que están en orden. Su abuela se aseguró de ello.

Livvy tomó los documentos y los ojeó para entender de qué se trataba...

La palabra «*Escritura*» le saltó a la vista.

Y allí estaba su nombre.

Y la dirección de la finca.

De *verdad* no entendía lo que estaba pasando.

—Señor Scanlon, no tengo ni la menor idea de qué se trata esto.

—Sí, lo entiendo.

Ojalá ella también lo hiciera. —¿Pero me está diciendo que no la necesito? ¿Que la finca fue mía todo el tiempo? ¿Mi abuela me mandó a una búsqueda del tesoro sin sentido para nada?

Los perros se movieron cuando su voz se elevó. John miró fijamente al abogado con un gruñido bajo.

—Oh, no, mi querida. La búsqueda del tesoro fue muy real. Si usted no hubiera entregado la pista a tiempo, yo tenía instrucciones de cómo disponer de la finca.

—Dársela a Sean.

—Bueno, este... —*Ahora* el señor Scanlon parecía *perturbado*—. Eh, sí. El señor Manley sería el comprador registrado.

—Entonces, ¿por qué no lo es? Yo no entregué la pista.

—Pero él lo hizo en su lugar. —Levantó otro papel—. Me sorprendió, dado lo ansioso que ha estado por tomar posesión, pero la entregó. También me contó todo sobre la avería de su auto. La finca es suya.

No sabía qué procesar primero. La mentira descarada sobre su auto, o el hecho de que Sean le había entregado la finca en bandeja de plata, perdiendo todo ese dinero.

Y ella le había escrito esa carta...

Oh, Dios.

—Señorita Carolla, ¿se encuentra bien? ¿Le gustaría un vaso de agua?

Vino sería mejor. Una jarra entera. Oh, Dios, ¿qué había hecho?

—Tengo que irme. —Se puso de pie de un salto y se enredó con las correas cuando intentó marcharse. Los perros no compartían su sensación de urgencia.

—Pero, señorita Carolla... Olivia. ¿Puedo llamarla así? Ciertamente, puede tomarse su tiempo para que sus abogados revisen la escritura, pero necesito darle esto. —Sacó otra carta. Este tipo era como Papá Noel repartiendo regalos en la mañana de Navidad.

—Es de su abuela.

O quizás era carbón.

Livvy volvió a sentarse. Era demasiado. La traición de Sean-que-no-fue-traición, su carta-que-no-debió-ser y ahora Merriweather regodeándose.

—Realmente no puedo leer esto ahora.

—Comprendo que esté abrumada. Pero su abuela sintió que esto podría ayudar. Yo también lo creo. —Le tendió el sobre—. Por favor. Léala.

Livvy tomó el sobre y el abrecartas que el señor Scanlon le ofreció y lo deslizó bajo la solapa. Sacó un trozo de pergamino.

Por *supuesto* que era pergamino. Nada tan mundano como papel de copia o papelería perfumada para Merriweather Martinson.

—La dejaré para que la lea. —El señor Scanlon se levantó y dio un paso, luego se detuvo—. ¿Si me permite, Olivia?

Livvy lo miró a través de una neblina de... algo. ¿Confusión? ¿Irrealidad?
—¿Sí?

—Veo mucho de su abuela en usted. Creo que ella también lo veía. Y eso es algo bueno. —Golpeó el secante de cuero una vez, suavemente, se aclaró la garganta y luego salió por la puerta, que se cerró con un clic.

Otro punto para el Marcador de la Irrealidad. ¿Era como su abuela? Ni en un millón de años.

Se recostó en la silla y desdobló el pergamino; la caligrafía de araña que esperaba fue reemplazada por una letra fuerte y audaz.

Olivia:

Estaba equivocada. Estas no son palabras que haya dicho antes en mi vida, pero aquí, al final de ella, encuentro que debo hacerlo. Sí, estaba equivocada.

Debí haberla aceptado por ser mi nieta, ilegítima o no. Usted no tuvo la culpa de las circunstancias de su nacimiento; eso se lo dejo a mi hijo y sus predilecciones. Pero usted, usted era inocente, y en mi rabia y decepción, lo olvidé.

A medida que la vida de una se acerca a su fin, una tiene la oportunidad de reflexionar sobre muchas cosas. Nunca me arrepentiré de la vigilancia que puse en proteger el apellido Martinson. Es un apellido que ha sobrevivido a los siglos con admiración y condena. Estaba decidida a que, bajo mi mandato, la admiración continuara. Pero al hacerlo, le fallé.

No voy a dar ni puedo dar excusas. Un hijo, como bien sé, es siempre una bendición. Habiendo podido tener solo uno, este principio es primordial en mi mente. Quería que Lawrence, su padre infiel, se convirtiera en el hombre que su padre habría sido si el Tiempo le hubiera dado la oportunidad. Pero parece que Lawrence fue uno de los Martinson que traería condena a nuestro apellido. Y por eso la oculté. La ignoré. No quería la mancha en la familia.

Ahora veo que la mancha la puse yo. Si tan solo la hubiera aceptado, le hubiera dado la bienvenida a la familia, hubiera hecho que su padre asumiera su responsabilidad, esta mancha autoinducida en el apellido familiar —y en mi conciencia— nunca habría existido. Y usted habría tenido la familia que merece.

Lo intenté con esa única visita, pero... bueno, no hay excusas. Soy una mujer terca y siempre lo he sido.

Sinceramente, Olivia, usted es una persona fuerte y decidida, no muy diferente a mí. Mientras que yo tuve privilegios toda mi vida, usted no. Y, por ello, solo a mí puedo culpar.

Deseo enmendar las cosas y espero que no permita que su orgullo —y sé que es uno feroz, porque lo comparto— se interponga en el camino. Usted es una Martinson. Es tan fuerte, decidida, feroz y leal como su abuelo, mi amado Henry. Si tan solo me hubiera permitido ver esto en usted antes de fomentar el abismo en nuestra relación, las cosas habrían sido diferentes.

Obviamente no puedo compensar lo que ha pasado, pero es mi deseo que llegue a aceptar a esta familia, con todas nuestras faltas, y asuma la herencia que tan rica y justamente merece.

Las pistas probablemente la frustraron y la enfadaron; sé que lo habrían hecho si fuera yo. Pero quería que viera de dónde venía, quién es usted, antes de que lo desechara. Tenía la esperanza de que su feroz sentido de la justicia y su lucha por los desvalidos la mantuvieran en pie hasta el final. Que quisiera la oportunidad de abrazar su herencia y usarla para aquellas cosas en las que cree, no venderse a algún gigante corporativo que busca ganar dinero fácil a costa de los más privilegiados. Esa es la razón por la que acepté la oferta del señor Manley: me gustó lo que había planeado hacer con la finca. Pero esperaba que usted quisiera reclamarla.

El que esté leyendo esto es prueba de que no me equivoqué con usted.

He seguido su progreso a lo largo de los años, Olivia. Bien o mal, necesitaba ver en qué se convertiría. Su estilo de vida en la comuna parecía justificar mi distancia, al menos para mí misma. Que era exactamente como sus padres. Había tenido tantas esperanzas de que Lawrence tomara la iniciativa de casarse con una mujer de buen carácter y linaje, con un hijo para continuar con el apellido de nuestra familia. Me estaba engañando a mí misma.

Usted no es como su padre. Si tiene o no algo de su madre, lamentablemente, nunca lo sabremos. Pero creo que no, Olivia, porque ninguno de sus padres tuvo la fortaleza interior que usted ha demostrado al construir su vida en sus propios términos.

He probado sus pasteles y panes. Sus habilidades para la repostería son superiores a las mías, por lo que siempre he tenido un chef. Pero incluso con su talento, es su fe en sí misma, su absoluta determinación cuando tiene todo en contra, lo que muestra su verdadera valía. Usted es una sobreviviente, Olivia, porque sigue luchando por lo que quiere. Me pregunto en qué se habría convertido si yo hubiera fomentado ese espíritu de lucha en lugar de frustrarlo.

Mi intención era contactarla antes de esto, pero conociendo su orgullo, sabía que solo a mi muerte volvería a esta casa. Y por eso preparé este juego para usted. Me dio un gran placer enfocarme en devolverle lo que le había quitado.

También me ha provocado un gran remordimiento por lo que podríamos haber tenido.

He llegado a darme cuenta de que no soy perfecta, lo cual es toda una admisión por parte de esta vieja arpía. Sí, conocía su apodo para mí y secretamente lo disfrutaba, porque esa era la imagen que quería proyectar al mundo. La mujer orgullosa y fuerte al timón del barco Martinson.

Me siento honrada de poder cederle ese título. Estoy orgullosa de quién es usted, Olivia, y espero que algún día signifique algo para usted. Estoy orgullosa de que haya dejado el pasado y su orgullo a un lado para tomar el control de su legado a pesar de su odio hacia mí. Estoy orgullosa de que se haya mantenido tan firme en sus creencias para seguir intentando nuevas empresas. Estoy orgullosa de entregarle siglos de herencia Martinson y confiarle la continuación de ese apellido.

Estoy orgullosa de llamarla mi nieta y desearía haber descubierto esta verdad hace décadas.

Pero, al final, he descubierto que lo único que desearía haberle dicho hace tantos años es más fuerte que mi afán por proteger a esta familia. Lo que desearía haberle dicho en persona, y me iré a la tumba sin hacerlo —mi mayor arrepentimiento— es:

Te amo, Olivia.

Tu abuela,
Merriweather Knightsbridge Martinson

Livvy se quedó mirando la última frase hasta que las palabras se mezclaron con las manchas de sus lágrimas. Su abuela la respetaba. Aparentemente, incluso la amaba.

Livvy apretó la carta contra su pecho y se inclinó, mientras las lágrimas que había retenido con tanta fuerza durante tanto tiempo sacudían su cuerpo. Todos esos años perdidos. Toda la soledad. Todas las fiestas solitarias y los asientos vacíos en el auditorio para las obras de teatro escolares. Todos los veranos yendo de casa de un amigo a otra, sin tener nunca un lugar al que llamar propio. Todo el resentimiento, el dolor y las preguntas...

Tardaría un tiempo en que la rabia se fuera. El dolor. Su abuela la había juzgado mal y, al hacerlo, le había causado una pena que nunca mereció.

Dios mío..., ella le había hecho lo mismo a Sean.

Se levantó, secándose los ojos y desenredando las correas. Tenía que ir a buscarlo. Tenía que decirle... ¿Qué? ¿Que lo perdonaba? Por supuesto. ¿Que lo entendía? Sí. Lo entendía.

¿Que no podía vivir sin él?

Sí. Eso también.

¿Que lo amaba?

Eso, más que todo lo demás, era lo que tenía que decirle.

El señor Scanlon e incluso la propia Merriweather podrían pensar que había mucho de su abuela en ella, pero la gran diferencia entre ellas era que Livvy sabía cuándo admitir que estaba equivocada y pedir perdón por ello.

—Vamos, chicos. —Tiró de las correas—. Vámonos a casa.

Capítulo Cuarenta Y Dos

Sean maldijo mientras intentaba escribir la segunda línea de la carta de Livvy en su laptop. Maldición, extrañaba su tableta con su función de lectura en voz alta. Esto iba a tardar una eternidad.

¿Era una *E* o una *A*? No podía distinguirlo y lo estaba volviendo loco de remate. Iba a tener que llamar a Mac para pedirle ayuda y eso sería un desastre. Y ella también lo sería cuando se enterara de que él se iba, pero la ausencia de Livvy y la nota no eran un buen presagio. Ella no iba a querer verlo cuando reclamara la herencia y él no la culpaba.

Pero Mac sí. Culparlo, claro está. Y no había absolutamente nada que pudiera hacer al respecto porque era culpable de todos los cargos.

Luchó con el resto de la palabra, pero luego se rindió. La letra de imprenta ya era bastante difícil de leer, pero la letra cursiva con florituras era casi imposible para él. Le iría mejor con jeroglíficos. Al menos esos eran dibujos.

Cerró su laptop. Probablemente debería irse, darle tiempo para procesar la herencia, lo que él había hecho y lo que había dicho en su mensaje, pero quería verla. Quería la oportunidad de decírselo todo en persona. De luchar por ella. Si había algo en este mundo por lo que valiera la pena luchar, era Livvy.

Miró por la ventana. El granero. Los animales probablemente se preguntaban dónde estaba la cena. Y por qué sus establos estaban sucios. Podía hacer eso para matar el tiempo. Dios sabía que se merecía palear más mierda.

Sorprendentemente, los animales estaban tranquilos cuando entró. Probablemente sentían lo que él estaba sintiendo. O podría ser porque no tenía a Davy, el buscapleitos, con él. Extrañaba a ese pequeñín.

Ahora que lo pensaba, los extrañaba a todos. También iba a extrañar a todos estos, si Livvy decidía terminar con todo.

—¿Sabes, Rhett? Nunca pensé que diría esto, pero te tengo envidia, amigo. Tu dama está ahí mismo contigo, día tras día, a tu lado, amándote.

Rhett debió de entenderlo porque se acercó por detrás de Scarlett y le dio un empujoncito.

Sean negó con la cabeza. La alpaca solo estaba presumiendo.

Pero esta vez Scarlett se volvió contra él. Se giró bruscamente y le escupió a Rhett. Le dio justo en la cara. El grandulón parecía tan sorprendido que sería cómico si Sean no supiera exactamente cómo se sentía.

Y ambos se lo merecían.

—La próxima vez, intenta con un poco de ternura, amigo. Demuéstrale que te importa. Ofrécele la primera porción de la alfalfa.

—O entrega la pista que le da la herencia y lleva a tu empresa a la quiebra.

Sean se giró bruscamente. —Livvy. —Con otra de sus faldas, llevando otra de sus camisolas verde opaco y esas botas toscas, y nunca se había visto más hermosa—. Puedo explicarlo...

—Sí, más te vale. —Caminó hacia él, el sol poniente trazando vetas de fuego en su cabello—. El señor Scanlon me dijo lo que hiciste. Quiero saber por qué.

Se paró frente a él, con la barbilla levantada. —¿Por qué me ayudaste, Sean?

Luchó contra el impulso de colocarle ese mechón de cabello detrás de la oreja. Ya no tenía derecho a hacer eso. —¿Escuchaste tu buzón de voz?

—¿Mi qué?

—Te dejé un mensaje.

Ella negó con la cabeza. —Lo siento, pero con el torbellino de las últimas dos horas, ni siquiera lo pensé. ¿Por qué? ¿Qué decías?

Ella no sabía cómo se sentía. —¿Por qué estás aquí, Livvy?

Ella enarcó las cejas. —Tú, más que nadie, deberías saber que es porque soy la dueña del lugar.

—Me refiero a, ¿por qué estás *aquí*? En el granero. Ahora. Buscándome.

Su lengua se deslizó sobre sus labios. —Quiero una explicación.

—¿No quieres echarme de la propiedad?

—Depende de tu explicación.

No había dicho que *no*. Todavía había esperanza.

Sean respiró hondo. Era hora de jugar sus cartas y mostrar su mano. Esperaba con toda su alma no llevarse el mismo tipo de sorpresa que se había llevado cuando jugó con Mac. En ese entonces pensó que tenía una mano ganadora.

Ahora necesitaba una más que nunca.

Tomó las manos de ella entre las suyas. Era prometedor que ella no las retirara.

Dio un paso más cerca.

Ella no retrocedió. Otra señal prometedora.

—Sé que viste mi laptop, así que sabes que tu abuela aceptó mi oferta. Sabes que había planeado convertir la finca en un resort.

Ella asintió.

Sean tragó saliva. —Planeé esto mucho antes de saber de ti. Puse todo en marcha una vez que me reuní con tu abuela. A ella le gustó la idea de que la finca permaneciera en estas condiciones. De que no se usara para un hogar grupal o se convirtiera en edificios de oficinas y que la tierra se vendiera para propiedades residenciales. A eso se referían la mayoría de las ofertas que la firma de Scanlon ha recibido. Esta es una ubicación de primera. Una gran propiedad que no requerirá tanta inversión como otras en el área para construir. Lo que yo proponía hacer con la propiedad estaba en consonancia con la opinión de Merriweather sobre la importancia de la finca. Así que seguí adelante con mis planes. Después de todo, su única heredera era una nieta con la que nunca había tenido nada que ver. Nunca vi venir el cambio en su testamento.

Entonces consiguió una sonrisa. Pequeña, pero ahí estaba.

—No fuiste el único.

Él asintió. —Así que cuando Mac necesitó a alguien que se hiciera cargo aquí, pensé que era perfecto. La finca sería mía en unas pocas semanas; tenía la oportunidad de adelantarme a las renovaciones. Era un buen plan. Hasta que apareciste tú.

Se mordisqueó el labio.

Que Dios lo ayudara.

—Estaba dividido, Livvy. Te mereces este lugar. Pero había invertido demasiado. Tenía demasiado que perder. No es solo mi dinero; mis hermanos están en el trato y he gastado mucho en los preliminares.

—Lo sé. Vi las proyecciones. Arquitecto, ingenieros... Realmente pusiste todo en esto.

—Iba a ser mi debut en el negocio de los resorts de lujo. La propiedad en sí misma sería un atractivo, además de las comodidades que ofreceríamos. La ubicación es perfecta, a poca distancia en auto de algunas de las ciudades más grandes del país y la mezcla perfecta de lo rural y lo urbano para satisfacer los gustos de todo el mundo. Era un jonrón.

—Hasta que aparecí yo.

—Sí.

—Entonces, ¿por qué le diste la última pista?

Soltó sus manos entonces y se pasó las suyas por el pelo. —Porque no podía hacerte eso. No podía robarte tu sueño, tu futuro. Si no hubiéramos encontrado la pista, eso sería una cosa, pero la encontré y, bueno, no dependía de mí. Ella te lo había dejado a ti. Es tuyo.

—Nunca antes nadie había renunciado a una oportunidad de millones de dólares por mí.

—Vales mucho más que simples millones, Livvy, y nunca dejes que nadie te diga lo contrario. Tu abuela fue una tonta por no haberse dado cuenta de eso desde el momento en que te vio por primera vez. —Tragó saliva, comprometiéndose—. Porque yo definitivamente lo hice.

Sus ojos ambarinos brillaron. —¿Tú... lo hiciste?

Él asintió. —Sí. —Su voz era ronca, ahogada por una emoción que a la vez le aterrorizaba y anhelaba mostrarle. Nada había significado más para él que este momento.

—Te amo, Livvy. Sé que no tienes ninguna razón para creerlo, pero es así. Y te quiero a ti. En mi vida. Para siempre. Y si quieres que firme algo renunciando a cualquier derecho sobre la finca, lo haré. Nunca quiero que pienses que quiero estar contigo para poner mis manos sobre este lugar. —Sonrió entonces—. Lo único sobre lo que quiero poner mis manos es sobre ti.

Se lamió los labios, sin devolverle la sonrisa.

Pero entonces tomó las manos de él y las puso en su cintura. Lo miró desde debajo de sus pestañas. —¿Ahora que tienes tus manos sobre mí, qué vas a hacer al respecto?

Sean se quedó allí por un latido —o cinco— para absorber el momento.

Para entender que realmente estaba sucediendo. Que ella, bueno, si no lo había perdonado, estaba dispuesta a intentarlo.

—¿Sean? Estoy esperando. —Esos ojos ambarinos tenían destellos en ellos.

Se arrodilló sobre una rodilla. Totalmente improvisado y completamente sin preparación. Sin anillo, sin idea de lo que iba a decir, pero simplemente se sentía correcto. —Voy a pedirte que te cases conmigo. Que estés en mi vida para siempre. Que te despiertes conmigo en una enorme cama *king-size* cada mañana rodeados de perros, que me ayudes a limpiar el estiércol de las alpacas, a atrapar loros díscolos y caniches bailarines, y a tener bebés para que podamos hacer de este mausoleo un hogar.

Ella estaba llorando para cuando él terminó, pero con estas lágrimas sí podía lidiar.

—Lo siento, Livvy. Por no decirte la verdad. Pero tienes que saber, tienes que *creer* que no te usé. Cada vez que estuvimos juntos, cada caricia, cada mirada, cada beso... Todos fueron reales. Todo se trataba de nosotros. La finca no entró en juego.

—Lo sé.

—He estado tratando de averiguar cómo diablos podría hacer que funcionara para ambos todo este tiempo, pero, al final, no pude. Porque no podía quitarte lo que era tuyo.

—Lo sé.

—No importaba lo que pasara entre nosotros, no podía negarte tu derecho de nacimiento.

—Lo sé.

—Yo... ¿lo sabes? ¿Me crees?

Finalmente sonrió y, oh, lo que eso le hizo al interior del granero. Fue como si el sol saliera y los animales cantaran y los cielos llovieran felicidad...

Estaba soltando poesía de nuevo.

—Te amo, Livvy. En tu granja cooperativa con techo con goteras o aquí, no importa. Te amo a *ti*. Y a tu arca de Noé.

Ella le tiró del pelo. —Bien, porque ellos también te aman. Y... —Se lamió los labios—. Yo también.

—Gracias, Jesús. —La envolvió en un beso que le dio la oportunidad de verter solo una pequeña parte de sus sentimientos en él. El resto tomaría años. Al menos cincuenta o sesenta.

Cuando finalmente se separaron, ella le tiró del pelo, esta vez un poco más fuerte que un tirón. —¿Sabes? Sigo tratando de que recuerdes que el nombre es Livvy. L-i-v-v-y C-a-r-o-l-l-a.

Él le tiró del pelo a ella de vuelta, atrayéndola hacia él para otro beso. —No, no lo es —dijo cuando salieron a tomar aire por segunda vez—. Es L-i-v-v-y M-a-n-l-e-y.

—Bueno, lo *será*.

—Absolutamente. Tan pronto como pueda encontrar un juez de paz. Espero que no quieras una boda grande.

—¿A quién invitaría? Eres toda la familia que tengo.

La besó en la nariz. —No, no lo soy. Los tienes a todos ellos. —Señaló con la cabeza a la colección de animales detrás de él.

—No pueden venir a la boda, tonto.

—Entonces traigamos la boda a ellos. ¿Qué dices de casarnos aquí mismo? ¿Con tu familia mirando?

Ella lo rodeó con sus brazos. —Digo que eres el hijo de puta más loco que he conocido.

Él se echó hacia atrás. —*¿Hijo de puta?*

—Considéralo un término de cariño. Después de todo, con Orwell cerca, lo vas a escuchar durante mucho, mucho tiempo.

—Entonces más vale que te acostumbres a escuchar *Jesús*.

—No me importará. Porque cada vez que me besas, es divino.

Noche de chicos… más tres

Dieciocho meses después

—Voy.

—A ver qué tienen y a llorar, muchachos —dijo Cooper Wexford mientras desplegaba en abanico sus tres ases sobre la mesa de póquer, en lo que solía ser el salón principal de estilo provincial francés de la finca Martinson, pero que ahora era la sala de juegos del Hideaway Hills Bed & Breakfast—. Mejor suerte para la próxima. —Arrastró las fichas hacia él.

—Espera un momento. —Kerry dejó su margarita y tomó sus cartas. Las arrojó sobre la mesa—. Full.

¡Hijo de puta!

—*¡Hijodeputa!*

—Orwell, silencio. —Livvy golpeó suavemente los barrotes de su jaula al pasar junto a ella con su característica salsa orgánica y totopos caseros—. Disculpen, chicos —dijo, colocando los bocadillos en el borde de la mesa—. Sigan jugando.

—Gracias, Livvy —dijo Cooper, sirviéndose una porción generosa—. Coman, muchachos. Invito yo.

Livvy puso los ojos en blanco. La salsa era un clásico de la casa y no les costaba nada extra a los huéspedes. Y Cooper, su contratista de jardinería, lo sabía.

—¿Vas a querer, amor? —Sean le pasó el brazo por la cintura.

—No puedo. No les cae bien a ellos. —Se frotó el vientre.

—Un par de semanas más y podrás.

—En un par de semanas más estaré amamantando y *de verdad* que no voy a querer comida picante para entonces.

—¡Por favor! —dijo Bryan—. No hablen de... bueno, de *eso* de mi cuñada. Es noche de juegos. ¡Por Dios!

—No voy —dijo Drake Fletcher, arrojando su doble par sobre la mesa. El escritor era un cliente habitual cada seis meses, cuando se encerraba durante la semana de la fecha límite de su libro para darse un maratón de escritura y terminarlo.

Livvy nunca lo había visto en la sala de juegos, así que solo podía imaginar que había terminado antes. Lástima que saliera solo para perder.

Reconoció esa mirada en el rostro de su esposo. Sean podría tener una buena cara de póquer para el resto, pero ella lo conocía. Conocía íntimamente ese rostro y todos sus estados de ánimo. La mayoría de sus pensamientos también, ya que trabajaban juntos todos los días y dormían juntos todas las noches.

Se frotó el vientre, testimonio del éxito de *esa* empresa. Tres semanas más y llegarían los gemelos.

—¿Qué tienes, Bry? —Sean golpeteó los bordes de sus cartas contra el fieltro.

Bryan puso los ojos en blanco. —Más que suficiente para ganarles a ustedes, payasos. —Arrojó cuatro doses.

—Se dan cuenta de que hoy es el tercer sábado del mes, ¿verdad?

—Ay, mierda. —Cooper se recostó y se pasó una mano por la boca.

Kerry se atragantó con su margarita. —Sher va a matarme.

Bryan simplemente se puso verde. Un cierto tono verde *menta*.

—¿Qué? ¿Qué pasa? —Drake miró alrededor de la mesa.

Sean no podía dejar de sonreír. —El tercer sábado de cada tercer mes es la Noche de la Sirvienta.

—¿Noche de la *qué*?

—De s-i-r-v-i-e-n-t-a —dijo Cooper antes de tomarse su cerveza de un trago.

—El perdedor tiene que hacer de sirvienta aquí por una semana —dijo Kerry.

Sean solo sonrió de oreja a oreja mientras mostraba su escalera. —Parece que te tocó, Drake. Haré que mi hermana te tome las medidas para un uniforme. Bienvenido a Sirvientas Manley.

Fin.

* * *

¡Gracias por leer! Por favor, ayuda a que otros lectores encuentren mis libros dejando una reseña donde lo compraste. Y si quieres leer más de mis historias, ¡pasa la página!

LO QUE UNA MUJER NECESITA

JUDI FENNELL

Noche de chicos... más una

Había perdido.

Bryan Manley miró fijamente las cartas sobre la mesa frente a él.

Escalera de color. Jota alta.

Superaba a su full. Superaba a las cuatro reinas de Liam y a la escalera de color al nueve de Sean.

Había perdido.

Contra su *hermana*.

La que nunca había jugado al póquer.

Y no solo lo había vencido a él, sino a los *tres*. Mary-Alice Catherine Manley había derrotado a los hombres Manley en su propio juego.

Y ahora iban a tener que jugar al suyo.

Bryan se aclaró la garganta, con el asco quemándole por dentro. Él, el galán, la comidilla de los paparazzi, el rompecorazones de las estrellitas y La Próxima Gran Estrella según la revista *People*, iba a ser el sirviente de alguien.

—Creo, queridos hermanos, que a todos les tienen que tomar medidas para los uniformes de Manley Maids —dijo Mac como si no fuera la sentencia de muerte para su imagen.

—No voy a usar un delantal —las palabras salieron de su boca antes de que siquiera lo hubiera pensado, pero solo demostraba que sus instintos eran acertados. Todos los directores con los que había trabajado lo habían dicho y Bryan se alegraba muchísimo de ello en ese momento.

Un delantal. Por Dios. Los tabloides se harían un festín con esto. ¿Su agente? No tanto.

Curiosamente, ninguno de los hermanos intentó convencer a Mac de que desistiera de este ridículo pago. Habían hecho sus apuestas y habían perdido en buena lid.

Pero, Dios santo. Un sirviente.

—¿Cuándo quieres que empecemos, Mac? —Liam fue el primero en recuperarse, si es que se le podía llamar así.

—Cuando puedan. Tengo el negocio.

Si Bryan no conociera mejor a Mac, juraría que estaba intentando no reírse. Pero eso no sería propio de Mac; ella siempre los había idolatrado a los tres. Los llamaba sus caballeros de brillante armadura. O con hombreras de fútbol americano en alguna ocasión. Pero nunca esto. Nunca un... un *delantal*.

Juraría que era una broma, pero Mac había apostado lo único que podía acercarse a lo que él y sus hermanos habían apostado: cuatro semanas de servicio de limpieza si perdía, cuatro semanas de servidumbre por contrato si ganaba. No arriesgaría su negocio por una broma.

—Tengo tiempo ahora. Empezaré el lunes a primera hora —Sean apiló las fichas de póquer. Meticulosamente, lo que era el único indicio de sus emociones. Estaba furioso. Consigo mismo, probablemente. Habían ido en contra de sus instintos, todos ellos, y la habían dejado jugar cuando no podía permitirse esas apuestas.

El hecho de que fueran ellos quienes pagaban era irrelevante. Habían estado protegiendo a Mac, su hermanita, durante casi toda su vida desde que sus padres murieron y la abuela los había acogido. Deberían haberse apegado a su regla de «No Chicas» para este juego, pero ella había insistido tanto en entrar y ellos siempre habían sido tan blandos con ella que la habían dejado.

Y ahora ella iba a ser su jefa.

Un sirviente. Dios.

El único punto a favor era que parecía que las lecciones de limpieza de la abuela iban a dar sus frutos. Su abuela no se había dado abasto con cuatro niños pequeños, y él y sus hermanos, en especial, habían sido bastante alborotadores y desordenados.

Nunca habría pensado que estaría agradecido por esas lecciones. Demonios, si hasta tenía a Mónica, su propia empleada de la empresa de Mac para mantener su condominio en orden justo para *no* tener que desempolvar esas lecciones de limpieza.

—Oye, ¿puedo limpiar mi casa? —Para matar dos pájaros de un tiro, por así decirlo, aunque la gente de PETA probablemente se opondría a eso.

Mac lo miró con el ceño fruncido. —¿Dejarías a Mónica sin trabajo para escabullirte de la apuesta? ¿En serio?

Cuando lo ponía de esa manera...

—No me estoy escabullendo de nada —eso era lo último que necesitaba que los tabloides se enteraran—. Puedes contar conmigo para el lunes también. Tengo algo de tiempo entre proyectos y de todos modos estaba buscando algo que hacer —había esperado que tuviera algo que ver con cierta actriz, una playa y un par de Heinekens, pero eso no iba a pasar ahora. Al menos estaría fuera del ojo público por un tiempo; tal vez podría lograrlo sin que nadie se enterara.

Sí, claro, y la abuela también iba a dejar su nuevo hogar por la mansión que él había querido comprarle.

Otras Obras de Judi Fennell

Royally Sunk

Metida hasta el Cuello

Reel es un tritón sin cola y Erica le tiene pavor al océano. Solo una cosa podría hacerla entrar al agua: una pistola. Y solo una cosa podría mantenerla ahí: el sexi tritón que le salva la vida, solo para arriesgar la suya.

Bajo el Azul Salvaje

Valerie es una princesa sirena varada en medio del país. Rod es el príncipe que se dispone a rescatarla. Pero ¿podrán eludir el complot de un usurpador y volver al océano antes de que su cola —y su derecho al trono— desaparezcan para siempre?

La Captura de Su Vida

Logan *huyó* del circo; lo único que quiere es que su vida sea normal. La mujer desnuda que aparece en su barco es todo *menos* normal. Especialmente cuando Angel resulta ser una sirena, con una furiosa monstrua marina tras ella.

Amor en las rocas

La princesa Mariana no es una farsante; realmente *es* una artista, lo que está a punto de demostrar con la estatua que está tallando en una isla desierta. El problema es que Jace se esconde allí, así que lo único que liberará a Mariana de su prisión real es lo mismo que hará que maten a Jace. El romance ya es bastante duro, pero cuando hay un tsunami en el pronóstico del tiempo, el amor está en las rocas.

Haciendo Olas

Lee sobre El Incidente que hizo que Erica le temiera al océano, la razón por la que encontraron a Valerie, la princesa perdida, y cómo Michael, el joven hijo de Logan, encontró a una sirena. Las historias *antes* de las historias.

Bottled Magic

Sueño con una Genia

La suerte de Matt finalmente ha cambiado cuando la genio Eden escapa de su botella y aterriza en su regazo. Literalmente. Y ella jura que nunca volverá a entrar. Desafortunadamente para ambos, el tipo que la metió allí la quiere de vuelta y no se detendrá ante nada para recuperarla.

El Genio Sabe Más

Samantha hereda la finca de su padre, que incluye a un genio que tiene un último amo al que servir antes de que termine su servidumbre. Sam está más que dispuesta a liberar a Kal, hasta que su codicioso ex decide que si no puede tener a Sam, nadie podrá.

Mi Bella Genia

Zane heredó la mansión familiar, de la que no ve la hora de deshacerse para acabar con los rumores de la alocada historia de su familia. Lástima que la genio que ha sido la causa de esos rumores ha sido liberada para hacer de las suyas una vez más. Solo que esta vez, es con su corazón con lo que está jugando.

Tu Deseo Es Su Orden

Descubre cómo Kal fue aprisionado en su lámpara y por qué necesita servir a 1001 amos. Es la historia antes de la historia.

Once-Upon-A-Time Romance

La Bella y El Mejor

Jolie es chef personal de día y escritora de novelas románticas de noche. Así que cuando consigue un trabajo para el atractivo y solitario artista, Todd, tiene el héroe perfecto para su libro. Hasta que Todd se entera y la echa de su cocina, de su casa *y* de su corazón.

Si el Zapato Te Queda

Érase una vez, hace mucho tiempo, en una tierra muy, muy lejana, vivía una chica llamada Cenicienta. Esta no es su historia. *Esta* es la historia de Lucinda Isabella Casteleoni, quien, como su tocaya, tiene una madrastra malvada, dos hermanastras horteras e incontables horas de duro trabajo que (no) la esperan. Pero, a diferencia de esa princesa de cuento de hadas, el Príncipe Azul de Bella no aparece por ningún lado. Hasta que un viejecito de brillantes ojos verdes abre una zapatería al final de la calle. Entonces comienza la magia...

A Través del Vitral

Un viaje accidental a la Inglaterra medieval tiene a la ejecutiva de publicidad Kate luchando por encontrar un camino a casa... Pero ¿podrá traerse de vuelta al atractivo caballero de brillante armadura del que se ha enamorado?

BeefCake, Inc.

Bombón & Cupcakes

Lara quiere que sus cupcakes sean un éxito. Al bailarín exótico Gage no le importaría probarlos, pero su horario de trabajo para pagar las facturas del hospital de su sobrino no le deja tiempo para hacerlo. Hasta una fiesta donde el adonis y los cupcakes se encuentran y, ¡*oh*, qué delicia!

Bombón & Errores

Cuando Bryan confunde a Jenna con una prostituta y ella se da cuenta de que él es el padre de su hijo adoptivo, los errores y malentendidos comienzan a multiplicarse. Pero algo más también está creciendo entre ellos. A veces, un giro equivocado puede ser muy acertado...

Bombón y Nuevas Tomas

Tanner quiere que su exesposa se vaya de su vida para siempre, pero cuando la abuela de ella sufre un derrame cerebral y él tiene que fingir que sigue enamorado de Juliet, ¿podrá arriesgarse a una segunda oportunidad con la única mujer que nunca dejó de amarlo?

Bombón & Copos de Nieve

Gina ha estado enamorada de Darien desde siempre, hasta el día en que él la humilló en la escuela. Quince años después, él la deja fría. El bailarín exótico Darien ha vuelto a la ciudad para arreglar un par de cosas. Una es el desastre que le causó a Gina hace años... y *quizás* reavivar las llamas que una vez tuvieron. Pero la única manera de derretir el hielo alrededor del corazón de Gina es subir la temperatura, tanto en el trabajo... como fuera de él.

Manley Maids

¿Qué pasa cuando tres hermanos irresistiblemente sexis pierden una apuesta de póquer contra su emprendedora hermana? Son contratados para su empresa de limpieza de casas. Ahora, los Manley Maids están a su servicio. Satisfacción garantizada.

Lo Que Una Mujer Quiere

Sean, el dueño de un resort, planea comprar una finca histórica, hacerse un nombre y ganar millones, así que se muda bajo el pretexto de limpiar el lugar para frustrar la única condición de la herencia. Pero la heredera Olivia y su colección de animales se le meten bajo la piel, y descubre que la apuesta de póquer que lo metió en este lío no es lo único que cambiará las reglas del juego.

Lo Que Una Mujer Necesita

La estrella de cine Bryan quiere fama y fortuna, no una repetición de su «normal» y austera infancia. Después de la publicidad que rodeó la muerte de su esposo, lo que Beth necesita es una vida normal para ella y sus hijos, y la estrella de cine que perdió una apuesta para limpiar su casa —con los paparazzi pisándole los talones— no lo es. Pero a medida que el coqueteo se convierte en seducción, Bryan necesita convencer a Beth de que es más hombre que un sirviente. O un actor. Porque está interpretando el papel principal en una historia de Cenicienta a la inversa, y podría ser el papel de su vida.

Lo Que Una Mujer Merece

Liam no tiene paciencia con las mujeres que gastan el dinero de un hombre sin pensar en el trabajo real. Pero para cumplir su apuesta, Liam no solo deberá tolerar a la socialite, Cassidy, sino que tendrá que limpiar su desorden cuando el padre de ella le corte el grifo. Sin dinero y sin un hogar que Liam pueda limpiar, a Cassidy no le queda más remedio que aceptar una oferta de trabajo: como la nueva sirvienta de Liam. Pero cuando salten chispas entre ellos, ¿será amor verdadero o solo otro romance desastroso?

¡Qué Mujer!

MaryAlice Catherine está lista para limpiar la casa de la amiga de su abuela, solo para descubrir que el nieto engreído de la mujer, de quien ella estuvo enamorada en su infancia —y él lo supo todo el tiempo—, está viviendo allí y ella está avergonzadísima. Jared lo recuerda de otra manera; Mac siempre fue una pequeña mandona, pero no va a dejar que ella lleve la batuta ahora. Pero con los dos viviendo en una casa, no se sabe quién saldrá ganando.

Lo Que Un Tipo Quiere

Beckett está listo para pagar su apuesta de póquer perdida. Simplemente no se dio cuenta de que tendría que hacerlo con su corazón. Jennifer es la que se le escapó y ahora está justo frente a él. En su casa. La que él está aquí para limpiar. Jennifer no puede creer que el chico malo de la preparatoria del que estuvo muy enamorada esté en su casa, pero si hay algo que su exmarido le enseñó, es que no puede confiar en el chico malo. Hasta que Beckett pone todas sus cartas sobre la mesa y resulta ser alguien por quien Jennifer puede apostar, después de todo.

A la galardonada y exitosa autora Judi Fennell le encanta reír y le encanta el amor, así que no es de extrañar que haya un poco de ambas cosas en cada libro que escribe. Descubre sus cuentos de hadas con un giro inesperado para tener una muestra de sus desenfadadas e irónicas comedias románticas y paranormales. Desde tritones en la costa de Jersey Shore, hasta genios con alfombras mágicas, pasando por strippers à la Magic Mike, y empleados domésticos muy masculinos cuyo lema es *Satisfacción garantizada*, siempre hay risas y amor por encontrar.

Y, en su abundante (?) tiempo libre, ayuda a otros autores con todos los aspectos de la escritura y la autopublicación con su empresa de maquetación, diseño de portadas y material promocional, servicios editoriales, consultoría y audiolibros: www.formatting4U.com.

Judi vive en las afueras de Filadelfia con una colección de amigos de cuatro patas, y el día en que esas criaturas empiecen a A) cantar, B) coser ropa o C) limpiar la casa..., ¡será el día en que se retire de la escritura!